Under His Control

Mia Faye

ISBN-13: 9798620982615

Dieses Buch ist reine Fiktion. Alle in diesem Buch geschilderten Handlungen und Personen sind frei erfunden. Ähnlichkeiten mit lebenden oder verstorbenen Personen wären zufällig und nicht beabsichtigt.

Für alle Romantiker

INHALT

1

Logan

„Findest du mich sexy?“ Christine schaute zu mir herüber, das Licht fing sich in ihren braunen Augen, als sie mit den Lidern klimperte.

„Ja, definitiv sexy. Du siehst zum Anbeißen aus, besonders unter dieser arschteuren Lampe …“, antwortete ich. Ich dachte mir aber: *Na schön, dann haben wir also noch mal Sex. Ein letztes Mal.*

Sie wurde allmählich zu anhänglich. Das musste ich im Keim ersticken. Ich wollte nichts Langfristiges. Christine war verführerisch, unterhaltsam und etwas unbedarft, wenn es um allzu tiefe Gedanken ging. Nicht, dass ich sie für unintelligent gehalten hätte, es kam mir eher so vor, als trennten sie ihre Interessen und Gelüste von ihrem Intellekt.

Sie war nicht die Art Frau, die sich um irgendwas scherte. Sie war nett anzusehen, führte einen YouTube-Channel mit Millionen von Zuschauern und war die Regentin ihrer eigenen Welt. Schmelzende Polkappen und eingesperrte Kinder von Geflüchteten waren ihre Sache jedoch nicht. Ursprünglich hatte sie mein Interesse überhaupt nicht geweckt, diese Christine Metlock, Expertin für Mode, Spaß und Genuss, aber irgendwie hatte sie mich doch unwiderstehlich angesteckt. Mein Schwanz hatte schließlich absolut kein Problem mit ihr.

„Und …“ Sie biss sich auf die Unterlippe, während sie an der Tastatur arbeitete. „Dunkelheit?“ Ihre schokoladefarbenen Augen behielten mich fest im Blick, sie schaute geheimnisvoll … fragend.

„Gehts immer noch um Beleuchtung?“ Ich hatte wenig Lust auf ihr Spielchen, ich wusste ganz genau, worauf sie aus war.

In Christine Metlocks Welt bedeutete Dunkelheit Gefahr.

„Ich dachte eher an sowas wie versohlen? Und … fesseln?“ Sie biss sich noch fester auf ihre vom Lipgloss glänzende Lippe, sodass sie sich wölbte.

„Und wer sollte deiner Meinung nach den Hintern versohlt kriegen?“ Ich hätte sie durchaus versohlen oder gut verschnüren können, aber sie hatte nicht mehr alle Tassen im Schrank, wenn sie glaubte, mich fesseln zu dürfen. Christine mit Ketten und einer Peitsche hatte in der Nähe meines Gemächts absolut nichts verloren.

„Du natürlich.“ Ihr Blick wurde ganz glasig und nahm einen teuflischen Zug an.

„Vergiss es. Ich besorg uns jetzt eine Reservierung fürs Beau Reve.“ Ich nahm das Telefon aus meiner Hosentasche und sie verdrehte nur die Augen.

„Was für eine Art Boss bist du denn, wenn du nicht mal mit deinen eigenen Spielzeugen spielen willst?“ Sie löste sich für zwei Sekunden von ihrem Computer, stand vom Tisch auf und stellte sich hinter mich. Dann fuhr sie derart fort, dass sie ohne weitere Umschweife meine Jeans aufknöpfte. Als sie mir ihre Hand in die Hose steckte, fummelte sie an meinem halberegierten Glied herum und drückte sanft zu, bevor sie ihre perfekt manikürten pinken Nägel über meinen Schaft gleiten ließ.

„Das ist dein verrücktes Ding, willst du es nicht genießen?“ Sie zierte sich noch ein wenig, bevor sie meinen Schwanz aus der Unterhose holte und ihn mit langsamen, quälenden Bewegungen ihrer zarten Hände streichelte, was unausweichlich das Verlangen in mir entzündete.

Ich hatte ja eigentlich die Motivation aufbringen wollen, auf eines der maßgeschneiderten Dating-Erlebnisse meiner eigenen Firma zu gehen, aber ich hatte einfach keine Lust. Außerdem, jetzt wo Christine meinem Schwanz zu Diensten war, konnte ich sie auch einfach auf dem Küchentisch vernaschen, Pizza bestellen und Feierabend machen. Ich wollte nicht wirklich ausgehen. In Wahrheit wollte ich allerdings auch Christine nicht mehr wirklich um mich haben. Selbst ihre Handarbeit tat es mir nicht so recht an.

Ich nahm ihre Hand und wollte sie von mir lösen. „Wieso heben wir uns das nicht für später auf", sagte ich in meiner Befehlsstimme.

Schließlich war ich ein dominantes Männchen. Trotz Christines Macht und Präsenz in der Online-Welt ergab sie sich am Ende doch meinen Wünschen, und ich wusste genau, dass es ihr gefiel. Ich spielte keine Spielchen. Ich war – in meinem Universum – das Gesetz. Es ging nach meinen Regeln oder gar nicht. Es ging mir nicht deshalb um Dominanz und ich mochte nicht deshalb Kontrolle, weil sie meinen Schwanz hart werden ließen. Meine Welt hatte unter meiner Kontrolle zu stehen, weil ich mir nicht erlauben durfte, mich noch einmal von ihr überraschen zu lassen.

„Komm schon, Logan, wenn du kommst, entspannst du dich vielleicht ein bisschen." Ihre fest entschlossene Hand pumpte nun mit verstärktem Enthusiasmus.

„Wenn du mich wirklich umstimmen willst, wirst du mehr benötigen als nur deine Hand." Ich berührte ihre Lippen mit dem Finger. Ich ließ mir immer lieber einen blasen als einen runterholen.

„Ah, na von mir aus." Sie tat, als wäre sie genervt.

Sie machte noch ein Weilchen mit ihren Händen weiter, dann umrundete sie mich und ging vor mir auf die Knie. Ihr warmer Mund wirkte Wunder an meinem steifen Schwanz, jetzt konnte es losgehen. Ihre feuchte Zunge saugte und leckte mein Teil bis hinunter zu den Eiern und ich wuchs zur vollen Größe heran. Dann wanderte sie wieder hinauf zu der geschwollenen Spitze und labte sich an der sensiblen Haut dort, saugte den Lusttropfen auf, der für sie vorquoll. Für den Augenblick war mir Christine Metlocks Gegenwart wieder sehr willkommen.

Es dauerte jetzt schon etwa drei Monate, außer Sex und feinem Essen lief zwischen uns aber nicht viel. Ich hatte sie auf einer dieser Influencer-Veranstaltungen kennengelernt und irgendwie hatte es da eine Anziehung gegeben, die sich jetzt aber totzulaufen begann. Als ich spürte, wie mein Schwanz ihre Kehle hinab nach unten glitt, wollte mich der Teufel in mir dann aber dennoch dafür ohrfeigen, dass ich überhaupt daran dachte, sie loszuwerden. Sie konnte Schwänze lutschen wie kaum eine Zweite.

Ich hatte wenig Schwierigkeiten, Frauen kennenzulernen. Ich betrieb eine der erfolgreichsten Dating- und Event-Apps im Netz, die ich DropIn genannt hatte. Es war sowas wie AirBnB, aber für Partys und Verabredungen. Man richtete sich sein Erlebnis dabei selbst ein. Dank der App konnte man mit anderen zusammenarbeiten, die sich um den Veranstaltungsort kümmerten, das Catering, Deko und so weiter. So konnte man innerhalb von Tagen oder sogar nur Stunden ein Rendezvous oder Event erleben, das speziell auf die Leute zielte, die man hatte sehen wollen, um genau das gewünschte Erlebnis mit ihnen haben zu können.

Du willst einen schönen, anständigen Abend verbringen? Öffne die App, wähle einen Tag und einen Gastgeber, der eine vollbekleidete Party ohne Sex schmeißt, bei der sich Paare kennenlernen können. Dann gibts ein bisschen was zu essen, man zahlt eine kleine Gebühr für das Erlebnis und kann nach Herzenslust knutschen.

Es soll ein bisschen düsterer sein … sexier vielleicht? Womöglich hat jemand ein Haus mit Aussicht und ist bereit, eine Party zu schmeißen, wo Kleidung optional oder unerwünscht ist … das kann man dann frei wählen. Gibt es keine solche Option, kann man die Idee einfach online stellen und andere tragen dann bei, was noch benötigt wird. Die Gastgeber teilen die Gewinne und jeder, der die Kosten zahlt, bekommt dafür oft genug ein unvergessliches Erlebnis. Für die Erstellung einer Party brauchte man nicht mehr als zehn zahlende Teilnehmer. Wir hatten beschlossen, dass zehn ausreichte, nach oben war die Zahl nur mit der Kapazität der jeweiligen Örtlichkeiten beschränkt.

Christine schaukelte sich jetzt so richtig auf an meinem Schwanz, und ohne allzu viel weitere Mühe spürte ich bereits das altbekannte Kribbeln in den Eiern, das mir sagte, dass ich gleich explodieren würde. Ich packte ihre Haare, presste ihr Gesicht auf meinen schmerzenden Schwanz und entlud mich in ihren Mund. Hätte ich nicht gewusst, wie sehr sie auf Oralsex stand, wäre ich nie so grob zu ihr gewesen, aber es machte sie ganz wuschig. Ich schaute ihr dabei zu, wie sie sich zu ihrem eigenen Höhepunkt fingerte. Wir kamen beide innerhalb kurzer Zeit und eine Welle der Euphorie schwappte über mich.

Sie wischte sich den Mund ab, drückte sich selbst vom Boden hoch und tätschelte meinen noch immer harten Schwanz.

„Und, überlegst du dir jetzt, heute Abend mit mir zu spielen?“ Sie war Feuer und Flamme, ihr Gesicht war gerötet und sie wirkte, als wäre sie bereit für sehr viel mehr von mir.

„Was haben wir denn?“ Von der Wirkung ihres unglaublichen Mundes noch ganz benebelt beschloss ich, ihr eine Chance zu geben.

„Die Party ist in einem Stadthaus, drei Zimmer und ein Keller. Spielzeuge zum Verkauf, alle Formen, Farben und Größen, passend für alles. Fesseln, Peitschen, Ketten, Sicherheitshinweise, alles zur Verfügung gestellt vom Gastgeber. Kaviar und Champagner. Sechs sind schon an Bord, wir brauchen nur noch vier mehr … fängt um zehn an, Paare willkommen, öffentliche Beteiligung erwünscht. Vier Komma sieben Sterne. Einem Rezensenten hat die Einstellung des Gastgebers nicht gefallen. Der hat geantwortet, dass der Rezensent sich angesoffen und ein Kristallglas zerbrochen hätte. Eine Rezensentin hat gemeint, es wäre die beste Sex-Nacht ihres Lebens gewesen.“ Christine schien schon fast zu sabbern, aber vielleicht lag das auch an dem Lippenstift, der sogar nach dem Blowjob noch so glänzte … Empfehlenswert. Was das wohl für eine Marke war?

„Sind Ketten und Peitschen was für dich?“ Ich war ein wenig aufmerksamer geworden.

Die Vorstellung, sie anzuketten und mit ihren sexuellen Empfindungen zu spielen, schien mir jetzt schon sehr viel reizvoller.

„Wie wärs, wenn wir Ketten nehmen, aber keine Peitschen oder Penetrationsspielzeuge, und zwar an dir. Nichts allzu Ausgefallenes, versprochen.“ Ihre großen braunen Augen flehten.

„Wie wärs, wenn wir Ketten, aber keine Peitschen und dafür jede Menge Penetrationsspielzeuge verwenden, und zwar an dir? Scheiße nein, anders herum wird das nicht passieren." Ich sah sie an und ging hinüber zu ihrem Computer, der auf meinem Tisch aus gebürstetem Edelstahl stand. „Was gibts sonst noch?"

„Strandhaus, Tanzparty, Gras, ‚Coca-Cola', bla bla bla, die alte Leier ... fast voll. Einhorn-Party, bring dein eigenes Horn ... für den Spaß. Das klingt furchterregend. Teenagerparty mit Eltern. Erotischer Buchclub mit Paaren, eine Million Weinverkostungen … sonst klingt nichts wirklich gut." Sie schien zu schmollen.

„Wieso bleiben wir nicht hier und ich hol ein paar Schnürsenkel und einen Staubwedel." Es war nur zur Hälfte ein Scherz.

„Wieso darf ich nicht zu einem dieser Dinger mit dir gehen? Ich hab gelesen, dass du dauernd einfach so da auftauchst … nur jetzt, wo ich mit dem ach so berühmten Logan Steel ausgehe, da gehen wir immer nur irgendwo superschick essen und ficken dann bei dir zu Hause. Wenn ich mich fesseln lassen muss, um mit dem Chef zu einem DropIn zu gehen, von mir aus … ich hab da nur so ein klaustrophobisches Dings. Mich in Ketten zu legen könnte das auslösen." Wenn sie ausnahmsweise mal ihre Deckung herunternahm, so wie eben gerade, gefiel sie mir deutlich besser.

Ich schaute die „Hot List" des heutigen Abends durch. Sie hatte recht, es war eine ziemlich gewöhnliche Zusammenstellung. Einiges an Normalem, einiges an sehr Schrägem und ansonsten Kinderkram.

„Ich finde immer noch, dass wir einfach zu Hause bleiben sollten." Ich wandte mich vom Bildschirm ab und ging zum Weinschrank, um uns eine Flasche zu holen.

„Logan, du bist vierunddreißig und führst dich auf wie ein alter Mann. Willst du diese Villa auf dem Berg nicht mal verlassen, die nur von dir bewohnt wird? Nachher halten die Leute dich noch für einen beschissenen Langweiler." Daran, wie sich ihre Augen weiteten, erkannte ich, dass sie eigentlich nicht vorgehabt hatte, so direkt zu sein. „Ich meine, mit beschissen langweiligen Tendenzen“, korrigierte sie sich.

„Es juckt mich nicht, was die Leute denken.“ Ich schenkte uns beiden je ein Glas ein und überdachte den Abend mit Christine. „Wieso gehst du nicht hin. Ich ruf da an und lasse sie wissen, dass du VIP bist. Mir macht es nichts aus, wenn du mit anderen experimentierst, wir sind ja hier nicht monogam.“

Soweit hätte ich vermutlich nicht gehen sollen, denn auf der Stelle stiegen ihr die Tränen in die Augenwinkel. Sie war auf einen Streit aus und nun schien sie ihren Grund gefunden zu haben.

„Ja genau, so hatte ich mir das vorgestellt.“ Sie schluckte mühsam ihre Emotionen hinunter. „Willst du, dass ich gehe?“

Ich wollte nicht ‚Ja‘ sagen … aber im Inneren hätte ich auch nichts dagegen gehabt. Ich hätte auch wieder mit ihr Sex gehabt, wir hatten Spaß miteinander, aber ich wollte nicht wirklich fest mit ihr zusammen sein, sie war nicht der Typ dafür. Mein Desinteresse verdiente sie allerdings auch nicht. Sie wäre mit jemand anderem bestimmt viel besser dran gewesen. Ich hatte Leichen im Keller, die mit den Knochen klapperten, wann immer mir jemand zu nahekam.

„Keine Ketten, keine Peitschen, kein öffentliches ‚Aufeinandertreffen‘. Ich sehe mir die Spielzeuge an und schau, was sie zu bieten haben. Du kannst mitbestimmen, was ich verwende, und ich sorge dafür, dass wir in einem eigenen Raum sind. Nichts an mir, auch keine Spielzeuge … sorry, aber da werde ich niemals mitspielen. Das sind meine Bedingungen. Wenn du denen zustimmst, gehe ich mit.“ Sie hatte einiges an Enthusiasmus eingebüßt, aber ihr Gesicht erhellte sich ob des Gedankens, dass ich tatsächlich mit ihr zu einem echten DropIn gehen würde.

„Okay. Ich geh nur kurz duschen und mich herrichten. Kannst du uns als Teilnehmer markieren?” Das Funkeln schien wieder in ihre Augen zurückgekehrt zu sein, jetzt wo sie daran dachte, dass ich, der Geschäftsführer, die Reservierung für uns vornehmen würde.

„Klar." Ich wollte sie einfach nur loswerden, nach Hause bringen und meine Ruhe haben.

Ich schaute immer mal wieder bei DropIns vorbei, auch einfach um sicherzugehen, dass die Regeln der Website eingehalten wurden. Ganz egal, wie anrüchig oder schräg, es gab immer rechtliche Dokumente zu bearbeiten und wirklich Illegales musste vermieden werden. Schon um ein DropIn zu eröffnen, musste der Gastgeber ein Formular ausfüllen, mit dem er meine Firma, DropIn Enterprises, von allen möglichen Haftungen ausschloss. Wir waren nur die Plattform, wir waren nicht diejenigen, die die Partys ausrichteten..

Es dauerte nicht lange, bis Christine gewaschen und herausgeputzt war. Ich selbst blieb beim Üblichen, Jeans und Hemd. Sie verstand es tatsächlich, sich in Schale zu werfen. Als Influencerin und sehr sichtbare Figur in den sozialen Medien musste sie so aussehen, wann immer sie einen Fuß vor die Tür setzte. Dieser Druck lastete auf mir nicht. Ich war mit gutem Aussehen geboren dank einem Sechser in der Genlotterie, denn meine eher durchschnittlichen Eltern gaben mir jeweils ihre besten Charakteristika mit. Meine Schwester hatte es leider nicht ganz so gut erwischt. Sie war dafür die einzige Person, der ich wirklich vertraute, denn was ihr an Attraktivität fehlte, machte sie mit Mitgefühl und Empathie wieder wett.

Als Christine in der Dusche war, hätte ich sie beinahe angerufen, nur um mich beraten zu lassen, wie ich mit der schwindenden Romantik umgehen sollte. Sie hätte bestimmt einen guten Rat gewusst, aber ich wollte sie nicht mit meinen lächerlichen Beziehungsproblemen behelligen. Sie hatte sich nämlich eben erst von ihrem Mann getrennt. Meine Angelegenheiten waren also im Vergleich zu ihren völlig banal. Sie gab den Leuten echte Liebe und verdiente im Gegenzug eben diese echte Liebe. Ich fickte mich durchs Leben und verdiente es demzufolge im Gegenzug, auch mal ins Knie gefickt zu werden. Ich beschloss, mich daher alleine darum zu kümmern.

Ich markierte uns als „dabei“ für die Party, was die Gastgeber natürlich entzückte. Genau diese Reaktion hatte Christine sich gewünscht.

„Ich kann nicht glauben, dass ich das wirklich tue“, gestand ich.

Ich versuchte es scherzhaft und leichtfüßig klingen zu lassen, aber ich meinte es ernst. Ich konnte nicht fassen, dass ich mich dazu tatsächlich hatte breitschlagen lassen.

„Wir werden da so viel Spaß haben. Endlich lebst du ein bisschen.“ Ihr Lächeln war mehr eine Anschuldigung als wirkliche Fröhlichkeit. „Aber“, schmollte sie, „ich hab nicht wirklich Schmuck für heute Abend.“

Wozu brauchte sie den?

„Bei der Sache geht's ja wohl darum, alles auszuziehen. Ich bin mir ziemlich sicher, dass sich niemand daran stören wird.“ Ich tat es jedenfalls ganz sicher nicht.

Sie hielt mir ihr Handy mit einem Foto von einem Tennisarmband von Tiffany's für fünfzehntausend Dollar unter die Nase.

„Ich hab mich verliebt“, schwärmte sie und ließ die schwer getuschten Augenlider mit den langen Wimpern flattern.

„Warum? Du spielst doch gar kein Tennis.“ Ich war stolz darauf, keine Miene verzogen zu haben.

Ihr Ausdruck verfinsterte sich augenblicklich. „Ich weiß, dass das ein Scherz ist, aber ist es nicht reizend? Der Besitzer einer großen erfolgreichen Firma würde sich bestimmt überlegen, mir ein so tolles Armband zu meinem fünfundzwanzigsten Geburtstag zu schenken, der nächste Woche ist. Zwinker, zwinker!“ Jetzt lächelte sie wieder.

Scheiße! Ich hatte nicht geplant, überhaupt so lange bei ihr zu sein, und erst recht hatte ich keinerlei Absicht, ihr ein aberwitzig teures Diamantarmband zu kaufen.

„Aha, dann bist du also nur wegen des Geldes hier?" Ich wieselte um sie herum, während wir das Haus verließen und in Richtung der Garage gingen.

„Und wegen deines guten Aussehens", ergänzte sie mit einem weiteren Augenzwinkern, als wir zu meinem Mercedes kamen und einstiegen.

„Es verdirbt irgendwie die Überraschung, wenn du dein Date um ein teures Geschenk anbettelst." Ich suchte Ausreden und hoffte, dass ich nächste Woche längst aus der Sache raus sein würde.

Ich war wirklich ein totales Arschloch. Ihr mürrisches Gesicht bestätigte allerdings, dass es ihr bei der Sache tatsächlich hauptsächlich um Geld und Prestige ging… touché.

Wir hielten vor einer protzigen Hütte in Ashbury Heights und mir drehte sich der Magen um. Das hier würde so gar nicht mein Ding sein. Ich schaute hinüber zu Christine auf der Suche nach einer Komplizin, aber die war ganz aus dem Häuschen, scharrte schon in den Startlöchern und konnte es kaum erwarten.

„Vielleicht darfst du mich doch fesseln", sagte sie mehr zu sich selbst.

Mir wurde unwohl. Ich stand echt nicht auf perverses Zeug wie öffentliches Ficken oder Ficken an einem Ort, wo Fremde überall um mich herum ebenfalls am Ficken waren, und schon gar nicht mit jemandem, dessen Anziehung auf mich im Nachlassen begriffen war.

Wir gingen hinauf zur Eingangstür und sie öffnete sich, ohne dass wir hätten klopfen müssen.

2

Adele

Als das Flugzeug den Boden berührte und über die Landebahn hüpfte, hüpfte mein Magen mit. Es war jedoch nicht die Angst vorm Fliegen, die mich so irritierte, sondern etwas Unbestimmteres, Nagendes. Ich war zwar keine begeisterte Fliegerin, aber ich hatte schon in so vielen Flugzeugen gesessen, dass mir weitestgehend klar war, dass ich mich nicht in Lebensgefahr befand. Nein, es war dieses vage Gefühl, dass ich dabei war, einen schrecklichen, nicht wieder zu korrigierenden Fehler zu begehen. Ich hatte die beste Campuswohnung aller Zeiten aufgegeben und die tollste Mitbewohnerin der Welt gebeten, mein Zimmer an jemand anderen zu vermieten. Für mich hätte es den Sommer über gereicht, aber … die Neue wollte es dauerhaft. Und Nancy hatte die Chance ergriffen, nicht für die gesamte Miete verantwortlich sein zu müssen … und ich landete nun gerade in … bäh, da meldete sich mein Magen gleich wieder zu Wort.

Ich befand mich im letzten Jahr an der Universität von Ohio, wo ich Kulturanthropologie mit Schwerpunkt auf soziale Medien und der Sharing Economy studierte. Und aus einer Laune heraus hatte ich ein Praktikum bei einem aufstrebenden Startup im Share-Media-Bereich angenommen. Nun, vielleicht nicht wirklich aus einer Laune heraus, sondern eher auf Gesuch, Bettelei und letztlich schlichter Bestechung von Seiten meines besten Freundes Charles. Er bot mir einen gratis Wohnort und einen Schnellsiedekurs fürs Leben; es war schwer abzulehnen.

Ein Sommer in San Francisco, was sollte da schon schiefgehen? Ich hatte eine Wohnung, die Gesellschaft eines Freundes und damit auch gleichzeitig einen Aufpasser. Ich konnte Ohio hinter mir lassen, hatte ich mir selbst gesagt, ich war dort ja schließlich nicht festgeklebt. Und obwohl meine übrigen Freunde nicht die größten Fans von Kalifornien waren, so schlimm konnte es nun auch wieder nicht sein, schließlich war Charles ja da. Charles vertrat die verquere Ansicht, dass ich nicht loszulassen und mich zu entspannen wüsste, also wollte er seinen Sommer darin investieren, mein Leben neuzugestalten. Das war sowas von typisch für Charles.

Nur weil Heiraten und Kinder kriegen nicht an oberster Stelle seiner Lebensziele standen, hieß das nicht, dass es bei mir nicht anders sein durfte. Trotzdem hatte er mich überzeugen können, dass ein Sommer weg von meinen Freunden, Wurzeln und allem, was mit Ohio zu tun hatte, für eine Weile gut für mich sein würde. Doch jetzt, wo das Flugzeug jäh zum Stillstand kam, zweifelte ich plötzlich sehr an seinen Worten.

Diese verrückte Idee von Charles fühlte sich plötzlich wie eine Prüfung an, die ich nicht überleben würde. Das Flugzeug war voll bis an den Rand mit lässigen und entspannten Leuten, die im Leben keine Sorgen zu kennen schienen. Die ‚Mir doch egal'-Einstellung stand ihnen nur so ins Gesicht geschrieben. Hip und cool sein … für die war das ganz normal, für mich hingegen glich es einem steilen Berg, der sich vor mir auftürmte.

Draußen wartete ein Uber-Fahrer auf mich, der mich zu Charles bringen sollte. Als ich von der drängelnden Menge beim Aussteigen hin und her geschoben wurde, versuchte ich den Kloß hinunterzuschlucken, der sich in meinem Hals festgesetzt hatte.

Du schaffst das, Addy, du schaffst das!

Ich sang mir das Mantra wieder und wieder vor. Ich war nicht mehr das dicke Mädchen mit der Zahnspange. Ich hatte mit zehntausend Schritten am Tag begonnen, aß gesund, hatte mich in Yoga verliebt. Wenn ich inzwischen in den Spiegel blickte, sah ich nicht mehr mein altes Ich, aber um ehrlich zu sein, ein neues Ich sah ich auch nicht wirklich. Und so stolperte ich in ein Meer von Hipster-Bärten und Männerdutts und fühlte mich dabei wie die tapsige, fette Verliererin von früher, die niemand je zur Kenntnis nahm.

Eine gut gekleidete Frau mit lila Locken holte im Gang vor mir ihren Koffer aus dem Fach. Ihr Lächeln war genauso schön wie ihre tiefbraunen Schokoaugen.

„Ist das deiner?“, fragte sie, als würde sie mit einer Außerirdischen reden … oder zumindest kam es mir so vor.

„Ähm, ja. Ich nehm ihn gleich.“ Die Worte stolperten mir aus dem Mund.

„Nee, alles gut.“ Mit einer flotten und gelassenen Geste und mit betonter Leichtigkeit schwang sie meinen Koffer herunter.

„Vielen, oh Gott, danke“, stammelte ich und verachtete mich selbst.

Ihre braunen Augen zwinkerten. „Klar, kein Problem.“

Und damit drehte sie sich um und folgte dem Festzug nach draußen. Ich würde niemals cool genug für San Francisco sein. Mein Herz raste und meine Hände begannen zu schwitzen. Sobald ich Charles in die Finger bekam, wollte ich ihm den Hals umdrehen.

Er konnte mich nicht am Flughafen abholen, weil er zwar einen gut bezahlten Job, nicht jedoch ein eigenes Auto hatte. Seine Hammerbude fraß zu viel von seiner Kohle, und wenn man in der Stadt wohnt, braucht man sowieso keins, hatte er mir erzählt.

Der Weg vom Flughafen zu Charles‘ Apartment in North Beach war vergleichsweise ereignisarm. „Sie sind also aus Illinois?“, wollte der Uber-Fahrer mit schwerem spanischem Akzent wissen, so als stammte ich vom Mars.

„Nein, Ohio, genau genommen. Aurora, das ist eine …“, der abwesende Blick in seinen Augen verriet mir, dass ihn das absolut nicht interessierte. „… schöne Stadt zum Leben.“ Ich ließ die Unterhaltung ruhen.

Ich beschloss, lieber zu schweigen, und so wurde für den Rest der Fahrt nichts mehr geredet. Ich schaute zwar dauernd auf mein Telefon und tat so, als wäre ich super beschäftigt mit irgendwas, aber er schien dennoch irgendwie abgelenkt, blickte dauernd zu mir herüber und grinste. Das war komisch, also wandte ich mich dem

Fenster zu und schaute den vorüberziehenden Straßen zu … und zwar gefühlt stundenlang. Hohe Wohnhäuser waren in Ketten aneinandergereiht und glichen bunten Soldaten mit spitzen kleinen Hüten und aufgeblähten Bäuchen. Ich war mir nicht sicher, ob ich die Architektur lieben oder hassen sollte, denn ich war an weite, offene Flächen gewöhnt. Leute gingen mit ihren Hunden spazieren und quatschten miteinander in dieser entspannt-unnahbaren Haltung, gepaart mit dieser eigenen Sorte von Überheblichkeit.

Ein überwältigendes Gefühl der Unsicherheit packte mich, wenn ich mir mich selbst in diesem Strudel der Coolness vorstellte, zu dem ich nie gehören würde. Es drohte mich zu ersticken, aber als mein Fahrer vor einem der Häuser anhielt, das den anderen zum Verwechseln glich, atmete ich tief durch.

„Mr. Monroe hat für die Fahrt schon bezahlt." Der Fahrer lächelte und ich erkannte ein unmissverständliches Funkeln in seinen Augen.

Schräg, schräg, schräg, ich war kurz davor, den nächsten Fernbus nach Ohio zu nehmen. Trotzdem dankte ich dem Kerl, ließ ihn mein Gepäck zur Treppe tragen und gab ihm einen Zehner. Ich war nicht sicher, ob das angebracht war, tat es aber dennoch und entflammte damit erneut seinen seltsam lüsternen Blick.

„Danke, es war mir ein Vergnügen." Er nahm meine Hand und für einen Augenblick dachte ich schon, er würde sie küssen.

Als er sie stattdessen vehement schüttelte, zuckte ich unmerklich zusammen.

„Danke." Ich hob ratlos die Achseln und zog meine Hand entschlossen zurück.

„Mein Name ist Julio. Falls Sie mal wieder irgendwohin ein Taxi brauchen, rufen Sie mich an." Verdammt … was zur Hölle?

„Okay." Ich nahm mein Handy und tippte eiligst eine Nachricht an Charles.

Ich stehe vor deiner Tür!

„Ich könnte dich auch ein wenig in der Stadt herumführen", fuhr Julio fort.

YEEEEA war Charles Antwort.

„Ähm … äh …" Als ich stotternd einer Antwort auswich, ging endlich die Tür auf.

„Addy McFätti!", jauchzte Charles … oh, dem Himmel sei Dank, ich war gerettet.

Ich schenkte dem Fahrer ein Lächeln und klimperte mit den Augenbrauen. „Danke für alles", sagte ich und sah ihn schmollen.

„Klar."

„Was zur Hölle ist denn mit dir passiert? Addy? Scheiße, Mädel! Was soll das denn?" Charles Augen weiteten sich vor Schock? Entsetzen? Verehrung? Keine Ahnung was, aber mein Magen meldete sich rumpelnd zurück.

„Es war ein langer Tag, unruhiger Flug, die ewige Fahrt, du weißt schon." Ich senkte die Stimme: „Mit dem Uber-Typ da."

„Ja, Reisen nervt. Aber du! Wo ist Addy McFätti? Bist du zu einem verdammten Victoria's-Secret-Model geworden? … Oh mein Gott, Mädel seit wann bist du so scheiße heiß?"

„Und wann hast du einen Rohrspatz gefressen und bist zum Fluchweltmeister geworden?" Etwas schrill war er ja schon immer gewesen, aber dann noch die ganzen Obszönitäten und das Gerede von wegen ich sei heiß?

Ich war noch immer das alte Mauerblümchen. Charles und ich waren Freunde, weil er in der Highschool der einzige Schwarze mit dem Glück war, dazu auch noch schwul zu sein, und ich mit Unsichtbarkeit gestraft war. So war uns beiden geholfen. Wir litten zusammen, aßen viel Eis und starrten süßen Jungs hinterher, die nicht einmal wussten, dass wir existierten. Wir waren unzertrennlich gewesen.

„Haha. Gib mir dein Gepäck und dann, ganz im Ernst, wirst du mir erzählen müssen, was hier los ist." Er wollte offenbar nicht lockerlassen.

Wir betraten den Eingangsbereich und er betrachtete mich mit einem spitzbübischen Grinsen.

„Nachdem du ja jetzt so durchtrainiert bist, macht es dir sicher nichts aus, dass es im vierten Stock oben ist. Ohne Lift.“ Er hievte meine Koffer hoch, mit jedem Arm einen.

„Nachdem ich ja jetzt so durchtrainiert bin, kann ich mich auch um die da selbst kümmern.“ Ich wollte mir die Koffer schnappen.

„Nix da.“ Er huschte die Treppe hinauf. „Ich hab heute das Training geschwänzt, das tut mir gut. Wir sehen uns oben.“

Ich muss zugeben, dass ich im vierten Stockwerk angelangt ein wenig außer Atem war, aber die kleine Trainingseinheit kam mir sehr gelegen. Ich konnte Fitnessstudios nicht leiden und hatte nicht die Absicht, regelmäßig in eines zu gehen, aber ein bisschen Sport im Alltag war mir immer willkommen. Es gefiel mir also gut, dass er so weit oben wohnte.

Ich ging durch seine offene Tür, wo es nach Räucherstäbchen und Aftershave roch. Die Wohnung war reizend, ein Fenster zeigte zur Bucht hinaus und bot einen Ausblick aufs Meer. Seine Einrichtung war durchgehend modern, klare Linien, teuer aussehendes Zeug, außerdem ein überdimensioniertes Gemälde mit einem nackten Kerl an der Wand. Tatsächlich war es das Einzige, was überhaupt an der Wand hing, und Junge, Junge, der Typ war aber sowas von nackt. Allein schon vom Hinsehen fühlte ich mich selbst erröten.

Ich stand kurz vor meinem Abschluss, hatte Präsident Obamas Hand geschüttelt, den Mount Rainier bestiegen, einen Essay über unsere Abneigung, miteinander zu sprechen, in einer großen Sammlung wissenschaftlicher Artikel veröffentlicht, aber ich hatte doch tatsächlich noch nie einen nackten Mann berührt, geschweige denn Sex mit einem gehabt. Das Gemälde also … brachte mich zum Schwitzen.

Ich war noch immer Jungfrau. Das war vermutlich auch der große Ansporn hinter Charles' Entscheidung, mich von Ohio wegzuzerren. Er wollte, dass ich gebügelt wurde. Ich wollte zwar nicht gebügelt werden, schließlich war ich kein Hemd, aber tief drinnen … ich meine, wirklich tief drinnen, wünschte ich mir, dass mich jemand liebte. Das Arrangement konnte aber auch für uns beide Nutzen bringen, weil Charles jemanden zum Abhängen brauchte. Er hatte viele seiner Freunde verbraucht, die sich allesamt als oberflächlich und nutzlos erwiesen hatten, sodass er seinen Fels in der Brandung suchte.

„Die Bude ist ja der Wahnsinn", platzte ich heraus, als er gerade hereinkam und mich dabei erwischte, wie ich den nackten Kerl angaffte.

„Den Typen kenne ich persönlich", triumphierte Charles stolz. „Und … scheiße ja, seine Nudel ist wirklich so groß. Aber er spielt in meinem Team, für dich müssen wir also leider einen anderen finden." Ich errötete in den leuchtendsten Tönen.

„Ich hab doch gar nichts gesagt …", versuchte ich mich ungelenk herauszureden.

„Ach Schätzchen, deine Augen aber schon", feixte er.

„Okay, vielleicht." Ich konnte ihn sowieso nicht stoppen, ich versuchte es erst gar nicht.

„Also, dann führ mich mal rum." Ich hüpfte doch tatsächlich auf und ab und klatschte in die Hände.

„Nun, das hier ist das grandiose Foyer." Seine Arme beschrieben einen großen Bogen. „Und", er stieß die Flügeltüren auf, von wo er gerade gekommen war, „das ist die mikroskopische Küche."

Ich steckte den Kopf hinein, wo ich einen winzigen Herd, eine Spüle und gerade mal genug Arbeitsfläche für einen einzelnen Teller erblickte. An die Küche hatte man ganz offensichtlich als Letztes gedacht.

„Ah", machte ich.

„Ich weiß … sie ist kaum vorhanden, aber für mich passt das, ich hasse kochen sowieso. Und hier“, er führte uns in einen sehr breiten und langen Gang, wo er einen Esstisch mit Armleuchter stehen hatte, „ist das Esszimmer.“ Seine Arme breiteten sich erneut aus und flogen durch die Lüfte. „Früher ein nutzloser Gang.“

Der Gang hatte keine Fenster, verfügte aber über schöne Oberlichten, die den Raum aufhellten.

„Und hier hinten ist das Badezimmer.“ Er ging am Esstisch vorbei zu einer Tür linkerhand.

Ich öffnete sie und erkannte, dass das Bad locker dreimal so groß war wie die Küche und mit einer einladend geräumigen Wanne aufwartete.

„Oh mein Gott, ich will mein Leben in dieser Wanne verbringen.“ Ich war kurz vorm Sabbern.

„Also, die Wohnung war früher Teil eines einzigen großen Hauses, die Küche war damals noch ein Waschraum. Das Bad und die Wanne sind zum Niederknien, aber mein Lieblingsraum ist hier hinten am Ende des Gangs.“ Er grinste strahlend und schob mich weiter bis zu der Doppeltür, die den Gang/Essbereich abschloss. Er drehte den uralten von einer Patina überzogenen Türknauf und stieß die Flügel auf, wodurch ein gewaltiger Raum zum Vorschein kam, der um einiges größer war als der gesamte Rest der Wohnung. In der Mitte befand sich ein riesiges Bett mit zwei Nachttischchen, einem üppigen Flachbildschirm, Gott weiß in welcher Größe, und über allem schwebte eine Glasdecke. Auch der Großteil des übrigen Raumes war aus Glas mit gusseisernen Rahmen.

Es fühlte sich an, als wäre man draußen im Freien, aber weil die Wände rundherum halb hochgezogen waren, gab es einem dennoch auch ein geschütztes Gefühl. Der Raum war atemberaubend.

„Das war früher mal das Gewächshaus … ist es nicht fantastisch? Das ist der Grund, weshalb ich mit der Küche leben kann”, lachte er. „Und mit dem aberwitzigen Preis.“

„Hierfür würde ich sowas von mit der Küche leben können." Es war wirklich großartig. „Und", ich schaute mich im Zimmer um und fragte mich, ob irgendwo noch ein geheimes Gästezimmer versteckt war, „wo wohne ich?"

Ich sollte den ganzen Sommer mit ihm verbringen, deshalb hatte ich ohne zu fragen angenommen, dass er ein zusätzliches Zimmer hatte.

„Naja, du wohnst hier bei mir." Er lächelte und nickte zu meinem Gepäck draußen im Gang.

„In diesem Bett mit dir?" Ich beäugte ihn misstrauisch von der Seite.

„Wieso nicht. Partyyy … Mitbewohnerin!" Er fing zu tanzen an und schüttelte seinen Hintern.

Ich verengte meine Augen zu Schlitzen.

„Oh, ich bitte dich, du magst zwar plötzlich zu Heidi Klum geworden sein, aber ich bin immer noch andersrum. Fest verankert am gegenüberliegenden Ufer. Ich will nicht mal rüber schauen auf dein Ufer. Ich bin zu einhundert Prozent schwul. Aber das Bett ist so groß, da ist locker Platz für zwei, ansonsten muss einer von uns auf der Couch schlafen und die ist einfach nicht so bequem." Er schien sich deshalb keinerlei Gedanken zu machen.

„Ähm, okay, von mir aus." Ich zuckte die Achseln und überlegte gleichzeitig, ob mein praktisch unbezahltes Praktikum ausreichen würde, um mir für den Sommer ein AirBnB zu besorgen.

Die Vorstellung, mit Charles rumzuhängen und sich gehen zu lassen, war furchteinflößend und erschreckend aufregend. Ich hatte noch nie mit jemandem im selben Bett geschlafen, das machte mich nervös. Selbst wenn er der Schwulste der Schwulen war, ich fühlte mich trotzdem komisch deswegen.

Aber einen Vorteil hatte die Sache auch. Wir konnten im Bett tratschen und Netflix glotzen. Auf einmal sah die Sache schon spaßiger aus. Ich musste nur meine Vorbehalte loswerden. Er hatte recht, er war schon seit seiner Geburt schwul, wie er so gern betonte.

Ich musste den Leuten vertrauen und endlich mit dem Leben anfangen. Mit Zurückgezogenheit konnte man nicht viel gewinnen, also ließ ich mich auf sein Bett plumpsen und blickte in den prächtigen Himmel über mir.

„Und, welches ist meine Seite?“ Ich schaute ihn an und schenkte ihm ein großes, breites Grinsen.

3

Logan

Entzückt ist vermutlich eine zu schwache Beschreibung für die Art, wie der Gastgeber mit meiner Anwesenheit auf seiner Party umging. Ich versuchte zunächst höflich zu sein, aber es wurde mir bald schon zu bunt. Gleich beim Betreten des Hauses war mir klar geworden, dass das hier nichts für mich sein würde. Die Veranstaltung war mehr oder weniger eine pornographische Orgie und ich hielt es einfach nicht aus. Abenteuerlicher Sex und die Überschreitung von Grenzen machten mir nichts aus, aber das hier war ein Abgrund, den zu ergründen ich keinerlei Interesse hatte.

Christine schien sehr viel enthusiastischer als ich zu sein und nachdem Mr. Gregarious sich ach so sehr über unser Kommen freute, verkündete er auf dem Fuß, dass der „Adel“ nun eingetroffen sein. Ich hatte große Lust, mich einfach in ein Zimmer zu verkriechen und dort zu verstecken. Selbst die Vorstellung, mir Christine zu Gemüte zu führen, schien mir plötzlich wieder wenig erstrebenswert.

Die jedoch badete in ihrem Ruhm. Sie hatte die Aufmerksamkeit des gesamten Raumes, alle Augen waren auf sie gerichtet. Die meisten Leute waren jetzt schon nackt und wollten kokettieren. Einer der Nackten kannte Christine von ihrem YouTube-Kanal und sie schien mit ihm ebenfalls wohl vertraut zu sein. Genug zumindest, um anzunehmen, dass sie sehr viel mehr miteinander getan hatten, als nur ihre jeweiligen Videos zu kommentieren.

„Banjo!", rief sie dem YouTuber Dylan Banjofferson entgegen, ein Draufgänger und Aufdecker gesellschaftlicher Mythen.

Er war eine Art selbsternannter Superheld mit einem Mischmasch aus Erklärungen über Theorien, Erklettern von Wolkenkratzern, Schwimmen mit Haien, Chilis mampfen und im Krankenhaus landen. Er war, meiner bescheidenen Einschätzung zufolge, ein Idiot.

„Teeny!!!!", schnalzte er und trug dabei nicht einen Fetzen am Leib, während sein Schwanz bereits auf Hab-Acht stand. „Der Abend ist gerade noch besser geworden", sagte er und schlängelte sich zu uns herüber, wohl in der Erwartung, dass ich sie mit ihm teilen würde.

Zuerst bekam ich Prügellaune, dann aber begriff ich, dass er meine Gelegenheit war, mich aus diesem Schlamassel zu befreien. Christine Metlock würde mich womöglich für immer hassen, aber das kümmerte mich wenig. Ich meine, als Mensch hätte es mich vielleicht zumindest ein bisschen kümmern sollen, aber sie hatte die Tasche mit ihren Sachen schon mitgenommen und bei mir zu Hause lag nichts mehr von ihrem Zeug herum. Ich konnte einen sauberen Schlussstrich ziehen und das Schlimmste, was passieren konnte, waren ein paar gemeine Worte auf ihrem Kanal. Jegliche Publicity war gut, also war es wohl das Risiko wert.

„Banjo" und „Teeny" umarmten sich und für den Bruchteil einer Sekunde entstand ein unangenehmes Schweigen, das ich aber rasch durchbrach.

„Hey, Christine", sagte ich so freundlich, wie ich nur irgendwie konnte. „Ich glaub, ich werd heute doch eher kneifen. Das hier ist echt nicht mein Ding. Genießt es, ihr zwei. Ich bin sicher, ihr werdet eine Menge Spaß haben. Lass alles auf mich anschreiben, ich ruf dich dann später an."

Ihr Gesicht flammte umgehend vor Zorn auf, während Banjo sich nicht daran zu stören schien, dass ich ging.

„Was zur Hölle, Logan?", brodelte sie. „Was zur verfickten Hölle?"

Der Gastgeber, dessen Namen ich inzwischen bereits komplett gelöscht hatte, wirkte erschrocken.

„Sie wollen nicht bleiben?", kreischte er beinahe.

„Hab nur vorbeigeschaut", bemerkte ich albern und wandte mich Christine zu. „Ich ruf dir ein Taxi, wenn du fertig bist, schreib mir einfach." Ihre Augen waren geweitet und voller überraschter Wut.

Jetzt lag es an ihr. Sie konnte eine Szene machen und diese Szene würde dann vermutlich irgendwie im Internet landen. Auch wenn die meisten Gäste schon splitternackt waren, würde wahrscheinlich von irgendwoher ein Handy auftauchen. Vielleicht würde sie es aber auch einfach aussitzen, mir dann ein paar hasserfüllte Sprachnachrichten, SMS und E-Mails hinterlassen, mich im Netz zerlegen und dann irgendwann Ruhe geben.

Wie auch immer, ich war fertig mit ihr. Christine war bestimmt auch nicht unsterblich in mich verliebt, ich war eben ein Arschloch. Es überraschte mich aber doch immer wieder, wenn manche Leute sich darüber wunderten, denn eigentlich musste das inzwischen die ganze Welt wissen.

„Ja, vermehret und vergnüget euch. Wir sehen uns." Hoffentlich nie wieder, war mein Gedanke.

„Sie wollen wirklich gehen?", fragte der verstörte Gastgeber.

„Ja, aber genießen Sie Ihren Abend, sieht nach Spaß aus." Ich zwinkerte.

„Du willst mich also einfach hier sitzen lassen?" Christines Stimme zischte vor Hass.

Ich ließ einen Augenblick verstreichen, Stille breitete sich im Raum aus, alle Augen ruhten auf uns, als ich flüsterte: „Entweder hier oder zu Hause." Ich hoffte, dass sie die Bedeutung dessen verstand.

Ohne ein weiteres Wort wandte ich mich ab und ging zur Tür hinaus. Ich konnte den Luftzug hinter mir spüren, als sie sich auf mich stürzen wollte, aber von Banjo gerade noch zurückgehalten wurde.

„Komm schon, wir schauen mal, was es hier so zu spielen gibt." Er klang sowohl vertraut als auch verführerisch und ich hörte noch ihre Antwort: „Gut, lass uns jedes von den Scheißdingern nehmen, der zahlt ja eh." Der wütende Klang ihrer Stimme hatte einen rachsüchtigen Unterton, aber im Grunde war das wohl auch in Ordnung so.

Das war vermutlich die schlimmste Art, mit jemandem Schluss zu machen, überhaupt, aber das war eben ich in Höchstform. Ich umgab mich mit den Christines dieser Welt, um nie in die Gefahr geraten zu müssen, mir das Herz brechen zu lassen. Sie würde vermutlich nicht allzu lange niedergeschlagen sein, abgesehen von der entgangenen Chance auf ein Diamantarmband, das ich ihr ganz sicher niemals kaufen würde. Etwas sagte mir, dass Christine die Sache beim Morgengrauen bereits vergessen haben würde … zumindest großteils.

Auf dem Weg nach Hause holte ich mir noch schnell etwas vom Chinesen, fläzte mich vor meinen Fernseher und schaute mir zum dutzendsten Mal Avatar an. Es war Charlottes Lieblingsfilm. Sie weinte jedes Mal … jedes verflixte Mal. Und jetzt, wo sie weg war, weinte ich auch, aber aus einem anderen Grund. Dieser Film brachte mir ein Stück jener Frau wieder, die meine Welt gewesen war und von der jetzt nichts, absolut gar nichts mehr übrig war außer einem kalten, harten Grabstein mit einem in Marmor gravierten Porträt.

Christine Metlock würde niemals eine Charlotte sein … niemand würde das.

4

Adele

„Nein, nein, nein, nein, nope, non, niet, nada!", quietschte ich, stampfte mit den Füßen auf den Boden und führte mich insgesamt wie ein Kleinkind auf.

„Schätzchen, ich kann mit nichts hiervon etwas anfangen … nichts, nada, rien, niente! Du hast keinerlei Klamotten zum Feiern mitgebracht. Die Green Fairy Party ist das Fest des Jahres … Ich kann dich da nicht mit einem knöchellangen Blumenmuster-Oma-Sonntagskleid mitnehmen." Charles starrte mich herausfordernd an und hielt mir ein glitzerndes Stück Stoff hin, das kaum als Serviette durchgehen konnte und von dem er erwartete, dass ich es anzog.

„Es ist nicht knöchellang, du Drama Queen, es geht nur bis unter die Knie." Ich war erbost.

Die Blumen waren auch nicht so schlimm, es war mehr eine Grafik als ein Blumendruck.

„Es ist Brennstoff", sagte er mit finsterem Gesicht.

„Und deins würde ich eher zum Staubwischen verwenden." Ich stemmte die Hände in die Hüften und blieb standhaft.

„Entweder ich nehm dich auf diese Party in etwas Richtigem mit oder sonst eben nackt", konterte er.

„Wenn ich das Kleid da trage, kann ich gleich nackt gehen, deine Drohung ist hinfällig." Das würde ich ganz einfach nicht tun, auf keinen Fall.

„Probier es doch wenigstens mal an. Mehr verlang ich gar nicht. Wenns dir wirklich nicht gefällt, und ich meine absolut überhaupt gar nicht gefällt, dann frage ich meine Nachbarin Jessica, ob sie uns was anderes bringen kann. Du musst mir einfach nur versprechen, dass du nichts aus deinem Koffer anrührst. Du kommst mir nicht in Lotterhosen auf eine Green Fairy Party.“ Jetzt wurde er allmählich barsch.

„Meinetwegen.“ Ich griff mir das abscheuliche Ding und machte mich auf ins Badezimmer, um mich hineinzuzwängen.

Ich lebte nun seit einer Woche bei Charles. Wir hatten uns auf der Couch Filme und eimerweise Eis reingezogen. Wir waren schön essen gegangen, hatten Street Food gefuttert und in Spelunken abgehangen, und mit ihm das Bett zu teilen war eigentlich ganz nett und gemütlich. Er schnarchte … andauernd, aber ich fand das irgendwie beruhigend.

Ich hatte schon gedacht, er hätte mich bereits mit allem Fürchterlichen in San Francisco bekannt gemacht, aber der richtig harte Brocken war nun diese verdammte Feenparty. Er wollte wohl, dass ich noch den ultimativen „Spaß“ erleben durfte, bevor ich am kommenden Montag mein Praktikum startete. Der Plan bestand darin, mich vor die Tür zu locken, wahnsinnig betrunken zu machen, mich irgendeinem sich bietenden Kerl vorzustellen, auf dass ich ihn küssen sollte oder mit ihm schlafen sollte. Beinahe mit ihm schlafen sollte? Keine Ahnung, was Charles genau vorschwebte, aber was es auch war, ich war mir sicher, dass meine Reaktion vornehmlich „Nein“ lauten würde. Nachdem es die letzte Gelegenheit vor meinem Arbeitseinstand sein sollte, versprach er, dass es für den Rest des Sommers das Einzige bleiben würde, wozu er mich „zwang“. Ich bezweifelte das.

Ich wurstelte meine Haare zu einem wirren Knoten zusammen, quetschte meine Füße in ein Paar High-Heels von der Höhe des Mount Everest und stakste aus dem Badezimmer, gekleidet in dieses vermaledeite Glitzerkleid, das kaum meinen Arsch zu bedecken vermochte.

„Ich hasse es“, meckerte ich finster.

Ich stand nicht gerade darauf, die Kleider anderer Leute auszuborgen, schon gar nicht, wenn es sich dabei um billige Nuttenkleider handelte. Naja, vielleicht hatte das Kleid auch irgendwie Stil, aber die Genugtuung, das zuzugeben, würde ich Charles niemals geben.

„Heilige Scheiße, Addy, vielleicht musst du heute doch auf der Couch schlafen." Charles' Kinnlade drohte buchstäblich auf dem Boden aufzuschlagen.

„Was?", fragte ich und fühlte mich beleidigt.

„Du siehst … scheiße, ich meine, wow. Was zur Hölle? Ich schwöre bei Gott und dem Jesuskind, mein Schwanz wird gleich hart. Wieso zum Teufel hältst du das alles", er fuchtelte mit der Hand vor meinem Körper herum, „ständig versteckt. Verdammt, Scheiße. Scheiße, Mädel." Charles fehlten doch sonst nie die Worte, was um Himmels Willen war denn jetzt los?

Ich drehte mich um und musterte mich selbst in dem mannshohen Spiegel. Das Kleid war umwerfend, wer hätte nur gedacht, dass ein Geschirrtuch zu so etwas imstande war?

„Ganz okay", flüsterte ich kaum hörbar. Ich hatte eigentlich keine Ahnung, wie mein Körper aussah, es war nämlich meine Angewohnheit, nicht hinzusehen, um nicht enttäuscht zu werden. „Also, und wohin zum Geier willst du mich damit jetzt schleppen?" Ich war beinahe bereit mitzugehen, nachdem ich doch tatsächlich wie jemand anderes aussah, tatsächlich irgendwie schön.

„Nur auf die coolste Party auf der Welt." Sein Gesicht leuchtete auf wie ein Feuerwerk. „Die grüne Fee ist Absinth, dieser Anislikör, von dem sich die Leute früher Halluzinationen geholt haben. Jedenfalls bumst einen das Zeug immer noch ganz schön durch. Ich möchte, dass du davon großzügige Mengen zu dir nimmst. Aber ich werde ein Auge auf dich werfen müssen … weil, Scheiße noch mal …", begann er seinen Plan zu entwerfen.

„Ich kann bestens auf mich selbst aufpassen. Und ich trinke nicht." Ich zog die Brauen zusammen und setzte meinen ernstesten Blick auf.

„Oh doch, das wirst du, und du wirst dir dein hübsches Gesichtchen heute küssen lassen, sonst muss ich es tun", drohte er.

„Sorry, aber pfui, du bist wie mein Bruder." Ich verzog das Gesicht.

„Genau." Er machte die gleiche Miene und wir lachten beide. „Zwing mich nicht, mich wegen dir noch anders zu entscheiden."

„Und was macht man auf der Party sonst noch, außer sich zu besaufen?" Ich war ein bisschen neugierig geworden, ich mochte Feen und in der Theorie mochte ich Küssen auch.

Seinem unbeirrbaren Drang, mir ein paar Lippen zu finden, zum Trotz hatte ich schon mehrere Menschen geküsst. Und auch wenn ich es durchs College geschafft hatte, ohne meine Kronjuwelen zu verkaufen, so hatte es doch ein paar Interessenten gegeben. Ich meine, den ein oder anderen Kunden hatte ich schon in mein Juwelengeschäft gelassen, und einmal hatte ich Bob, meinen ersten und einzigen kurzfristigen Freund, ein wenig meine Perle polieren lassen. Er war einer von denen gewesen, die bis zur Ehe warten wollten, und naja … bis zur Hochzeit hatten wir es leider nicht geschafft. Naja, er schon, ich aber nicht. Er hatte eine Frau und zwei Kinder, und ich … nun, Bobs Besuch im Juweliergeschäft war alles, was ich hatte.

„Es ist ein Homo/Hetero-Mischdings. Du kriegst ein paar Flügelchen zum Anstecken, diese niedlichen kleinen Dinger. Blau für cis-hetero, die strikt nur das gegenteilige cis-Geschlecht wollen. Gelb für Heteros, die es mit der Ausrichtung des Gegenübers nicht so genau nehmen. Orange für Bisexuelle, die finden beides cool. Und pink ist schwul." Er lächelte, offenbar stolz auf seine großen Reimkünste. „Und grün ist, wenn man auf Feen steht. Für diese Party heißt grün Transgender-Menschen."

Plötzlich wurde mir schwindlig und ich begann zu schwitzen.

„Ich glaub, ich kann das nicht." Das war mir alles ein bisschen zu viel.

„Schätzchen, wir kleben dir ein paar blaue Flügel an und schauen dir beim Fliegen zu." Er machte eine kleine Flattergeste mit den Fingern.

„Und wie mach ich denen klar, dass ich meine Beine nicht breitmache, ganz egal wie strikt cis sie sind?“ Dieser Aspekt machte mir ehrlich gesagt die größte Angst.

„Du sagst einfach von Anfang an, dass du nur aufs Küssen aus bist, und voila, man wird dich nur küssen. Sollte irgendetwas sonst passieren, meldest du es dem Gastgeber.“ Sein Lächeln war warmherzig und gutmütig, denn ihm war klar, wie unsicher mich das alles machte.

Charles war von unseren Jugendjahren bis ins College mein Beschützer gewesen. Seit er seine ländlichen Wurzeln aufgegeben und so getan hatte, als wäre er schon immer in San Francisco gewesen, rief er mich noch immer fast täglich an. Wir waren im Herzen miteinander verbunden, er wusste, was das hier für mich bedeutete. Und ich wusste seine Bemühungen wirklich zu schätzen, ich verstand, dass es ein Akt der Liebe war.

5

Logan

Fick dich, du narzisstisches, soziopathisches Stück Scheiße. Du machst Schluss mit mir? Du bist wertloser Abschaum, ich werde dich vernichten!!!!!

„Schon wieder eine Nachricht von Christine", stöhnte ich, nachdem ich auf mein Handy geschielt hatte, und nahm noch einen Bissen Salat, um meine Nerven zu beruhigen.

James, mein Geschäftspartner und bester Freund seit unzähligen Jahren, lachte einfach nur.

„Du hast sie ja schon ganz schön hart abserviert. Ich glaub, sie hat drei Tage lang am Stück darüber gebloggt, die Besucherzahlen auf DropIn sind durch die Decke gegangen." Er nippte an seinem Gin Tonic. Wir saßen zum Mittagessen auf der Veranda, denn es war ein ungewöhnlich sonniger Tag.

„Ja, ein bisschen grob war ich wohl. Ich wäre beinahe auf diesen Typen eifersüchtig geworden, den sie kannte, aber dann hab ich mir gesagt, das ist doch nur Christine. Du weißt schon, Christine … die einmalige Geschichte, aus der viel zu viele Male geworden sind. Wieso bin ich eifersüchtig? Wieso bin ich eifersüchtig? Ich … ich hab mich in Gefühle verwickeln lassen, die ich nicht wollte." Ich murmelte mehr oder weniger zu mir selbst und nahm noch einen Bissen in der Hoffnung, er würde das Thema wechseln.

„Mochtest du sie etwa und bist darüber erschrocken?" Jetzt spielte er den Therapeuten.

„Nein, das ist ja das Problem, ich konnte sie kaum leiden und das hat mich erschreckt. Der Sex war gut, aber Sex ist allgemein gut." Ich mag Sex und es kommt sehr selten vor, dass Sex schlecht ist … ich meine, es kommt sicher vor, aber ich habs nicht oft erlebt. Das war nicht wirklich der Grund, weshalb ich gegangen war, das erzählte ich ihm nur.

Ehrlich gesagt erinnerte sie mich zu sehr an Lauren. Sie und ich hatten beide in der gleichen Anwaltskanzlei gearbeitet. Es gab eine Zeit in meinem Leben, in der ich Wirtschaftsanwalt hatte werden wollen, weshalb ich als Praktikant in eine große Gesellschaft gegangen war, wo wir uns kennenlernten.

Sie war so scharf gewesen in ihren engen Business-Kostümen. Sie roch nach ungezügelter sexueller Energie und das erste Mal vögelten wir nur dreizehn Stunden nach unserem ersten Treffen. Der Sex mit ihr war ohne Zweifel der beste meines Lebens. Es schmerzte, daran zurückzudenken. Der Gedanke an das, was wir geteilt hatten, warf mich nieder und ließ mich noch immer jedes Mal erschaudern.

„Der beste Weg für dich, die schlechte Presse von dieser berühmten, aber umstrittenen YouTuberin loszuwerden, besteht darin, einfach wieder da raus zu gehen. Besorg dir ein neues Mädchen, und zwar schnell. So kannst du derselbe arschige Frauenheld bleiben und es schiebt der Schlampe mit ihrem Gemecker einen Riegel vor. Sie wird einfach ersetzt. David Landrys Themes macht DropIn zurzeit ziemlich zu schaffen. Ihre Zahlen steigen immer weiter …“ Ich sah seine Lippen sich bewegen, aber ich registrierte seine Worte nicht, denn ich war damit beschäftigt, die Bilder von Christine und Lauren abzuschütteln.

Das meiste, was er sagte, war eh nur bla bla bla.

„Ich glaube, sie sind so erfolgreich, weil sie dieses komische Feen-Ding haben. Die Kids gehen voll drauf ab wegen der ganzen fließenden Geschlechtersache, freie Liebe, lasst uns alle eine große Familie sein, LGBTQ und so. Werwölfe, Feen und der ganze Scheiß. Aber es klappt, weil wir nun mal in San Francisco sind. Meine Frau bringt mich um, wenn ich dahingehe, also bleibst nur du übrig. Der Vorteil ist, dass du automatisch cool bist, wenn du bei diesem Event auftauchst, und nichts zeigt Christine Metlock mehr den Zeigefinger, als zu so einem Ding zu gehen und auch noch mitzumachen. Einen Bonus gibts, wenn du eine scharfe Alte abschleppst und die dann irgendwo im Netz schreibt, was für ein großartiger Stecher du doch bist. Ich verspreche dir, danach hörst du nie wieder was von Christine. Dann bist du natürlich das größte Arschloch weltweit, aber das dürfte inzwischen ja niemanden mehr erschrecken."

Es ärgerte mich, dass er recht hatte.

Ich hatte gehört, wie wild die Green Fairy Party war … und gegen wild hatte ich ja nichts, aber wild und verrückt hörte bei mir mit jeglicher Erwähnung von „fließend" auf. Ich war offen und hatte kein Problem damit, was jede und jeder für sich selbst wollte, aber für mich … nun, ich brauchte Frauen … viele Frauen am liebsten, aber nichts als Frauen … bei mir war nichts mit fließend angesagt.

„Du trägst angesteckte Feenflügel, um optisch anzuzeigen, auf welcher Seite des Zauns du stehst, und dann kannst du dich unterhalten und jemanden finden, mit dem dein Interesse für den Abend übereinstimmt. Gibt alles, von einfach nur reden bis Platz nehmen auf dem Ständer von irgendeinem Typen … aber das kannst du dir dann ansehen, wenn du da bist. Das ist auch schon der ganze Clou der Sache. Die Gastgeber sind zur Stelle, wenn irgendwas außerhalb deiner Komfortzone passiert. Es ist wie ein großer, sicherer, aber versauter Spielplatz. Das ist gut fürs Geschäft, gut für die Publicity und gut für dich, um dich von allem abzulenken, was dir womöglich gerade so durch den Kopf geht. Du musst wieder raus aufs Meer."

Wenn James der Meinung war, etwas sei gut fürs Geschäft, dann gab es wohl kaum einen Weg drum herum. Er würde auch deswegen streiten, wenn es sein musste. Die Green Fairy Party fand nur zweimal pro Jahr statt und Themes war unser größter Konkurrent. Ich wollte hingehen, allein schon um den Gesichtsausdruck auf David Landrys Gesicht zu sehen.

„Wann ist es?", fragte ich, leicht amüsiert von dem Gedanken.

„In einer Stunde." Sein Grinsen war so süffisant, dass ich es ihm am liebsten aus dem Gesicht geohrfeigt hätte.

„Im Ernst?" Ich versteckte meine Verärgerung nicht.

„Du bist sowieso schon dem Anlass entsprechend angezogen, klatsch dir noch ein bisschen Rasierwasser drauf und schon bist du bereit für deine nächste Herzensdame. Lass den ganzen Scheiß hinter dir und mach einfach dein Ding, das mit dem fiesen Aufreißer." Er klang gleichzeitig witzig und gehässig.

Er hatte aber nicht unrecht. Das zu hören traf mich ein wenig, aber nicht allzu schlimm. Mein größtes Geheimnis lag tief, tief in mir, nämlich, dass ich einst ein guter, treuer, liebevoller Mann gewesen war, den ich zusammen mit meiner Frau vor langer Zeit begraben hatte.

6

Adele

Die Musik schepperte dermaßen laut, dass ich mich kaum selbst denken hören konnte. Charles hatte ein paar Typen getroffen, die er kannte, und war mit ihnen an die Bar gegangen, um mehr Drinks zu besorgen. Ich hatte schon drei gehabt und war somit vermutlich bereits an meinem Limit, aber die Green Fairy Drinks waren einfach fantastisch. Sie schmeckten irgendwie wie schwarze Lakritze. Ich hatte Spaß, auch wenn der Raum sich ein wenig zu drehen begonnen hatte.

Die Bude war der Wahnsinn, wir befanden uns in einem riesigen Anwesen oben auf einem Hügel, hinter dem ein großer Garten und ein Pool lagen, was völlig abgefahren war, hier inmitten von San Francisco. Die Leute waren wahnsinnig lieb und alle trugen irgendwelche verrückten Outfits. Alles war ganz toll und ausgefallen.

So kam es, dass es mich gar nicht so störte, als Charles überhaupt nicht mehr zurückkam mit den Getränken. Das hier war sein Ding. Er brauchte mich nicht als Anhängsel und ich hatte ihm auch tausendmal erklärt, dass er sich aus dem Staub machen sollte. Ich versicherte ihm, dass ich ihm nach der Party berichten würde, sobald ich meinen Kuss abgeräumt hatte. Überall waren Betreuer in grünen Anzügen, die mich immer wieder lächelnd fragten, ob ich noch irgendwas bräuchte, sodass ich mich letztlich doch ein wenig entspannte. Die Stimmung war einfach verrückt und schön.

Charles hatte sein Handy dabei und ich wusste, dass ich ihn anrufen konnte, sollte ich in Schwierigkeiten geraten. Die Gastgeber in den grünen Anzügen unterschieden sich von den eigentlichen grünen Feen, die Perücken und sehr auffällige Kostüme trugen. Diese Feen heizten richtig ein, rissen Witze, hüpften durch die Gegend und waren insgesamt einfach fabelhaft. Die Betreuer dagegen trugen ihre limettengrünen Anzüge und waren da, um allen Gästen bei jeglicher

Art von Problem zu helfen. Die Idee hinter der ganzen Veranstaltung war es, ausgelassenen Spaß zu haben, indem man tat, worauf man Lust hatte, während man sich in einer sicheren und gut behüteten Umgebung aufhielt.

„Willst du 'n Drink? Ich hab zwei", fragte mich ein gutaussehender blonder Mann mit einem Spritzer Sommersprossen auf der Nase.

Ich schaute auf seinen Revers, blau, zögerte aber noch einen Moment, was ihn wohl ein „Nein" von mir befürchten ließ, sodass er es erneut versuchte.

„Ich hab dich hier alleine stehen sehen und mir gedacht, vielleicht könntest du etwas Gesellschaft gebrauchen … nein, entschuldige, nein." Er atmete tief durch. „Ich bin zum ersten Mal bei so einem Ding dabei."

Ich glaubte, ihn zittern zu sehen, und er wirkte auf einmal so nervös, dass ich für uns beide ebenfalls tief durchatmete, um die aufsteigende Spannung ein wenig zu lösen.

„Ich auch. Es ist ein bisschen … überwältigend", gab ich schließlich zurück.

„Ja, sowas von überwältigend. Aber ich muss ehrlich sein, ich hab dich gesehen und du bist wirklich, du bist wirklich umwerfend …" Er sprach noch weiter, aber ich hörte den Rest nicht mehr, weil ich bei ‚umwerfend' ausgestiegen war.

Niemand bezeichnete mich als umwerfend. Ich versteckte mich immer, auch nachdem ich meinen Babyspeck losgeworden war, weil ich es so gewohnt war. Ich kleidete mich noch immer wie eine dicke Person, fühlte mich wie eine dicke Person und vermutete, dass die Leute sofort erkennen würden, dass ich eine dicke Person war, die so tat, als sei sie schlank. Außerdem wusste ich nach vielen Jahren als dicke Person, oder bekam es zumindest täglich zu hören, dass dicke Leute auch schön und sexy sein können.

Man hörte immer überall, dass man sich nicht selbst schlecht reden sollte. Fette Leute, Leute mit Format, Übergröße … was auch immer sie waren, sie sollten sich ihre Kurven zu eigen machen und ihren Körper lieben lernen. Es gab eine ganze Bewegung zur Bestärkung von übergewichtigen Menschen, damit sie sich selbst akzeptierten und im Wissen um ihre Schönheit und ihren eigenen Wert in die Welt hinausgingen. Nur … bei mir funktionierte das nicht.

Als Kind war ich mit meiner Mutter allein gewesen. Sie hatte mich mit sechzehn bekommen, ich war ein ‚Unfall'. Sie hatte nicht einmal gewusst, dass sie schwanger war, bis sie ihre Eltern wegen Bauchschmerzen ins Krankenhaus brachten und drei Tage später sehr erzürnt mit einer Enkelin unterm Arm wieder nach Hause gekommen waren. Meinen Großeltern hatte ich nie sehr nahegestanden, nur meinem Onkel, der mir nach dem Tod meiner Mutter als Einziger geblieben war.

Meine Mom verbrachte nach meiner Geburt die meiste Zeit im Fitnessstudio, wo sie nach einem „Vater" für mich suchte. Ich fand das ironisch, wo sie doch so viel von ihrer Zeit von mir getrennt verbrachte, auf der Jagd nach diesem Vater, den ich anscheinend so dringen brauchte.

So kam es, dass ich zahllose „Onkel", aber keinen einzigen Vater bekam. Mir war das egal, ich brauchte keinen und hatte mir eigentlich auch nie viel dabei gedacht, keinen zu haben. Sie war außerdem besessen von Äußerlichkeiten. Sie hasste und verabscheute fette Leute. Sie sagte nie geradeheraus, dass sie mich hasste, verabscheute oder nicht ertragen könne, aber ich spürte den Druck, wenn sie mich anstarrte, und wie sie mich zu essen zwang, wenn wir zusammen waren. Ich bekam Salat ohne Dressing, drei Stück Nudeln, wenn ich überhaupt Kohlenhydrate essen durfte, was sie mir normalerweise nicht erlaubte. Meine Mahlzeiten bestanden hauptsächlich aus ungewürzter Putenbrust oder Bratfisch mit gedünstetem Gemüse.

Also, auch wenn dick sexy und schön sein konnte und es auf der Welt Platz für Frauen mit Kurven gab, durfte ich nicht dazugehören … und das tat ich nun auch nicht mehr. Ich hatte meine

Pfunde langsam mit der Zeit verloren und niemand hatte es bemerkt, weil ich mich immer mehr in Säcken kleidete. Ich mochte die Aufmerksamkeit nicht, die ich bekam, wenn es jemandem doch einmal auffiel, weil mir das immer das Gefühl gab, zuvor mein Leben als fetter Mensch verschwendet zu haben. In Wahrheit war ich gar nie so richtig fett gewesen. Ich war ein bisschen rundlich und weich gewesen, aber gesund. Aber meine Mom hatte immer nur gesagt, dass ich ein dickes Mädchen mit einem sehr hübschen Gesicht wäre.

„Du bist so hübsch, Adele Jolene, ich wünschte nur, du könntest dein Übergewicht loswerden“, lamentierte sie häufig. „Das Mollige kommt von der Vaterseite, die hatten alle fette Gene“, fügte sie dann maulend hinzu.

Ich hatte meinen Vater oder seine Familie nie kennengelernt, wusste also nicht, wessen Fettgene ich geerbt hatte. Meine Mutter mochte ihre Stärken haben, aber mir ein gutes Selbstwertgefühl zu geben, gehörte nicht dazu. Ich vergab ihr trotzdem, und als ich ihre Hand hielt an jenem Tag, an dem sie an einem unheilbaren Gehirntumor starb, war sie schon so blind, dass sie die Veränderungen an meinem Körper nicht mehr sehen konnte. Vor mir selbst war ich deshalb für immer fett. Deshalb schockierte es mich sosehr, wenn ich irgendjemandem auffiel.

„Vielleicht könnten wir ja was singen, da wir hier im Karaokeraum sind?“ Anscheinend hatte der hübsche Blonde weitergeplappert und lud mich jetzt ein, mich den Leuten anzuschließen, die unerschrocken ihre Lieder jaulten, während nebenher irgendwelche üblen Musikvideos aus den 90ern liefen.

Die Vorstellung, vor einer Schar Fremder zu singen, machte mir sogar noch mehr Angst, als mich mit jemandem zu unterhalten, der irgendwie an mir interessiert zu sein schien. Ich tat einen weiteren Schluck von meinem grünen Getränk und hatte einen ‚Sandy‘-Moment. Wie in dem Film Grease, wo Sandy sich entschließt, ihr übergroßes Höschen an den Nagel zu hängen und ihr Leben für sich selbst zu leben. Ich musste aufhören, so ein Weichei zu sein, ich musste leben … was nun eben bedeutete zu singen. Gott stehe meinen Zuhörern bei.

„Ähm, ja klar." Ich konnte nicht glauben, dass ich da tatsächlich zugestimmt hatte.

Das Lächeln auf seinem Gesicht war süß. Ich war so überrascht von seinem Annäherungsversuch gewesen, dass ich ihn mir gar nicht so genau angesehen hatte. Er war niedlich, ein bisschen tollpatschig, ziemlich nervös. Ich wäre vielleicht nicht gerade hinter ihm hergerannt, um ihn kennenzulernen, aber er sah nicht schlecht aus. Ich könnte mich an ihn gewöhnen.

Anders als ich schien er ein sehr enthusiastischer Karaokesänger zu sein, denn er schritt gleich zur Tat.

„Was willst du singen?" Ich geriet in Panik.

Die Lieder von Adele gefielen mir persönlich sehr gut, denn ich hatte meinen Namen immer altbacken gefunden, bis ich herausfand, dass ich ihn mit einer beliebten Sängerin teilte. Eine Weile war ich sogar ziemlich besessen von ihr gewesen, sodass ich mich für „Rollin' in the Deep" entschloss, was ich besser nicht getan hätte.

Wie von Zauberhand verschwanden noch zwei weitere Drinks in mir, bevor ich an der Reihe war. Um mich herum hatte sich längst alles in Bewegung gesetzt. Der blonde Typ, dessen Namen ich nicht behalten hatte, atmete irgendwie immer schwerer und schien keine Vorstellung von angemessener körperlicher Distanz mehr zu haben. Vermutlich waren wir beide hoffnungslos betrunken. Ich hatte bereits beschlossen, dass ich nach meinem Ständchen losziehen und Charles suchen würde. Mir egal, ob er sich gerade Ecstasy einschmiss, ich würde ihn mir greifen und behaupten, er wäre mein Freund, um den Typen loszuwerden. Ich drehte mich um, weil ich den Eindruck hatte, von seinen Händen überall begrapscht zu werden. Ich wich seinen Berührungen aus, wodurch mir nur noch schwindliger wurde.

„Und, bist du mit irgendjemandem zusammen?“, hauchte er mir heiß ins Ohr.

„Ähm, naja, ich gehe momentan mit einigen aus, aber es gibt da einen Freund …“, sagte ich, ohne zu präzisieren, und tänzelte vor seiner Umarmung davon, während eine Gruppe betrunkener Mädchen eine Rapnummer zum Besten gab, die ich nicht erkannte.

Sie gingen voll drauf ab, auch aufeinander, aber ihre Hingabe reichte offenbar nicht aus, um den Blonden von seiner Mission abzubringen. Voyeuristische Neigungen hatte er wohl keine. Ich hatte immer geglaubt, dass alle Kerle darauf stehen, wenn sich Mädchen vor ihnen befummeln.

„Wie wärs denn, wenn du mit mir ausgehst, dann musst du dich nicht mit so vielen treffen … und das mit dem Freund kannst du dann auch lassen.“ Er hatte den Schneid anzunehmen, dass ich direkt mit ihm durchstarten würde, wo wir uns doch gerade erst kennengelernt hatten.

„Und wieso sollte ich das tun?“, flirtete ich und hielt ihn hin.

„Weil ich der Mann für dich bin.“ Er war eindeutig betrunken, aber auch ohne den flüssigen Mut, der seinen Charme zunichtemachte, wäre er überhaupt nicht der Typ Mann gewesen, nach dem ich suchte.

Meine Nervosität flammte auf, als ich die Anfangstakte meines Liedes kommen hörte. Einerseits war das zwar eine gute Gelegenheit, dem Kerl zu entkommen, andererseits aber … musste ich singen.

7

Logan

Ich gab ungern zu, dass ich neidisch war, aber so war es. Davids Party war ein Kracher. Sie war total wild, verrückt und abgefahren. Ich konnte mich nur an ihm rächen, wenn mir mit DropIn etwas einfiel, das den Feenspaß und den ganzen Wahnsinn hier noch übertraf.

Meine Gedanken rasten. Er lief gerade an mir vorbei mit einer scharfen dunkelhäutigen Frau am Arm, sie hatte lange Locken, einen glühend heißen Körper und einen Ausdruck auf dem Gesicht, der zu sagen schien: ‚Mir doch egal, wer du bist'. Mein Entschluss war gefallen, ich musste mir eine absolut umwerfende Frau auf dieser Party aufgabeln und sie vor aller Augen sowas von abknutschen … oder auch mehr.

Das würde dem ganzen Unsinn mit Christine ein Ende setzen, zeigen, dass ich Manns genug war, auch das Angebot meines Rivalen zu genießen, während ich David außerdem eifersüchtig machen konnte, indem ich mir das Beste schnappte, was es auf seiner Party zu bieten gab. Ich trug Jeans und T-Shirt, trug meinen blauen Anstecker. Da hörte ich plötzlich ein ohrenzerreißendes Jaulen. Vielleicht sollte es auch Gesang sein, aber sicher war ich mir da nicht. Wer da auch immer zu singen versuchte, musste sich entweder an den Stimmbändern verletzt haben oder aber bemerkenswert unmusikalisch sein.

Ich fühlte mich veranlasst, diesem gottlosen Geräusch nachzugehen. Nach ein paar Schritten stand ich in der Tür zu einem Raum, der voller junger Leute war, die auf großen Sitzsäcken und flauschigen Kissen auf dem Boden lümmelten. Die meisten schmusten, fummelten oder schraubten sonst irgendwie aneinander herum. Sie schienen sich zu amüsieren, und das trotz des grotesken

Geräusches, das diese arme Frau mit der schlechtesten Stimme in der Menschheitsgeschichte da von sich gab.

Ich musste das Gesicht dieser bemitleidenswerten Kreatur sehen. Als sie aufschaute, zerbarst meine Welt. Es war zwar nicht leicht, diesen schrecklichen Katzenjammer zu überhören, aber die unermessliche Schönheit ihres Antlitzes machte die Grausamkeit ihrer entsetzlichen Stimme mehr als wett. Schlimm war nur, dass da so ein Höhlenmensch war, der seine Hände unter ihren Rock zu schieben versuchte, während sie sich wand und ihm zu entkommen versuchte. Als sie zu singen aufhörte, nahm ich seine Hand und riss sie von ihrem Körper weg. Das schien den Kerl wütend zu machen, also packte er sie, was dann doch die Aufmerksamkeit einiger Leute auf sich zog. Ich wollte gerade mein Cape überwerfen und zu ihrer Rettung schreiten, als sie sich zu ihm umdrehte und ihm eine schallende Backpfeife verpasste.

Mit einer wirbelnden Bewegung sauste sie an mir vorbei, sprang in die Menge und machte sich schwankend in Richtung des Hofes davon, wo ich sie schließlich einholte.

„Gehts dir gut?", fragte ich ernsthaft besorgt.

Sie mochte zwar die übelste Singstimme der Welt haben, aber sie war eine atemberaubende Schönheit. Ich war nicht sicher, ob sie irre war, high und auf Drogen oder einfach nur erschrocken wegen dem, was im Karaokeraum passiert war, aber sie verhielt sich jedenfalls sehr seltsam.

Sie hob abwehrend einen Finger hoch, um mich auf Distanz zu halten. Dann verzog sich ihr Gesicht zu einer schrägen Grimasse, bevor sie sich bückte und sich auf den Rasen übergab. Sie kotzte auch nicht gerade damenhaft, falls es sowas denn gab. Es war ein Zucken der Gedärme unter Krümmungen und ein hervorbrechender Strahl, der mich fast so weit gebracht hätte, mich gleich daneben zu erbrechen.

Als sie fertig war, sah sie mich aus glasigen Augen an.

„Oh mein Gott, ist das ekelhaft.“ Sie blickte auf den Boden, in dem gerade ihr gesamter Mageninhalt versickerte. „Tut mir echt leid. Ich bin total betrunken. Ich glaube, ich war noch nie so dicht.“ Sie wankte auf den Beinen und machte nicht den Eindruck, als würde sie das Gleichgewicht wiederfinden.

An den Schwierigkeiten, die ihr das Stehen bereiteten, war zu erkennen, dass sie keine große Trinkerin war, denn ihr wackeliger Körper schien ihr wie ein Fremdkörper zu wirken.

„Schon okay.“ Ich ging auf sie zu. „Vielleicht solltest du dich besser hinsetzen. Die frische Luft wird den Rest tun.“

Ich näherte mich ihr auf dieselbe Art, wie ich mich einer verwilderten Katze genähert hätte, nicht etwa, dass ich das schon jemals getan hätte, aber ich machte jedenfalls einen kleinen Schritt nach dem anderen.

„Ja, vielleicht.“ Sie wankte weiterhin.

Ich fing sie auf und schob sie sachte zum Pool. Ich setzte sie behutsam in die Nähe des Beckens, sodass sie nicht hineinfallen konnte. Dann kramte ich ein Papiertaschentuch hervor und wischte ihr vorsichtig den Mund ab. Sie schien wie betäubt. Ich war froh, dass sie es über sich ergehen ließ.

Als ich mit ihrem Gesicht fertig war, bückte ich mich, zog ihr die Schuhe aus und hängte ihre Füße ins Wasser, denn ich hoffte, dass die Kühle des Pools sie ein Stück weit wiederbeleben würde. Es besorgte mich ein wenig, dass sie so abwesend war, ich wusste nämlich nicht, ob sie nicht doch auch noch etwas Härteres eingenommen hatte als grünen Feensaft.

„Einfach tief atmen. Du hast es da drin wohl ein bisschen übertrieben“, sagte ich und achtete dabei auf eine sanfte und beruhigende Stimmlage.

Sie schaute mich mit ihren unglaublichen Augen trübe an, bevor sie in meine Arme sackte. Sie war einfach umgekippt, bevor ich noch ihren Namen hatte in Erfahrung bringen können. Jetzt hatte ich ein Problem am Hals. Ich hatte ein bewusstloses Mädchen im Arm und keine Ahnung, wo sie hingehörte.

Ich überlegte, ob ich sie zu einem der Gastgeber bringen und prüfen lassen sollte, ob sie sich für die Party registriert hatte. Es missfiel mir, sie so abzugeben, besonders nicht an David, weil es mir die Gelegenheit rauben würde, sie kennenzulernen.

Ich kannte bisher nur ihre grottenschlechten Gesangskünste, hatte ihr beim Kotzen zugesehen und sie in ihrer Ohnmacht aufgefangen, aber irgendwie lag mir etwas an ihr. Ich musste über mich selbst lachen … Was sah ich in dieser Frau? Ihre Schönheit war hypnotisierend, aber sie war eindeutig behaftet mit der zarten, rosigen Unschuld der Jugend und Jungfräulichkeit. Sie war zu unbeholfen, zu betrunken und zu offenherzig mit ihrem schrecklichen Gesang, um besonders geübt im Umgang mit der Kunst der Verführung zu sein.

Sie wirkte hinreißend naiv. Obwohl ihr Kleid trendig war und gerade so viel preisgab, um mein Interesse zu erwecken, bewegte sie sich nicht darin, als gehöre sie hierher.

Vielleicht lag das aber auch nur an ihrem gewaltigen Rausch. Der triftigste Grund für mein Interesse an dieser Fremden in meinem Arm war ganz sicher, dass sie mich an Charlotte erinnerte. Sie hatte dieselbe Art von niedlicher Tapferkeit, die mich so verrückt nach meiner Frau gemacht hatte.

Charlotte war ebenfalls naiv gewesen. Ich hatte sie nicht verdient und als sie starb, sorgte ich dafür, dass ich nie wieder mit jemandem wie ihr zusammen sein würde. Ich sagte mir selbst, als ich die vom Schnaps bewusstlose Schönheit hochhob, dass ich mich nicht auf sie einlassen würde. Ich würde dem armen Ding einfach nur helfen.

Als ich sie zurück in die Party trug, war dort jede Ecke vom Wahnsinn ergriffen worden. Die meisten der Betreuer waren beschäftigt, denn der Laden quoll über vor besoffenen, taumelnden Feenmenschen, die alle nur noch Sex im Kopf hatten. Da konnte ich sie schlecht wieder hineinschleppen, also nahm ich die andere Richtung und ging zurück zum Parkservice.

Der gestresste Mann, der die Wagen parkte und umherrannte, um andere wiederzuholen, kümmerte sich wenig darum, dass ich eine spärlich bekleidete bewusstlose Frau herumtrug, er brachte mir einfach meinen Mercedes und reichte mir die Schlüssel. Ich drückte ihm einen Zehndollarschein in die Hand, setzte die schlafende Schönheit auf den Beifahrersitz und gurtete sie an.

Es fühlte sich falsch an, sie so zu entführen, aber es war irgendwie auch aufregend. Ich hatte noch nie eine Frau geraubt … Dafür würde ich in Teufels Küche kommen, aber das war mir egal.

8

Adele

Ein Königreich für ein Glas Wasser. Jeder einzelne Gedanke in meinem Kopf richtete sich auf Wasser. Ich hätte mein Gesicht in einen Wasserfall stecken können und hätte trotzdem nicht genug bekommen. Ein weiteres Problem war, dass meine Augen wie zugeklebt waren und ich anscheinend weder Arme noch Beine hatte. Mein Kopf schien durch die Luft zu trudeln, während mein Körper von einem Kissenmonster gefangen gehalten wurde.

Ich wollte nach Wasser schreien, aber meine Zunge war am Gaumen festgekleistert.

Ich … brauchte … WASSER.

„Wasser", krächzte mein trockener, ledriger Mund schließlich unter Mühen bettelnd.

„Okay", war die Antwort einer schlaftrunkenen Stimme aus dem Himmel.

Ich hielt meine Augen geschlossen und ließ mich in die mich umgebende Fluffigkeit sinken, die reinlich und kostbar duftete. Plötzlich bewegte sich die weiche Wolke, die mich zuvor noch festgehalten hatte. Ich war nicht allein. Meine Augen fanden den Willen, sich zu öffnen, und eine verschwommene Realität taumelte in den Fokus. Ich befand mich nicht in Charles' Bett.

„Du musst schreckliche Kopfschmerzen haben", sagte die schläfrige Stimme des schärfsten Mannes, der mir je zu Augen gekommen war … und zwar im ganzen Leben.

Sein zerzaustes braunes Haar stand in alle Richtungen ab und er war Oberkörper frei, untenrum trug er nur ein paar lose Pyjamahosen. Er kam mit einem Glas Wasser auf mich zu und ich geriet in Panik. Hatte ich mit diesem Mann geschlafen? Wo war ich? Plötzlich raste mein Herz und ich konnte kaum atmen, als er mir das Wasser reichte.

Ich nahm zuerst mal einen Schluck, sonst hätte ich das Sprechen sowieso vergessen können. Das kühle Wasser belebte meinen gemarterten Körper und auch die Erinnerungen kamen alsbald in bruchstückhaften, grün vernebelten Bildern zu mir zurück. Ich hatte so viele von den teuflischen Getränken getrunken, dass ich den Überblick verloren hatte, aber nachdem ich keine große Trinkerin war und überhaupt bisher fast ausschließlich an Wein gewöhnt war, musste ich wohl noch immer im Rausch sein.

Ich war sowas von am Arsch. Während ich langsam das Wasser trank, stand der unglaublich heiße Liebesgott neben mir Wache. Ich tastete vorsichtig in Richtung meines Intimbereichs und stellte erleichtert fest, dass er von Unterwäsche bedeckt war. Ich hatte die Juwelen nicht verschenkt. Als ich das Glas Wasser geleert hatte, nahm ich meinen Mut zum Sprechen zusammen.

„Habe ich? Haben wir? Hast du?" Mit erstaunlich mangelhafter Eloquenz stieß ich diese paar unzusammenhängenden Wörter aus.

Er lachte auf eine Art, die Wärme und Geborgenheit ausstrahlte.

„Hast du nicht. Haben wir nicht. Ich hab dich mitgenommen, weil du gestern Nacht an meiner Schulter in Ohnmacht gefallen bist. Keine große Trinkerin, stimmts?" Er bot mir ein gütiges Lächeln und öffnete eine seiner Schubladen, nahm ein T-Shirt heraus und zog es über.

„Nicht wirklich, nein." Ich fühlte, wie mein Gesicht vor Scham heiß wurde.

Ein Bild von mir, wie ich vornübergebeugt meinen Mageninhalt auf den Rasen entleerte, flog vor meinem geistigen Auge vorbei.

„Nun, sonst hast du nichts weiter Skandalöses angestellt, nur deinen Rausch ausgeschlafen. Hast du Hunger? Ich könnte dir Frühstück machen." Er wirkte ziemlich glücklich und zufrieden.

„Ich bin so hungrig, ich könnte meinen eigenen Arm abnagen", entgegnete ich.

„Tu das bitte nicht", scherzte er.

„Entschuldige die Frage, ähm … aber wer bist du eigentlich?" Der Augenblick war furchtbar peinlich.

„Ach richtig, stimmt ja … Ich bin Logan. Ich bin es, der dich aus den Fängen der grünen Fee gerettet hat. Und nun, Prinzessin, darf ich fragen, wer Ihr seid?" Er machte einen auf Gentleman.

„Ich bin Adele." Ich löste mich aus der Decke, um ihm meine Hand zu reichen, begriff aber kurz darauf, dass ich nur einen BH trug, sodass ich die Taktik wechselte und die Bettwäsche schützend um mich schlang.

Er lachte und wandte sich beim Sprechen von mir ab. „Gut, Adele, dann besorg ich dir jetzt was zu essen und mache uns Frühstück. Im Badezimmer liegt eine frische Zahnbürste für dich. Die Küche ist gleich die Treppe runter auf der linken Seite, komm einfach nach, wenn du soweit bist." Sprach's und öffnete einen Schrank, um ein paar Klamotten hervorzukramen. „Von meinen Sachen wird dir wohl kaum was passen, aber meine Schwester hat eine Leggings und ein Shirt hiergelassen, das sollte gehen." Er legte die sauber gefalteten Klamotten ans Bettende und wandte sich zum Gehen um.

„Danke", murmelte ich mit leiser Stimme.

Er drehte sich um und zwinkerte. Es war, als wäre ich in einen Liebesroman verpflanzt worden. Vor Aufregung kribbelte meine Haut überall und ich bemerkte, dass ich vor lauter Nervosität zitterte. Ich zog mich schnell an und begriff erst dann, dass ich Charles auf der Party ja völlig aus den Augen verloren hatte und er bestimmt krank vor Angst sein musste.

Ich schaute mich im Zimmer um und erblickte auf einem Tischchen mein Telefon und das versteckte Täschchen mit meinem Ausweis, der Kreditkarte und etwas Bargeld, das ich im BH getragen hatte. Ich nahm das Handy und sah, dass fünfzehn Anrufe und fünf Sprachnachrichten von Charles darauf waren. Ich wählte auf der Stelle seine Nummer.

„Oh mein Gott, was ist passiert?", fragte er ganz aufgelöst, nachdem er abgenommen hatte.

„Es tut mir so leid." Ich war den Tränen nahe, es machte mich fertig, dass er sich wegen mir Sorgen gemacht hatte.

„Naja, nachdem ich nichts mehr von dir gehört habe, hab ich halt vermutet, dass du mit jemandem mitgegangen sein musst. Keiner von den Gastgebern wusste was von dir. Ich hab dich tausendmal angerufen. Ich hätte schon fast die Polizei eingeschaltet, aber einer von den Aufpassern hat dann doch gemeint, er hätte dich hinten im Garten mit einem Kerl gesehen und dass ihr wahrscheinlich miteinander abgehauen wärt. Das klang aber halt so gar nicht nach dir, und ich schwöre, hättest du dich nicht gemeldet, ich hätte in ein paar Minuten die Bullen gerufen." Er war völlig außer Atem.

Was für eine Dramaqueen.

„Tut mir total leid. Ich war voll betrunken und bin umgekippt und dieser echt nette, wahnsinnig nette … Er ist echt ein Gott, der hat mich mitgenommen, damit ich mich ausschlafen kann. Sonst ist nichts gelaufen, jetzt gerade macht er mir Frühstück." Ich senkte die Stimme und wusste nicht so recht, weshalb.

„Na, ich bin froh, dass es dir gut geht. Also ich bin immer noch auf der Party und hab da selbst einen sehr netten Herrn am Start, wir hören uns dann in ein paar Stunden. Und Schätzchen, hol dir gefälligst deinen Kuss ab, verlass auf keinen Fall dieses Haus, ohne dich wenigstens küssen zu lassen, und solltest du dir gleich noch die Büchse öffnen lassen, dann musst du es mir verraten, damit wir feiern können." Er war zwar völlig abgedreht, aber der Gedanke an einen Kuss oder auch mehr ließ mich erbeben ...

„Ich schlafe nicht mit diesem Kerl. Und du … du weißt schon, hab Spaß, pass auf, trag ein Kondom. Bis später." Ich lachte.

„Das mach ich. Hab dich lieb, Schatz, wir sehen uns zu Hause.“ Und damit legte Charles auf und ich konzentrierte mich wieder aufs Anziehen.

Als ich damit fertig war, hatte ich meinen Mut soweit zusammengenommen, dass ich nach unten steigen und mich dem Frühstück stellen konnte. Meine Nerven flatterten zwar, aber nachdem ich meinen bösartigen Mundgeruch mit dem bereitgestellten Zahnputzzeug besiegt hatte, ging ich in den Kleidern von Logans Schwester die Treppe hinab. Ich war sowas von angespannt und unter Strom, was zur Hölle war nur los mit mir?

9

Logan

Ich lachte über mich selbst. ‚Ich mach dir Frühstück', meinte ich das etwa ernst? Ich konnte absolut gar nichts kochen. Meine Mahlzeiten wurden von der Haushälterin gemacht. Wenn ich mich anstrengte, konnte ich vielleicht Toast anbrennen lassen, aber das war's dann auch. Sie allerdings, sie war die Mühe wert. Sie strahlte Unschuld und Anmut aus wie die Sonne an einem Frühlingsmorgen. Sie war so erfrischend anders als die Frauen, mit denen ich sonst so das Bett teilte.

In der ersten gemeinsamen Nacht mit Christine hatte sie sich meinen Schwanz schon zur Hälfte in den Hals geschoben, bevor wir uns überhaupt ganz ausgezogen hatten. Wir fickten im Verlauf des Abends und des kommenden Morgens insgesamt fünfmal. Zum Frühstück gab es das wunderbare Mittagessen, das Janice gezaubert hatte. Wir aßen, hatten noch mehr Sex und gingen dann aus.

Vor Christine hatte es andere Christines gegeben, alle mehr oder weniger gleich … umwerfend schön, gierig nach Sex und von sich selbst besessen. Das ahnungslose Unschuldslämmchen oben in meinem Zimmer packte mich nicht gleich beim Schwanz oder spreizte die Beine. Als sie schließlich die Küche betrat, sah sie dabei aus wie ein Rehlein im Scheinwerferlicht. Sie hatte eine zerraufte Bettfrisur und große Funkelaugen und sie zupfte dauernd an ihrem T-Shirt, um damit ihren perfekt gerundeten Hintern zu verdecken.

Ich war froh, dass meine Schwester Lonnie ihre Leggings dagelassen hatte, sie schmiegte sich ganz prächtig an Adeles Körper. Ich durfte jede ihrer sanften Kurven bewundern. Sie war nicht so dünn und knochig wie einige der Frauen, die bei mir gelegen hatten, sie war robuster und gesünder, was mir gut gefiel. Alles an diesem Mädchen entfachte meine Libido auf tiefgreifende Weise. Ich ließ es geschehen und erforschte meine Gefühle, die von einer Art waren, wie ich sie mir seit dem Tod meiner Frau nicht erlaubt hatte.

Wäre sie nicht so keusch gewesen, wie ich dachte, hätte ich auf einen Tag voller leidenschaftlicher Ausschweifungen gehofft, aber mein Bauchgefühl sagte mir, dass sie sich in Luft auflösen würde, sollte ich so etwas versuchen.

„Es tut mir schrecklich leid, dass ich umgekippt bin. Und noch mal danke. Charles hat sich solche Sorgen gemacht. Ich sollte … wow, ich sollte echt nicht auf die Leute losgelassen werden, ich kann damit echt nicht umgehen.“ Nach ihrer Beichte zog sie einen Stuhl an den Frühstückstresen heran.

Charles? Ich kontrollierte ihren Finger, fand aber keinen Ring, verheiratet war sie also wohl nicht. Sie hatte blaue Feenflügel getragen, das hätte also bedeutet, dass sie zu haben war. Ich drückte mir im Geiste selbst die Daumen und hoffte, dass Charles nur ein Saufkumpan war.

„Ich bin froh, dass es dir besser geht. Die Feendrinks sind tückisch, du warst sicher nicht die Einzige, die besoffen in Ohnmacht gefallen ist. Hast du deinen Freund denn erreicht?“ Ich hoffte mal, dass ich aufmunternd klang und man mir die idiotische Eifersucht nicht anhörte.

Ich lenkte mich mit der Zubereitung des Frühstücks ab. Dabei hatte ich allerdings sehr wenig Glück. Mir fiel nur Kokosmüsli und Joghurt ein, nicht gerade beeindruckend.

„Gott“, schnaubte sie und ließ sich in den Stuhl fallen. „Ich kann nicht glauben, dass ich das getan habe. Ich bin erst seit einer Woche in San Francisco und bin jetzt schon umgekippt und von einem Fremden nach Hause gebracht worden. Bis Weihnachten wird ich wohl kaum überleben. Charles hat sich Sorgen gemacht, aber er freut sich, dass ich nicht tot bin.“ Sie verdrehte die Augen und ich musste lachen.

„Nur zu gut, dass ich dich gefunden habe und nicht irgendein Serienmörder.“ Ich stellte das Essen heraus und setzte mich auf der anderen Seite der Bar zu ihr. Ich wollte ihr allerdings nicht allzu nahekommen und sie erschrecken. „Dann kommst du also nicht von hier?“ Ich wollte erst mal mit ein wenig Smalltalk anfangen.

„Aurora, Ohio.“ Sie sagte das gleichgültig und schob sich einen Löffel Joghurt in ihren perfekt geformten Mund. Sie schluckte und fuhr fort. „Ich bin Anthropologin … das heißt, ich mache gerade meinen Abschluss in Sozialanthropologie und mache den Sommer über ein Praktikum. Charles, mein bester Freund, will, dass ich ein bisschen lebe … sieht so aus, als hätte ich das gestern ein wenig zu ernst genommen.“

Sie war einfach zu niedlich. „Das würde ich nicht sagen. Du hast höchstens mal kurz nicht aufgepasst." Ich versuchte das Frühstück hinunterzuwürgen, aber es war eindeutig zu gesund für mich. Ich stand eher auf Speck und Eier und anderes Zeug, von dem das Herz in Bedrängnis kommt. Ich trainierte mehr als genug, um mir das zu verdienen. Joghurt mit Müsli war maximal ein Snack. Ich schaute hinüber zu Adele. Sie aß tüchtig und schien sich nicht daran zu stören.

„Ich kann nicht wirklich kochen, wenn du Hunger auf etwas Größeres hast. Die Haushälterin kommt aber so gegen Mittag, am Samstag ist sie ein wenig später dran.“ Ich sagte das in einem Beichtton, als wäre es eine Art Sünde, der Haushälterin einen Morgen pro Woche freizugeben.

„Oh Gott, nein. Das ist doch wunderbar, ich bin mehr als zufrieden.“ Ihr Lächeln war ein Traum. „Also lebst du hier alleine? Ist ja echt viel Platz. Charles erzählt dauernd, wie teuer es in San Francisco ist, und die Bude hier … ist total riesig." Sie wandte den Blick ab, nachdem sie meine Behausung kommentiert hatte, vermutlich weil sie verstanden hatte, dass ich Geld hatte.

Ich bewohnte eins der klassischen Stadthäuser, aber es war nicht wie sonst so oft in kleine Wohnungen aufgeteilt, sondern mir gehörte das gesamte Gebäude, alle sechs Schlafzimmer und vier Stockwerke. Die Renovierung der Dachterrasse war gerade fertig geworden und sie war jetzt schon meine persönliche Oase.

„Ich lebe hier alleine. Ich kann dich nach dem Essen ein bisschen rumführen." Vielleicht nicht der allerbeste Weg, sie kennenzulernen, aber ich freute mich dennoch darauf, ihr mein Heim zu zeigen, das ich mir mit viel Stolz und Freude erschaffen hatte.

„Das würde mir gefallen. Was ich bisher schon gesehen habe, ist umwerfend. Hast du das selbst eingerichtet?" Sie tat sich jetzt leichter mit dem Smalltalk und wirkte gelassen, ja neugierig, wie man es von einer Sozialanthropologin wohl erwarten durfte.

Sie überging ihren Fauxpas angesichts der Andeutung meines offensichtlichen Wohlstands und verharrte nicht auf dem Thema.

„Ja, hab ich. Naja, mittels meiner Inneneinrichterin, aber ich habe danebengestanden und hab mit dem Kopf genickt … Ich habe teilgenommen." Ich versuchte das Gespräch unterhaltsam zu gestalten.

In Wahrheit hatte ich das ganze Haus minutiös neugestaltet, bis hin zu den Stoffservietten und den Halterungen dafür. Die Arbeit mit einer Inneneinrichterin war eine Katastrophe gewesen, weil sie ständig ihre eigenen Ideen einbringen wollte, von denen ich wiederum nichts wissen wollte. Ich brauchte sie eigentlich nur, um bestimmte Gegenstände aufzutreiben, an die ich selbst nicht so leicht kam. Eines Tages, nachdem wir uns mal wieder in die Haare geraten waren, hatte ich sie nach oben geführt, um ihr den neu eingebauten Whirlpool zu zeigen.

Sie hatte mein Angebot dankend angenommen und war meinem Charme erlegen. Wir bumsten in der Wanne, auf dem dreitausend Dollar teuren Alpakateppich und dann noch mal im Gästezimmer. Als ich es ihr von allen Seiten ordentlich besorgt hatte, gewährte sie mir endlich jedes Einrichtungsstück, und zwar genau so, wie ich es wollte.

Adele hatte die Idee mit der Hausführung zwar freudig aufgenommen, hielt sich aber auf Distanz und streifte mich nicht etwa gelegentlich zufällig mit ihren Brüsten, so wie es meine Inneneinrichterin getan hatte. Und auch begaffte sie nicht hinterrücks meinen Arsch, wenn ich an ihr vorbeiging. Diese Zeichen zusammen mit den ständigen Auseinandersetzungen hatten mir verraten, dass die Innenarchitektin mal ordentlich durchgeschaukelt werden musste. Nachdem ich mit der Renovierung fertig gewesen war … war ich es auch mit ihr.

Adele und ich plauderten weiterhin wie flüchtige Bekannte. Sie war weder lüstern noch kokett, und so erfuhr ich mehr über Sozialanthropologie, als ich mir je zu wissen erhofft hätte … sehr viel mehr. Als sie mit ihrem kleinen Mahl fertig war, brachte ich sie einen Stock tiefer und zeigte ihr den Eingangsbereich und das Heimkino. Sie fragte mich nicht nach Schlafzimmern, einem Pool oder der Sauna, nichts, was hätte andeuten können, dass sie gern nackt gewesen wäre, nichts da … sie ließ sich einfach nur durch meine olle Bude führen.

„Du hast echte Kinositze?“ Sie ließ sich in einen davon plumpsen.

Das Zimmer war ursprünglich der Salon gewesen und ich hatte ihn zum Kino umfunktioniert. Die Leinwand war natürlich das Herzstück des Raumes. Ich hatte außerdem einen Profiprojektor und ein ausgeklügeltes Soundsystem. Es war ein vortreffliches Spielzimmer, besonders wenn ich und meine jeweilige Gefährtin uns einen erotischen Streifen ansahen. In der ersten Reihe befand sich eine Couch, die sich zum Bett ausziehen ließ, sollte der Spaß so groß sein, dass man gar nicht mehr gehen wollte.

Der Gedanke daran, die süße kleine Adele auf der Couch flachzulegen, machte mich echt fertig. Ich tat einen Schritt auf sie zu, als sie sich aus dem Lehnstuhl erhob, und streifte leicht ihren Arm. Ich war soweit, meine Charmeoffensive zu starten, aber ich wusste, dass ich es bei einer Person wie Adele entsetzlich langsam würde angehen müssen.

„Das Haus ist echt unglaublich“, schwärmte sie.

„Du hast ja noch kaum was davon gesehen“, lachte ich und ging mit ihr zurück die Treppe hinauf, wo sich Küche, Ess- und

Wohnzimmer befanden. „Okay, die Küche kennst du ja schon. Das hier ist das Wohnzimmer." Dieser Platz gefiel mir besonders, weil er einen wunderbaren Ausblick auf die Stadt bot.

„Wow, das ist ja wie auf dem Dach der Welt hier." Sie sprühte nur so vor Naivität. „Auf den nächsten beiden Stockwerken sind die Schlafzimmer. Ich hab sechs davon, was vielleicht ein bisschen übertrieben ist, zumal mich hier eigentlich außer meiner Schwester niemand wirklich besucht." Das hätte ich vielleicht für mich behalten sollen.

Ich wollte keinesfalls durchblicken lassen, dass ich in diesen Gemächern schon zahllose Frauen gehabt hatte. Sie schien von allem bisher schon ziemlich hin und weg zu sein, bis wir auf die Terrasse kamen und sie aus dem Staunen förmlich überhaupt nicht mehr herauskam. Ich hatte sie so aufgebaut, dass sie einem Regenwald glich, mit exotischen Pflanzen, Futterstationen für wilde Vögel und einem Whirlpool, in den von Lavasteinen herunter kleine Wasserfälle kullerten. Die Sitzmöbel waren geräumig und komfortabel und über allem thronte die in Stein gehauene Statue einer Göttin.

„Das ist ja irre! Ist ja fast, als wäre man überhaupt nicht mehr in der Stadt … oder überhaupt noch auf diesem Planeten. Wow." Ihre geweiteten Augen glänzten und schauten sich starrend um. „Du musst einen höllisch guten Job haben."

Was für ein Sonnenschein. „Den hab ich … ich hab einen höllisch guten Job." Ich grinste mit ehrlicher Freude.

In der klaren Morgensonne, auf dem Dach der Welt – ihrer Einschätzung zufolge – blickte ich nun in diese haselnussbraunen Augen und fühlte mich dazu hingerissen, ihre herrlich vollen Lippen zu küssen. Wir mussten wohl in irgendein telepathisches Energiefeld geraten sein, denn sie grinste, kicherte und prustete los.

„Ich würde dich grad total gern küssen. Nicht, weil du so viel Kohle hast, sondern … naja, ich hab Charles versprochen, dass ich jemanden küsse, und du … wir waren auf der Party und die Party war zum Küssen gedacht und so … und du warst so lieb und hast mich mitgenommen und auf mich aufgepasst."

Ich hielt es nicht länger aus. Ich ging auf sie zu, legte meine Hand an ihren Nacken und zog sie an mich heran. Ihre wundervollen Lippen schmolzen auf meinen und ich schmeckte den Himmel. Sobald sich ihre Lippen geteilt hatten, vermutete ich, dass der Rest schon folgen würde. Meine Zunge erforschte sie, während meine Hände ihre Brüste fanden und meine Finger ihre Nippel unter dem sehr beachtlichen BH umspielten.

Wow, sie war zu einer Feen-Sex-Party gegangen und hatte dabei einen Körperpanzer getragen. War dieses Mädchen etwa Jungfrau? Wie es auch um sie stand, besonders erfahren war sie jedenfalls nicht, sie bebte und zitterte so sehr, dass ich mich veranlasst sah, uns zur nächsten Couch zu führen und mich dicht neben sie zu setzen.

„Hier haben wir es gemütlicher", sagte ich sanft.

Zu meiner großen Überraschung jedoch löste sie ihre Hände von mir, stand auf und starrte mich mit ihren Rehaugen an.

„Tut mir leid. Tut mir so leid …", war alles, was sie sagte, bevor sie sich umwandte und die Treppe hinunter davonrannte.

Im ersten Moment war ich vor Schock wie erstarrt. War sie gerade vor mir geflüchtet? Als ich endlich kapierte, dass sie tatsächlich weggerannt war, ging ich los, um sie zu suchen, doch sie war bereits zur Haustür rausgeplatzt und bestieg gerade ein Taxi, als ich nach draußen trat.

Mein Viertel war ein beliebter Ort für Touristen, sodass an jeder Ecke ein Wagen auf Kundschaft wartete. Ich konnte nicht fassen, dass sie mich einfach so hatte stehen lassen, und ich hatte nichts als ihren Vornamen. Es war allerdings ein eher seltener Name und ich war sicher, dass ich sie mit ein wenig Anstrengung würde finden können. Ich hätte mir die Gästeliste geben lassen und sie dort heraussuchen können, aber ich wollte nicht unbedingt David um einen Gefallen bitten müssen, schließlich waren wir die schärfsten Rivalen.

Ich fühlte mich tatsächlich einigermaßen verlassen, als ich zurück in die Küche ging. Ich wollte gerade unsere Teller wegräumen, da sah ich es … Sie hatte ihr Telefon vergessen. Wir würden uns definitiv wiedersehen.

10

Adele

„Na, wenigstens bist du geküsst worden", sagte Charles und kaute dabei auf seinem chinesischen Fastfood herum.

„Oh mein Gott, und was für ein guter Küsser er war. Ich kann nicht fassen, dass ich vor ihm davongelaufen bin, es war einfach … ich … wir wären bestimmt nackt in seinem riesigen Bett gelandet, aber ich kenn ihn doch nicht mal." Ich stotterte, ich zitterte, ich war völlig durch den Wind.

Ich konnte nicht einfach mit jemandem Sex haben, den ich gar nicht kannte. Ich traute mich nicht, jegliche Moral über Bord zu werfen und ihm alles zu geben.

„Du bist also nicht bei einem Mann geblieben, der in einer VILLA in der Lombard Street wohnt, weil du Angst hattest, du würdest Sex mit ihm haben? Schätzchen, ich darf dich daran erinnern, dass du deshalb überhaupt erst hierhergekommen bist." Er war ernsthaft sauer, seine Nasenflügel blähten sich richtig auf.

„Nein, ich bin hier, um Daten für meine Abschlussarbeit zu sammeln. Ich will nicht einfach nur Sex, Charles, so bin ich nicht. Ich urteile nicht über dich, weil du einfach loslassen und gleich am ersten Abend mit jemandem Spaß haben kannst, und ihn verurteile ich auch nicht, aber so funktioniert das bei mir nicht. Außerdem will ich keinen reichen, gutaussehenden und supercharmanten Adonis … bei so einem Mann kann ich nicht mithalten." Ich stocherte mit den Essstäbchen herum und versuchte mich zu erinnern, wie man damit umgeht.

„Wir haben Logan und Lombard Street. Das reicht mir, um herauszufinden, wer er ist." Charles aktivierte sein Telefon und begann mit der Google-Suche.

„Nein." Ich schnappte nach dem Gerät. „Im Ernst, ich will es nicht wissen. Ich will es einfach gut sein lassen. Außerdem hab ich, glaub ich, mein Handy bei ihm liegen lassen. Wenn er will, dann wird er mich finden.“ Plötzlich erschrak ich noch mehr über diese Möglichkeit.

Es ärgerte mich über alle Maßen, dass ich dumm genug gewesen war, mein Telefon bei ihm liegen zu lassen. Es war teuer gewesen und ich hatte keine Lust, mich um eine neue Nummer zu kümmern, aber das war wohl der Preis für meine Idiotie.

„Na schön, Aschenputtel, dann warten wir mal ab, ob er auftaucht. Falls ja, lass dir eine Woche Zeit, lern ihn kennen und dann bitte, um Himmels Willen … schlaf mit dem Kerl. Denk auch mal an mich, ich will zu einem Dinner in eine Villa eingeladen werden. Der ist bestimmt berühmt und ich bin mir nicht zu schade, um indirekt durch dich als Stellvertreterin zu leben … einverstanden?“ Er stand von der Couch auf und begann die Überbleibsel des Haufens an chinesischem Essen einzusammeln, den wir vernichtet hatten. „Bist wohl am Stressfressen?“ Er schaute mich aus vorwurfsvollen Augen an.

„Es war nur Tofu, entspann dich. Alles vegan, kein Öl, kein Glutamat …“

„Kein Spaß“, unterbrach er mich.

„Und nein, ich bin nicht einverstanden. Ich werde nicht mit jemandem Sex haben, nur weil du dir irgendwelche Regeln aus dem Hut gezaubert hast. Aber davon abgesehen, sollte er wirklich auf dem weißen Schimmel angeritten kommen, würde ich mich gegebenenfalls unter Umständen vielleicht auf ein mögliches Sexszenario einlassen können. Wie war eigentlich dein Typ?“ Ich hatte völlig vergessen, ihn auch nach seiner Nacht zu fragen.

„Mein Typ war ganz reizend, aber er war nur für eine Nacht. Anders als du mag ich heiße, skandalöse Affären mit Sex in Hülle und Fülle.“ Mein Magen drehte sich um. Wie konnte er nur?

****

Ich erwachte früh am nächsten Morgen, nervös, aber mit Vorfreude auf meinen ersten Tag. Ich würde bei einer Themenparty-

App mitarbeiten, in der Eventplanung, Online-Dating und Freunde finden vermischt wurden. Wie konnte man besser das soziale Verhalten von Menschen studieren, als sie bei Partys oder bei der Anbahnung der Paarung zu beobachten. Die Green Fairy Party war mein erster Vorgeschmack darauf gewesen. Sie war mir zwar gehörig zu Kopfe gestiegen, aber solche Dinge ließen sich nun mal nicht lernen, indem man sich zu Hause in der Wohnung versteckte.

„Okay", meinte Charles aufgeregt, „heute ist der große Tag, schauen wir mal, wie du aussiehst."

Wir hatten zuvor ein paar Outfits für die Arbeit gekauft, die Charles für genehm befunden hatte. Sie gefielen mir, auch wenn sie nicht wirklich mein Stil waren. Vielleicht konnte sich mein Stil ja auch ändern. Ich drehte für ihn eine Pirouette und führte meinen neuen Zwirn vor.

„Ja, Scheiße ja. Du siehst irre aus, Addy. Du bist wirklich verdammt heiß, du solltest dich echt öfter ein bisschen rausputzen. Die Leute werden dich bemerken, Schätzchen, du bist eine Granate." Er strahlte vor Stolz.

„Wenn ich es für dich bin, ist das alles, was zählt. Du bist vermutlich ein bisschen voreingenommen, weil ich vorher immer … ich war. Und jetzt bist du überrascht, weil ich nicht mehr aussehe wie ‚ich'." Ich wischte sein Kompliment weg, aber ich hatte es mit Freude aufgenommen.

„Nein, Mädel, du würdest aufs Titelblatt der Vogue passen. Männer, und vermutlich auch so manche Frau, würden dir ihre Knickerbocker nachschmeißen, du bist die heißeste Schlampe aller Zeiten." Irgendwie klangen seine Obszönitäten doch charmant, sodass ich am Ende strahlte wie ein neuer Taler.

Wir teilten uns ein Uber, er fuhr zu seinem Büro, wo er als Finanzberater arbeitete und das ganz in der Nähe meines Praktikumsplatzes lag. Wir umarmten uns, er wünschte mir Glück und los gings. Ich war nervös, aber jetzt gab es kein Zurück mehr, außerdem war ich beim letzten Groschen angelangt und brauchte dringend Geld.

Auch wenn das Praktikum nicht gut bezahlt war, war es gottseidank immerhin überhaupt bezahlt, denn meine letzten Ersparnisse waren für ein neues Telefon draufgegangen. Ich wusste, dass Charles mir etwas geliehen hätte, aber er hatte sowieso schon so viel für mich getan. Ich betrat also das schicke Gebäude und ging zur Rezeption, wobei ich hoffte, dass die Empfangsdame nicht erkannte, dass mir das Herz aus der Brust zu springen drohte.

„Hi. Ich bin die Sommerpraktikantin bei DropIn", sagte ich schüchtern zu der Frau mit den ergrauenden Haaren und der angestrengten Miene, die von irgendetwas auf ihrem Computerbildschirm eingenommen zu sein schien.

„DropIn ist im fünften Stock", sagte sie ohne aufzublicken.

Meine Knie begannen noch ein bisschen mehr zu zittern. ‚Ich bin bereit', redete ich mir selbst zu, während ich den Fahrstuhl rief und auf das fünfte Stockwerk drückte. Sobald die Türen aufglitten, entspannte ich mich ein wenig. Der Ort wirkte offen, lichtdurchflutet und fröhlich.

Die Empfangsdame hier oben war sehr viel aufmerksamer, außerdem jung und modisch gekleidet.

„Hi, kann ich Ihnen helfen?", fragte sie sogleich.

„Ich bin die Sommerpraktikantin, Adele Robinson." Ich lächelte, weil sie so munter war.

„Ah, richtig, du wirst mit Logan arbeiten, dem Chef. Also, hauptsächlich wirst du seinen Assistenten unterstützen, aber du lernst ihn bestimmt kennen. Hier ist in den Sommermonaten eine Menge los, du kannst dich also auf ein Abenteuer gefasst machen." Die Vorstellung schien sie freudig zu erregen.

„Ich bin bereit!", bemerkte ich enthusiastisch, auch wenn mein Körper ob des Namens Logan nun nur noch mehr zitterte.

Dieser Logan hier, der mein Boss sein würde, hatte natürlich nichts mit dem traumhaften Logan zu tun, der mich auf dem Dach geküsst hatte. Er war garantiert nicht jener Logan, für den ich beinahe die Beine sperrangelweit geöffnet hätte, ohne auch nur seinen Nachnamen zu kennen.

„Okay, folg mir hier lang.“ Ich folgte ihr, vorbei an all den bunt bemalten Wänden und den Acrylmöbeln in den verrücktesten Farben und Formen, zu einer kleinen Arbeitsecke vor einem Büro mit Milchglastüren. „Anthony ist Logans Assistent, er wird dir alles zeigen. Falls du sonst noch Fragen hast oder irgendetwas nicht findest, ich bin Stacy. Willkommen im Team.“ Ich schüttelte ihr die Hand und glitt dann in mein kleines Viereck. Bevor sie ging, wandte sie sich noch einmal um. „Und falls du noch jemanden zum Mittagessen suchst, lass es mich wissen. In den ersten Tagen kann das alles hier ein bisschen überwältigend sein.“ Ihr Lächeln war warm und herzlich und gab mir gleich ein entspanntes Gefühl.

„Das mach ich, danke Stacy.“ Auf einmal freute ich mich total, hier zu sein.

Als Stacy gegangen war, kam auch Anthony gleich auf mich zu.

„Du bist also das Frischfleisch?“ Sein Gesicht trug zwar ein gutmütiges Lächeln, seine Worte waren aber umso barbarischer.

„Ist es denn so schlimm?“, fragte ich mit einer Grimasse.

„Schon möglich.“ Seine Stimme war düster geworden. „Nur Spaß, Logan ist cool. Er ist gerade in einem Meeting. Sie planen ein paar Änderungen am Angebot, das scheucht immer alle auf wie die Tauben. Alle flattern dann ganz aufgeregt rum und kriegen sich gar nicht mehr ein. Logan ist zäh, aber verdaulich. Du machst das schon. Auf schöne Frauen fährt er sowieso ab.” Was? Schöne Frauen? Auf keinen Fall sprach er über mich. „Soll ich dir mal zeigen, wie die App funktioniert?“

„Ja bitte, gerne“, sagte ich und versuchte dabei Ruhe zu bewahren.

Er hatte eine Menge Charakter, ich hingegen gar keinen. Anthony, dieser sehr attraktive Mann mit den rötlich braunen Haaren und einer lässigen, dickrahmigen Brille, erhob sich von seinem Platz und kam zu meinem herüber. Er schaltete meinen Computer ein und stand dicht genug bei mir, um mich in den Genuss seines vortrefflichen Parfums kommen zu lassen. Irgendetwas vibrierte da zwischen uns, was total abgefahren war. Dann begriff ich.

Vom soziologischen Standpunkt her war ich innerhalb der Hierarchie von DropIn, der ich gerade erst beigetreten war, eine Spätzünderin. Wissenschaftlicher ausgedrückt litt ich unter latenter Sexualentwicklung in diesem speziellen Kontext. In Ohio war ich nur ein gutes Mädchen gewesen, das auf Mr. Right wartete. In dem flotten Büro einer feurigen Dating-App voller junger Leute, die vor Sexappeal nur so strotzten, war ich ein sexuell inkompetentes Mauerblümchen. Das bestätigte sich meinerseits durch die nicht zu leugnende Tatsache, dass ich mich plötzlich zu jeder Person hier drin sexuell hingezogen fühlte.

„Die App ist wirklich benutzerfreundlich. Sieht am Anfang zwar kompliziert aus, ist es aber nicht. Ich geb dir mal ein paar Szenarios. Sagen wir zuerst mal, ich stünde auf Kochen. Ich liebe kochen also so sehr, dass ich unbedingt eine Frau oder einen Mann kennenlernen will, dem oder der es genauso geht. Ich stell also eine Anfrage rein. Die sehen alle meine Leute, oder auch überhaupt alle Leute in der Gegend, die ebenfalls auf kochen stehen, außerdem alle Sponsoren, die eine Küche haben, zum Beispiel Restaurants, Cateringfirmen, Leute mit riesigen Häusern. Ich sage dann: ‚Hey, lasst uns indisches Curry kochen!‘. Sobald jemand das DropIn akzeptiert, bist du gemeinsam mit dieser Person der Gastgeber. Dann plant ihr, wie ihr die Veranstaltung gern haben wollt. Vielleicht bringt jeder seine eigenen Zutaten, vielleicht macht man einen Wettbewerb draus und tut sich mit anderen Teilnehmern zusammen, vielleicht entstehen so auch andere Arten von Paarungen. Und voila, schon hat man jemanden getroffen, der auch gerne kocht.“ Das leuchtete mir ein.

„Wenn du auf schrägen Fetisch-Sex stehst, stellst du eine Anfrage für eine Party mit Fesselspielchen rein und schaust mal, was sich ergibt. Manchmal bevölkern die Leute einen Event sehr schnell, manchmal dauert es eine Weile und manchmal kommt er überhaupt nicht zustande. Das wollen wir allerdings dringend verhindern. Von unserer Seite tun wir, was wir können, um die Leute zum Mitmachen zu animieren. Das wird dann auch deine Aufgabe werden, du wirst eine Menge E-Mails rausschicken und die Leute dazu anstupsen, sich doch zu trauen. Es geht übrigens nicht immer um Sexzeug, die meisten DropIns sind tatsächlich einfach coole Partys für Albumstarts, Buchvorführungen, große Spielveranstaltungen für Kinder und so weiter. Das Geschäft mit Kinderpartys ist sogar der am schnellsten wachsende Bereich, was Logan ein bisschen wurmt. Er lässt sich eben lieber bei einer Fetischorgie blicken als auf einer Prinzessinnenparty." Während er sprach, öffnete er die Website, die ich schon von meinen Recherchen für das Praktikum kannte.

„Und", Anthony atmete kaum merklich durch, „ich kann dich heute zum Mittagessen mitnehmen. Es war ein nettes Angebot von Stacy, sie ist toll, aber es ist besser, wenn ich dich hier ein bisschen rumführe", sagte er mit bedeutungsschwerer Stimme.

Sobald er seinen Vorschlag gemacht hatte, begannen von überall um uns herum die Kommentare hereinzuprasseln. Ich hatte nicht bemerkt, dass uns irgendwer zugehört hatte, aber offensichtlich hatten alle die Ohren gespitzt.

„Gleich mal schön die scharfe Praktikantin abstauben, bevor wir auch eine Chance bekommen", warf ein süßer Typ uns gegenüber in den Raum.

„Vergesst mal nicht die Ladies", sagte eine dunkelhaarige Frau mit Nasenpiercing und zwinkerte mir dabei zu. „Vielleicht fährt sie ja auf Damen ab, dann steht ihr Jungs blöd da."

Ich konnte nicht fassen, was sich da abspielte.

„Ähm, vielleicht sollte ich zuerst mal meinen Job lernen, bevor ich mich hier auf den Markt werfe", sagte ich leise und brachte damit alle zum Lachen.

Arbeitete ich hier etwa unter Freunden? Das wäre ja echt das Größte gewesen. Und dann betrat Logan den Raum. Logan

Logan, der Traum-Logan, sperrangelweit-offen-Logan. Die Welt blieb einfach stehen. Zombies krochen aus den Schränken, Giftgas erfüllte die Luft, Luftminen ließen die Fenster bersten, die fliegenden Affen aus dem Zauberer von Oz flogen herein … und ich hätte mich beinahe ein zweites Mal vor diesem Mann übergeben. Alle gingen sofort wieder an die Arbeit und wandten sich ihren Computern zu und ich tat es ihnen gleich. Ich ignorierte den Schreck, von dem sich mein Geist noch zu erholen suchte, und steckte mein Gesicht förmlich in den Bildschirm, um so zu tun, als hätte ich ihn nicht gesehen.

Ich konnte kaum atmen und mein Herz schlug so laut, dass es bestimmt alle um mich herum hören mussten. Ohne aufzusehen wusste ich, dass er direkt vor mir stand. Ich musste irgendwas tun, irgendwas sagen.

„Adele", forderte seine tiefe Stimme mit einer dunklen Färbung, die ich am Tag zuvor nicht wahrgenommen hatte.

„Kann ich dich bitte in meinem Büro sprechen?"

Scheiße, Scheiße, Scheiße, ach du Scheiße.

„Na klar", zwitscherte ich so fröhlich, wie es nur irgendwie ging.

Ich schluckte den Kloß hinunter, der mir in den Hals gestiegen war, und versuchte mich zusammenzureißen. Wir gingen schweigend in Richtung der Glastür. Ich konnte kaum die paar Schritte machen, die dafür nötig waren. Meine Beine waren schwach und wackelig und ich glaubte schon, niemals anzukommen, als ich mich plötzlich in seinem Büro wiederfand und er die Tür mit absichtlicher Langsamkeit hinter uns schloss. Er war auf der Pirsch, umschlich mich leise. Verschwunden war der Mann mit dem süßen Lächeln und der Güte, die Person vor mir strahlte nichts als sexuelle Energie und Dominanz aus.

Er schlenderte zu seinem Tisch, von dem er mein Handy aufhob, es zwischen zwei Finger nahm und wie einen Köder vor mir baumeln ließ.

„Ich glaube, das hier hast du vergessen." Seine Stimme war das Grollen eines sexuellen Donnerschlags.

Ich vergaß zu atmen. Diesem Mann hätte ich meinen Schmuckladen verpachtet, jeden Ring und jeden Diamanten, und hier stand er nun vor mir, übermächtig. Ich konnte in diesem Moment an nichts anderes denken als an seine Zunge und die forsche Art, wie sie sich meines Mundes bemächtigt hatte. Meine Beine waren wie festgewurzelt und mein Geist schwirrte im Äther herum, ich fühlte einen seltsamen Verlust des Gleichgewichts. Ein merkwürdiges Surren erfüllte meine Ohren und die Welt begann zu taumeln.

„Hoppla …", hörte ich seine lusterfüllte Stimme sagen, bevor seine Hände mich packten und auffingen. Ich fand mich in seinen starken Armen wieder und keuchte nach Luft, als er mich auf die Couch sinken ließ. Es drehte sich noch immer alles, selbst im Sitzen. Warum? Warum hatte er solche Macht über mich? Er blieb an meiner Seite, regungslos und stumm, während ich mich zu fangen versuchte. Als ich wieder einigermaßen zu Sinnen gekommen war, schaute ich ihn an, noch immer unfähig zu sprechen.

„Ich habe dich erwartet." Seine Stimme war tief, ruhig und beherrscht. Er drückte mir das Telefon in die Hand. „In dieser Stadt gibt es nicht viele Adele Robinsons." Seine Augen bohrten sich in mich. „Und noch ein gut gemeinter Rat: 1,2,3,6 ist ein gefährlicher Code, ich schlage vor, du änderst den. Ich hab dein Smartphone in ein paar Sekunden geknackt."

„Danke", brachte ich heraus … mit Mühe.

„Also, ich hab zwar einigermaßen eine Vorstellung, wieso du gestern davongerannt sein könntest, aber würdest du es mir vielleicht trotzdem erklären?" Er streichelte mit seiner Hand über meine Schulter und ich erstarrte vor Angst.

Er bemerkte meine Reaktion und beschränkte sich darauf, seinen Finger zu meinem Ellbogen hinabgleiten zu lassen. Er berührte mich kaum, dennoch fühlte sich mein Körper an, als hätte er das Allerheiligste meiner jungfräulichen Festung betreten. Als er sah, was mit mir geschah, gluckste er, stand auf und trat hinter seinen Schreibtisch, wo er sich über das hochglanzpolierte Holz der Arbeitsplatte beugte.

Seine Wollhose war um die Hüfte eng geschneidert und ich hätte schwören können, dass ich ihn darunter hart werden sah. Diese Beobachtung konnte aber auch nur eine Ausgeburt meiner wild arbeitenden Fantasie sein.

Worte? Wohin waren nur meine Worte verschwunden? Scheiße, Scheiße, Scheiße, ich konnte nichts weiter tun, als zu starren.

„Ich habe eine Theorie. Willst du sie hören?“ Das Feixen auf seinem Gesicht war sogar noch eindrücklicher als die Vorstellung seiner aufquellenden Männlichkeit.

Ich nickte, vor Schock noch immer völlig stumm.

„Ich glaube, ich mache dir Angst. Vielleicht hast du dir Sorgen gemacht, ich würde dich zu etwas Unanständigem bewegen.“ Sein Schmunzeln wuchs sich zu einem hämischen Grinsen aus. „Nun, du hast Glück. Nachdem du jetzt für mich arbeitest, müssen wir uns benehmen.” So wie seine Stimme das Wort „benehmen“ betonte, machte es den Eindruck, als wäre gutes Benehmen das Letzte, wonach ihm der Sinn stand.

Aus irgendeinem Grund war sein Zugeständnis, mich nicht auf der Stelle zu bespringen, gleichzeitig eine Erleichterung und seltsam enttäuschend. Allmählich nahm mein Gehirn seine üblichen Funktionen wieder auf … und ich holte zunächst einmal Luft. Meine Hände fingerten an meinem Handy herum und anstatt mich darüber zu ärgern, dass ich jetzt zwei Telefone hatte, was sonst so gut zu mir gepasst hätte, schmollte ich, weil ich verschmäht wurde.

„Danke, dass du mir das zurückgegeben hast.“ Ich hob das Telefon hoch und ignorierte alles, was er gerade gesagt hatte. „Ich …ähm.“ Ich biss mir auf die Zunge und versuchte die Übelkeit zu bezwingen, die mir noch immer den Magen einschnürte. „Ich …“ Gott, ich hatte keine Ahnung, wie ich aus dem hier herauskommen sollte. Ich entschied mich für Plappern … albernes Gelaber würde meine beste Deckung sein.

Ich fuhr hoch und legte los. „Wie schräg ist das denn? Ich arbeite ausgerechnet für dich, von allen Leuten auf der Welt. Ich meine, wie hoch ist die Wahrscheinlichkeit? Ich treff dich auf einer Party, und ich geh sonst nie auf Partys, zumindest keine solchen Partys, und dann … Mein Freund Charles hat mich dazu angestiftet. Aber das hab ich dir schon erzählt, oder? Hab ich nicht …? Wie auch immer, sorry, dass ich gekotzt und mein Handy vergessen hab. Ich war voll im Eimer. Ich bin sonst eigentlich sehr organisiert." Ich redete mich so richtig in Fahrt, wo ich doch einfach nur die Klappe hätte halten sollen. „Also, womit möchtest du denn, dass ich anfange?" Ich musste raus aus diesem Büro … „Ich meine, im Büro … nicht … du weißt schon. Nicht woanders." Oh, Adele …sei still!!!!!

Er fixierte mich … unbeirrbar. Einen Augenblick lang standen wir zwei außerhalb von Raum und Zeit. Er war der sexieste Mann der Welt und ich war … Frischfleisch!

„Hast du die App schon gesehen?" Seine Stimme knisterte noch immer vor Verführung.

„Ja, heute Morgen." Ich blähte die Brust auf wie ein Hahn …wer war ich bloß?

„Super. Ich möchte, dass du ein DropIn einrichtest. Du bist die Gastgeberin. Du kannst dir ein Thema aussuchen, ich schicke dir gleich per E-Mail das Budget." Er sprach und kam dabei auf mich zu, das Blut in meinen Adern begann zu kochen.

Und wieder war ich gelähmt von der unerträglichen sexuellen Energie zwischen uns.

„Manchmal", er beugte sich zu mir vor und für einen kurzen Augenblick dachte ich, wir würden uns wieder küssen, „ist der einzige Weg, etwas zu lernen, es zu tun." Er sprach jetzt sehr langsam und sagte: „Tu es!"

Ich schluckte, als er über mich hinweglangte und die Tür öffnete. Endlich war ich frei … und zugleich gefangener, als ich es je gewesen war. Ich ging hinüber zu meiner Kabine und fühlte mich, als hätte ich die Besitzansprüche an mir selbst aufgegeben. Es war beunruhigend. Ich setzte mich zu Anthony, der plötzlich wirkte wie ein sabbernder Schoßhund im Vergleich zu meinem Herrscher von einem Chef, der meine Säfte allesamt zum Brodeln brachte.

11

Logan

Ich hatte ihr Telefon entsperrt und nach kurzer Suche ihren Namen herausgefunden. Google wusste allerdings wenig über sie zu berichten. Sie war aus Ohio und hatte einen Artikel über mangelhafte Kommunikation in einer Wissenschaftszeitschrift veröffentlicht. Sie war sehr wortgewandt und ich fand ihre Gedanken zur zwischenmenschlichen Interaktion auch ziemlich spannend. Das Wenige, das meine Internetrecherche erbracht hatte, reichte allerdings völlig aus, um mein Interesse an Miss Adele Robinson aus Ohio ins Fanatische zu steigern.

Als ich an jenem Morgen ins Büro gekommen war, hatte mich Stacey daran erinnert, dass meine neue Praktikantin Adele am selben Tag hier anfangen würde. Ich kramte sofort ihre Bewerbungsunterlagen aus den Akten und entdeckte, dass durch irgendeinen kosmischen Streich des Schicksals genau jene Frau, der ich gerade noch im Internet auf der Spur gewesen war, in ein paar Minuten hier in mein Büro spaziert kommen würde. Ich verspürte eine spitzbübische Erregung allein schon bei dem Gedanken, Adele wiederzusehen. Sie war in mehrerer Hinsicht wie ein kleines Einhorn, umwerfend, intelligent und … unschuldig.

Als sie ankam, machten sich alle Fliegen auf der Arbeit gleich über ihren süßen Hintern her. Sie war smart gekleidet, obwohl ich ihr Partykleid dem geschmackvollen Business-Stil vorzog. Ihre Haut war zart und makellos, selbst unter der gnadenlosen Bürobeleuchtung, und sie strahlte das dünne Selbstvertrauen aus, das sie für ihren ersten Tag zusammengekratzt hatte. Ich war durch ihr seltsam nervöses Verhalten inzwischen überzeugt, dass sie mehr als nur unerfahren war. Sie war geradezu verkümmert in Hinsicht auf Sex und Verführung.

Als ich sie in meinem Büro in die Falle lockte und sie fast erneut in Ohnmacht gekippt wäre, wusste ich, wie es um die arme Frau bestellt war. Sie ging auf keine meiner überaus direkten sexuellen Avancen ein und war noch immer wie vom Donner gerührt, als sie mein Büro schließlich verließ. An sich fand ich das wahnsinnig erfrischend. Das Gesamtpaket ließ mich noch mehr nach ihr verlangen, aber ich musste meine Karten mit Bedacht ausspielen.

Ich hatte auch in der Vergangenheit schon etwas mit Praktikantinnen angefangen und da es sich um meine eigene Firma handelte, bekam ich deshalb wenig zu hören, aber es gab doch immer auch die rechtliche Seite zu berücksichtigen. Meine kleine grüne Fee war viel zu zart, um mit ihr herumzuspielen. Mit ihr musste ich vorsichtig sein, aber gerade war sie genau die Art von Herausforderung, die ich brauchte. Ich hatte genug von sexuell routinierten Vagina-Haien, die sich auf die großen Fische stürzten in der Hoffnung, einen guten Fang zu machen. Ich hatte zwar keinerlei Absichten wieder zu heiraten, aber sollte ich durch irgendeine unerhörte Wendung des Schicksals doch noch den Bund fürs Leben schließen wollen, dann würde es nicht mit einer „Christine“ sein.

Ja, tief unten im Bewusstsein mochte mir klar sein, dass ich Adele verderben würde, aber ich dachte nicht mit dem Unterbewusstsein. Meine Entschlossenheit, sie auf jeden Fall haben zu müssen, überlagerte alles andere. Mein erster Schachzug bestand darin zu sehen, was für eine Art von Party sie mit der App planen würde. Es gab natürlich Kinderfeste und solche Zusammenkünfte, aber die lukrativsten und produktivsten Events waren noch immer die Sex- und Dating-Angebote. Sollte sie kein Dating-Event wählen, denn ein Sex-Event würde es ja wohl kaum werden, dann würde ich sie in diese Richtung führen.

So gern ich die Tür abgesperrt und unseren Kuss wieder aufgenommen hätte, ich war doch auch beinahe gleich erregt davon, mir selbst aufzuerlegen, als quälerischen kleinen Spaß, die Hände möglichst lange von ihr zu lassen. Noch viel schwieriger würde es allerdings sein, meine Gedanken von ihr zu lassen. Die Visionen davon, ihre Unschuld zu zerstören und ihre Ekstase zu beobachten, wenn mein Schwanz in ihren vermutlich jungfräulichen Körper eindrang, machten mich augenblicklich hart. Ich musste mich auf irgendetwas anderes konzentrieren.

Das Trillern ihres Lachens füllte den ganzen Nachmittag über die Räumlichkeiten, sie war offensichtlich schon viel gelassener als zuvor in meinem Büro. Anthony tat sein Bestes, um mir mein Mädchen abspenstig zu machen, aber ich hatte bereits einen unfehlbaren Plan. Ich hatte zwar einen Hang zur Eifersucht, aber ich kannte meine Beute, und bei der Art von Frau, die sie war, war sie ein leichtes Ziel. Ich bummelte den ganzen Tag draußen im Büro herum, ging immer wieder an ihr vorbei und tat, als würde ich sie gar nicht bemerken, wie sie eifrig an ihrem Tisch saß und arbeitete. Noch ließ ich mir anmerken, dass ich sehr wohl sah, wie schamlos alle anderen mit ihr flirteten und wie ahnungslos sie ihre Vorstöße ignorierte. Es würde beinahe zu einfach sein. Ich blieb zwar dicht in ihrer Nähe, aber ich kam nicht mehr auf sie zu. Ich merkte, dass sie meine Gegenwart spürte, denn sie rutschte jedes Mal auf dem Stuhl hin und her, wenn ich an ihr vorüberging.

Ich sah, wie sie Luft schluckte und sich überwand, mich anzusprechen.

„Ich bin fast fertig." Sie war knapp und kurz angebunden, aber mit einem hellen Klang in der Stimme, der ein bisschen einstudiert wirkte.

„Und, was machen wir?" Ich kam einen Schritt näher und beugte mich vor, ziemlich intim, aber nicht genug, als dass ich dafür in Verruf geraten oder gar geohrfeigt hätte werden können.

„Singles auf dem heißen Pflaster. Ich hab einen Doppeldeckerbus gebucht, eine örtliche Brauerei überzeugt, ein paar Fässer ihrer neuen Sorte vorbeizubringen, und außerdem noch einen DJ. Wir fahren ein paar Stunden lang durch die Straßen von San Francisco und machen einen lustigen Single-Event. Ich überleg mir mit dem DJ noch ein paar Songs als Eisbrecher, die zu den neuen Sorten der Brauerei passen, damit die ihre Biere anpreisen können.

Das ganze Package kostet 50 Dollar pro Person und zehn haben sich jetzt schon angemeldet. Die Party steigt nächste Woche.“ Sie ratterte das alles so schnell runter, dass klar war, dass sie sich ihrer Sache sicher war, aber es war ja auch eine verdammt gute Idee, auf so Zeug fuhren die jungen Leute voll ab.

„Okay. Meld mich auch gleich dafür an.“ Sie wurde kreidebleich.

12

Adele

„Du lügst mich doch an!“ Charles konnte gar nicht fassen, was ich ihm bei Nudeln und Bier alles über Logan zu erzählen hatte. „Sowas gibt es einfach nicht. Ganz im Ernst!“

„Ich weiß, aber was soll ich jetzt machen? Kündigen?“ Ich hatte solche Panik, ich wollte am liebsten einfach über Bord springen. Für einen Augenblick hatte ich mir schon im Büro überlegt, anstatt das DropIn zu organisieren, einfach ein Flugticket zurück nach Ohio zu kaufen.

Den ganzen Tag über war mein Magen zugeschnürt gewesen. Ich aß nichts und redete auch kaum etwas, obwohl alle mich dauernd anzuquatschen versuchten. Ich versuchte mir zu überlegen, womit ich Logan beeindrucken konnte, ohne meine Moral und Ideale zu verraten, obwohl ich nicht mal genau wusste, weshalb ich ihn überhaupt beeindrucken wollte. Ich vermied so gut es ging, meinen neuen Kollegen zu zeigen, wie verschreckt ich war, also lachte ich ausgiebig, wann immer irgendwer irgendwas zu mir sagte. Dann legte ich einfach meinen Kopf schief, sagte „Ja“ oder lächelte schlicht, was immer gerade zur Unterhaltung zu passen schien. Ich mauerte sozusagen eine Wand aus Gekicher, um mich zu schützen. Ich hatte den Trick kurz nach dem Tod meiner Mutter gelernt, Lachen beruhigt nervöse Menschen.

Niemand wollte sich über andere Leute Sorgen machen. Solange ich also lachte und glücklich aussah, ließ man mich in Ruhe. Dieselbe Taktik wandte ich auch im Büro an, sodass niemand ahnte, wie alarmiert ich wirklich war. Außerdem versuchte ich mich voll und ganz auf meine Aufgabe zu konzentrieren und Logans Gegenwart auszublenden. Das war allerdings nicht so einfach, weil er immer wieder an mir vorbeiging. Mein Herz klopfte so heftig, dass ich fürchtete, demnächst einen Schlaganfall zu erleiden. Mir wurde klar, dass ich den Sommer so niemals überleben würde. Ich stand unter seinem Bann und war unfähig, normal zu denken.

„Was zur Hölle, Addy? Du kannst jetzt nicht hinschmeißen. Das ist es doch, das ist alles und noch viel mehr, als ich mir für dich erhofft habe." Charles' Enthusiasmus war geradezu verstörend.

„Ja, aber er ist doch mein Boss!", rief ich frustriert.

„Wen kümmert das!", konterte er. „Er ist stinkreich und du hast selbst zugegeben, dass er scharf ist, was soll denn da schiefgehen? Es ist doch nur Sex. Menschen haben nun wirklich andauernd Sex. Ein bisschen Schwanz und Muschi, das schaffst du auch. Das mit der Muschi wäre nichts für mich, aber Schwanz ist echt nicht schwer. So einen hübschen Chefschwanz, mit dem kommst du schon klar." Er spielte die Sache runter und er hatte wohl nicht ganz unrecht, aber mir schmeckte es trotzdem nicht.

„Aber … aber. Was ist mit heiraten?" Natürlich war das eine idiotische Wortmeldung, ich meine, wer kümmert sich denn in unserer Zeit noch um solche Dinge?

Charles prustete vor Lachen. „Was soll damit sein? Willst du mir ehrlich sagen, dass du dich von mir hierher hast schleifen lassen, um dann nach jemandem zu suchen, der mit dem Sex bis zur Ehe warten will? Nein, solltest du den Kerl, mit dem du Sex hast, danach heiraten, gibts von mir aus Bonuspunkte … aber lass mich das mal klarstellen, ich hab dich hierher geschleift, damit du flachgelegt wirst. Punkt." Er stemmte resolut die Hände in die Hüften. Was für eine Dramaqueen.

„Nein, hast du nicht. Du warst einsam und hattest keine Lust mehr auf deine wunderlichen Freunde." Ich stemmte ebenfalls die Hände in die Hüften.

„Teilweise richtig. Aber jetzt mal im Ernst, was macht dir solche Angst an ihm?" Jetzt gings ans Eingemachte.

„Alles." Ich konnte es nicht wirklich festmachen, er setzte einfach mein Inneres in Flammen.

„Kannst du etwas präziser sein? Ich will dir wirklich helfen.“ Er war geduldig, was nicht zu ihm passte, aber ich wusste es zu schätzen.

„Er ist so … extrem.“ Mir fiel keine bessere Beschreibung ein.

„Ist er gefährlich? Denkst du, dass er vielleicht ein Narzisst ist? Wird er dir wehtun? Wenn die Antwort darauf ‚Ja‘ lautet, dann kündige, ich kann dir helfen etwas anderes zu finden.“ Plötzlich war er sehr ernst geworden.

„Nein. Mit dem Narzissmus bin ich mir noch nicht sicher, aber gestern hat er nichts weiter getan als mich zu küssen und mir ein bisschen über die Brust zu streicheln, das hab ich dir ja erzählt.“ Ich begann zu zittern.

„Und wie gesagt, ich denke, das ist etwas, was wohl die meisten Hetero-Männer in so einer Situation tun würden. Wenn ich mich recht entsinne, hat er dich ja gehen lassen?“

Ja, Logan hatte mich fliehen lassen.

„Und dann hat er mir heute Früh mein Handy zurückgegeben und ich hab mit der Arbeit angefangen, und das war‘s. Außer, dass er sich für mein DropIn angemeldet hat, und er war … da war … das war … so heftig.“ Worte waren einfach nicht drin.

„Naja, er ist dein Chef. Er wollte vielleicht einfach nur sehen, was du mit seinem Produkt anstellst, nachdem es jetzt dein Job ist zu wissen, wie die Firma funktioniert.” Ich konnte sehen, dass Charles‘ Geduld mit mir rasch ihrem Ende näherkam.

„Dann findest du nicht, dass ich kündigen sollte?“ Er hatte mich ja eigentlich nur ‚gemustert‘. „Na schön. Ich probiers noch ein paar Tage.“

Er verdrehte die Augen. „Schätzchen, du machst mich echt fertig!“

Er grinste über meine Jämmerlichkeit und wir schauten zusammen Netflix in seinem großen gemütlichen Bett. Wir sprachen nicht mehr über Logan Steel, aber ich konnte nicht aufhören, an ihn zu denken. Logan und alles, worin ich mich hatte verwickeln lassen, nagte unablässig an mir. Aber natürlich hatte Charles recht, Logan hatte nichts Falsches getan. Er war ein Gentleman. Das ganze Drama in meinem Kopf kam ausschließlich von mir selbst. Ich war diejenige mit dem Problem. Ich wusste noch nicht einmal, ob Logan überhaupt irgendwie weiter an mir interessiert war. Vielleicht hatte er meinen überstürzten Abgang ja als mangelndes Interesse meinerseits interpretiert.

Ich beschloss, am nächsten Tag einfach zur Arbeit zu gehen und so zu tun, als sei zwischen Logan und mir überhaupt nichts geschehen. Er war mein Boss und nichts weiter. Nicht nur das, ich hatte auch vor, Anthony besser kennenzulernen. Er war niedlich, wirkte sehr harmlos und ein bisschen Flirten würde meine Gedanken von der unbeschreiblichen Hitze ablenken, in die mich Logan Steel versetzte.

Ich betrat das Büro am nächsten Tag mit diesem konkreten Plan im Kopf. Ich würde mich auf meinen Job und Anthony konzentrieren, nichts weiter. Ich trug einen meiner fast ein wenig zu kurzen Röcke, hatte meine Bluse weiter aufgeknöpft, als mir eigentlich lieb war, hielt das Kinn hoch und schlenderte zur Tür hinein.

„Na du", grüßte mich Anthony mit großen Augen. „Du riechst gut." Der Kommentar war seltsam triebhaft, aber ich hatte ja auch tatsächlich etwas von Charles' geschlechtsneutralem Parfum aufgetragen, weil sonst nichts da war und ich meines in Ohio vergessen hatte.

„Das ist CK One. Ich mags, es riecht so frisch." Ich lächelte und setzte mich an meinen Platz.

„Genau wie du." Autsch, das war ein bisschen zu offensichtlich, half mir aber bei meinem großen Komplott.

„Danke", trällerte ich und fragte mit einem Kopfnicken: „Willst du heute mit mir Mittagessen?" Wow, das war auch mal was Neues für mich, so exponiert hatte ich mich noch nie.

„Aber sowas von", war seine postwendende Antwort.

Gerade in jenem Augenblick trat der dunkle Sexgott aus seinem Büro und ein Feuerwerk explodierte in meinem Herzen.

„Sie geht mit mir essen", sagte Logans tiefe Befehlsstimme, während er an uns vorüberging.

„Wieso?", platzte ich wie eine Idiotin heraus.

Er wandte sich um und antwortete nicht gleich, sondern starrte mich nur an, seine saphirblauen Augen durchdrangen mich. Jegliche Flüssigkeit in meinem Körper verdampfte.

„Weil ich mich mit einem Klienten treffe und jemanden brauche, der Notizen macht", sagte er mit langsamer, sinnlicher Bedächtigkeit.

„Oh, ach so. Ich, ähm, dann arbeite ich also über Mittag?", quietschte ich in einem unsinnig hohen Tonfall.

Das klang so scheußlich, dass Anthony vor Lachen grunzte.

„Ich meine, ja, klar." Irgendwie hatte ich meine menschliche Stimme wiedergefunden.

„Ich machs wieder gut, versprochen", sagte Logans Stimme auf eine Art, die mich glauben ließ, dass er dabei an mich dachte, wie ich stöhnend und mit breiten Beinen auf dem Rücken lag.

Ich schüttelte die Gefühle ab, die mich nach dieser Begegnung durchfluteten, und konzentrierte mich darauf, Namen und E-Mail-Adressen in unsere Datenbank einzutippen, was meine Aufgabe an diesem Morgen war.

„Pfff", seufzte Anthony frustriert.

„Sorry, ich wusste nicht, dass mittags arbeiten normal ist." Ich schaute zu ihm hinüber, sprach aber leise.

„Ist es nicht." Er verdrehte die Augen und wir beließen es dabei, weil Logan gerade von seinem kurzen Ausflug in die Küche zurückkam.

Die Mittagszeit kam schneller, als ich gehofft hatte.

„Bereit?“, fragte er mit gut aufgelegtem Tonfall, nachdem er sich zu mir an meinen Tisch gesellt hatte.

„So gut es eben geht“, sagte ich kaum hörbar.

„Okay. Wir nehmen mein Auto.” Jeder Nerv und jeder Muskel in meinem Körper erstarrte.

Ich fürchtete wirklich, das nicht zu überstehen. Wieso ein Auto? Es gab doch ein Restaurant hier im Gebäude, konnten wir das Meeting nicht einfach da abhalten? Ich brachte mich selbst an den Rand des Wahnsinns. Ich musste mich unter Kontrolle kriegen. Er war nichts weiter als ein Mann. Er konnte mir nichts tun, er hatte einen Ruf zu verlieren. Ich musste mich zusammenreißen und ein großes Mädchen sein. Ich musste ihn einfach wie ein normales menschliches Wesen sehen und vergessen, wie sehr ich von ihm angezogen war. Es tat mir nicht gut, vor jedem seiner Schritte Angst zu haben. Wenn ich so weitermachte, würde ich im Juli mein erstes Magengeschwür bekommen.

Der Weg hinunter verlief seltsam schweigend. Ich bekam Panik, je näher wir dem Aufzug kamen, doch da fiel mir meine Geheimwaffe wieder ein: Smalltalk. Sobald wir eingestiegen waren, begann ich wieder zu plappern.

„Also“, ich lehnte mich beiläufig an der Wand des Aufzugs an, auch um mich vor dem Umkippen zu bewahren, „wie kommt es, dass du eine Firma wie DropIn gegründet hast?“

„Nun“, er lehnte sich auf seiner Seite der Kabine ebenfalls an und ahmte mich exakt nach. „Ich verdiene gern Geld“, war seine knappe Antwort.

„Das ist ein ziemlich oberflächlicher Grund.“ Oh ja, ein Punkt für mich, eine Beleidigung.

„Ich wollte meine Sorgen wegbumsen. DropIn war ein Ergebnis dieses Verlangens.“ Und da war sein Starren wieder.

Die Glut in seinen Augen ließ mich schmelzen. Fuck, ich bekam nichts auf die Reihe bei diesem Kerl, er war mir immer einen Schritt voraus.

„Und, wie läuft das so für dich?“ Oh … Gott. Ehrlich? Weg mit dem Punkt, minus ein weiterer für diese Frage.

Die Fahrstuhltür öffnete sich und er versetzte mir einen Blick, wie ein enttäuschter Vater ihn seiner Tochter geben würde.

„Das sollten wir besser nicht besprechen. Es scheint mir recht offensichtlich, dass du mit der Antwort auf diese Frage nicht würdest umgehen können.“ Er holte seine Schlüssel aus der Jacke und drückte auf den Knopf.

Die Lichter eines glänzenden schwarzen Mercedes blinkten und wir gingen auf seinen Wagen zu. Ich schlüpfte auf den Beifahrersitz und machte keine Miene. Er ließ sich nicht beirren von meiner Nichtreaktion.

„Ich muss sagen“, begann er, „du bist sehr anders, als ich es mir zunächst vorgestellt hätte. Als ich dich auf der Green Fairy Party singen gehört habe, hatte ich den Eindruck, du müsstest eine Partykanone sein.“

Da war sein verführerisches Grinsen wieder.

„Wieso hast du mich geküsst?“, warf ich ins Gespräch, ohne recht zu wissen, was ich damit erreichen wollte. „Da hattest du ja sicher schon längst rausgefunden, welche Art von Mädchen ich bin.“

„Wieso sollte ich dich nicht küssen? Du bist umwerfend.“ Er schaute mich an, während er den Mercedes aus dem Parkhaus lenkte. „Die richtige Frage ist“, er war wieder ganz Glut und Feuer … verdammt sei er!, „wieso wolltest du, dass ich dich küsse?“

Scheiße. Ich hätte kündigen sollen.

13

Logan

Ich konnte ihr nicht widerstehen. Ich hatte es versuchen wollen, bevor ich mir dachte: Wozu eigentlich? Es war nicht zu leugnen, dass allein schon ihre Gegenwart aufregend war. Nachdem sie es mit einer ehrlichen Unterhaltung versuchte, wollte ich darauf eingehen, aber auf meine Art.

„Naja, ich hab nun mal meinem Freund versprochen, dass ich jemanden küssen würde“, sagte sie, aber ich wusste, dass das ein Vorwand war, der Kuss war für sie keine Verpflichtung gewesen.

„Ach? Und wieso hast du dann nicht den Kerl geküsst, der dich von oben bis unten begrapscht hat?“, lockte ich sie aus der Reserve.

„Du warst nett?“, sagte sie im Frageton und zuckte die Schultern.

„Und woher willst du das wissen?“, ließ ich nicht locker.

„Nur so. Du bist heiß und weißt das auch. Ich hab dich geküsst, weil du nun mal da warst … und gut aussiehst. Was du, wie gesagt, weißt, weil du dich vermutlich jeden Tag im Spiegel bewunderst.“

Mir fiel auf, dass sie in der Defensive zu brabbeln anfing. Das abfällige Gerede hielt ihre wahren Gefühle versteckt. „Tschuldigung … ähm, das war ziemlich unfreundlich. Ich äh … ich weiß auch nicht wirklich, wieso ich dich geküsst habe, es war einfach der Moment, schätze ich.“ Sie biss sich auf die vollen Lippen und ich hätte mich beinahe wieder über ihren Mund hergemacht, aber leider hatten wir die Garage schon verlassen und befanden uns im Verkehr.

Wir trafen uns nicht mit einem Kunden, sondern mit James. Ich brauchte einen Partner hierbei. Diesen köstlichen Happen konnte ich nicht im Geheimen verschlingen. Ich brauchte jemanden, der auf meine Ehrbarkeit achtete. Ich hätte das arme Ding wirklich verletzen können, und sosehr ich sie auch wollte, sie schlecht zu behandeln oder ihr auf irgendeine Weise emotionalen Schaden zuzufügen, war absolut nicht meine Absicht.

Frauen wie Christine wussten, worauf sie sich einließen, wenn sie etwas mit jemandem wie mir anfingen, genau wie umgekehrt. Es war Liebe und Krieg.

Aber Adele war ein vollkommen anderes Geschöpf. Bei ihr brauchte ich einen moralischen Kompass, sonst wären wir beide meiner Unberechenbarkeit ausgeliefert. Ich lachte innerlich herzlich über ihren Kommentar darüber, wie ich mich selbst im Spiegel bewunderte. Vielleicht tat ich das ja wirklich, ich hatte nie darauf geachtet. Ihre schnippische Bemerkung war mir eine Warnung.

„Und dann hast du einen auf Aschenputtel gemacht, weil?", fragte ich glucksend.

„Ich habs mir anders überlegt", antwortete sie angespannt.

„Oh, aha? Naja, eh besser so. Du gehörst jetzt mir, zumindest den Sommer über, und da würde ich nicht wollen, dass so ein Kuss zwischen uns steht." Ich ließ das mal so stehen.

„Wen treffen wir denn nachher?", wechselte sie schnell das Thema, der süße kleine Angsthase.

„Einen Klienten." Ich schaute zu ihr hinüber und blieb absichtlich vage.

Sie warf mir einen misstrauischen Blick zu und ich wusste ihre Courage zu schätzen.

„Einen Geschäftspartner." Diese Klarstellung schien sie nervös zu machen. „Er ist mein Partner. Wir überlegen, von DropIn gesponserte Themenpartys anzubieten, so ähnlich wie bei Themes, nur mit unserem eigenen Flair. Ich möchte deinen Input, zumal du ja bei der Green Fairy Party dabei warst." Ich wechselte wieder in den geschäftlichen Modus, fürs Erste hatte ich sie genug verschreckt.

Wir gingen in ein schummriges, ruhiges Restaurant am Nordende der Stadt. James saß bereits an unserem Tisch, als wir ankamen. Die Augen fielen ihm beinahe aus dem Kopf, als er sie sah, ich war also nicht verrückt und sie war tatsächlich so scharf, wie ich dachte. Weil sie sich sexuell so zurückgezogen verhielt, war ich nicht sicher gewesen, ob ich mir ihre Schönheit nicht etwa nur eingebildet hatte.

Er erhob sich, als wir auf den Tisch zukamen. „Logan, wer ist denn das Supermodel hier?“ Sein Grinsen war teuflisch und wäre er nicht verheiratet gewesen, hätte ich ihn vor die Tür gezerrt und ihm eingebläut, wie er meine Frauen zu behandeln hatte.

Ich schaute zu Adele hinüber, um mir ihre Reaktion anzusehen, und wie erwartet war sie errötet.

„Das ist Adele, meine Praktikantin für den Sommer. Und ich darf anmerken, dass Supermodel wohl ein Rückschritt für sie wäre. Sie ist Anthropologin und wissenschaftliche Autorin. Du solltest dir ihren faszinierenden Artikel über unsere Unfähigkeit zu echter Kommunikation durchlesen.“ Ich schielte erneut zu ihr hinüber und bemerkte den schockierten Ausdruck in ihrem Gesicht, als sie bemerkte, dass ich ein wenig Internetspionage betrieben hatte.

„Freut mich.“ Sie reichte James die Hand und ignorierte meine Ausführungen.

„Ich bin James. Ich leite den administrativen Teil der Firma. Wie schön, dich kennenzulernen, Adele.“ Damit setzten wir uns, bestellten etwas Wein und machten uns ans Geschäft.

Sie begegnete James mit höflicher Anmut, bestellte ihr Essen mit äußerstem Anstand und hörte aufmerksam zu, während wir nach ein wenig Geplauder unsere Pläne für das nächste Projekt von DropIn abglichen. An diesem Punkt der Unterhaltung wurde sie lebhaft, offenbar begeistert von der Idee, und beteiligte sich munter.

„Die App braucht sowas in der Art von einem Wettbewerb, wo die Leute sich bemühen, die krasseste Party von allen zu machen. Ihr wisst schon, sowas wie die Party des Jahres. Man sollte über die Partys abstimmen können. Der Event mit den meisten Likes und der größten Teilnahme gewinnt. Wie bei Burning Man oder Lightning in a Bottle oder Fairy Party und so weiter, die Leute bringen ihre Ideen vor und wenn eine bestimmte Anzahl eingereicht ist, können sie diejenigen wählen, an denen sie teilnehmen wollen. Wir verwalten dann ihre Eintrittsgelder und wenn die Party gewählt wird, gehts los", führte sie aus und nahm dann einen Bissen von ihrem Salat. Sie war genial. Die Idee gefiel mir. Noch immer von den Usern kontrolliert, aber von uns als Plattform gesponsert. Sie war toll.

„Wie bist du darauf gekommen?", fragte ich und versuchte meine Bewunderung nicht durchklingen zu lassen.

„Ich bin Anthropologin, solche Abläufe zu studieren gehört zu meinem Feld. Die Leute werden angetrieben von ihrem Bedürfnis, einzigartig zu sein und verstanden zu werden. Viele Menschen sind motiviert von dem Gefühl, andere Menschen erreichen und inspirieren zu können. Das gibt ihnen einen Adrenalinrausch. Wer möglichst viele Besucher auf einer Party will, der muss herausfinden, was die Besucher am ehesten erleben wollen."

„Wir können es versuchen. Wir können etwas in kleinerem Umfang machen, um den Markt auszutesten." James war nun mal James, und so hatte er sich nicht gleich von der Idee aus den Socken hauen lassen. Bestimmt brütete er jetzt schon über Zahlen und stellte sich im Geiste die logistischen Wahrscheinlichkeiten vor.

Der Rest des Essens verlief sehr angenehm, wir spielten noch ein paar weitere Ideen durch, von denen keine allerdings so großartig klang wie Adeles Vorschlag, aber wir hatten danach trotzdem noch ein paar Dinger in der Hinterhand. Es war ein ereignisreiches Treffen, aber wichtiger noch für mich war, dass Adele sich wohlzufühlen schien. Sie ließ ein wenig die Deckung sinken, was unerlässlich war, wenn ich wollte, dass sie mich jemals an sie ranließ.

Die Fahrt zurück ins Büro verbrachte ich mit einem Konferenzgespräch, während Adele schweigend neben mir saß. Lieber hätte ich die Zeit damit verbracht, die langsam köchelnde Verführung meiner Praktikantenfee fortzusetzen, aber leider hatte ich auch noch eine Firma zu führen. Doch das machte mich nur noch versessener darauf, die nächstmögliche Gelegenheit zu nutzen.

Anthony freute sich sichtlich über Adeles Rückkehr und ich fühlte plötzlich das dringende Bedürfnis zu unterbinden, was da auch immer zwischen ihnen lief.

„Eine Sache noch, bevor du wieder an die Arbeit gehst. Folge mir", sagte ich in seiner Gegenwart und betrat dann mein Büro.

„Gern", sagte sie mit einem höflichen Lächeln und ging mir nach.

Ich hörte Anthonys erstickte Stimme und wusste, dass er irgendetwas vor sich hingemurmelt haben musste. War mir aber egal, ich war gerade dabei, ihn aufs Abstellgleis umzuleiten.

„Also." Ich schloss die Tür, nachdem Adele eingetreten war, und sperrte uns ein. „Falls du irgendwen küssen oder sonst was tun willst, schlage ich vor, du fängst damit nicht bei Anthony an. Er hat eine Freundin, mit der er eine Fernbeziehung führt. Sie sehen sich zwar nicht oft, aber ich würde mich nicht auf ihn einlassen, du verdienst Besseres." Ich meinte es ernst, auch wenn ich sehr genau wusste, dass ich selbst sie ebenfalls wollte und auch nicht weniger schlecht für sie war.

„Ich schätze Ihre Sorge um mein Liebesleben, Mr. Steel, aber ich denke, mit Anthony komme ich schon zurecht." Sie wurde vor meinen Augen allmählich kühner.

„Tust du das? Nun, gut. Ich dachte nur, ich geb dir die Info weiter. Dann lass ich dich mal machen. Du bist gewarnt." Ich schloss die Tür auf und ließ sie hinaus. Als sie an mir vorüberging, atmete sie hörbar ein.

14

Adele

Er machte mich kirre. Ich arbeitete nun seit einer Woche für Logan Steel und jeder Tag war die reinste Folter. Er hatte mich nicht noch einmal zum Mittagessen mitgenommen, weil er wohl schwer beschäftigt war, aber er hatte immer wieder mal Zeit gefunden, mich zu sich ins Büro zu zitieren, um dies oder jenes zu besprechen. Bei gewissen Gelegenheiten hatte ich schon geglaubt, er würde mich um ein Rendezvous bitten, tat er aber nicht. Auch wenn wir nichts außerhalb der Arbeit taten, war er ständig präsent. Seine Glut erlosch nie, auch wenn es irgendwie wirkte, als würde er sich dauernd im Zaum zu halten versuchen.

Anthony flirtete schamlos mit mir, sosehr, dass ich zu vermuten begann, er wolle sich womöglich mit Logan messen. Vielleicht hatten sie eine geheime Wette laufen, wer mich zuerst erobern würde. Anthony hatte dann auch eingeräumt, eine Freundin in Madrid zu haben, und hatte auch erwähnt, dass es immer mal wieder aus sei zwischen ihnen. Er fügte beiläufig hinzu, dass sie zurzeit gerade zufälligerweise getrennt wären. Anthony war allerdings nicht der einzige, der Süßholz raspelte.

Das ganze Büro schien versessen auf Sex zu sein. Nicht nur hatte über die Jahre anscheinend jeder hier mit jedem geschlafen, aber sie suchten wohl auch ständig nach neuen Opfern für ihre Komödie. Niemand lebte in einer ernsten Partnerschaft und alle waren jedes Wochenende auf irgendwelchen DropIns unterwegs. Es war völlig abgedreht und sowas von anders als alles, was ich bisher je erlebt hatte.

Ich begriff aber schnell, dass meine Kollegen und Kolleginnen ungefährlich waren, denn sobald sie verstanden hatten, dass ich nicht auf die gleichen Dinge stand wie sie, ließen sie ein wenig ab von mir. Ich spielte ein Stück weit bei ihrem Spiel mit und sie boten mir damit eine Ablenkung von dem dunklen, brodelnden sexuellen Strudel, der von Logan Steel ausging. Jede Begegnung presste mir geschmolzene Lava in die Adern. Mein armes Herz, mein Bauch und meine Vagina standen permanent in Flammen.

Irgendeine magnetische Anziehung aus den Tiefen des Weltalls wollte uns aneinanderfesseln, sodass wir uns an den seltsamsten Orten in die Arme liefen. Ich stieß mit ihm sogar zusammen, und zwar wortwörtlich, als ich gerade unten vor dem Gebäude aus der Apotheke gehen wollte. Ich brauchte Magentabletten, weil seine Gegenwart mir Bauchschmerzen bereitete, und als ich gerade bezahlen wollte, stand er plötzlich vor mir.

„Adele?" Er schaute mich mit seinen blauen Augen an, die Löcher in meine Seele brannten.

„Hey … du." Ich hatte kein Gehirn mehr, also sagte ich eben das.

Er griff nach den Tabletten und nahm sie mir aus der Hand.

„Scharfes Essen oder Stress?", fragte er und betrachtete die extragroße Packung mit extrastarker Medizin.

„Etwas von beidem." Ich zuckte die Achseln.

„Ich werde dafür bezahlen. Nicht, dass du die Firma noch verklagst wegen Überarbeitung." Sein Lächeln war jetzt warm und gütig, wie ich es schon länger nicht mehr gesehen hatte.

Das diente sicher dazu, mich wissen zu lassen, dass er scherzte, aber die Geste war seltsam liebenswürdig.

„Ich hab selbst Geld, mein Chef bezahlt mich ja schon, nur eben nicht sehr gut." Ich verzog das Gesicht zu einem Schmollmund.

„Mal sehen, ob wir da nicht was ändern können. Und wo wir gerade über deinen Chef reden. Heute Abend gibt es Arbeit, du müsstest also länger bleiben." Wieder war seine Stimme nett und lässig, ganz anders als die des dominanten Herrschers, den er im Büro gern heraushängen ließ.

Ohne zu überlegen beschwerte ich mich. „Ich hab doch morgen mein heißes Pflaster Single-Drop-Dings, du kannst doch sicher … könnten wir nicht? Ähm … echt, heute? Was ist mit Wochenende, gibts das überhaupt noch?“ Ich war ziemlich sauer, dass er mir den Freitagabend nehmen wollte, aber immerhin würde ich ihn mit ihm verbringen, vielleicht war es also so schlecht auch wieder nicht.

Charles wollte mich zu einem Freund nach Hause zum Tapas essen mitnehmen und ich war mir eh sicher, dass ich ihm als Anhängsel ungelegen kam. Er würde nicht allzu enttäuscht sein über mein Fehlen, immerhin hatte er berichtet, dass sein ‚Freund‘ jemand war, mit dem er oft und gerne Sex hatte, und so hatte er dazu die Gelegenheit.

„Dein Leben ist echt scheiße, aber ja, fürs Erste sind die Wochenenden gestrichen.“ Jetzt war Logan wieder Herr und König in seinem Universum.

Ich wollte ihn hassen, aber in der vergangenen Woche hatte ich mich schlicht darauf beschränkt zu lernen, wie ich in seiner Gegenwart atmen konnte. Seine bestimmende Art war gleichzeitig empörend und sexy. Wenigstens blieb er immer ein Gentleman. Er machte mich nie klein und behandelte mich wie ein intelligentes und gleichrangiges Wesen.

Es war nur seine Stimme, dieses Starren, die Erinnerung an jenen verdammten Kuss, der noch immer auf meinen Lippen nachwirkte … er trieb mich in den Wahnsinn. Er bezahlte für die Tabletten, reichte sie mir und ging. Ich sah ihn an jenem Tag nicht wieder bis zum Abend. Ich war fast enttäuscht bei dem Gedanken, dass es womöglich eine Planänderung gegeben haben könnte.

„Und, bist du bereit für die verrückte Single-Busreise morgen?“, fragte Anthony, der gerade seine Jacke überzog.

„Mehr oder weniger halbwegs“, antwortete ich wahrheitsgetreu.

„Na, wenigstens ist der große Boss auch dabei, aber falls du irgendwie Hilfe brauchst, ich wär schon bereit, mein Wochenende zu opfern. Nein, aber mal im Ernst, Adele, diese Dinger können echt saumäßig stressig sein. Falls du mich brauchst, meine Nummer hast du ja, ruf einfach an und ich eile, versprochen." Er wirkte so aufrichtig, dass man fast vergessen konnte, dass er mir an die Wäsche wollte.

„Anthony, das ist echt wahnsinnig lieb. Wenn ich durchdrehe, ruf ich an, verlass dich drauf. Den Boss dabei zu haben ist auch alles andere als hilfreich, sei also nicht überrascht, wenn ich dein Angebot in Anspruch nehme." Ich begleitete das mit einer Grimasse und einem Lächeln.

„Wie gesagt, ruf an." Daraufhin winkte er mit seinem Handy und ging.

Als sich auch die anderen nach und nach vom Acker machten, begann mein Herz zu rasen. Plötzlich war ich alleine, gefangen mit Logan. Sobald die letzten Mitarbeiter gegangen waren, wurde der Knauf an Logans Bürotür betätigt und er trat heraus, gekleidet in einen teuren Anzug. Es war schwer vorstellbar, dass er sogar noch besser aussehen konnte als in seiner üblichen Amtstracht, aber das tat er. Plötzlich fühlte ich mich sehr unangemessen angezogen.

„Wir müssen los. Bist du soweit?" Das Herz rutschte mir in die Hose.

„Ähm …" ‚Nein' war alles, was ich sagen wollte. „Hab ich das Richtige an?" Ich war äußerst verunsichert.

„Du bist perfekt. Du brauchst überhaupt nichts zu ändern. Es ist auch nicht weit von hier, ich werde fahren." Seine Augen funkelten beim Sprechen.

Auf dem Weg zu seinem Auto schwiegen wir verlegen, aber sobald wir eingestiegen waren, schien er sich zu entspannen.

„Bist du auch wirklich bereit für den Event morgen? Ich kann dir bei der Vorbereitung helfen, wenn du willst."

Er sagte das leichthin und unbekümmert, aber die Frage war bedeutungsschwer, denn schon die Erwähnung der Party erfüllte mich mit Angst und Zweifeln.

Ich hatte Charles eingeladen und zum Kommen zu zwingen versucht, auch wenn mir klar war, dass ein Single-Event für Heteros vielleicht ein etwas größeres Opfer war, als er zu machen bereit war. Er tat so schon so viel für mich. Und so ließ ich ihm dann lieber das Wochenende für seine Charles-Sachen, ohne ihn mitzuschleppen.

„Klar“, heuchelte ich Selbstvertrauen.

„Ich kanns kaum erwarten, dich in Aktion zu sehen.“ Seine Worte waren aufmunternd, obwohl es sich immer anfühlte, als würden wir über Sex reden.

„Huiii.“ Ich machte eine halbherzige Jubelgeste mit den Armen, die ihn laut zum Lachen brachte.

„Du bist schon ein bisschen komisch.“ Er grinste, als er den Wagen parkte.

„Oh, du hast ja keine Ahnung.“ Ich machte einen auf mysteriös, wo ich in Wahrheit doch farblos wie eine graue Maus war. „Und, mit wem treffen wir uns?“ Ich musste die Unterhaltung von mir selbst weglenken.

„Siehst du gleich“, sagte er nur und betrat das Restaurant mit einem schwarzen Sonnensegel und einem Innenhof mit schicken, weiß gedeckten Tischen.

„Guten Abend, Mr. Steel. Wir haben Ihren Tisch hergerichtet, wenn Sie mir bitte hier entlang folgen würden“, sagte ein älterer Herr im Frack, sobald wir den schwach beleuchteten Raum betreten hatten.

Logan musste hier wohl Stammgast sein. Der Mann brachte uns in ein Hinterzimmer, wo ein Tisch für zwei mit Kerzen und einem geschmackvollen Blumenstrauß stand. Ich hielt im Türrahmen inne und versuchte zu begreifen, was ich da sah.

„Danke, George. Würden Sie uns eine Flasche Sterling Chardonnay und eine große Flasche Perrier bringen?“ Logans Hand berührte mich im Kreuz und schob mich sanft in den Raum hinein.

„Gerne, Mr. Steel“, war Georges ergebene Antwort.

„Wen treffen wir hier?“, fragte ich flüsternd.

„Niemanden", flüsterte er zurück.

Ich hätte mich beinahe übergeben.

15

Logan

Nun, nach etwas über einer Woche war mein Maximum eben erreicht, und für mich war das schon eine bemerkenswerte Zeit. Ich hatte zusehen müssen, wie sie durchs Büro tänzelte und huschte, während sie ihre Unschuld und Sexualität vor meiner Nase baumeln ließ wie rohes Fleisch in einem Löwenkäfig. Jetzt rächte ich mich dafür.

Natürlich tat sie nichts davon mit Absicht. Das war nur ihrer von Haus aus sprudelnden Persönlichkeit geschuldet, aber für mich fühlte es sich an wie blanker Hohn. Und nachdem sie am nächsten Tag ihre Veranstaltung hatte, bei der sie mehr hungrigen Singles ausgesetzt sein würde als mir lieb war, beschloss ich, meine Ansprüche abzustecken, noch bevor sie einen Fuß in diesen Bus setzen konnte.

„Ich wollte dich zum Abendessen einladen, um dir zu danken für die viele harte Arbeit, die du bereits geleistet hast, und um zu feiern, dass du nun schon fast zwei Wochen bei DropIn bist. Du bist eine echte Bereicherung." Die Botschaft war aufrichtig, aber natürlich war das nicht der einzige Grund, weshalb ich sie hierhergebracht hatte.

Ich wollte sie ganz einfach flachlegen … und vielleicht auch noch mehr. Sie reizte mich auf eine Art, wie es schon seit Jahren nicht mehr vorgekommen war. Die Ähnlichkeiten zwischen ihr und Charlotte waren alarmierend und dennoch zu verlockend, um zu widerstehen. Die Vorstellung der Möglichkeit, jemals wieder eine so tiefe und perfekte Liebe wie mit meiner verstorbenen Frau zu finden, war eine Fantasie, die zu erforschen ich mir einfach erlauben musste.

„Wow, das ist ja schick hier", rief sie überwältigt aus. „Und sehr … ähm, nur wir zwei." Sie wandte mir den Kopf zu und schaute mir geradewegs in die Augen.

„So ist es.“ Ich wollte ihr mit Offenheit begegnen.

Ich tat einen Schritt auf sie zu und sie zog sich nicht zurück, aber ich erkannte an ihrem Gesichtsausdruck und der Reaktion ihres Körpers, dass sie das einiges an Mühe kostete.

„Wieso?“ Ihre Augen waren groß geworden und sie schien zu zittern.

„Weil ich, als ich dich auf der Green Fairy Party getroffen habe, eine Frau kennenlernen durfte, die zwar nicht singen kann, aber mutig genug war, es trotzdem zu tun. Ich habe eine junge Frau mit einem umwerfenden Gesicht und einem unfassbaren Körper gesehen, die keine Ahnung von ihren Gaben zu haben schien. Und die Arbeit mit dir hat mir eine Frau gezeigt mit einem unwiderstehlichen Intellekt und der Fähigkeit, mehr zu erkennen als nur die Funktionsweise von Menschen. Du verstehst es, mit Menschen auf ihrer Augenhöhe in Kontakt zu treten und dabei immer deine bemerkenswerte Liebenswürdigkeit und Unschuld zu wahren. Zusammengefasst, du gefällst mir.“ Ich achtete darauf, meine Stimme tief und ebenmäßig zu halten. „Ich wollte nicht, dass du nach der Flucht aus meinem Haus ganz einfach verschwindest. Ich wollte ehrlich unsere Optionen ausloten. Ich gebe uns jetzt die Möglichkeit, das zu tun.“

„Ist das ein Rendezvous, Logan?“, fragte sie mich rundheraus.

„Ja, ist es, Adele“, antwortete ich wahrheitsgetreu.

In jenem Augenblick erschien George mit unserem Wein. Ich bat ihn herein und hielt Adele einen Stuhl hin. Sie setzte sich nervös. Der andere Stuhl stand ihr gegenüber an dem kleinen Tisch, doch während George einschenkte, zog ich ihn hervor und stellte ihn dichter zu ihr heran, wodurch sie erstarrte.

Totenstille herrschte im Raum, solange George mit unseren Getränken beschäftigt war, und erst als er gegangen war, tat Adele einen dringend benötigten tiefen Atemzug.

„Ich bin Jungfrau", platzte es aus ihr heraus und Tränen stiegen ihr dabei in die Augen.

Es war keine unerwartete Neuigkeit. Es verblüffte mich nur, dass sie in ihrem Alter bei solcher Schönheit und mit ihren offensichtlichen Vorzügen noch immer unberührt sein konnte. Ich nahm an, dass etwas an ihrer Erziehung oder ihrem Lebensstil ihr die Wahl aufgedrückt hatte, intakt zu bleiben, aber ich wollte diesen Grund verstehen, erforschen, und hoffentlich ausmerzen.

„Ja, das hatte ich vermutet, ich bin nicht überrascht. Ich habe dich hierher eingeladen zum Reden, nur wir beide, und ungeachtet dessen, dass ich dein Boss bin. Ich habe nicht vor, dich zu schänden oder irgendetwas gegen deinen Willen zu unternehmen. Was auch immer wir tun werden oder auch nicht, wird gänzlich von dir diktiert. Ja, ich fühle mich zu dir hingezogen. Ich würde gerne mit dir Sex haben, aber nachdem es dein erstes Mal wäre, gibst du das Tempo vor. Wenn Sex etwas ist, das du absolut nicht willst, dann werden wir nichts weiter tun, als ein schönes Abendessen zu teilen." Wer war ich bloß?

In den meisten Situationen zog ich die Verführung der Vernunft jederzeit vor, aber Adele verdiente eine ausgewogenere und überlegtere Herangehensweise. Ich machte mir Sorgen, dass sie Reißaus nehmen würde, sobald ihr klar wurde, dass Sex überhaupt zur Debatte stand.

„Na schön, ich mag zwar nicht viel Erfahrung in sexueller Hinsicht haben, aber in einem noblen Restaurant bin ich auch schon mal gewesen. Ich schaff das schon." Sie rappelte sich scherzhaft auf. „Und was den Sex angeht, ja, das ist nicht wirklich etwas … naja, weil du ja Profi bist und ich … ich … äh." Wieder verstummte sie lippenkauend.

„Ich würde mich jetzt nicht gerade als Profi bezeichnen, aber ich habe erheblich mehr Erfahrung als du, das gebe ich zu. Aber immerhin weiß ich, dass du schon geküsst wurdest, also bis du schon mal nicht vollkommen unschuldig." Ich zwinkerte ihr zu, um die Stimmung zu lockern.

Das löste ein unbehagliches Lachen aus.

„Du bist übrigens ein guter Küsser." Ihre Wangen erröteten und sie blinzelte heftig.

„Schönen Dank auch. Küssen ist aber nicht das Einzige, was ich gut kann." Ich nahm meine Hand und wollte sie an mich ziehen, aber sie reagierte nicht darauf. „Zögerst du, weil es dir lieber wäre, wenn ich ein Mädchen wäre?" Ich fand, die Frage sollte zumindest gestellt werden, nur für den Fall.

Es hätte mich schockiert und deprimiert, sollte sie ausschließlich auf gleichgeschlechtliche Partner aus sein, aber so etwas kam in unserer Welt eben vor und ich würde mich taktvoll zurückziehen, falls es bei ihr so war.

Plötzlich leuchtete ihr rosiges Gesicht feuerrot auf.

„Wie kommt es, dass eine Frau gleich lesbisch sein muss, nur weil sie nicht sofort auf den Tisch springt und die Beine für den erstbesten Typen breitmacht, der sie zum Abendessen mitnimmt? Als würde man automatisch allen Männern der Welt abschwören, wenn man es langsam angehen will oder jemanden kennenlernen will oder, Gott bewahre, vielleicht gar nicht mit jemandem ausgehen will." Alter, okay.

„Das ist ein bisschen überdramatisch, es war nur eine Frage." Ich ruderte etwas zurück, was ich sonst selten tat.

„Jedenfalls, nein." Sie protestierte und war dabei ungeheuerlich niedlich.

„Na schön, würde es dir dann etwas ausmachen, auf den Tisch zu steigen und die Beine für mich breitzumachen? Das Essen kommt gleich." Ich tat mein Bestes, keine Miene zu verziehen.

16

Adele

Wieso zur Hölle zog mich dieser Mann so an? Er war sowas von dreist und doch lachte ich und ließ letztendlich die Wände aus Eis um mich herum einstürzen. Mir war klar, dass ich mich unreif und kindisch verhielt, aber er spielte auch mit. Das Thema Sex, Verführung und alles andere in diesem Spektrum ließ mich jedes Mal aufs Neue zur stammelnden Teenagerin werden. Ich war ohne Vater aufgewachsen und hatte auch keine Brüder gehabt, und der einzige Mann, den ich jemals annähernd nackt gesehen hatte, war Charles. Ich wusste über die Mechanik des Liebemachens Bescheid, aber es tatsächlich selbst zu tun, in 3D, mit Emotionen und menschlichem Zusammenwirken … nein, darüber wusste ich nicht das Geringste.

Gottseidank kam der Kellner herein, gleich nachdem Logan den Witz mit mir und dem Tisch gemacht hatte, und brachte einen Teller mit drei winzigen Objekten darauf.

Ich schaute Logan mit gezieltem Spott an und flüsterte: „Dafür mach ich mich ganz bestimmt nicht lang." Ich deutete mit den Augen auf die Mikromahlzeit und Logan musste sein Lachen hinunterschlucken.

„Das Essen besteht aus siebenundzwanzig Gängen, meine Liebste, wenn wir fertig sind, änderst du deine Meinung womöglich." Die düstere Versuchung war wieder da.

„Nach siebenundzwanzig Gängen will ich vermutlich nichts weiter als mich ausziehen, in meinen Pyjama schlüpfen und ins Bett gehen."

„Mit mir, hoffe ich." Er warf mir ein verführerisches Grinsen zu.

„Oh mein Gott, hör auf." Ich hob meine Gabel auf und inspizierte meinen Happen Gurke mit irgendwelchem grünen

Schleim quer drüber, nachdem der Kellner geräuschlos aus dem Raum geglitten war.

Mein gewöhnliches Ich hätte sich Sorgen gemacht, was er wohl von dem Gespräch zwischen uns aufgeschnappt hatte, aber ich war schließlich gewiss nicht die erste Frau, die Logan hier in dieses Separee zum Essen ausgeführt hatte. Was für Annahmen der Kellner über mich auch haben mochte, er hatte sie bereits gehabt, als ich das Etablissement betreten hatte. Mein neues Ich, oder das Ich, das ich zu sein versuchte, durfte sich darum nicht scheren. Ich war erwachsen und es war höchste Zeit, dass ich mich auch so verhielt.

Ich beschloss, dass ich mich nicht darum zu kümmern brauchte, was ein Kellner von mir dachte, den ich vermutlich nie mehr wiedersehen würde, und konzentrierte mich auf das Mahl vor mir. Als ich das Häppchen zu kauen begann, starb ich und fuhr in den gastronomischen Himmel auf. Es war so unglaublich gut, wie konnte so wenig nur so viel sein?

„Fantastisch, hm?“, prahlte Logan.

„Wie? Sieht ja aus wie Kompost, aber verdammt! Was zum Teufel hab ich da gerade gegessen?“ Ich war geradezu von Ehrfurcht ergriffen. „Dieses kleine Bisschen Abfall … ist so wahnsinnig köstlich.“

„Was du gerade gegessen hast“, er blickte auf das Pergamentpapier, auf dem in geschnörkelter Schrift das Menü aufgelistet war, „ist ein Gurkenfilet mit Trüffelfond, Rogen vom Alaska-Seelachs und Rosmarin-Frischkäse-Mousse.“

„Also, mein Mund will mehr.“ Ich hatte nicht wirklich darüber nachgedacht, wie das klang.

„Meiner auch.“ Seine Augen penetrierten mich und mir war klar, dass ich ihm diese Vorlage selber aufgelegt hatte.

„Na schön, mein düsterer Liebesritter, wenn wir schon auf einem Date sind, einem einzigen Date, dann möchte ich jetzt mal ein paar Dinge klarstellen. Ich genieße es natürlich, außergewöhnliche kleine Bissen in so einem erlesenen Etablissement zu speisen, aber das hier bin nicht ich. Ich habe zwar noch nicht allzu oft solche Küche erlebt, aber ich bin nicht My Fair Lady, ich weiß mich durchaus zu benehmen. Ich bevorzuge es nur, eher bodenständig zu sein. Zweitens suche ich nicht nach einem Milliardär mit einer roten Folterkammer, also entspann dich mal. Wenn du keine Hotdogs im Park essen oder der Fünfsekunderegel folgen kannst, dann wird das alles hier nicht über Essensreste und Rosmarin-Käsemus hinausgehen.“ Nimm das, du dominant-verführerische Arschgeige!

„Drittens, Sex kommt heute Abend nicht in die Tüte, selbst wenn ich etwas so orgastisches esse, dass ich gleich hier am Tisch in Zuckungen gerate, also bezieh das in deine Planungen mit ein.“ Ich versetzte ihm einen eindringlichen Blick und verputzte dann den Rest meiner Gurke.

„Fünfsekundenregel, hm. Das sind harte Bedingungen“, lachte er. „Ich nehme mal an, wir sprechen davon, Dinge zu essen, die auf den Boden gefallen sind, nicht etwa von der Zeit, die es dauern wird, dich auszuziehen?“

„Ja, wie bereits dargelegt, wirst du mich nicht ausziehen, aber wenn dir Pommes auf den Boden fallen, dann isst du sie.“ Ich hielt das Kinn hoch erhoben, während der nächste Kellner mit dem Servieren des folgenden Ganges beschäftigt war: Pinke Suppe in einer flachen Schüssel mit einem gewaltigen Löffel dazu.

Er muss sich köstlich über unsere Unterhaltung amüsiert haben.

„Dazu müssen wir mal annehmen, dass ich überhaupt Pommes esse.“ Wie dieser Mann das Wort Pommes sexy klingen lassen konnte, überstieg meinen Verstand, aber verflucht noch eins, es gelang ihm.

„Wenn du mit mir ausgehen willst, dann solltest du besser damit anfangen.“ Ich nahm den Löffel und tauchte ihn in die Flüssigkeit, die mich entfernt an Hustensaft erinnerte.

Mein Gaumen tat sich schwer, den Geschmack zu identifizieren. Das musste ihm aufgefallen sein, denn er warf erneut einen Blick auf die Liste der Gänge.

„Kaltes russisches Gazpacho, junge Frühlingszwiebeln und Moschuskraut."

„Mmh", war meine Antwort, nachdem ich die Suppe mit drei Löffeln ausgeschlürft und mit einem Schluck Wein nachgespült hatte.

„Okay, also außer fettriefendes Zeug vom Boden zu essen und einer Zusicherung, dass heute nichts läuft, gibt es noch weitere Vorbehalte, von denen ich wissen sollte, bevor ich dich zu umgarnen versuche?" Sein Grinsen musste er sich vom Teufel persönlich abgeschaut haben.

„Sei freundlich, hör mir zu, zeig mir Respekt, erlaube mir, ich selbst zu sein, bild dir nicht ein, es würde mich kümmern, dass du Geld und eine Firma hast. Was auch passiert, ich werde trotzdem am Ende des Sommers nach Ohio zurückkehren." Nachdem ich das gesagt hatte, bereute ich es irgendwie, aber es war die Wahrheit. Ich hatte nicht die Absicht, in Kalifornien zu bleiben. Ich erstickte die Beziehung im Keim, ohne ihr eine Chance zu geben. Schon deshalb würden wir wohl kaum je mehr als eine kleine Affäre sein … und auch das nur, wenn ich es zuließ. „Und du? Was sind deine Vorbehalte?", fragte ich zaghaft.

Kellner kamen und holten unser Besteck, also wartete er ohne Eile. Das machte mich irgendwie nervös und auch ein wenig feucht zwischen den Beinen. Was zur Hölle würde er von mir fordern? Der erste Kellner kam zurück und brachte Kräcker mit einem sehr potent riechenden Käse herbei.

Das war das Erste, was mir wirklich gar nicht schmeckte. Ich gab mir Mühe, es mir nicht ansehen zu lassen, aber ich hatte mich darauf gestürzt und geglaubt, es würde so gut sein wie die vorherigen Gänge, womit ich eindeutig falsch lag. Ich wollte nichts weiter, als es auszuspucken, aber als mein Blick auf das feine Tischtuch und die Stoffservietten fiel, würgte ich es stattdessen doch hinunter.

„Reifer Taleggio und getrocknete Aprikosen." Er konnte sich das Lachen kaum verkneifen.

„Nicht unbedingt meine neue Leibspeise", antwortete ich nach einem kräftigen Schluck Wein.

„Ja, hab ich mir schon gedacht, aber du hast es wenigstens probiert. Meine Bitte, solltest du dir einen Abend mit mir vorstellen können …" Mir entging keineswegs, dass er keine Beziehung anbot, sondern nur den einen Abend. Mein Geist war mit einem Male sehr viel weniger interessiert, aber bedauerlicherweise hatte mein Körper aufgehorcht.

„… bestünde darin, dass du es probierst, auch wenn du vorher vielleicht glaubst, dass es dir nicht gefallen würde. Und mit ‚es' meine ich Sex, von der Art, wie ich ihn heute Nacht nicht kriegen werde." Ich biss mir auf die Zunge und verkniff mir einen Kommentar. Er wartete auf eine Antwort von mir, aber ich starrte ihn einfach nur an, achtete darauf, meine Lippen verschlossen zu halten. „Sei immer ehrlich. Erlaube mir, dich zu verwöhnen, auch wenn dir nichts daran liegt, dass ich Geld habe, lass es mich für dich ausgeben. Ich hab genug. Verwende keine sozialen Medien, um zu sagen, was wir uns von Angesicht zu Angesicht sagen sollten." Der letzte Punkt schien ihm seltsam wichtig zu sein.

„Leute tun sowas?" Ich war ein wenig schockiert.

„Leute tun sowas." Er aß den garstigen Käse auf und trank von seinem Wein.

„Magst du den Telegia … oder wie auch immer?" Ich lenkte kurz ab, denn es wurde mir allmählich ein wenig zu intim.

„Ehrlich gesagt, auch nicht meine Leibspeise, aber ich bin auch überhaupt nicht so der Typ für Käse." Er gefiel mir besser, wenn er einfach ehrlich war.

„Zur Kenntnis genommen. Glaubst du, dass auf der Speisekarte auch irgendwelche Innereien oder so Zeug stehen? Ich habs nicht wirklich so mit Schweinsaugen oder Tomatenmarmelade." Ich machte mir einfach einen Spaß.

Er lachte aus dem Bauch heraus.

„Ich auch nicht." Er überflog die Karte und lächelte. „Keinerlei Augen, Herzen, Zungen oder … Testikel … es sei denn … du überlegst es dir und gehst heute mit mir heim."

Ich hielt es nicht länger aus und platzte einfach vor Lachen.

„Nein … vergiss es, aber netter Versuch, Logan." Ich grinste ihn an. „Dein Durchhaltevermögen gefällt mir."

„Es würde dir noch viel mehr gefallen, wenn du mit mir heimgehen würdest." Er war der Teufel.

17

Logan

Gott, sie war entzückend. Den Rest des Abends verbrachten wir mit verschiedenstem köstlichen Essen und so viel Gelächter, wie ich es bis dahin noch nie erlebt hatte. Sie war viel scharfzüngiger und frecher, als Charlotte es gewesen war. Charlotte war meine zarte Blume gewesen, Adele war eher wie ein Bärenjunges, sie hatte das Potential, ganz schön gefährlich zu werden. Am Ende hatte ich noch mehr Wertschätzung für ihren großartigen Witz und ihre Intelligenz, aber ich wusste auch, dass sie wahrhaftig noch nicht bereit für mich war.

Ich hatte den ganzen Abend über mit einem massiven Steifen zu kämpfen gehabt, aber gegen Schluss hin war er ein wenig abgeschwollen. Sie war so süß und unschuldig und mein eiserner Knüppel hätte ihr bestimmt Angst gemacht, so wie ich ihr insgesamt Angst machte. Sie bedeutete mir mehr als nur eine Eroberung. Und so ließ ich ihr die Wahl, als der Abend seinem Ende näherkam.

„Adele", begann ich. „Ich würde dich sehr gerne zu mir nach Hause bringen und so weit gehen, wie es für dich angenehm ist, wobei du in sexueller Hinsicht ja schon einiges ausgeschlossen hast, was damit vom Tisch ist. Aber wenn das bedeutet, dass wir uns nur noch mal küssen, dann ist das in Ordnung für mich. Ich möchte dich nur bitten, dass du über unseren Abend Diskretion walten lässt und mit deinen Kollegen nicht darüber sprichst. Ich halte mein Privatleben gern privat, aus verschiedenen Gründen."

„Danke, Logan. Es hat wirklich Spaß gemacht heute. Es hat mir sehr gefallen, dich näher kennenzulernen und all diese Dinge zu essen, ich bin immer noch ganz aus dem Häuschen, aber ich denke, mehr von dir kann ich im Moment nicht vertragen. Du schüchterst mich total ein und ich … ich würde zuletzt noch alles mit mir machen und mich am Schluss noch schwängern lassen, nur weil du mich so verwirrst." Ich versuchte den Schock auf meinem Gesicht zu verbergen.

„Also das würde ich definitiv zu verhindern wissen." Das versicherte ich zugleich ihr und mir selbst.

„Ich weiß, aber ich kann nicht, tut mir leid. Es ist nicht so, als würde ich nicht wollen … ich meine, wer würde das nicht … es ist nur, du bist zu viel Mann für mich. Ich brauche, du weißt schon, einen Tollpatsch oder so. Jemanden … naja jemanden, der Liebe braucht. So jemand bist du nicht." Autsch.

Ich war sogar genau so jemand, aber das wusste sie nicht. Niemand wusste das.

„Dann heißt das Nein zu allem? Ich meine, der Sommer dauert noch sechs Wochen. Und in aller Fairness, zwei Wochen im Büro und ein schickes Abendessen reichen nicht wirklich aus, um so etwas zu entscheiden. Fühlst du dich denn gar nicht zu mir hingezogen?" Ich musste das fragen … ich konnte sie nicht wieder einfach davonlaufen lassen.

Sie seufzte schwer.

„Ich fühle mich sowas von zu dir hingezogen. Ich glaube, das habe ich auch schon gesagt." Sie senkte den Kopf und sah so aus, als würde sie zu weinen beginnen.

„Okay. Lassen wir das Ganze doch einfach mal ruhen. Keine Entscheidungen heute. Vielleicht können du und ich ja nächste Woche mal auf Hotdogs und Pommes in den Park gehen. Klingt das nach einem Vorschlag?" Sie starrte mich mit ihren Bernsteinaugen an und mein Herz setzte einen Schlag aus.

Plötzlich wünschte ich mir auf der ganzen Welt nichts sehnlicher als ihr ‚Ja'.

„Ja, schon." Sie lächelte und der Himmel öffnete seine Pforten für mich. Verflucht, sie würde noch mein Untergang sein.

Mir blieb nichts mehr weiter übrig, als sie nach Hause zu fahren … und das tat ich. Das war seltsam hart und eines der schwersten Dinge, die ich seit langem hatte tun müssen. Aber natürlich war es auch das erste Mal seit Charlottes Tod, dass ich mir erlaubt hatte, überhaupt irgendetwas zu fühlen.

„Danke für diesen schönen Abend", sagte sie, als sie aus dem Wagen stieg. „Wir sehen uns morgen." Ihr Lächeln erhellte die Nacht.

„Meinst du, ich dürfte dir einen Abschiedskuss geben, ohne dass du wegrennst? Ich denke doch, ein Kuss sollte auch unter deinen Bedingungen nicht verboten sein", fragte ich und nahm ihre Hand.

Sie war weich und warm.

„Meinst du denn, du kannst mich küssen, ohne mir dabei an die Brüste zu langen?" Schon wieder so bissig.

„Ach Mann." Ich tat, als würde ich schmollen.

Sie küsste mich auf die Wange, wandte sich ab und ging zur Tür. Das war's, sie schaute sich nicht einmal mehr um. Das war ein ganz neues Level von ‚schwer zu bekommen'.

Das größte Problem bestand darin, dass mein Schwanz wieder mit voller Wucht zum Leben erwacht war. Noch nie hatte ich ein so dringendes Bedürfnis nach Ficken gehabt. Ich dachte kurz daran, mir einen Porno reinzuziehen und mir einen runterzuholen, aber nichts schien mir trauriger und deprimierender, als jetzt nach Hause zu gehen und zu onanieren.

Für einen winzigen Augenblick überlegte ich auch Adele anzurufen und sie anzuflehen, aber das wäre sogar noch trauriger und deprimierender gewesen. Es stand außer jedem Zweifel, dass sie mich dann endgültig abschießen würde. Ich musste also eine andere Lösung finden.

Ich warf die DropIn App an und schaute mal, was es so zu erkunden gab. Bei DropIn gab es jede Menge Sexpartys, wo man vögeln konnte, ohne überhaupt seinen Namen nennen zu müssen. Die Regel besagte nur, dass es Kondome zu geben hatte und man diese auch benutzen musste, ohne Ausnahme, es sei denn, man hatte vorher beiderseitig eine Verzichtserklärung unterschrieben.

Bei anonymen Partys gab es sogar Masken. Nach so etwas suchte ich und wurde auch fündig, nur etwa dreißig Kilometer entfernt. Die Veranstaltung stieg in einem teuren Hotel und umfasste ‚reichlich Frauen', so die Anzeige. Was bedeutete, dass der Gastgeber wohl ‚Hostessen' angeheuert haben musste. Diskret, legal, unterhaltsam. Dreihundert Dollar Minimum, fünfzig Personen zugelassen, noch sechs Plätze frei.

Ich ließ den Wagen starten, schaute hinauf und sah Adele aus dem Fenster blicken, dann fuhr ich los. Ich war nicht besonders stolz auf meinen Plan, aber meinen Schwanz würde es bestimmt freuen. Während der Fahrt wanderten meine Gedanken zu meinen ersten Malen mit Charlotte zurück. Sie war genauso schwer rumzukriegen gewesen und als es endlich soweit war, befand sich bei jedem Mal jedes einzelne Molekül in meinem Körper in ihrer Macht.

Ich hatte gerade mit Lauren Schluss gemacht und Charlotte war aushilfsweise meine vorübergehende Assistentin, weil meine eigentliche Sekretärin im Mutterschaftsurlaub war. Lauren hatte einen üblen Nachgeschmack hinterlassen und ich war noch immer ziemlich durch den Wind, als die engelsgleiche Charlotte an ihrem ersten Arbeitstag bei mir erschien. Nach unserer Trennung hatte Lauren die Anwaltskanzlei verlassen. Die Hassliebe und die Spannung zwischen uns im Büro hatte mir irgendwie gefallen, auch wenn ich keinerlei Absicht hegte, je wieder etwas mit dieser Schlampe zu tun zu haben. Die Rivalität hatte ihren Reiz gehabt, bis Charlotte auf die Leinwand trat und Lauren für mich einfach verpuffte. Sie kündigte ein paar Wochen später, nachdem sie das erkannt hatte. Und ich schwor, nie wieder auch nur in die Nähe von Laurens schlangenhafter Anziehung zu kommen.

Lauren und ich hätten überhaupt nie etwas miteinander anfangen dürfen, aber ich war jung gewesen und stand auf Titten, und sie hatte zwei sehr üppige Exemplare. Aber sie war eine bösartige Hexe mit einer verfluchten Vagina, die mich so hart zum Kommen brachte, dass ich den Planeten neu besiedelt hätte, wenn sie nicht die Pille genommen hätte. Wir waren wie Funken und Benzin.

Charlotte dagegen war wie Zuckerwatte und sie wollte zunächst auch nichts von mir wissen, bis sie dann eines Tages schließlich doch mit mir ins Kino ging, und dann … nun, mein Herz war auf ein Vielfaches seiner Größe angewachsen und nach viel Zeit und hartnäckigen Versuchen ließ sie mich schließlich an sich ran. Meinen Weg in Charlottes Herz zu finden, war keine Eroberung gewesen, es war eine Lebensaufgabe. Ich plante, uns an einen Punkt zu bringen, wo wir das großartigste Paar sein konnten, die großartigsten Eltern, die Großartigsten, die die Welt je gesehen hatte. Und nun war sie fort und nichts war mir mehr wirklich wichtig.

Als ich vor dem Hotel hielt, wusste ich, dass mir das, was ich vorhatte, weder Charlotte zurück noch mich näher zu Adele bringen würde, aber ich ging trotzdem hinein.

„Soso", sagte die blonde Frau in dem dünnen schwarzen Kleid und den hochhackigen Schuhen, bevor sie eine einladende Geste machte und die Hotelsuite betrat.

„Soso." Ich schaute sie an und war mir plötzlich unsicher, ob ich weitergehen wollte.

Mein Schwanz hatte sich beruhigt und die Leere und Schalheit meines Vorhabens wurde mir zunehmend bewusster.

„Worauf stehst du?" Sie schwebte zu mir herüber, als ich die Tür hinter uns geschlossen hatte.

Nachdem ich die Fahrt hierher so tief in meinen Gedanken verbracht hatte, fiel mir nur idiotisches Zeug ein wie sich ein Eis teilen oder sich in ein Gebäude zu schleichen, um auf dem Dach ein Picknick zu machen, wie Charlotte und ich es am Anfang unserer Ehe getan hatten, als wir noch ganz schön pleite waren.

Ich sah zu, wie diese überaus attraktive Frau sich vor mir auszog, und konnte nur starren. Ich wollte nichts von ihr. Die Vorstellung, mit ihr Sex zu haben, war plötzlich seltsam abstoßend, aber wie sollte ich ihr das erklären. Sie wusste ganz sicher, wer ich war. Vermutlich hatte man sie extra für mich ausgewählt.

„Soll ich die ausziehen oder willst du?“ Sie strich sich anmutig über ihre farblich abgestimmte Unterwäsche.

„Ich will eine Menge Dinge, Schätzchen.“ Ich ging zum großen Fenster und setzte mich an den Tisch daneben, um mir die Aussicht über die Stadt anzusehen.

Das Penthouse war vermutlich das beste Zimmer hier und ihrer Haltung war zu entnehmen, dass sie gedachte, die Nacht darin zu verbringen. Auf dem Tisch stand eine Flasche Champagner und zwei Gläser, außerdem eine Platte Häppchen, etwas Aufschnitt, Käse und Kräcker.

„Und was willst du jetzt gerade?“ Sie stand noch immer halbnackt vor mir.

„Ich möchte, dass du dich anziehst, dich zu mir setzt und mit mir ein Glas Champagner trinkst.“ Ich schenkte ihr ein.

„Okay, klar, wir können uns vorher ein bisschen aufwärmen.“ Sie lächelte, schlüpfte wieder in ihr Kleidchen und setzte sich mir gegenüber.

„Ich glaube, ich hab irgendwas beim Essen nicht so gut vertragen. Vielleicht ist ein Glas Champagner und ein bisschen Konversation alles, was du heute Abend noch von mir erwarten kannst.“ Ihr Gesicht fiel zusammen.

„Aber du, ähm … das ist doch … du weißt schon, ein DropIn für heißen … na, Sex eben.“ Sie schien mich belehren zu wollen.

„Ich bin der Besitzer von DropIn, ich weiß schon. Aber mein Magen ist eben irgendwie verstimmt. Ich werde wohl krank.“

Natürlich alles Lügen. „Da will ich dich nicht mit reinziehen. Aber ich würde deine Gesellschaft genießen, wenn es dir nichts ausmacht, dass es heute jugendfrei bleibt. Ich verspreche, dass ich dich bezahle … doppelt und in bar.“ Ich hoffte, dass sie verstehen würde.

„Das wird eine Premiere für mich, aber gern. Woran hast du denn gedacht?“ Sie machte es sich bequem und schlürfte den teuren

Champagner. Mir war es gleich, was immer ihr gefiel. „Einfach reden. Wie war es zum Beispiel, als du das erste Mal Sex hattest?" Ich vermutete, dass es interessant sein könnte, wie die ersten Erfahrungen eines Call Girls ausgesehen haben mochten.

War es mit einem Jugendfreund? Wohl kaum.

Sie senkte den Blick und holte sich etwas von den Horsd'oeuvres.

„Ganz sicher, dass du das tun willst?", fragte sie mit einem Mund voll Karotte.

„Ja." Obwohl ich es bereits zu bereuen begann.

„Ich war gerade siebzehn geworden. Mein Vater hatte einen Freund, der echt reich war, und ich fand ihn nett. Er hat mir Sachen gekauft. Er war nicht grob, nur beharrlich." Sie verstummte.

Mir wurde allmählich tatsächlich schlecht. Was manche Frauen erleiden mussten.

„Wenn du es noch mal machen könntest, was hättest du getan?"

Sie sah mich an, die Augen glasig und fragend.

„Was macht das schon, die Vergangenheit ist vergangen. Was passiert ist, gehört dahin." Sie wirkte plötzlich sehr niedergeschlagen und der Mut schien sie verlassen zu haben.

„Schon. Aber wenn du jemand anderes sein könntest und eine andere Vergangenheit haben könntest, was würdest du ändern?" Sie wollte mein Spiel offenbar nicht unbedingt spielen, machte aber dennoch zögerlich mit.

„Ich hätte mit jemandem in meinem Alter Sex gehabt. Ich hätte auf Liebe gewartet. Es hätte ja nicht gleich der Mann fürs Leben sein müssen, aber jemand, der nicht …" Sie atmete tief durch. „Ich hätte gerne eine Wahl gehabt." Ihre Stimme versagte und ich beugte mich vor, um sie am Handrücken zu berühren. „Es geht schon", beteuerte sie.

„Wenn du es wirklich noch mal versuchen könntest, wie würdest du es haben wollen?“ Ich wollte wirklich erfahren, wie für eine junge Frau der Traum einer perfekten ersten Nacht aussah. Besonders von einer jungen Frau, die damals praktisch vergewaltigt worden war.

„Naja, er würde mir erst mal eine einzelne rote Rose bringen. Du weißt schon, weil ich besonders bin. Eine rote Rose symbolisiert Leidenschaft und Feuer, aber sie wächst mit Dornen, um sie zu beschützen. Für mich würde das heißen, dass er bereit ist, die Dornen zu überwinden, nur um mich zu bekommen, seine rote Rose. Ich würde mir wünschen, dass er mir ganz genau erzählt, wieso er mich will, wieso ich so besonders für ihn bin. Vielleicht würden wir dann ein Bad nehmen, er würde mich massieren und dann … fragen. Bei jedem Schritt einfach fragen, ob ich mehr will. Und wenn ich ihm dann gebe, was er … oder wir … wollen, dann bleibt er bis zum Morgen bei mir und erweist mir die Ehre. Mir Frühstück machen, mir danken … nicht gehen.“ Bei den letzten Worten fiel ihr eine Träne vom Auge und mein Herz zog sich zusammen.

„Magst du deinen Beruf?“, fragte ich aufrichtig.

„Mag den irgendjemand?“ Sie wischte sich die Augen trocken. „Ich meine, es gibt sicher auch solche Mädchen. Aber naja, das College war eben teuer. Ich wurde in Berkeley akzeptiert, du weißt schon, die Elite-Uni. Aber ich konnte es mir nicht leisten.“ Sie tupfte sich die Nase mit einer Stoffserviette.

„Was wolltest du studieren?“

„Psychologie. Ich wollte Therapeutin werden und naja, Leuten helfen … Leuten wie mir.” Jetzt zog sie die Mauern wieder hoch. „Aber das ist auch Vergangenheit.“

„Es ist nie zu spät, um von vorne anzufangen.“ Ich lächelte sie an. „Bleib heute Nacht hier. Lass den Zimmerservice kommen, mach dir ein schönes Bad, lad ein paar Freunde ein. Und gib mir deine E-Mail-Adresse.“ Sie schaute mich verwirrt an.

„Warum?“ Sie fuhr sich irritiert durch die Haare.

„Wenn du aufs College gehen willst, zahle ich deine Studiengebühren. Ich schicke dir etwas für den Anfang, damit du dich auf den Start konzentrieren kannst. Gib mir deine Daten, dann bekommst du zehntausend Dollar, ohne Bedingungen. Ich brauche nur dein Aufnahmeschreiben, dann sorge ich dafür, dass du dir die ganzen vier Jahre inklusive Kost und Logis leisten kannst. Einverstanden? Ich streckte ihr meine Hand hin.

„Ist das dein Ernst?" Ihre Lippen zitterten.

„Voll und ganz." Ich lächelte.

„Oh mein Gott. Nein, das kann überhaupt nicht sein." Sie tat sich so schwer, mein Angebot anzunehmen, dass es mich nur noch entschlossener machte.

„Ich meine es sowas von ernst. Ich möchte, dass du nie wieder Sex für Geld haben musst. Du solltest Sex haben … nein, Liebe machen, mit jemandem, an dem dir wirklich etwas liegt. Geh studieren. Ich bitte dich nur, den Abschluss zu machen und dein Glück zu suchen."

Inzwischen schluchzte sie. „Ich liebe dich." Sie sprang vom Stuhl und fiel mir um den Hals.

Es fühlte sich unfassbar gut an, etwas für jemand anderen zu tun. Ich dankte im Stillen Charlotte und Adele für die Kursänderung, die der Abend mit sich gebracht hatte, denn sie hatten mich beide zu Größerem inspiriert und nun hatte diese junge Frau eine Chance im Leben. Besonders weil Charlotte diese Chance nicht mehr hatte, wurde mir klar, wie wichtig es doch war zu leben.

18

Adele

„Was soll ich nur mit dir machen?“ Charles war fertig mit mir.

„Komm schon, Charlie, es ist nicht so einfach für mich.“ Ich schürzte die Lippen und machte Welpenaugen.

„Komm mir nicht mit Charlie.“ Er machte Spaß, meinte es aber ernst. Er hasste den Spitznamen Charlie und er wurde langsam echt ungeduldig mit mir. „Er ist doch Milliardär, schlaf doch einfach mit dem armen Mann. Tu es wenigstens für mich, damit ich davon fantasieren kann, wie es ist, du zu sein.“ Er ließ sich ins Bett fallen und hielt mir die Decke auf.

„Selbst wenn ich mit ihm Sex haben sollte, ich werde dir hinterher keinen Spielbericht geben … pfui.“ Ich schlüpfte ins Bett und kuschelte mich an ihn.

„Du bist furchtbar … wieso willst du mir nicht mal eine kleine Zusammenfassung geben? Das hab ich verdient! Ich meine, es muss ja nicht pornografisch sein.“ Er schaute mich hoffnungsvoll an. „Oder vielleicht ein bisschen pornografisch, du weißt schon, nur ein paar Appetithäppchen.“

„Nein, nein, nein! Ich bin mir sicher, dass deine Fantasie ausreicht, du kannst es dir ja gern vorstellen, falls ich mich jemals neben meinem Boss betten sollte.“ Ich rutschte tief unter die Decke. „Außerdem werde ich mit Sex sowieso bis zu meiner Hochzeitsnacht warten.“

„Einen Scheiß wirst du. Ich kriege dich bis zum Ende des Sommers flachgelegt, und wenn ich es selbst tun muss“, drohte er scherzhaft.

„Das würdest du nicht.“ Mein Mund stand weit offen.

„Wahrscheinlich nicht, aber vielleicht doch, einfach nur, um die verdammte Sache hinter uns zu bringen. Ich meine, so schlimm ist deine Vagina vermutlich auch wieder nicht, könnte ja ganz nett sein, könnte sogar Spaß machen. Wir würden uns wahrscheinlich besaufen müssen, weil ein Opfer wäre das schon, Schätzchen. Du bist zwar umwerfend und sexy, aber du weißt ja, dass mein Stöpsel normalerweise nicht in die Öffnung da gehört. Nur einmal mit sechzehn, und das war nicht … nein, nicht mein Ding. Also bitte, tu mir den Gefallen und schlaf mit dem Mann.“ Er bettelte jetzt förmlich.

„Vielleicht”, stichelte ich.

„Was soll ich nur mit dir machen, du olle Jungfer?“ Er knipste das Licht aus. „Du kannst nicht bis zur Hochzeit warten. Das wird nichts. Beim ersten Mal ist der Sex sowieso meistens scheiße, außerdem wirst du komplett fertig sein von der ganzen Feier, und dann die vielen Erwartungen und dann … beschissener Sex. Tu‘s nicht. Du musst endlich loslassen und das Leben genießen.” Ich brachte ihn wirklich auf die Palme.

„Also, wenn ich das mache, dann erwarte ich aber, dass du ein echter Freund sein wirst und für mich da bist, ganz besonders, wenn er mir das Herz bricht.“ Denn das war es, wovor ich ehrlich am meisten Angst hatte.

„Ich bin immer für dich da, Addy, und nur zur Mitschrift, wenn er so ein gewaltiges Arschloch ist, dass er dich so verarschen würde, dann nein, schlaf nicht mit ihm. Wir betrinken uns, ziehen uns einen guten Porno rein und dann vollbring ich die Schandtat eben selbst.“ Er küsste mich auf die Stirn und wir machten uns bereit zum Schlafen, denn es war schon weit nach Mitternacht.

„Nein, das wirst du nicht. Du musst mir nicht die Jungfräulichkeit nehmen, Charles. Nur weil du das passende Werkzeug hast und mein bester Freund bist, verpflichtet dich das zu nichts. Das ist nicht dein Ding.“ Ich kuschelte mich dichter an ihn.

„Na dann, wenn du schon nicht mit deinem sexy Boss pennst, dann solltest du mir aber den Hochzeitsstrauß besser direkt ins Gesicht schmeißen. Wenn du solange mit dem Sex wartest, dann wird die Hölle bis dahin bestimmt zugefroren sein, da kann ich dann auch gleich selber heiraten."

„Mmpf", war alles, was ich noch sagte, bevor ich in den Schlaf glitt.

****

Ich erwachte vom Ton meines Weckers, der in meinem Kopf widerhallte.

„Bäh, wieso habe ich die Party bloß auf zehn Uhr am Morgen angesetzt?", knurrte ich, während ich den Alarm am Handy ausschaltete.

„Scheiße, wie spät ist es?" Charles hatte die Augen halb geöffnet.

„Sieben", stöhnte ich.

„Am Samstag? Satan, weiche!" Er zog sich die Decke über den Kopf und schlief weiter.

Wer wollte denn um zehn Uhr morgens flirten? Das hätte ich besser durchdenken sollen, aber ich wollte auch nicht meinen ganzen Samstag opfern und die Brauerei mit dem besten Preis hatte sich eben eine Art Brunch gewünscht. Ich beschloss, damit zu leben, und zog mir eine Jeans und ein schön offenherziges Shirt über. Ich wusste, dass ich Logan wiedersehen würde, was mich gleichzeitig mit Furcht und Freude erfüllte.

Um acht saß ich im Bus unterwegs zu meinem Ziel, wo ich mich mit Logan treffen wollte, wie wir es vereinbart hatten, bevor die Veranstaltung begann. Er wollte ein paar Dinge besprechen, ehe ich mein erstes DropIn gab. Ich musste außerdem die Bierfässer von der Brauerei holen, die ein paar ausgefallene Sorten Craft Beer feilbieten wollte. Ich hatte außerdem ein Restaurant gefunden, dass uns ein paar warme Brötchen mit Marmelade oder Speck und außerdem frisches Obst brachte, dafür war ihr Werbebanner auf der einen Seite des Busses angebracht und das der Brauerei auf der anderen.

Das klang alles ganz wunderbar, besonders weil ich gerade voll am Verhungern war. Ich hatte mir große Mühe gegeben mir zu überlegen, wie der Dating-Teil des Events funktionieren sollte. Ich hatte mich entschlossen, das alte Konzept der Tanzkarten aufzugreifen. Die Leute würden sich ein Online-Profil ansehen und sich eine Tanzkarte aussuchen, auf der sie gern stehen wollten. Die halben Dates würden dann Leute sein, die man selbst ausgesucht hat, die andere Hälfte Leute, die einen ausgesucht haben. Sollte ein Platz leer sein, würde die Auswahl per Zufall erfolgen.

Der Spaß sollte zwei Stunden dauern, sodass für jedes ‚Date' fünfzehn Minuten zur Verfügung standen, und der DJ würde die Dates während der Fahrt verschiedene Dinge tun lassen. Nach der Fahrt waren die Leute zum Lunch in die Brauerei oder ins Restaurant eingeladen, wo sie einen Gutschein einlösen konnten.

Ich begann mich echt auf die Geschichte zu freuen, als ich den Starbucks betrat. Logan saß bereits an einem Tisch und hatte zwei Becher vor sich stehen. Er sah sowas von sexy aus in seinen Jeans und dem weißen Hemd. Ich lächelte und tat so, als würde sich mein Inneres gerade nicht nach außen kehren.

„Du siehst gut aus." Er machte den Kommentar, bevor ich selbst dazu gekommen war.

„Danke." Ich beschloss zu kokettieren. „Du siehst auch gut aus. Bist aber wohl echt kein Morgenmensch?" Ich äugte auf die zwei Kaffees.

Er schob mir einen davon zu. „Großer, trockener Cappuccino, viel Schaum, extra Portion, zwei Stück Rohzucker." Er lächelte dunkel und verführerisch, nachdem er exakt meine übliche Kaffeebestellung heruntergerattert hatte.

Beeindruckt setzte ich mich ihm gegenüber. „Woher wusstest du?"

„Ich habe meine Mittel und Wege." Seine Augen wurden noch einen Ton dunkler und ich fühlte, wie sich meine Vagina zusammenzog.

„Du weißt schon, dass du wie ein unheimlicher Stalker wirkst, oder?“ Ich tat so, als würde mich das stören.

„Mir egal.“ Mann, er hatte mich echt gefangen … mir egal? Ich würde garantiert am Ende tot sein und es kümmerte mich nicht, das war der furchteinflößendste Teil daran. Ich überspielte den Kommentar und redete weiter.

„Naja, ist schon ein bisschen schräg, mehr will ich gar nicht sagen. Aber danke für den Kaffee … den kann ich echt gebrauchen.“ Ich machte eine Grimasse, weil ich nach dieser Nacht echt einen Energieschub gebrauchen konnte.

„Harte Nacht?“, lachte er.

Er wusste ja nichts davon, dass ich die halbe Nacht mit Charles über ihn gesprochen hatte und dass der sich leidenschaftlich für seine Sache einsetzte.

„Nur lang.“ Ich starrte ihn an.

„Verstehe. Bist du bereit für den wilden Ritt?” Irgendwie hatte ich mal wieder das Gefühl, dass er nicht über unseren Event sprach.

„So gut es eben geht, schätze ich.“ Ich zuckte die Schultern und offerierte ein schwächliches Lächeln.

„Das machst du schon. Einfach nur lächeln und locker bleiben. Die Leute wollen Spaß haben, aber sie werden genauso nervös sein wie du, der Schlüssel zum Erfolg ist also ein schönes, breites Lächeln.”

Ich schmolz und schenkte ihm genau jenes Lächeln. Wir tranken unseren Kaffee und er erzählte Erfolgs- und Horrorgeschichten von vergangen Events, die er am Anfang noch selbst geplant hatte. Am Ende war ich dadurch nur noch eingeschüchterter, aber ich blieb cool. Wir nahmen seinen Wagen und sprachen unterwegs nicht allzu viel, sondern hörten stattdessen Musik. Das machte auch Spaß, er hatte so eine Retrosammlung mit Zeug aus den 70ern und 80ern drin. Ich hatte bisher noch gar nicht wirklich an den Altersunterschied gedacht, aber da war natürlich eine beachtliche Lücke, denn ich war Anfang zwanzig und er war allemal Mitte bis Ende dreißig.

Als wir am Bus ankamen, prüfte ich gleich, ob die Brauerei und das Restaurant alles im Griff hatten. Zu meiner Überraschung war alles perfekt hergerichtet und man war bereits damit beschäftigt, die Banner am Bus anzubringen. Essen und Bier waren schon verladen. Isabelle Brown von der Belle's Brewery war persönlich vor Ort und wäre fast aus den Latschen gekippt, als sie Logan anmarschieren sah.

„Logan? Wow, dich hätte ich nicht erwartet, aber ich freue mich ja total, dass du da bist." An dem Funkeln ihrer Augen erkannte ich sofort, dass sie miteinander geschlafen hatten.

Er ließ sich nichts anmerken. Er beugte sich vor und gab Isabelle ein Küsschen auf die Wange. „Du bist also Belle's Brewery. Wann hast du damit angefangen?" Er unterhielt sich ganz locker mit dieser Frau, die ganz offensichtlich heiß drauf war, ihm wieder an die Wäsche zu gehen.

„Als Trevor studieren gegangen ist. Du weißt ja, er war der Letzte aus dem Nest, es war also die perfekte Zeit. Es läuft hervorragend. Die Sache hier habe ich angenommen, weil DropIn du bist. Wie gehts dir?" Sie hätte auch gleich fragen können, ob er mit in den Lagerraum gehen und es ihr besorgen wollte.

„Mir gehts gut. Uns gehts gut." Er schaute zu mir und ich hätte ihm beinahe ins Schienbein getreten, aber er brauchte mich wohl als Ablenkungsmanöver. „Das hier war eigentlich Adeles Idee."

Er sagte es zwar nicht so, aber er ließ es eindeutig so aussehen, als gehörten wir zusammen.

„Ach ja? Okay, ist echt clever. Vielleicht sollten wir das jeden Monat machen. Wir bringen laufend neues Bier raus. Das ist gute Gratiswerbung für uns. So eine Kampagne kann sonst teuer werden. Vielleicht können wir ja mit deiner App eine Partnerschaft eingehen und bei allen deinen Partys unsere saisonalen Sorten anbieten?"

Sie hatte jedenfalls schnell umgeschaltet.

„Klingt phänomenal. Ich setze Adele gleich darauf an." Seine Hand wanderte um meine Schulter und drückte mich.

„Ja. Lass uns das machen. Ich melde mich nächste Woche bei dir." Ich war enthusiastisch mit von der Partie.

Mit der Eifersucht einer anderen Frau hatte ich nichts am Hut.

„Fantastisch. Wir können noch mal quatschen, wenn ihr wieder zurückkommt", sagte sie mit einem ganz leicht säuerlichen Tonfall.

Als wir in den Bus gestiegen waren, quetschte ich Logan aus. „Und was war das genau?"

„Eine Affäre. Eine bedauerliche Affäre vor langer Zeit." Es klang nach einer Ausrede.

„Oh, genau dein Ding also. Aber was für ein Zufall auch." Ich warf ihm einen anschuldigenden Blick zu.

„Ich glaube kaum, dass das ein Zufall war. Sie hat vermutlich nach einem Weg gesucht, an mich heranzukommen, das war ihre Chance. Sie hatte schon immer mehr gewollt, als ich geben konnte." Er war ziemlich emotionslos, als er über diese Frau sprach, die so offensichtlich nicht über ihn hinweg war.

„Das ist aber blöd." Ich ignorierte die Sache und nahm an, dass ich, je länger ich für ihn arbeitete, wohl noch ein paar mehr seiner alten Flammen treffen würde, die noch nicht ganz erloschen waren.

Als wir in der oberen Etage ankamen, sprach ich mich noch schnell mit dem DJ ab, während die Partygänger sich unten auf der Straße bereits einzufinden begannen. Alles schien bereit zu sein. Der DJ hatte alles im Griff, also nahm ich mir eine Handvoll der orangen Tanzkarten und ging hinunter, um sie auszuteilen.

Jede Person hatte eine Karte mit ihrem Namen drauf und ein handgemachtes Namensschild, das von einem Graffiti-Künstler aus der Gegend gestaltet worden war. Logan war oben geblieben und unterhielt sich mit dem DJ über irgendetwas. Ich hoffte nur, dass er zufrieden war mit dem, was ich bisher so gemacht hatte, denn es lief echt gut, aber mir war klar, dass er sich gerne eingemischt hätte. Sein Bedürfnis nach Kontrolle ging vermutlich weit über seine Befehlsstimme und das herrische Gehabe hinaus.

Nachdem ich die Karten alle verteilt hatte, waren noch ein paar Leute übrig, die ebenfalls in den Bus wollten, der allerdings schon voll besetzt war. Ich sagte ihnen, dass wir voll waren, aber dass wir nächsten Monat noch eine Veranstaltung abhalten würden. Ich hoffte, dass ich damit recht behalten würde. Ich bot an, dass sie in der Brauerei bleiben und Frühstücken könnten, bis wir wieder da waren. Ein paar blieben, andere wollten beim nächsten Mal wiederkommen. Insgesamt fühlte ich mich recht selbstsicher, als ich zum Bus zurückkehrte. Drei Minuten vor der geplanten Abfahrtszeit kam Logan dann auf mich zu und reichte mir eine Tanzkarte mit meinem Namen drauf.

„Hey Chef, was ist das denn?" Meine Eingeweide schmolzen vor Nervosität. Wieso gab er mir eine Karte?

„Das ist deine." Seine tiefe, sexy Stimme rauchte, als er sie mir in die Hand drückte.

„Ähm … ich habe keine Karte ausgefüllt. Ich muss hier ein Auge auf alles halten?" Ich legte den Kopf schief und schaute ihn verwirrt an.

„Wir haben zwei Sicherheitsleute in Alltagskleidung, die können ein Auge auf alles haben." Sein Grinsen war fast boshaft.

„Ach so?" Ich versuchte cool zu klingen.

„Deine Tanzkarte war leer, aber jetzt nicht mehr." Was zur Hölle?

„Du bist unmöglich", sagte ich atemlos und trat ein, um nach oben zu klettern.

„Du hast ja keine Ahnung", flüsterte er mir ins Ohr.

Wir setzten uns, der DJ begann die Menge anzuheizen und Bier und Essen wurden herumgereicht. Der Bus war mit Tischen und Stühlen gedeckt und es gab gerade genug Platz für die fünfzig Leute, die sich gemeldet hatten. Als der Bus in die geschäftigen Straßen von San Francisco bog, war das Energielevel bereits hoch und die Leute hatten ihren Spaß. Logan verschwand für einen Augenblick und kam dann mit einer einzelnen roten Rose zurück, die er auf den Tisch neben mein Frühstücksbier legte.

„Am Morgen Bier zu trinken ist komisch, aber auch lustig." Ich prostete ihm zu und beäugte die Rose argwöhnisch.

„Ich kann nicht behaupten, dass ich das schon mal gemacht hätte." Nachdem er die Rose abgelegt hatte, setzte er sich und schob die Tanzkarte hinüber auf meine Seite des Tisches. „Du hast deine Karte noch nicht angeschaut." Er senkte den Blick und wirkte fast ein wenig gekränkt.

Ich verdrehte die Augen, wendete die Karte und sah, dass Logan seinen Namen in jede einzelne Zeile geschrieben hatte.

„Niedlich. Ich habs verstanden, jetzt muss ich aber arbeiten." Mit dieser narzisstischen Aktion hatte er irgendwie die Stimmung abgemurkst.

„Ich nicht, ich bin hier zum Daten." Er starrte mich mit furchteinflößender Intensität an.

„Ich weiß nicht, was ich darauf antworten soll. Ich glaube, für Speed Dating in einem Bus ist es bei uns ein bisschen zu spät." Ich starrte mit leerem Gesichtsausdruck zurück.

„Dann sitz einfach da und hör zu. Als ich dich zum ersten Mal gesehen hab, hat sich irgendetwas Unergründliches in mir entzündet. Ich habe schon sehr lange keine so packende Anziehung mehr gespürt. Ich möchte diese Gefühle mit dir gemeinsam und in deinem Tempo ergründen. Wenn du mich wirklich nicht willst, dann sag es mir jetzt. Falls doch, dann lass mich herein, damit ich lernen kann, dich zu lieben." Wow … er hatte das tatsächlich gesagt. Er hatte es tatsächlich gesagt.

„Ich habe Angst vor dir", gestand ich wahrheitsgetreu. „Und ich bin mir auch sicher, dass es massenhaft Brauereibesitzerinnen, Filmstars, Models, Immobilienmaklerinnen und Gott weiß wen sonst noch alles gibt, die nur auf Logan Steel warten. Ich bin nicht bereit in deinen Chor einzutreten. Du wirst mir nur das Herz brechen und mich kaputtmachen."

„Das ist eine passende Analyse meiner vergangenen Beziehungen und ich muss gestehen, zu einem gewissen Grad habe ich auch Angst vor dir." Nein, hatte er nicht ...

„Weil du mein Herz zertrampeln wirst und dich irgendwie schlecht fühlst, weil du einem netten Mädchen sowas antust?" Ich fixierte ihn.

„Nein, weil du möglicherweise ein Herz wiederbeleben könntest, das seit langem tot ist."

„Aha, so ist das. Und was hast du nun vor mit mir?" Bitte kein roter Raum oder irgendeine finstere Vergangenheit, die mein Leben zerstören wird … Ich betete.

„Alles …" Sein Lächeln erhellte sein Gesicht auf eine verführerische, unheilvolle Weise und ich wusste, dass ich verloren war.

„Und außer dieser unwiderstehlichen Lust, etwas Glitzerndes und Neues auszuprobieren, gibt es sonst noch einen Grund, weshalb du so wahnsinnig dringend die Regeln über Bord werfen und mit deiner Praktikantin ins Bett steigen willst?" Ich wollte ihn dahinlocken, wo sein Autoritätskomplex zuschlagen würde.

„Genaugenommen gibt es dagegen eigentlich gar keine Regel." Jetzt machte er selbst einen auf schamhaft.

„Nehmen wir mal an, es gäbe eine", gab ich zurück.

„Ich denke, du bist eine Untersuchung durch die Ethikkommission durchaus wert." Sein Lächeln war durchtrieben.

Erneut verdrehte ich die Augen. „Wieso kann ich nicht einfach mit jemand Normalem ausgehen?", murrte ich.

„Ha ha!", lachte er schallend. „Wenn du wirklich jemand Normales suchen würdest, wärst du nicht nach San Francisco gekommen, sondern hättest dich weiterhin in Ohio versteckt und dir dort einen netten Jungen genommen.“ Sein Blick wechselte zu einem lüsternen Schielen.

„Lass das!“ Ich hob warnend einen Finger. „Du weißt nichts über mich … und über Ohio übrigens auch nicht“, sagte ich beißend.

„Ja, deshalb bin ich ja hier.“ Sein Gesicht wurde wieder sanft und meine Pussy zuckte. Wieso zog es mich so zu diesem furchtbaren Mann hin? „War ich dein erster Kuss?“ Er lehnte sich zu mir herüber und legte neckisch seine Hände über meine geballten Fäuste.

„Nein.“

Alle hier schienen sich wirklich zu amüsieren, außer mir. Ich hätte gerne losgelassen und den Moment genossen, aber innerlich bebte ich und hatte meine dicken Wände bis weit in den Himmel hochgezogen.

Er fragte mich noch etwas, das ich nicht wirklich hörte, weil der DJ die Musik lauter gedreht hatte. Ich sah zu, wie sich sein Mund bewegte, und dachte darüber nach, wie es sein würde, ihn erneut zu küssen. Ich trank mein Bier und schaute ihn durch meine innerlichen Schießscharten hindurch an.

„Lombard Street“, verkündete der DJ durch das Chaos in meinem Kopf hindurch.

Mein Inneres erstarrte, als Logan den letzten Schluck Bier austrank und aufstand.

„Das ist unsere Haltestelle.“ Alle anderen schauten genauso verblüfft und verwirrt aus, wie ich mich fühlte, den DJ miteingeschlossen. Logan zuckte nur mit den Schultern und verkündete vor versammelter Mannschaft: „Ich weiß nicht, wie es euch geht, aber ich hab die Eine gefunden!“ Er langte über den Tisch hinweg, nahm meine Hand und führte mich in den Gang hinaus. „Viel Glück noch bei eurer Suche“, fügte er hinzu.

Alle Augen waren auf uns gerichtet, während ich meine Tasche nahm und mich von ihm aus dem Bus ziehen ließ.

„Du bist unausstehlich“, schimpfte ich und schlug seinen Arm.

Er packte meine Hand und küsste sie.

„Das stimmt“, gab er zu. „Alle hatten eine Menge Spaß. Es war ein super DropIn. Meine Leute sind im Bus, alles wird glatt laufen, aber für dich habe ich heute etwas anderes geplant.“ Seine Augen verengten sich zu feurigen Schlitzen.

„Wieso sind wir nicht einfach im Bus geblieben?“ Ich beeilte mich, ihn einzuholen.

„Man kennt mich zu gut, wir werden ohnehin schon in der Boulevardpresse sein, nachdem ich über dich gesagt habe, dass du die Eine bist, also mussten wir schnell einen Abgang machen. Ich kann nicht immer alle genau wissen lassen, was ich vorhabe.“ Er ging die Treppe zu seiner Tür hinauf und tippte den Sicherheitscode ein.

19

Logan

„Ist es nicht ein bisschen gefährlich, zu dir nach Hause zu gehen?"

„Nur wenn du ein Vampir bist oder eine Sadomasochistin … aber sowas sind wir ja beide nicht." Ich betrat das Haus und ließ sie draußen stehen, denn ich wusste, dass sie zögern würde einzutreten.

Sie wartete eine Weile draußen und als ich nicht wiederkam, folgte sie mir schließlich doch. Ich saß am Tisch vor meinem Computer und hatte meine kleine Reisetasche, die ich zuvor gepackt hatte, zu meinen Füßen stehen. Sie trat leise und behutsam ein, als wäre sie eine Fremde.

„Ich ähm … wollte nur auf Wiedersehen sagen. Ich werde mir ein Taxi nach Hause nehmen", sagte sie mit leiser und beunruhigter Stimme.

„Nein, ich fahre dich." Ich schaute sie gewollt trocken an und hoffte, so ein Verlangen in ihr zu entfachen.

Ich hatte es mit Logik versucht und dann praktisch gebettelt, jetzt wendete ich Gleichgültigkeit an, um sie dazu zu bringen, ihre Verteidigung aufzugeben. Ich sah sie ungern so verletzlich, aber ich konnte es nicht bei diesen Mauern belassen, die sie zwischen uns aufzog.

„Ein Taxi ist mehr als gut genug." Sie würde jeden Moment abhauen.

„Bist du dann soweit?" Ich klappte den Computer zusammen, klemmte ihn unter meinen Arm und schnappte meine Tasche.

„Sicher. Verreist du?", fragte sie, noch immer schüchtern.

„Ja", war meine knappe Antwort.

Sie zuckte die Achseln. „Okay. Aber ich muss gehen. Ich wünschte, ich hätte im Bus bleiben können. Ich wollte die Sache wirklich selbst beenden.“ Sie war so enttäuscht … gut.

Sie schickte sich an zu gehen, konnte es anscheinend kaum erwarten, zur Tür hinauszukommen, als ich sanft ihren Arm fasste. Sie machte einen Satz und holte zu einem Schlag aus, aber ich duckte mich und lachte.

„Du bist aber angriffslustig.“ Der Haken war tatsächlich ein wenig unerwartet gekommen. „Mein Auto ist da lang, in der Garage.“

„Ich werde nicht mit in dein Auto steigen“, protestierte sie.

„Und wie soll ich dich dann da hinbringen, wo wir hinwollen?“ Ich blieb entspannt.

„Und wo soll das sein?“ Sie verschränkte die Arme vor der Brust und stellte sich breitbeinig hin.

„Ist eine Überraschung.“ Ich strich mir mit der Hand durchs Haar und hielt mich selbst davon ab, sie zu packen und gleich hier zu vernaschen. Sie musste definitiv mal ordentlich vernascht werden. „Ich musste dich vom Bus holen, weil ich nicht wollte, dass du die Überraschung verpasst.“ Ich gab mir Mühe, meine Stimme wie Samt und Honig klingen zu lassen.

„Ich werde nicht mit dir schlafen, ganz egal, wie gut diese Überraschung auch ist, ich will dich nur warnen“, sagte sie noch, als ich sie bereits vor mir herschob.

„Davon bin ich auch nicht ausgegangen.“ Ich öffnete die Tür zu meiner Garage, in der zwei Wagen standen, ein Mercedes, der eben ein klassisches Luxusauto war. Aber mein feuerrotes, glanzpoliertes altes Ford Mustang Cabrio, das war reine Poesie.

Ich schielte zu ihr rüber, um ihre Reaktion zu sehen. Sie wirkte milde beeindruckt, bis ich ihr die Schlüssel für den Mustang zuwarf.

„Achtung“, rief ich, bevor die Schlüssel sie im Gesicht treffen konnten.

Sie fing sie gerade noch rechtzeitig. Ich legte mein Zeug auf die Rückbank und schickte ihr ein großes, breites Lächeln.

„Steig ein, du kleine Kratzbürste. Ich weiß ja nicht, wo du wohnst.“ Ich setzte mich auf den Beifahrersitz und mir schwirrte der Kopf vor Angst und Nervosität, weil ich ihr das Lenkrad überließ.

„Ich fahre?“, fragte sie ungläubig.

„Warum nicht? Das Steuer hältst du ja schon die ganze Zeit über in Händen … da kannst du auch gleich ein wenig Spaß haben.“

Ich wusste schon, dass sie gesagt hatte, dass noch immer nichts laufen würde, aber zum Teufel damit, ich würde es wenigstens versuchen. Wenn Adele auch nur annähernd so gewesen wäre wie meine sonstigen Frauen, dann hätte sie mich gleich direkt auf der Sitzbank gebumst, sobald sie mein originales rotes Ford Mustang Cabrio von 1968 gesehen hätte. Sie hingegen hüpfte zwar nicht auf mich, dafür aber auf den Fahrersitz, ein wenig aufgeregt, aber offensichtlich sehr erfreut darüber, den Wagen fahren zu dürfen.

Auch ich war nervös, denn ich hatte noch niemandem sonst erlaubt, mein Baby zu lenken. Es war eine impulsive Idee meinerseits gewesen, aber nachdem sie sich als so große Herausforderung offenbarte, musste ich alle Register ziehen. Der Adrenalinschub und die Angst waren so sexy, dass gleichzeitig mit dem Motor auch mein Schwanz ansprang.

Sie fuhr vorsichtig aus der Garage und mein Herz beruhigte sich allmählich. Das Lächeln in ihrem Gesicht war einfach unwiderstehlich.

„Das Auto ist ja unglaublich“, schwärmte sie.

„Das Auto ist unglaublich!“, bestätigte ich. „Und du bist die erste Person, die ich je damit habe fahren lassen.“ Ich schaute sie eindringlich an und ließ die Aussage sacken.

„Warum?“, fragte sie, während sie die Augen auf die Straße geheftet und die Finger fest ums Lenkrad geschlossen hielt. „Ich dachte mir, du fährst bestimmt wie eine Oma, und ich hatte recht damit. Du bist wohl die sicherste Person, der ich das Auto hätte anvertrauen können."

Sie war zwar keine totale Regelreiterin, aber irrwitzige Risiken ging sie bestimmt auch nie ein, was ich gut fand, denn bei all den unbesonnen Draufgängerinnen, die ich kennengelernt, verführt und gevögelt hatte, fühlte sie sich wie eine Brise frischen Windes an.

„Sicherheit geht vor." Sie lächelte, schaute mich aber nicht an.

Es dauerte nicht lange, bis wir an der Nordküste vor einer Reihe Stadthäuser hielten. Sie fuhr ran und parkte, bevor sie den Motor abstellte.

„Dieses Auto zu fahren war sehr cool, danke. Eine nette Überraschung." Sie öffnete die Tür und wollte aussteigen.

„Oh, das Auto zu fahren war sicher aufregend, aber das war nicht die Überraschung. Ich gebe dir fünfzehn Minuten, um eine Tasche zu packen, deinem Mitbewohner zu berichten, dass du nicht entführt wirst, und wieder runterzukommen, wir haben nämlich einen Zeitplan. Den Rest des Weges fahre ich." Ich zeigte ihr mein teuflischstes Grinsen, während sie mich nur mit leerer Verwirrung anstarrte.

„Ähm …" Sie bewegte sich nicht, was mich auf angenehme Weise ärgerte.

„Vierzehn Minuten." Ich holte mein Telefon heraus und stellte einen Timer.

„Und wenn ich in vierzehn Minuten nicht hier unten bin, fährst du ohne mich los?" Ihre Stimme klang fast erfreut.

„Nein, dann komme ich und hole dich …" Mein Gesichtsausdruck wurde zu Stein und sie schluckte schwer.

„Okay." Sie schloss sanft die Wagentür und ging zum Haus, wobei sie mich noch mal ansah, als wäre ich ein Irrer.

Ich wartete fünfzehn Minuten, bis ein sehr großer, gutaussehender dunkelhäutiger Mann aus dem Haus trat. Er war bestens frisiert, tadellos gekleidet und auch ein kleines bisschen einschüchternd, denn er kam schnurstracks auf mich zu.

„Kann ich Ihnen irgendwie helfen?", fragte ich etwas unbehaglich.

„Nein, aber ich kann dir helfen." Seine Stimme war freundlich, doch seine Worte waren eine Drohung.

„Und wie genau?" Ich stieg aus dem Wagen.

„Adele ist die liebenswürdigste, jungfräulichste Jungfrau, die es je gegeben hat. Wenn du sie verletzt, ihr Angst machst, sie zu irgendetwas zwingst, sie benutzt oder irgendwie sonst geringschätzt, dann mach ich dir die Hölle heiß. Ich finde einen Weg, dich wegen Entführung und Vergewaltigung anzuzeigen, und ich werde sicher genügend von deinen verärgerten Verflossenen aufstöbern können, um eine verdammt gute Story daraus zu machen." Während er das sagte, trat er dicht an mich heran. „Außerdem parkst du in zweiter Reihe."

„Und wer bist du noch mal?" Ganz offensichtlich jemand, dem viel an Adele lag.

„Ihr Ein und Alles, stellst du jetzt deinen Wagen um?" Er blieb standhaft.

„Nun, sie sollte eigentlich längst fertig sein …" Ich blieb ebenfalls standhaft.

„Ich werde sie nicht rauskommen lassen, bevor ich nicht ganz genau weiß, was du vorhast, wie ich euch erreiche und wann sie wieder zurück ist." Sein Blick war tödlich.

„Ich sags dir, wenn dich das beruhigt." Ich hob beschwichtigend die Hände, unsicher, ob diese Geste ihn besänftigen würde.

Es gefiel mir nicht, mein Geheimnis zu enthüllen, freute mich aber, trotz der Unannehmlichkeiten, dass sie einen so unerschrockenen Beschützer und vielleicht auch Rivalen für mich hatte … eine unerwiderte Liebe vielleicht? Der treue Ritter hier vor mir machte das Ganze nur noch interessanter. Ich berichtete ihm von meinen Plänen und er ließ sich ein wenig erweichen.

„Sie wird dort gefangen sein", bemerkte er, aber seine Stimme war schon gelassener als zuvor.

„Mag sein, aber ich verspreche, dass ich ihr nicht schaden werde. Sollte sie nicht glücklich sein, wird sie zurückgebracht, und du hast jetzt alle Informationen, um mich einsperren zu lassen, sollte sie dich in Not anrufen. Beruhigt dich das? Gibst du sie mir jetzt? Wir haben einen recht knappen Zeitplan." Ich lächelte, obwohl er Adele noch immer nicht zu mir ließ. „Und auch wenn ich deine Hartnäckigkeit bewundere beim Schutz deiner Freundin? Cousine? Was sie für dich auch sein mag, aber sie ist kein Kind. Sie kann ihre eigenen Entscheidungen treffen, sehr gute Entscheidungen sogar."

„Mit deiner Sorte hat sie noch nie zu tun gehabt." Das tat weh.

„Okay. Ich betrachte mich als gewarnt … kannst du sie bitte rauslassen?" Ich bot ihm ein Lächeln und Waffenstillstand.

„Na schön … aber … sei gut zu ihr." Sein Lächeln war ernst und liebevoll.

Vor mir stand ein Mann, der Adele vergötterte. Er hatte exakt das erreicht, weshalb er gekommen war, und zwar die Messlatte für meinen Umgang mit ihr hochzusetzen. Ich fühlte mich jetzt, als hätte ich auf unerhörte Weise Zugang zu einem seltenen und kostbaren Juwel erhalten. Plötzlich war ich nervös.

„Das werde ich", gewährte ich und legte größtmögliche Aufrichtigkeit in meine Stimme.

„Okay." Damit ging er zurück zur Tür und öffnete sie. Dahinter stand Adele in einem herrlich luftigen Sommerkleid und Sandalen, einen Rucksack über die Schulter geworfen.

Er sagte noch etwas zu ihr, das ich nicht hören konnte, und sie ging noch einmal hinein, um kurz darauf mit einer Jacke unterm Arm wiederzukommen. Sie küsste ihn auf die Lippen, schaute mich an und atmete tief ein. Ich tat dasselbe. Das war das erste Mal seit

Charlottes Tod, dass ich mehr von mir investiert hatte, als mir lieb war.

20

Adele

Charles erzählte mir zwar nicht, was Logan vorhatte, aber ich fühlte mich schon besser in dem Wissen, dass er es wusste. Er hatte Logan selbst sehen wollen und nachdem ich ihm gesagt hatte, wie komisch jener sich verhalten hatte, ging er gleich in den Rottweilermodus über. Ich hatte erwähnt, dass mir unwohl dabei war, mit Logan irgendwo die Nacht zu verbringen. Normalerweise wäre Charles Feuer und Flamme für sowas gewesen, aber als er die ehrliche Besorgnis an mir erkannt hatte, war er gleich zur Tür hinausmarschiert.

Ich hatte ihn noch aufhalten wollen, weil er doch zum Überreagieren neigte, aber seinen langen Beinen kam ich nicht hinterher. Er war die Stiege runter und zur Tür hinaus, bevor ich überhaupt im zweiten Stock angekommen war. In diesem Fall war ich jedoch froh, dass Charles so reagiert hatte, denn ich war mehr als nur ein bisschen beunruhigt. Als er mir dann berichtete, dass er zwar nichts von der Überraschung verraten würde, aber alle Kontaktinformationen hätte, falls er die Polizei rufen müsste, begann ich mich etwas sicherer zu fühlen.

Dass die Infos stimmten, wusste ich, denn als ich mit meiner Jacke wieder herunterkam, nachdem Charles mir gesagt hatte, dass ich eine brauchen würde, hörte ich ihn am Telefon, wie er die Daten gerade bestätigte, die er von Logan bekommen hatte. Ich konnte keine Details ausmachen, aber nach dem Anruf schien Charles zufrieden.

Ich mochte es nicht, wie ein Baby behandelt zu werden, aber ich war aus der Kleinstadt. Wer konnte schon wissen, wozu die Menschen fähig waren, selbst der Chef einer sehr bekannten Firma? Ich legte meine Sachen auf den Rücksitz, wie Logan es getan hatte, und setzte mich auf den Beifahrersitz, froh, nicht mehr fahren zu müssen.

„Scheint so, als hätte ich die Überprüfung durch Adele Robinsons Sicherheitsabteilung mit wehenden Fahnen bestanden, also los gehts, wir sind spät dran.“ Er klang zwar nett, gleichzeitig aber auch irgendwie gereizt.

Logan raste sehr viel schneller los, als es mir gefiel, und mein Herz raste mit. „Verpassen wir unsere Rakete zum Mond?“, fragte ich, besorgt, dass wir womöglich ein Flugzeug erwischen mussten oder sowas.

„Fast. Festhalten.“ Er rauschte an ein paar Autos vorbei und fuhr im Allgemeinen wie ein Wahnsinniger.

„Du wirst nicht vom FBI gesucht oder sowas, oder?“ Ich klammerte mich an dem weichen Türgriff aus Vinyl fest und schloss die Augen.

„Noch nicht“, lachte er.

Wir sausten und brausten sosehr, dass ich mich kaum auf irgendetwas anderes als die Angst um mein Leben konzentrieren konnte. Ich schwieg und betete, dass ich diesen Tag überleben würde. Gottseidank dauerte es nicht mehr lange, dann hatten wir den Hafendamm erreicht. Logan fuhr ans Tor eines Yachtclubs und ein Mann trat ans Auto.

„Guten Tag, Mr. Steel. Ihr Boot wartet bereits auf Sie”, sagte er und drückte auf einen Sender, um das Tor zu öffnen und uns in die Parkgarage zu lassen.

Als wir geparkt hatten, schnappte sich Logan sogleich unsere Taschen.

„Okay, jetzt geht der echte Spaß los.“ Er zwinkerte mich an und ging voraus, hinaus aus der Garage und weiter zum Anlegeplatz, wo ein weiterer Mann, etwas älter und raubeinig aussehend, bereits auf uns wartete.

„Sie sind da, gut. Wenn wir jetzt gleich die Segel setzen, schaffen wir es noch vor dem Sturm.“ Er nahm Logan die Taschen aus der Hand und lief rasch den Steg entlang, an dem Hunderte von Booten vertäut waren.

„Steigen wir etwa in ein Boot?“ Mein Magen wurde flau.

„Das tun wir“, antwortete Logan und folgte dem Mann in dessen Tempo nach.

Ich verlangsamte meinen Gang. Ich war noch nie zuvor auf einem Boot im Meer gewesen. Ich war auch noch nie auf einem Boot mit meinem Boss gefangen gewesen, zu dem ich mich auch noch heftigst hingezogen fühlte, noch war ich je in ein Gefährt gestiegen in dem Wissen, dass mein Mitpassagier sich am liebsten über mich hermachen wollte. Als ich dann doch auch zu dem Boot gelangte, das nicht wirklich ein Boot, sondern viel mehr eine unglaublich luxuriöse Yacht war, spannte sich jeder Nerv in meinem Körper an.

Logan streckte mir seine Hand hin.

„Ich habe Angst“, platzte es aus mir heraus.

„Falls du nicht schwimmen kannst, es gibt Schwimmwesten und ein Rettungsboot, du musst keine Angst haben.“ Ich schaute ihn argwöhnisch an. „Aber wir müssen jetzt los. Es braut sich ein übler Sturm zusammen, den wir umschiffen müssen, und wir haben einen Zeitplan, meine Liebe. Ich muss dich rechtzeitig zur Arbeit am Montag zurückbringen, sonst dreht dein Boss durch. Und falls du dir wegen uns Sorgen machst, es gibt vier Schlafzimmer an Bord, du kannst dir eines davon aussuchen.“ Sein Lächeln war gleichzeitig teuflisch und liebreizend.

Obwohl in meinem Kopf sämtliche Alarmglocken schrillten, nahm ich seine Hand und stieg auf das Schiff.

„Gehört das dir?“, fragte ich mit auffallender Naivität.

„Jawohl. Ich liebe das Meer, es macht mich glücklich. Das ist Rick, er übernimmt das Steuer für uns. Seine Räumlichkeiten sind ebenfalls an Bord, Rick und seine Frau Marie werden uns also Gesellschaft leisten. Marie ist eine fantastische Köchin und wird für uns die Küche schmeißen.“ Er war so prahlerisch und stolz, es war schon fast kindisch.

„Und was werden wir zwei machen?“ Mir war klar, dass es eine bedeutungsschwere Frage war.

„Naja, sobald wir aus dem Hafen raus sind, fahren wir zuerst zu den Felsen von Heron und Egret, dann zur Insel Marin, danach werfen wir den Anker in Monterey und schauen uns ein paar Wale an. Wir sind gerade noch rechtzeitig für die Wanderung der Orcas. Aber zuerst was zu essen. Das Bier zum Frühstück war nicht gerade sättigend.“

„Naja, wir hätten ja bis zum Essen bleiben können“, schalt ich.

„Dann hätten wir es nicht mehr aufs Boot geschafft und das Gourmetmenü verpasst, an dem Marie geschuftet hat. Lass mich dich ein bisschen hier rumführen, während sie der Sache noch den letzten Schliff verpasst.“

Die Yacht war von innen noch größer, als sie von außen aussah. Das Oberdeck verfügte über eine große Kombüse und einen verglasten Wohnbereich mit einem Fernseher und komfortablen Ledersofas. Über eine kurze Treppe ging es in die Kapitänskabine mit allerhand Navigationsausrüstung und einem abgetrennten Bereich, wo ich Rick und Maries Zimmer vermutete.

Unter Deck strotzte es nur so vor luxuriösen Leinen und hochglanzpolierten Holzvertäfelungen. Ich wählte ein Zimmer mit marineblauem Stoff und einem unwiderstehlichen Ausblick übers Meer. Es hatte außerdem ein eigenes Badezimmer, was ich gut gebrauchen konnte und sehr zu schätzen wusste.

Logans Zimmer lag meinem gegenüber und hatte ein großes Doppelbett, ebenfalls mit teuren Leinen, außerdem eine Badewanne, die locker für zwei reichte. Ich hätte mir diese Art von Überfluss niemals auf einem Boot erträumen können, aber ich sah sie mit eigenen Augen vor mir.

„Solltest du mir in meinem Zimmer Gesellschaft leisten wollen, du bist jederzeit herzlich willkommen“, sagte Logan, nachdem ich mein Zimmer ausgewählt hatte.

„Danke für die Einladung", lehnte ich ab.

Wir begaben uns wieder nach oben zu dem Festmahl, das auf dem Tisch neben der Kombüse angerichtet war. Es gab Räucherlachs und Kapern, gegrillten Radicchio und Salat mit gelben Rüben, frisches Kornbrot, hausgemachte Butter mit Salz und Rosmarin. Mit jedem Bissen starb ich ein klein wenig. Vom Wein wurde mir schwummrig, genauso wie von dem konstanten Schaukeln des Bootes. Als wir auf ein kleines Eiland zusteuerten, war ich bereits froh, eine Zeitlang wieder auf festem Boden stehen zu können.

Ich vermutete allerdings eigentlich, dass ich nicht seekrank, sondern vielmehr liebeskrank war. Während unserer Mahlzeit und auch ansonsten war Logan sehr fürsorglich und aufmerksam. Es gab keinen Hafen auf der kleinen Insel, also holte uns jemand in einem Motorboot von der Yacht ab.

„Wow, hast du das alles so durchgeplant?" Logan hatte sich ganz schön Mühe gegeben mich zu beeindrucken. „Das habe ich. Ich bin froh, dass du hier bist." Er nahm meine Hand und half mir in das kleine Boot, das uns auf die Insel brachte. „Ich verrate dir ein kleines Geheimnis, das hier ist mein Privatversteck. Die Insel gehört mir nicht, aber ich bin einer von nur sehr wenigen Menschen, die eine Erlaubnis haben, hier an Land zu gehen. Dieser Ort ist sehr wichtig für mich, genau wie du."

Die Empfindung war so tiefschürfend, besonders in Anbetracht der Tatsache, dass wir uns gerade mal ein paar Wochen kannten. Es stand fest, dass er ein sexuell ausschweifender Mann war, der mit den halben Frauen der Stadt geschlafen hatte. Wieso war er gerade mit mir so freigiebig? Trotz meiner Sehnsucht, hochgehoben und gepackt zu werden, behielt ich meine Deckung intakt.

Auf der Insel wanderten wir auf einen kleinen Hügel, von wo aus ich die gesamte Bucht von San Francisco vor mir ausgebreitet sah. So wenig ich das zugeben wollte, der Moment war einfach magisch. Dort oben sahen wir außerdem unzählige weiße Vögel, die hoch in den Ästen ihre Nester gebaut hatten. Wie diese Vögel mit Anmut und Grazie durch die Lüfte segelten, schien geradewegs den

Seiten eines Fantasy-Romans entnommen zu sein. Nichts wünschte ich mir mehr, als Logan einfach zu lieben, wahrhaftig loszulassen und diesen Mann zu lieben, der mich an diesen wundervollen Ort gebracht hatte. Unsere Zeit dort fühlte sich an, als wären er und ich die einzigen beiden Menschen auf der Welt.

„Ich kanns nicht glauben", sagte ich und kam aus dem Staunen gar nicht mehr heraus.

„Ich hab mir schon gedacht, dass dir das gefällt. Die meisten Frauen, mit denen ich ausgegangen bin, hätten die Schönheit hier nicht zu schätzen gewusst. Die würden sich über die Mücken beschweren oder über den steilen Anstieg oder dass sie schwitzen. Es ist toll, dass dich sowas nicht stört." Das Lächeln in seinem Gesicht war ehrlich und kam von Herzen, und mir offenbarte sich ein flüchtiger Blick auf den echten Logan Steel.

Ich begrüßte es zwar nicht besonders, dass er seine anderen Frauen erwähnte, aber ich nahm ja auch nicht an, dass wir mehr als ein Sommerflirt sein würden, also freute ich mich einfach darüber, eine Seite von ihm sehen zu können, die er nicht vielen sonst zeigte.

Wir ließen uns Zeit dabei, den felsigen Abhang hinunterzusteigen, und achteten dabei darauf, die Vögel nicht zu stören. Als wir am Strand ankamen, waren dort einige der majestätischen langbeinigen Tiere dabei, während der Ebbe im Sand umherzustolzieren und Krabben und kleine Fische zu jagen. Die Reiher fegten über unsere Köpfe hinweg von den Bäumen ans Meer und boten einen Anblick der Schönheit wie von einem anderen Stern. Ganz verzaubert verlor ich jede Scheu, wie er es wohl vermutet haben musste.

„Das ist fantastisch!" In all meinem Überschwang lehnte ich mich an ihn und küsste ihn.

Natürlich fing er meine Lippen ein und wollte mehr als einen einfachen Schmatzer, und in Wahrheit wollte ich das auch. Also küsste ich inmitten all dieser Vögel und an diesem halb abgeschiedenen Ort Logan Steel, erforschte zur Gänze seinen Mund.

Seine Hand führte mich dichter an ihn und presste mich gegen die massive Erektion in seiner Hose.

Ich erlaubte mir, mich angesichts seiner Wollust wohlzufühlen, und fragte mich, ob ich jenes lüsterne Teil jemals in meinen Körper eindringen lassen würde. Er schien zufrieden damit zu sein, mich zu küssen und meinen Hintern zu streicheln, also ließ ich ihn. Und so küssten wir uns, berührten uns, erkundeten uns und ließen uns die Sonne auf die Haut scheinen.

Als wir letztlich aufs Boot zurückkehrten, hatte ich einen ausgewachsenen Sonnenbrand, war erschöpft und taumelte vom vielen Küssen und Fummeln … Mann, ich brauchte mehr von ihm und verdammt noch mal, er hatte es genau gewusst. Er hatte das Ganze perfekt geplant, abgesehen von der verbrannten Haut, das war natürlich ein Missgeschick. Während unseres Candle-Light-Dinners auf dem Bug machte er unablässig Andeutungen und Anzüglichkeiten und ich gab mir große Mühe, ihm zu widerstehen. Aber es war unmöglich. Als wir zum Schluss gemeinsam über das vom Mond beschienene Wasser blickten, war ich bereit fürs Bett, aber nicht zum Schlafen …

21

Logan

Ich hatte sie voll in der Hand. Sie hatte mir zunächst mit großem Erfolg widerstanden, aber ich kannte dieses Spiel besser als jeder andere, sie hatte keine Chance. Ich wollte ihren süßen, vollen Körper und mehr noch wollte ich sie in die Welt des Vergnügens einführen, die ihr dieser Körper bringen konnte. Als ich ihre herrlichen Lippen küsste und ihre sanften Kurven fühlte, dachte ich an das ekstatische Gesicht, das sie unter meiner geübten Hand machen würde.

Dann, als wir in der lauen Sommernacht über den Ozean blickten, meine Haut sonnengeküsst und ihre mit einem ziemlich heftigen Sonnenbrand, begriff ich, dass ich nicht einfach nur ihre Unschuld nehmen wollte. Ich wollte mich um ihr Herz und ihre Seele bemühen. Ich wusste um ihre helle Haut und dass sie am nächsten Tag sicher leiden würde, deshalb stand die Pflege ihres Sonnenbrands an erster Stelle für mich.

„Wir sollten da etwas Aloe Vera drauf tun“, bemerkte ich, als ich die tiefrote Haut auf ihrer Schulter berührte.

„Hilft das denn?“ Sie biss sich auf die Lippe und versuchte offensichtlich ihre Schmerzen zu verbergen.

„Das sollte es. Ich habe etwas After-Sun und auch Schmerzmittel. Und wenn du möchtest, kann ich dir auch ein Bad mit Hafer und Lavendel machen, das beruhigt die Haut.“ Sie versetzte mir einen Blick von der Seite, den ich verdient hatte. „Oder auch nicht.“

„Ich mach alles, was verhindert, dass ich aussehe und mich fühle wie ein Hummer“, lachte sie und wand Arme und Beine. Das arme Ding, sie litt wirklich.

„Komm mit, Krebsi, wir lassen dir ein Bad ein und besorgen dir was Bequemeres zum Anziehen." Ich führte sie behutsam zu den Zimmern nach unten.

Sie ging im Entengang und hatte gottseidank noch Humor angesichts ihrer misslichen Lage. Ich dachte sogar, dass sie womöglich ein wenig übertrieb, die kleine Hexe.

„Ich freue mich auf die Wale morgen", sagte sie dann, um die unangenehme Stille zu beenden.

„Ich mich auch. Rick steuert das Boot gerade nach Monterey. Wir sollten dort irgendwann heute Nacht anlegen."

Ich dachte mir, ich sollte ihr wohl so viele Informationen wie möglich geben, damit sie sich sicher fühlte, zumal ich gewiss war, dass sie das alles hier weit aus ihrer Komfortzone herausgezerrt hatte.

Sie grinste mich schräg an. „Muss Spaß machen, so viel Geld zu haben, dass man einfach losziehen und so verrückte Sachen machen kann."

„Ich hatte als Kind nie viel Geld, deshalb hat es besonders am Anfang Spaß gemacht. Heute bin ich dankbar für die schönen Dinge, die ich genießen und hoffentlich mit anderen teilen kann. Hast du irgendwas locker Anliegendes, das leicht auf der Haut liegt?"

„Nur meinen Pyjama." Ihr Lächeln wurde breiter.

„Okay, wenn du nichts außer dem Pyjama hast, dann nehmen wir den. Und jetzt weg mit den Shorts und dem T-Shirt. Ich mach die Augen zu, wenn du willst." Ich gab mir Mühe, meinem Tonfall jede Menge Feuer zu verleihen, denn ich wollte ganz sicher nicht, dass sie es bis in ihren Pyjama schaffte, und Scheiße nein, ich würde meine Augen ganz sicher nicht zumachen.

Sie verdrehte die Augen, wie nicht anders zu erwarten. Ich ließ die Wanne ein und verwendete das natürliche Lavendel-Hafer-Bad, das ich genau für diese Zwecke auf dem Boot dabeihatte. Sonnenbrände waren schwer zu vermeiden, wenn man überall von Wasser und Licht umgeben war. Der Duft, der von dem kühlen Wasser aufstieg, war eine betörende Mischung.

„Das Bad ist bereit für dich", rief ich aus dem Badezimmer, das an mein Schlafzimmer angeschlossen war.

Sie kam herein und trug nur noch einen losen Bademantel. Innerhalb von Minuten war sie weiß wie ein Gespenst geworden, und es war klar, dass sie sich fürchtete. Ich sah sie nicht gerne so, schließlich wollte ich ihr nichts tun. Ich hatte meine Wege zur Verführung, aber ich würde sie nie misshandeln. Ich wollte ehrlich nichts weiter, als ihre krebsrote Haut zu beruhigen.

„Okay", sagte ich, als sie zitternd vor mir stand. „Du nimmst nur ein Bad. Das ist alles. Okay? Wenn du mich dabeihaben willst, um dir Aloe Vera auf die Haut zu geben, gut. Wenn du möchtest, dass ich gehe, bis du fertig bist, ist mir das auch recht. Was ich nicht möchte, ist, dass du denkst, ich würde dich zu irgendetwas gegen deinen Willen zwingen oder dich derart verführen, dass du in etwas einwilligst, was gegen dein Gewissen geht." Ich meinte es ehrlich und sah sie eindringlich an, um ihr klarzumachen, wie ernst es mir war.

„Ich weiß nicht genau, was ich will", antwortete sie mir ebenso ehrlich.

„Ich verstehe." Ich lächelte und wollte ihre Nerven beruhigen. „Wie wärs für den Anfang einfach mal mit etwas beruhigender Creme für deinen Luxuskörper? Und jetzt in die Wanne, Miss Robinson." Ich reichte ihr meine Hand und sie nahm sie, immer noch von Schaudern geplagt.

„Okay." Ihr Griff war schwach und zaghaft.

„Ich muss dir das abnehmen." Ich zog ihr behutsam den Bademantel von den Schultern und wurde nicht enttäuscht.

Sie hatte üppige Kurven und schöne, sanfte Haut, selbst die Abdrücke von ihren Shorts und dem T-Shirt trübten ihre Pracht nicht. Mein Schwanz schaltete auf Autopilot und in Badehose war es verdammt schwer, meine Aufregung zu verbergen. Ich würde meine Männlichkeit wohl einfach akzeptieren und damit leben müssen.

„Okay." Sie streckte einen Zeh in die Wanne, um das Wasser zu testen, bevor sie den Rest ihres Körpers hineingleiten ließ. „Oh, wow, das ist ja herrlich.“ Endlich sagte sie etwas anderes als nur ‚okay‘, vielleicht fühlte sie sich ja langsam etwas wohler.

„Ist es.“ Und das war es auch, es war wirklich wundervoll, dass sie nackt vor mir saß und so entspannt war. „Und jetzt schmieren wir etwas von dieser Pampe hier auf dich drauf.“ Ich schnappte mir die Flasche Aloe Vera in Familiengröße und drückte mir einen großen Batzen in die Handfläche. Dann wendete ich das schleimige Gel auf ihrer entflammten Haut an und sie sog dabei Luft ein. „Wird gleich besser, das Zeug wirkt schnell.“ Ich ließ die Hände über ihre warme Haut gleiten.

„Ah, es fühlt sich jetzt schon ein bisschen besser an.“ Die Erleichterung in ihrer Stimme war berauschend. Ich wollte ihr mehr davon auftragen, während sie tiefer in die Wanne sank, aber ich war noch immer voll bekleidet. Als ich versuchte, etwas auf ihre Arme zu schmieren, glitten meine Ärmel dauernd ins Wasser. Das brachte sie zum Lachen, alles was ich tat, machte es immer schlimmer. Nach ein paar Minuten lachten wir beide hysterisch. Es war eigentlich überhaupt nicht wahnsinnig witzig, aber wir waren beide ganz hibbelig und voneinander mitgerissen.

„Okay, jetzt steig schon rein“, wurde sie schließlich weich.

„Ich dachte schon, du würdest nie mehr fragen.“ Ich schlüpfte aus Hemd und Hose, ließ alles zu Boden fallen und mein Schwanz sprang heraus. „Schenk ihm keine Beachtung, der will immer nur Aufmerksamkeit.“

Dieses Geständnis brachte sie gottseidank zum Kichern und schlug sie nicht in die Flucht.

„Also?“ Sie versuchte zu rutschen, um mir Platz zu machen.

Es war mehr als geräumig genug für zwei Leute, also wollte sie eindeutig etwas Distanz. Ich glitt auf der gegenüberliegenden Seite ins Wasser und sie schien wieder leichter zu atmen. Ich war nicht sicher, wie ich aus diesem Winkel noch irgendwo sonst auf ihr Aloe Vera auftragen sollte, also gab ich das Vorhaben fürs Erste auf.

„Also“, seufzte ich und tauchte ein.

22

Adele

Igitt … Ich war nackt, er war nackt, da saßen wir nun, zusammen in der Badewanne, total nackt. Ich wusste nicht, was ich tun sollte. Ein Teil von mir wollte zu ihm ‚schwimmen' und ihn wieder küssen, der andere Teil von mir wollte einfach nur in der Zeit zurückreisen und diese Tanzkarte in Stücke reißen, auf die er so eifrig seinen Namen geschrieben hatte … tausendmal.

„Also … ähm." Ich ruderte mit den Armen, erstickte, ertrank …

„Gehts dir nicht gut?" Sein verfluchtes selbstgefälliges Gesicht schaute mich mit diesen scheußlichen höhnischen Augen an.

„Bäh …" Ich spritzte ihn mit Wasser voll, denn ich war der Meinung, mich wie eine Dreijährige zu benehmen war die viel erwachsenere Entscheidung, als ihm einfach zu sagen, dass ich gerne noch ein bisschen weiter gegangen wäre, aber eben nur ein bisschen.

„Ich könnte jetzt zurückspritzen, aber es könnte ausarten, wenn wir jetzt eine Wasserschlacht anfangen. Wieso erzählst du mir nicht stattdessen lieber, was dir so durch den Kopf geht?" Er ließ sich weiter ins Wasser sinken, während sein Schwanz einfach so zwischen uns aufrecht stand.

„Du bist mein Chef", setzte ich an.

„Erstens, nicht hier mitten auf dem Meer. Und zweitens: Ich mochte dich schon, bevor ich dein Chef geworden bin, als dein Katzengejaule mir das Herz erwärmt hat, weißt du noch? Fahre fort …"

„Erst mal, leck mich. Außerdem werde ich nicht gut sein in all dem hier …" Das fiel mir schwer zu sagen, aber es war die Wahrheit.

„Lecken würde ich dich nur zu gerne …" Er wedelte unter Wasser mit dem Schwanz. „Und ich erwarte auch gar nicht, dass du gut bist, überlass das nur mir." Sein Grinsen wurde breiter und wir lachten beide.

Es war eine nette Abwechslung, ihn mal ein bisschen lockerer und nicht ganz so dominant zu sehen.

„Ich möchte dich wirklich gerne küssen … und …" Ich begann mich zu winden, als er ganz langsam von der anderen Seite auf mich zukam.

„Wie wärs dann, wenn wir küssen … und …" Er schwamm hinter mich und hob mich in seinen Schoß. „Du mir dann einfach sagst, wenn es dir genug ist." Er küsste meinen Nacken und es fuhr mir eiskalt in die verbrannte Haut.

„Oh … okay." Ich konnte kaum noch sprechen.

Seine Hand manövrierte über die Teile meines Körpers, die von Stoff bedeckt gewesen und nicht gerötet waren, was bedeutete Brust und Bauch. Seine sanften Finger tanzten über meine Nippel, die zuvor außer mir noch nie jemand berührt hatte. Feuer entzündeten sich überall auf meiner Haut und plötzlich ertappte ich mich dabei, wie ich meinen Arsch gegen seinen sperrigen Schwanz drückte, der gefährlich nahe an mein Geschlecht geglitten war.

Seine Hände liebkosten meine Brüste und er spielte weiter mit meinen Nippeln, während er gleichzeitig an meinem Nacken knabberte. Ich zuckte bereits und war von Lust erfüllt, als er über meinen Bauch hinab und weiter in Richtung meines feuchten Zentrums wanderte. Mein Körper strich langsam an seiner Erektion auf und ab, woraufhin er meine Hüfte packte und mich ruhig hielt, während ich das Heben und Senken seiner eigenen Ekstase fühlte. Seine Hand ruhte gerade auf dem Flecken Schamhaare, den ich mir ein paar Tage zuvor zurechtgestutzt hatte.

„Ah, da war wohl jemand unartig", säuselte er, legte dabei seinen Kopf in den Nacken und hielt mich fester, um mich davon abzuhalten, mich weiter an ihm zu reiben. „Aber wenn du damit weitermachst, werde ich mich bald nicht mehr zurückhalten können."

„Tut mir leid, mein Körper macht das von alleine", keuchte ich, während er mich wieder zu verwöhnen begann und mich vom Nacken bis über meine gerösteten Schultern mit sanften Küssen bedeckte.

„Lass mich dir ein bisschen beim Entspannen helfen." Seine behutsame Stimme hallte in meinen Ohren wider, während sich seine Hand weiter hinab zu meiner Vagina begab.

Dieses Mal überschritt er die unsichtbare Grenze, die meine Jungfräulichkeit von meinen unverfänglichen Regionen trennte.

„Ist es okay, wenn ich dich hier berühre?" Er tippte mit dem Finger auf meinen Venushügel.

„Ja", hauchte ich mühevoll.

„Und hier?", fragte er und seine andere Hand fand meinen liebesbedürftigen Nippel, der schon steif war und nur auf seine Aufmerksamkeiten wartete.

„Ja", sagte ich kaum hörbar.

Eine seiner Hände zwickte und liebkose meinen Nippel, bis er hart war und schon fast schmerzte, was ein feuriges Gewitter zwischen meinen Beinen auslöste, wo die andere Hand behutsam an der weichen unberührten Haut zupfte.

„Das ist nicht hilfreich, ah, ich kann nicht anders, als zu zucken", röchelte ich und spürte das Bedürfnis, mich wieder an ihm zu reiben.

„Vielleicht wirds davon besser." Seine Hand drückte sich sanft zwischen meine Beine, seine Finger fanden den weichen Punkt, an dem die Ekstase lauerte. Beim ersten Streicheln über meine empfindliche Haut explodierte mein gesamter Körper mit einem dröhnenden Donnerschlag, der bis in die Tiefen meiner Seele widerhallte.

„Ah!" Ich fasste seine Hand, doch er ließ nicht locker.

„Schhh.“ Sein heißer Atem streichelte mein Ohr. „Lass mich das für dich tun, und wenn es dir zu viel wird, und ich meine so viel, dass du es wirklich nicht mehr ertragen kannst, dann sagst du einfach Stopp.“ Ich lehnte wortlos meinen Kopf gegen ihn und ließ ihn mit dem Wahnsinn zwischen meinen Beinen fortfahren. „Braves Mädchen“, kommentierte er und tauchte mit seinem Finger wieder ab.

Mit betonter Langsamkeit triezte er meine weiche Haut, auf und nieder, kitzelte meine Nerven und brachte mich dazu, die Beine weiter zu spreizen und immer heftiger zu atmen.

„Das gefällt dir.“ Seine Stimme war wieder dunkler und bestimmender geworden und ein weiterer Finger fiel in den Marsch auf meine Vagina ein, fuhr ohne Vorankündigung in mich ein, und ich presste mich noch fester an ihn.

„Oh mein Gott“, ächzte ich, als seine Finger einfielen.

Er nahm mein Ohrläppchen zwischen die Zähne und bewegte die Finger in mir so, dass es mich an den Rand des Wahnsinns trieb. Noch nie hatten meinen Körper derart intensive Erlebnisse durchzuckt. Mir blieb nichts zu tun, als zu atmen, mich zu krümmen und ihn sein Ding machen zu lassen. Ein dritter Finger drückte sich an meine geschwollene Klitoris und ich drohte zu zerreißen.

„Ah, ah, ah“, schalt er mich. „Du darfst jetzt noch nicht nachgeben.“ Er zog seine Finger zurück und ich sehnte mich augenblicklich wieder nach ihm.

Er kam um mich herum und wir küssten uns erneut, dieses Mal spielte er ungehemmt mit meinen erregten Brüsten, sein hartes Teil ruhte dabei auf meinem Bauch. Wieder wogte ich gegen ihn und verlangte nach mehr.

„So gierig, meine Liebe“, sagte er, als er sich von meinen Lippen gelöst und mit dem Kopf abgetaucht war, um sich um meine empfindsamen Nippel zu kümmern.

Er knabberte und sog an beiden nacheinander, schürte die Flammen in mir so weit, dass ich nach seinen Fingern zu betteln bereit war.

Ich nahm behutsam seine Hand, führte sie wieder zwischen meine Beine, er begann langsam wieder die zarte Haut dort zu streicheln und ich öffnete mich weit für ihn. Dieses Mal war er noch leidenschaftlicher und zielgerichteter mit seinen Bewegungen, die schon bald zu stoßen begannen und von einem zweiten Finger begleitet wurden. Als meine Pussy sich zuckend um seine Finger zusammenzuziehen begann, bestand ich nur noch aus einem Wirbelwind aus innerlichem Nonsens. Blitze schlugen in meinen Bauch ein, ich wand und schüttelte mich in seinen Armen.

Ich hatte mir auch schon selbst Orgasmen verschafft, aber das hier ließ alle meine Sicherungen durchbrennen. Seine Bewegungen waren zum Schluss heftige Stöße, rein und raus, bis alles in mir aufeinanderprallte. Als ich vom Himmel herabflatterte und wieder in das kühle Bad zurückkehrte, wo mich seine Erektion noch immer aufzuspießen drohte, war ich völlig gefügig und weich wie Butter. Er streichelte meinen Arm und hielt uns so verbunden.

„Wow“, gurrte er. „Hat Spaß gemacht, dir zuzusehen.“

„Ha ha“, machte ich. „Was hast du erwartet? Du hast hier schließlich deine eigene Gefangene, ein naives Testsubjekt … und du bist ein Maestro, wie hätte das sonst ausgehen sollen?“ Ich schaute ihn an und verzog mein Gesicht zu einer komischen Grimasse.

„Oh, Liebes, ich habe definitiv bekommen, was ich erwartet habe.“ Er küsste meinen Kopf.

„Und was mach ich jetzt mit dir?“ Ich rieb meinen Hintern an seinem harten Schwanz.

„Ich glaube, für das volle Programm ist es noch zu früh, du bist sehr eng, Schatz, aber vielleicht“, er rieb seinen Schwanz über meinen Bauch, „könntest du den hier reiten, einfach nur draufsitzen, ohne dass ich reinkomme, das sollte schon reichen.“ Seine Stimme war tief und erhitzt.

„Wie genau soll das gehen?“ Ich war ein wenig verwirrt, was er von mir wollte.

„Ich zeigs dir.“ Er hob mich hoch, sodass ich auf seinem Bauch lag, Gesicht an Gesicht.

Wie von selbst spreizten sich meine Beine um seinen Torso und dann begriff ich. Meine Pussy war ebenfalls über seinem Schwanz gespreizt und ich konnte über seine Härte unter Wasser gleiten, ohne dass er mich penetrierte. Ich testete die Theorie, indem ich mich an ihm rieb, und war überrascht, dass der Druck gleich wieder meine Klitoris traf und ein heißes Gefühl in meinem Bauch aufkeimte.

Ich ließ mich auf ihn sinken und wippte vor und zurück, beschleunigte immer mehr und beobachtete dabei sein Gesicht. Ich hatte mir noch nie die Zeit genommen, ihn mir wirklich genau anzusehen. Er war so teuflisch gutaussehend und perfekt, aber für einen Augenblick, mochte er auch noch so kurz sein, hatte er nichts zu sagen. Ich machte ihn richtig benommen vor Leidenschaft. Sein staunender Blick wurde ganz entzückt und während ich mich auf ihm wiegte, drückte er die Hüften durch, um noch mehr von mir zu spüren. Ich erblickte den verwundbaren Mann hinter seiner kommandierenden Fassade.

Meine Macht über ihn war berauschend, und so wogte und rieb ich mich noch fester an ihm, bis er mein Becken festhielt und mich an sich drückte. Sein Schwanz ruckte unweigerlich vor und zuckte unter mir, als er seine Erlösung fand, bevor er verausgabt erschlaffte.

Ich hingegen wollte noch ein bisschen mehr. Er spürte das, nahm seine Hand und fand erneut den richtigen Knopf. Er legte die Handfläche auf meine Pussy und legte einen Finger auf meine Klitoris, pulsierte fest und schnell darüber und brachte mich rasch zu meinem zweiten Höhepunkt.

Ich zersprang auf ihm in tausend Stücke und war endlich auch erledigt. Ich schwamm in einem Nebel und war völlig außer mir.

Ich nahm kaum noch etwas wahr. Er hob mich aus der Wanne, wickelte mich in den fluffigen Bademantel und legte mich auf die frischen sauberen und kostbaren Leinen. Erst als die Sonne meine Augen durch die Lider hindurch kitzelte, begriff ich, dass ich die ganze Nacht in Logan Steels Bett verbracht hatte.

Sosehr ich ihm auch hatte widerstehen wollen, jetzt war ich süchtig. Als ich erwachte, lag sein Bein auf meiner Hüfte und sein mittlerweile weicher Schwanz schmiegte sich an meinen Körper. Hätte ich mich auch nur einen Zentimeter bewegt, hätte ich ihn wieder erregt. Stattdessen beobachtete ich ihn einfach beim Schlafen. Ein Ansatz von Stoppeln hatte sich auf seinem Kinn und an den Wangen gebildet. Seine Lippen waren trocken, aber trotzdem perfekt geformt und sein Atem ging tief und anmutig, bevor er stockte und seine Augen sich öffneten. Ich war ertappt.

23

Logan

Ha! Sie starrte mich geradezu an. Ich hatte gewusst, dass sie wach war und ihre ersten wackligen Schritte in Richtung Romantik unternahm. Oh, wie sehr ich sie auf den Rücken rollen und durchficken wollte. Schon der Gedanke daran ließ meinen halbsteifen Schwanz aufhorchen, aber ihr erstes Mal würde auf ihre Initiative erfolgen müssen.

Ich hätte sie locker rumkriegen können, sie war Wachs in meinen Händen. Sie hatte am Abend zuvor schon viele Zugeständnisse gemacht, aber sie zu erobern war nicht mein vorrangiges Ziel. Ich spürte so viel Zuneigung für Adele, dass ich mir beinahe wünschte, dass es genauso langsam ging, wie sie es wollte. Mit jeder Faser versuchte ich, ein besserer Mann zu sein, als ich es bisher immer gewesen war.

„Guten Morgen, Schönheit." Ich lächelte und küsste ihre Stirn.

„Bäh." Sie versteckte den Kopf unterm Kissen. „Drachenatem", quietschte es erstickt darunter hervor.

Ich prüfte meinen eigenen Atem, auch wenn ich wusste, dass ich vor dem Schlafengehen meine Zähne geputzt hatte, nachdem ich sie zu Bett gebracht hatte, aber sicherheitshalber fragte ich nach. „Meiner?"

„Nein, meiner", gestand sie, noch immer unter dem Kissen.

„Ich mag Drachen." Ich fummelte nach ihr und holte sie rauf an die Oberfläche. „Es gibt eine Zahnbürste für dich im Bad, wenn du willst."

„Ich will." Sie hüpfte aus dem Bett und begriff mit einem Mal, dass sie nackt war. „Oh mein Gott, wo ist der Bademantel?" Sie geriet in Panik.

„Keine Sorge, Liebes, Ich hab dich schon mal nackt gesehen und mir gefällt die Aussicht. Den Bademantel brauchst du nicht." Ich sagte das so, dass sie auch ja verstehen musste, dass ich mich an ihre Nacktheit zu gewöhnen gedachte.

„Ich werde hier nicht vor Rick und seiner Frau und allen Möwen der Welt herumstolzieren und meine Siebensachen zur Schau stellen." Sie stemmte die Hände in die Hüften und schaute entrüstet.

„Der Mantel hängt an einem Haken im Bad. Ich werde raufgehen und sie bitten, das Frühstück herzurichten. Wir sollten inzwischen in Monterey sein, bist du bereit für ein paar Wale?" Ich schälte die Decke von mir und entblößte mein Geschlechtsteil und meine wachsende Erektion.

„Willst du mich etwa nicht vorher noch vernaschen?", fragte sie und schaute auf meinen Schwanz, einen Hauch von Enttäuschung in der Stimme.

„Du willst vernascht werden?" Ich ließ es düster und drohend klingen und strich mit den Fingern über meinen Schwanz.

„Weiß nicht, ich bin immer noch schwer beeindruckt von gestern." Sie verschwand im Badezimmer und schnappte sich den Bademantel.

„Na dann, putz dir mal die Zähne und dann sehen wir weiter, wie du dich fühlst." Sie steckte den Kopf heraus und grinste mir kurz zu.

Ich streichelte mich da unten noch ein bisschen weiter, auch wenn ich wusste, dass sie es war, die diktieren würde, was ich damit machen durfte. Ich mochte die Herausforderung, aber es war schwer zu ertragen. Als sie zurückkam, hatte sie den Bademantel um die Hüfte zusammengezogen und setzte sich auf die Bettkante.

„Was machen wir nur?" Auf einmal wirkte sie düster und nachdenklich, es war besorgniserregend.

„Ähm … naja. Zusammen sein, hoffe ich." Ich war ehrlich.

„Und wie soll das ab Montag funktionieren?" Ihr verfluchter Pragmatismus.

„Genauso gut wie heute." Was wollte sie mir bloß sagen?

„Ich kenne dich nicht, Logan." Okay … das also, verdammt.

„Ich hatte gehofft, dass wir das gerade ändern würden … uns kennenlernen." Meine Aufrichtigkeit würde sie hoffentlich umstimmen.

„Ich brauche … ähm, Zeit für sowas." Sie beäugte meinen Schwanz. „Wenn ich mich wirklich mit dir wohlfühlen will."

Das sah ich ein.

„Ich verstehe. Wie wärs damit, wir ziehen uns an, ich zähme die Bestie hier und wir treffen uns oben zum Frühstück?" Ich hätte lügen müssen, hätte ich behauptet, dass es mich nicht ein wenig deprimierte, sie nicht gleich am Morgen haben zu können, aber ich begriff, dass ich ihr nicht wirklich die Führung überlassen hatte. Ich war dabei gewesen, eine leicht zu beeinflussende junge Frau in meine verkommene Welt zu zerren.

Ich hatte in der Vergangenheit schlechte Entscheidungen getroffen, die mich noch immer heimsuchten. Jetzt hatte ich die Chance auf etwas Neues. So schwer es mir auch fiel, ich musste ihr Zeit geben, nichts anderes brauchte sie.

„Tut mir leid, ich bin einfach erbärmlich“, entschuldigte sie sich.

„Im Gegenteil, ich bin es. Sieh dir nur an, wie ich mit all dem hier herumfuchtle. Ich bin aufdringlich. Du gehst jetzt in dein Zimmer und ziehst dich an, ich gehe kalt duschen und denke dabei an Ziegenmilch, die in der heißen Sonne verfault, und dann verbringen wir einen tollen Tag.“

Ich zwinkerte ihr komplizenhaft zu und bedeckte mein Teil.

Einen Augenblick lang hatte ich gefürchtet, sie würde zu weinen anfangen. Das gab meinem Herz einen Stich. Sie war nicht erbärmlich, sie war unglaublich tapfer. Sie stand für ihre Integrität und Ehre ein, die ich, wenn auch mit den besten Absichten, beschmutzen wollte.

„Und du bist wirklich alles andere als erbärmlich. Du bist nämlich erst die zweite Frau in der Geschichte, die mir eine eiskalte Abfuhr erteilt, das braucht Mut. Und jetzt zieh dich an, ich bin am Verhungern.“

Sie lächelte nur und ging. Ich war ein wenig verzagt, aber nicht entmutigt. Als sie zum Frühstück hochkam, trug sie ein paar niedliche Shorts, ein Top und einen dünnen Sweater. Darüber hinaus war sie von Kopf bis Fuß dick mit Sonnencreme bestrichen. Wir genossen ein wunderbares Mahl und machten uns dann auf zu unserer Wal-Beobachtungsmission, bei der wir schon bald einen Schwarm Orcas entdeckten. Diese unglaublichen Tiere faszinierten uns beide und so verbrachten wir den ganzen Tag damit, ihnen zuzusehen, wie sie Seelöwen nachstellten und um unser Boot herumtollten.

Der ehrfürchtige Ausdruck auf Adeles Gesicht war unbezahlbar und für den Rest des Nachmittags und bis hin zum Abend vergaß ich meine sexuellen Bedürfnisse und konzentrierte mich nur darauf, was für eine tolle Person sie war.

„Schau, da ist die Mama mit ihrem Baby wieder!“ Sie beugte sich soweit über die Reling, dass ich fürchtete, sie würde ins Wasser fallen, also legte ich einen Arm um ihre Brust und hielt sie fest.

Was ich nicht erwartet hätte, war, dass sie meinen Arm ebenfalls festhielt und mich dabei nur anlächelte. Der Moment war perfekt, ich umarmte sie und wir beobachteten einfach, wie das Muttertier mit ihrem jungen Kalb spielte. Der Wind blies uns ins Gesicht und die Sonne strahlte freundlich. Dieses Mal hatten wir uns mit großen Schlapphüten und jeder Menge Sonnencreme gewappnet.

Ich küsste ihren Nacken und genoss ganz einfach das Gefühl ihres Körpers an meinem. Der perfekte Moment wurde beendet, als Rick ankam und die enttäuschende Nachricht überbrachte, dass wir innerhalb der nächsten Stunde zurück in den Hafen mussten. Wir würden nicht wieder zurück nach San Francisco segeln, stattdessen hatte ich einen Wagen ans Dock kommen lassen, der uns nach Hause bringen sollte.

Ich wollte keinen Schaden am Boot riskieren, indem wir zu viel Strecke in zu kurzer Zeit zurückzulegen versuchten. Rick und seine Frau würden entspannt zurückschippern und mein Boot für den nächsten Einsatz bereitmachen. Hoffentlich würde das schon bald sein, und hoffentlich mit Adele. Ich hatte lange nicht das Gefühl, annähernd genug Zeit mit ihr verbracht zu haben, denn es waren ereignisreiche vierundzwanzig Stunden gewesen.

Ich hatte den Ausflug absichtlich eher kurz geplant, weil ich nicht sicher sein konnte, wie es ausgehen würde. Vielleicht hätte sich herausgestellt, dass ich mir meine Vernarrtheit in Adele nur eingebildet hatte. Aber nach dieser wenigen gemeinsamen Zeit wusste ich mit Sicherheit, dass es nicht so war. Widerwillig sammelten wir unser Zeug zusammen und machten uns bereit für die Fahrt an die Küste.

„Es war ein herrlicher Trip, danke, Logan“, schwärmte Adele, während wir dem Land immer näherkamen.

Die Fahrt an der Küste entlang war schlicht atemberaubend, und weil wir beide unter dem gegenseitigen Bann standen und den Tag mit der Beobachtung majestätischer Kreaturen verbrachten hatten, waren wir nachdenklich und schweigsam. Kein sexuell aufgeladenes Geplänkel und keine Provokationen, nur eine entspannte Fahrt mit einem umwerfenden Ausblick. Da ich einen Fahrer engagiert hatte, konnte ich mit Adele gemeinsam auf der Rückbank reisen. Sie schmiegte sich an mich und wir beobachteten den Sonnenuntergang über dem Meer entlang unseres kurvigen Weges nach Hause.

„Also wegen morgen?“, fragte sie und zerschnitt damit die Stille. „Was? Ähm … wie?”

„Wir arbeiten einfach wie immer. Und wenn du magst, würde es mir gefallen, dich danach zum Essen auszuführen.”

„Lieber nicht. Charles wird Zeit mit mir verbringen wollen, außerdem brauche ich, denke ich, ein bisschen Abstand von all dem hier.“

Sie streichelte meine Hand.

„Ich verstehe. Nächstes Wochenende dann?“ Vielleicht würde uns eine gute Weile Abstand beiden nicht schaden … In Abwesenheit wird die Anziehung ja bekanntlich nur noch größer.

„Nächstes Wochenende? Okay.“ Ihr Lächeln war so bezaubernd, aber ich vermisste sie schon jetzt.

Natürlich würde ich sie bei der Arbeit sehen, aber das machte das Warten aufs nächste Wochenende eigentlich nur noch schlimmer.

24

Adele

„… und?“ Charles fragte mich natürlich aus, obwohl ich erst kurz vor Mitternacht angekommen war.

„Ich bin müde, können wir das nicht morgen machen?“ Ich kuschelte mich neben ihm zusammen und sosehr ich an alles andere als Logan zu denken versuchte, ging mir nur er durch den Kopf.

Ich wünschte mir, er läge jetzt neben mir anstelle meines endlos neugierigen besten Freundes.

„Ja, aber jetzt ist die Geschichte noch frisch in deinem Kopf. Es reicht mir nicht zu wissen, dass es gut war … spucks aus.“ Er ließ nicht locker.

Ich seufzte erschöpft. „Na schön, wir sind dann auf seine Yacht gestiegen, die das luxuriöseste Ding ist, das ich jemals gesehen habe, sie hatte vier Schlafzimmer … auf einem Boot. Ich meine, im Ernst, und dann dieser unglaubliche verglaste Wohnbereich.“ Ich driftete schon ins Traumland ab.

„Habt ihr die ganze Zeit nackt verbracht und einfach überall gebumst, wo es nur ging?“ Es war klar, dass Charles ebenfalls träumte.

„Nein … kein Bumsen, kein nacktes Herumrennen, er hatte einen Skipper und eine Köchin dabei und niemand war nackt.“ Ich schob ihm einen Riegel vor. „Wenn du also nach einer erotischen Gutenachtgeschichte suchst, muss ich dich leider enttäuschen.“

„War es denn wenigstens nicht jugendfrei?“ Er hatte die Hoffnung nicht aufgegeben … der Unverbesserliche.

„Du darfst dich freuen, unser Ausflug war nicht ganz jugendfrei.“ Es machte mich tatsächlich ein klein wenig stolz, das zu sagen.

Ich hatte einige meiner Ängste überwunden und war weiter gegangen, als ich gedacht hätte.

„Soso?“ Charles lehnte sich gegen die gepolsterte Kopfstütze und wartete auf die schmutzigen Details.

„Wir waren auf dieser tollen Vogelinsel wandern, haben unglaublich gutes Essen gegessen, haben ein Bad genommen und Wale geschaut“, ratterte ich schnell herunter.

„Moment, spul mal zurück zu dem Bad.“ Sein Gesicht strahlte vor Neugier.

„Nein.” Ich setzte eine resolute Miene auf.

„Ich hab dich nicht hierher gezerrt, damit du mir dann den besten Teil vorenthältst.“ War er böse? Er sah böse aus.

„Pff … Männer sind das Letzte.“ Ich zog mir die Decke über den Kopf.

„Vielleicht, aber hat er jetzt … oder hast du vielleicht?“ So ein Mistkerl.

„Charles!“

„Ich frag doch nur.“ Er zog mir die Decke weg.

„Nichts … nichts, das sich auf stricken reimt, nur vielleicht ein bisschen …“ Ich brachte es nicht über mich, es auszusprechen, also kitzelte ich ihn mit den Fingern, bis er nach Luft schnappte.

„Okay, okay. Ich habs kapiert. Hör auf … jetzt hör schon auf. Ich hasse kitzeln.” Er prustete unglücklich.

„Schön, und ich hasse es, über … DAS zu sprechen! Friede. Ich gebe dir keine Details. Du musst nur wissen … er war toll, zum Träumen, perfekt … Er wird mein Herz wahrscheinlich in Tausend kleine Stückchen hauen.” Ich schlüpfte wieder unter die Decke und begann einzuschlummern.

„Er haut dein Herz mal besser gar nicht, sonst hau ich ihm in seine blöde Fresse. Also, Friede … und nur damit dus weißt, ich bin neidisch. Deshalb will ich die Details, das hilft mir mit der Eifersucht.“ Auch er kuschelte sich in die Matratze.

„Du bekommst mehr als genug Männer." Ich schlief schon fast. „Lass mir doch den einen."

„Nicht wegen dem Mann bin ich neidisch." Den Rest hörte ich schon nur noch bruchstückhaft. „Du bist meine beste Freundin …" Dann fand ich endlich meinen Schlaf, nach diesem gewaltig verwirrenden und umwerfenden Wochenende.

****

Der Wecker klingelte viel zu früh. Ich hatte noch immer rissige und sonnenverbrannte Schultern und ich hätte noch ein ganzes Jahr weiterschlafen können. Ich wollte mich gerade umdrehen und genau das tun, als mir wieder einfiel, dass Montag war, was gleichzeitig bedeutete, dass ich Logan wiedersehen würde. Irgendwie gab mir das die Motivation, aus dem Bett zu steigen.

Ich achtete darauf, leise zu sein, denn Charles musste heute nicht arbeiten, außerdem wollte ich ihn nicht aufwecken und mir möglicherweise noch mehr von seinen Fragen anhören. Ich zog mir ein möglichst aufreizendes Outfit an und freute mich jetzt doch, dass Charles mich gezwungen hatte, mir halbwegs coole Klamotten zu kaufen, die außerdem auch ein bisschen sexy waren.

Ich huschte zur Tür hinaus, erwischte den Bus und war über zwanzig Minuten früher als sonst im Büro. Leider war Logan noch nicht gekommen, aber Anthony war schon da und schaute mich mit schiefem und wissendem Grinsen an.

„Schönes Wochenende?", fragte er spöttelnd.

„Ja, du?" Ich versuchte höflich zu sein.

„Schon." Er starrte mich an, während ich meinen Computer startete und ihn so gut es ging ignorierte.

„Und, wie ist das DropIn mit dem Bus gelaufen?" Sein Ton war noch immer ziemlich abschätzig.

„Es waren viele Leute da, ich glaube, alle hatten Spaß, aber ich hab ja keine Umfrage gestartet oder so." Ich lachte leichtfüßig und wollte die Konversation beenden.

„Stimmt, konntest du ja auch nicht, weil du gleich am Anfang mit Logan abgehauen bist." Jetzt war er offen feindselig.

„Woher weißt du?" Woher wusste er davon?

„Du weißt doch, Logan hatte ‚seine Leute' dabei. Und du kennst doch Caesar aus der Security und Spencer vom Marketing. Die Buschtrommeln funktionieren." Er klang echt angepisst.

„Ja, naja. Er wollte mit mir an etwas anderem arbeiten, der Single-Bier-Bus war ja nur, um mal zu sehen, ob ich ein DropIn machen kann, und das hab ich ja, da mussten wir nicht unbedingt dabeibleiben. Wir sind gegangen und er hat mich zu einem anderen mitgenommen. Ich hasse am Wochenende arbeiten, bleibt das jetzt so?" Ich verdrehte die Augen, vielleicht ein wenig zu offensichtlich.

„Wird es, es sei denn, du hörst auf, dich von ihm flachlegen zu lassen." Er starrte mich ohne zu blinzeln an.

„Was zur Hölle?" Ich wäre gerne zornig und empört gewesen, aber vor allem war ich erschrocken.

„Ich bin sein Assistent, du trübe Tasse. Ich weiß, dass er dich auf seine Yacht mitgenommen und seinen Skipper übers Wochenende angeheuert hat. Genau wie er es bisher noch mit jeder Sommerpraktikantin gemacht hat. Der einzige Unterschied zwischen dir und den anderen ist, dass er bei dir nur ein Wochenende abgewartet hat, um dich zu begatten … Bravo, du hast dich am schnellsten knattern lassen." Was für eine Scheiße lief hier eigentlich?

Ich begann vor Angst und Demütigung zu zittern.

„Ich habe nicht mit ihm geschlafen." Das war irgendwie gelogen, denn natürlich hatte ich mit ihm geschlafen, aber nicht … nicht diese Art von Schlafen, nur ein bisschen. Scheiße, meine Gedanken überschlugen sich.

„Ja klar. Schließlich musst du ja das Bild vom braven Mädchen wahren, das du uns hier unterjubeln willst. Mach dir nichts draus, das hat dir sowieso keiner abgekauft. Find dich doch einfach damit ab. Dann pennst du eben mit dem Boss … ist doch ein

Klassiker. Genieß den Sommer, solange du noch kannst." Er schüttelte den Kopf und wandte sich wieder seiner Arbeit zu.

„Wieso nimmst du an, dass, nur weil ich auf einem Boot mit ihm war, ich gleich auch mit ihm Sex gehabt hätte?" Plötzlich hatte ich meinen Mumm wiedergefunden. „Du musst ja ein ganz schön beschissenes Frauenbild haben, wenn du glaubst, dass sich jede gleich an ihren Boss ranschmeißt, nur weil … ‚oh, wie toll, er hat ein Boot'!? Wie wär's mit ein bisschen Anstand … außerdem, und ich sage, FALLS ich mit ihm geschlafen hätte, dann ginge dich das absolut nicht das Geringste an. Warst du etwa die ganze Zeit enthaltsam, seitdem deine ‚Freundin' in Madrid lebt? Soll ich jetzt auch Sexpolizei spielen und dir nachspionieren? Nein … und willst du auch wissen, warum? Es geht mich nichts an, genauso wie es dich nichts angeht." Boom!

Ich ließ mich in meinen Stuhl fallen und gab mir selbst einen kräftigen Klaps auf die Schulter.

„Okay. Schön. Dann gehst du aber nachher mit mir essen", sagte er einfach so.

„Schön. Von mir aus!", stimmte ich zu, weil meine Gedanken Karussell fuhren.

Wenn Anthony recht hatte und Logan alle seine Praktikantinnen auf die Yacht mitnahm, um sie zu verführen, dann war Logan Steel das größte Arschloch, das die Welt je gesehen hatte. Meine Nachforschungen bedurften nur einer kurzen Google-Suche mit seinem Namen und den Worten „Womanizer" und „Frauenheld", und schon tauchten mehrere hundert Treffer auf.

Die meisten waren von verschmähten Frauen, die er abgeschossen hatte, und deren Anzahl war erstaunlich. Ich hätte auf meinen Bauch hören sollen. Er hatte etwas mit Christine Metlock gehabt, der Internet-Tante, und mit ihr nur ein paar Tage vor unserem Treffen Schluss gemacht, und weiß Gott, sie hatte viel darüber zu sagen, was für ein Mistkerl Logan war.

Ich hatte diese Recherche zuvor gemieden, weil ich im Herzen schon gewusst hatte, wer er war. Es kam wirklich nicht als irgendwie geartete Überraschung, das Einzige, was mich wirklich wunderte, war, dass ich auf ihn hereingefallen war. Und in diesem Augenblick, wo ich von meiner Blase aus auf die Welt blickte, die Logan geschaffen hatte, hasste ich mich selbst dafür, dass ich auch nur einen winzigen Augenblick lang geglaubt hatte, dass ich ihn lieben könnte, oder noch wichtiger, dass er mich lieben könnte.

Ich beschloss, dass ich die Dinge selbst in die Hand nehmen musste. Ich war nach San Francisco gekommen, um für meine Arbeit in Anthropologie zu forschen, und es war verdammt noch mal Zeit, ans Werk zu gehen. Nachdem Logan noch immer nicht im Büro war und ich nicht wirklich viel zu tun hatte, machte ich ein neues Word-Dokument auf und legte los. Als Überschrift wählte ich den Titel ‚Eine Studie des hedonistischen Mannes'. Allein das niederzuschreiben, fühlte sich gut an.

Ich würde mich von Logan Steel nicht unterkriegen lassen. Er würde erkennen müssen, dass ich keine von seinen Sommerpraktikantinnen war, die er verführen und dann fallenlassen konnte, nur um mal eine kleine Pause von den vielen Models und Playgirls zu bekommen, an die er sonst gewöhnt war. Ich würde nicht das Salz in der Suppe seines Sexlebens spielen. Stattdessen würde ich die Wissenschaftlerin sein, die jeden noch so kleinen Teil dieses Scheißkerls von einem Mann unter die Lupe und auseinandernehmen würde. Ich ging an die Arbeit.

25

Logan

Ungern nur hatte ich Adele nach unserem Wochenende nach Hause gebracht, aber sie bestand darauf. Nachdem wir vom Boot gestiegen waren, hatten wir eine schöne Fahrt der Küste entlang in einer Limousine, die ich uns bestellt hatte. Da es einen Sichtschutz zwischen uns und dem Fahrer gab, hatte ich gehofft, dass sie mich noch etwas mit ihr ‚spielen' lassen würde, aber wie erwartet unterband sie das.

Aber am Ende wurde mir klar, dass mir das Kuscheln ohnehin besser gefiel als alles andere, was wir sonst noch hätten tun können. Wir würden noch Zeit genug haben, ihren Körper zu erforschen und all die tollen Dinge zu machen, die ich tun konnte, um sie vor Entzückung zum Schreien zu bringen. Ich genoss die Intimität, die wir bereits geteilt hatten. Sie war bemerkenswert, so eine intelligente, neugierige und aufmerksame Frau.

Ich hatte entdeckt, dass ich ihre schlichte Gegenwart genauso sehr mochte wie ihren Körper und die Schönheit ihres Antlitzes. Deshalb war ich, als ich ins Büro kam, auch so überrascht, ja schockiert, dass sie mir kalt und unnahbar begegnete. Sie saß einfach nur neben Anthony und sie schauten mich beide hasserfüllt an. Ich kam gerade von einem Treffen mit einem großen Eventveranstalter, mit dem ich ein DropIn-Konzert mit einem Überraschungsauftritt eines bekannten Stars machen wollte, was ein riesen Ding für uns werden sollte.

Ich kam herein und erwartete, dort eine fröhliche und gut aufgelegte Adele anzutreffen, die meine Ankunft kaum erwarten konnte, aber stattdessen wurde ich nur mit einem kalten und sehr aufgesetzten ‚hallo' gegrüßt.

„Hallo?" Ich legte meinen Kopf schief und tat mir schwer, mein Erstaunen zu verbergen.

„Gibt es heute Morgen etwas, das ich für Sie tun kann, Mr. Steel?“, fragte sie mit einem ekelhaft gekünstelten Lächeln im Gesicht.

Fuck, bei der Frage federte mein Schwanz gleich hoch. Was konnte sie wohl für mich tun? Meinte sie das ernst? ‚Nun ja, Miss Robinson‘, spuckten meine Gedanken aus, ‚ich würde es sehr begrüßen, wenn sie mir die Hose aufknöpfen und meinen harten Schwanz rausholen würden, gleich hier im Büro, vor allen anderen. Und dann lutschen Sie das Ding ganz langsam, bis ich soweit bin und Sie über Ihren Tisch beuge, Ihnen den hübschen Rock hochschiebe und Ihnen die Seele aus dem Leib ficke, bis sie stöhnen und betteln, dass ich in Ihnen abspritze, während das ganze Büro zuschaut.‘

„Naja, du könntest mir vielleicht die Zahlen und Rechnungen für das Bierbus-DropIn besorgen, sie zusammenstellen und mir dann vorlegen, wenn du soweit bist. Und dann gleich ans nächste Mal denken, und dann haben wir auch noch so ein Sommerfest mit der Firma vor … vielleicht fallen dir da noch ein paar Ideen ein.“ Ich schaltete in den Chefmodus und übernahm das Steuer.

Vielleicht waren ihr ja ein paar Zweifel gekommen. Als Jungfrau hatte man es bestimmt nicht leicht und kämpfte damit zuzugeben, dass man sexuelle Bedürfnisse hat, so wie jeder andere Mensch. Vielleicht quälte sie ja etwas Reue, die ich ihr nur zu gern eifrig weggeküsst hätte.

Ich war ein Narr gewesen zuzustimmen, uns erst am Wochenende wieder zu verabreden, wem machte ich etwas vor? Nie würde ich so lange warten können, deshalb würde ich, sobald alle zum Mittagessen fort waren, mit ihr reden und sicherstellen, dass ich noch vor Freitag mindestens drei Dates mit ihr ins Trockene brachte. Ich bestellte etwas vom Spezialitätengeschäft um die Ecke und plante ein ganz schönes Menü für uns unter dem Vorwand, dass wir über Mittag zusammen an dem großen Stadionkonzert arbeiten würden.

Genaugenommen hätte ich Anthony damit eine Chance geben sollen. Er war ambitioniert und ich musste ihn allmählich etwas mehr aufbauen. Ich hatte schon länger vor, ihn bald zum stellvertretenden Geschäftsführer zu machen, ich war nur noch nicht dazu gekommen, es ihm zu sagen. Ich nahm mir vor, das noch am selben Tag zu tun, gleich nach dem Mittagessen mit Adele.

Ich fühlte mich schon besser. Ich hatte einen Schlachtplan und meine Ziele waren abgesteckt. Ich musste mir nur ein paar Dates mit Adele sichern, Anthony über meine Beförderungspläne in Kenntnis setzen und hoffentlich Adele aus ihrer Malaise wegen ihres Eintritts in die Erwachsenenwelt holen. Um viertel vor zwölf war ich soweit.

„Adele. Wir müssen heute über Mittag arbeiten. Ich hab was zu essen bestellt. In fünfzehn Minuten bei mir im Büro." Ich hatte nur den Kopf zur Tür rausgestreckt, um ihr das zu sagen.

„Ähm, tut mir leid, Mr. Steel, aber ich habe mich schon zum Mittagessen mit Anthony verabredet. Wir möchten die Pläne für das Mitarbeiter-Sommerfest besprechen, das Sie erwähnt haben, wir brauchen ja noch einen Veranstaltungsort und Caterer, Sie wissen ja, es eilt, der Sommer ist ja schon wieder halb vorbei." Ihr knapper und geschäftiger Ton brachte mich komplett auf die Palme.

Ihr Argument war natürlich sehr treffend, ich hatte das tatsächlich nicht wirklich berücksichtigt, aber verflucht noch mal! Wer zur Hölle war sie? Die Frau hier vor mir war absolut nicht dieselbe Person, die auf dem Boot nackt neben mir geschlafen hatte. Noch war sie die fröhliche Person, die ganz aus dem Häuschen war, wenn sie einen Tag lang Orcas und ihren Jungen beim Spielen in den Wellen zusehen konnte.

Nein, die Frau hier vor mir war meine Sommerpraktikantin, die Anthropologin, die hier war, um eine Arbeit über soziale Interaktion zu verfassen. Die Frau, die gerade eine direkte Anweisung verweigert hatte, ließ das Blut in meinen Adern kochen. Diese Frau, die mich mit einer seltsamen Mischung aus Folgsamkeit und Verachtung ansah, hatte die Macht, mich zu erledigen.

„Du hast dich mit Anthony zum Mittagessen verabredet?“, fragte ich langsam und so finster abwägend, dass sie meine Missbilligung zu spüren bekam.

„Ja“, war ihre spitze Antwort.

„Dann kommst du zu mir ins Büro, sobald du zurück bist.“ Ich wurde wieder Herr der Lage.

Fuck, Anthony … schon wieder? Was sah sie nur in ihm? Schön, er war hübsch anzusehen, gut gebaut, witzig, clever, ihrem Alter entsprechend … verdammt.

„Und …“, fügte ich hinzu, „ich will sehen, woran ihr beiden gearbeitet habt.“

„Naja, wir werden erst mal ein paar Anrufe machen müssen und so, in einer Stunde werden wir wohl kaum viel fixieren können“, meldete sich Anthony zu Wort.

„Strengt euch an“, befahl ich und zog die Tür knallend zu.

Die letzte Aktion war vielleicht ein bisschen unnötig, aber ich war sauer. Ich vergaß, die Bestellung zu stornieren, deshalb betonte es den Reiz nur noch zusätzlich, als eine Frau mit zwei schweren Säcken voll Linsensuppe, Pastrami auf Roggen, Pommes, Zwiebelringen und drei Sorten Salat hereinspazierte. Tat mir Adele das wirklich an? Wie konnte sie nur? Ich bezahlte die Lieferantin, stellte die Sachen ab und brütete den Mittag über allein in meinem Büro.

Ich hatte nicht einmal Lust auf das Essen. Bis zu dem Zeitpunkt, wo sie und Anthony zurückkamen, war ich derart gereizt, dass ich sie praktisch attackierte, sobald sie einen Fuß ins Büro gesetzt hatte.

„Und?“ Ich starrte sie an und fühlte unkontrollierbaren Zorn.

Ich musste mich in den Griff kriegen, ich wurde langsam verrückt. So krasse Eifersucht hatte ich seit der Highschool nicht mehr gespürt, als mir einer der Footballspieler mein Date für den Abschlussball ausgespannt hatte.

„Wir haben einen Ort gefunden, ein cooles Lagerhaus in der Stadt, es gibt einen DJ, angemessenes Essen gibts auch“, sagte Anthony, der vermutlich meinen boshaften Ton erkannt und irgendwie heroisch seinen neuen Schwarm vor mir retten wollte.

„Danke, Anthony. Adele? Kann ich dich bitte in meinem Büro sprechen?“ Sie wechselte einen Blick mit Anthony und folgte mir widerwillig.

Ich schloss die Tür, stand da und starrte und fühlte mich dabei, als würde ich jeden Moment in Flammen aufgehen.

„Willst du mir vielleicht mal erklären, was hier los ist?“ Der Klang meiner eigenen Stimme gefiel mir nicht und ich verabscheute es, ihr Angst zu machen.

„Ich bin essen gegangen“, sagte sie zitternd, wahrte dabei aber eine kämpferische Miene und blieb unbeugsam.

„Und du hast heute noch keine zwei Worte mit mir geredet, als hätte es das Wochenende nie gegeben. Würdest du mir mitteilen, was sich zwischen uns geändert hat? Ein wenig Abstand im Büro ist ja in Ordnung, aber mit einem der Mitarbeiter auszugehen ist dann doch ein bisschen viel.“ Ich fixierte sie erbarmungslos. „Das hier wird nicht funktionieren ohne Ehrlichkeit.“

Ich meinte es ernst. Sie brachte mich wirklich auf, denn plötzlich war die vertrauenswürdigste Person in meiner Welt zur unaufrichtigsten geworden.

„Okay.“ Sie atmete tief ein. „Dann verlange ich auch Ehrlichkeit. Hast du mit allen deinen Sommerpraktikantinnen geschlafen oder nur mit mir? Ich wusste vorher schon, dass du einen ganzen Haufen Models, Influencerinnen und Bloggerinnen gehabt hast, aber für die studentischen Mitarbeiterinnen interessiere ich mich wirklich.“ Okay … jetzt war ich gefickt, aber nicht so, wie ich es gerne gewollt hätte.

Sie wollte Wahrheit … ich wollte die Wahrheit, und die Wahrheit war, ich hatte mit allen meinen Sommerpraktikantinnen geschlafen. Die vorigen hatten den Job bei mir in der Regel ja überhaupt erst in der ausdrücklichen Absicht angenommen, mit mir ins Bett zu steigen. Ich war ein heißer Milliardär. Ich war seit kurzem auf der Forbes-Liste der reichsten Menschen der Welt. Ich hatte eine Menge Empfehlungsschreiben ausgestellt, sodass es kein Wunder war, dass die Mädels, die Adeles Arbeitsplatz vor ihr ausgefüllt hatten, kein Problem damit hatten, mit mir zu schlafen.

Üblicherweise war ich es, der sich bitten ließ, bis ihr sexueller Eifer schließlich in Kombination mit meinem Mangel an Selbstkontrolle zum Unvermeidlichen führte. Bei manchen von ihnen war ich froh gewesen, als sie wieder gingen, aber Adele gehörte nicht dazu, nur wie sollte ich ihr das erklären, nachdem ich ihr die Wahrheit gesagt hatte?

„Das habe ich", sagte ich und wahrte die Kontrolle über die Lage. „Und doch ist das, was ich mit dir habe, etwas vollkommen anderes", setzte ich an, doch sie unterbrach mich.

„Danke für Ihre Offenheit, Mr. Steel, diese Unterhaltung ist beendet, es sei denn, Sie haben noch etwas für die Arbeit mit mir zu besprechen. Falls nicht, werde ich jetzt an meinen Schreibtisch zurückkehren und mir überlegen, ob dieses Praktikum etwas ist, das ich fortsetzen möchte." Mit diesen Worten machte sie auf dem Absatz kehrt und verließ mein Büro.

Noch nie, in all den Jahren meiner Existenz, hatte mich eine Frau einfach so stehen lassen.

26

Adele

„Keine Ahnung, wieso mich das so fertig macht", beichtete ich Charles heulend. „Das sollte es nicht. Es ist absolut nicht die geringste Überraschung, dass Logan der dreckigste Abschaum auf Erden ist." Ich hatte schon einen ganzen Eimer Eiscreme vernichtet, noch vor dem Abendessen.

„Bestimmt ist er das, aber lass uns das doch mal kurz besprechen, okay?" Charles nahm die traurigen, klebrigen Überreste meines Kübels Karamell-Pekannuss-Eis an sich und lenkte mich, vollgestopft wie ich war, mit ein paar Feuchttüchern in der Hand von der Küche Richtung Couch. „Ich halte es für etwas überstürzt, jetzt sofort und augenblicklich nach Ohio zurückzuziehen. Auch wenn es heute noch einen Nachtflug gibt, wie du erwähnt hast, wieso solltest du den nehmen? Du reagierst über und ich denke, du solltest der Sache besser noch etwas Zeit lassen." Er wählte seine Worte mit Bedacht.

Er hatte mich zuvor bereits in diesem bedauernswerten Zustand erlebt und wusste, dass ich mein Zeug in einen Koffer schmeißen und ins Flugzeug steigen wollte.

„Ich weiß … es ist nur, ich habe angefangen, dieses Arschloch zu mögen, und nicht, weil er Geld hat oder so, nur … ich weiß nicht, auf unserem Ausflug war er einfach toll. Dieses ganze … ‚Ich bin dominant, aber ich liebe dich und nur dich' … das bringt einen wirklich aus dem Konzept. Du weißt schon, das geht einem ans Herz, wir sind doch alle tief drin nur Aschenputtel, die auf ihren Prinzen wartet, jeder und jede von uns." Ich wusste nicht mehr wirklich, was ich überhaupt sagen wollte.

„Da hast du wohl recht!" Charles, der Romantikjunkie. „Aber nachdem wir nicht im Märchen sind, müssen wir uns den verzwickten Fakten stellen. Er hat jede einzelne seiner

Sommerpraktikantinnen genagelt. Okay, schockierend, aber jetzt auch kein Schock fürs Leben. Hat er je behauptet, nicht mit einer Menge Frauen geschlafen zu haben?“ Verdammt, Charles.

„Nein, ich wusste, dass er viele Frauen gehabt hat. Und ich bin mir sicher, jeder einzelnen hat er dieselben Sprüche eingeflößt wie mir. Da fall ich nicht drauf rein … ganz sicher nicht.“ Ich begann schon wieder zu kochen. „Ich geh jetzt mein Zeug packen.“

„Und hat er mit dir geschlafen … ich meine, im biblischen Sinne?“ Charles‘ Spiel gefiel mir nicht.

„Nein, aber es ging in die Richtung“, sagte ich aufgebracht.

„Warum? Hätte er dich irgendwie dazu gezwungen?” Okay, schon kapiert, wohin das führen sollte.

„Nein”, schmollte ich.

„Wer hatte das Sagen, sexuell meine ich jetzt? Hatte er keinen Sex mit dir, weil er seine Kondome vergessen hat, oder war er etwa auf Antibiotika wegen irgendeinem mysteriösen Juckreiz?” Mit Charles zu streiten war nicht einfach, er spielte unfair. Ich musste lachen.

„Nein.“ Ich starrte ihn an.

„Dann bist du die eine Praktikantin, mit der er keinen Sex gehabt hat, und du kannst es dabei belassen. Kein Schaden, nichts passiert. Ihr habt euch in beiderseitigem Einverständnis ein bisschen gekitzelt, ihr habt ein paar Wale angeguckt, es hat dir gefallen, du kommst drüber weg. Aber jetzt gleich in den Flieger nach Ohio zu springen, ist einfach ein klitzekleines bisschen übertrieben. Was ist mit deiner Arbeit? Ist Logan nicht das perfekte Forschungsobjekt? Wenn du einen akademischen Bericht über männliche Hedonisten schreiben willst … dann gehts doch gar nicht besser als Logan Steel. Trockne deine Tränen, zieh dir eine Hose an und leg mit den Untersuchungen los. Je mehr Mist er baut, desto besser wird dein Text. Komm schon … Kopf hoch, Mädel!“ Charles redete mir gut zu und das wusste ich zu schätzen, aber ein Teil von mir wollte einfach nur davonlaufen.

„Es wäre mir lieber, wenn er ein Hedonist wäre, zu dem ich mich nicht entgegen jeder Vernunft hingezogen fühle. Ich weiß nicht einmal, wieso eigentlich. Weil er meinen schrecklichen Gesang gut fand und mich von einer Party gerettet hat? Sind meine Ansprüche echt dermaßen niedrig?“ Ich hasste mich gerade sosehr selbst.

„In meiner Welt sind das zwei gute Gründe.“ Die Unterstützung durch Charles war mir viel wert, aber er machte mir meine Entscheidung zu gehen nicht gerade einfach.

„Das sind aber keine guten Gründe. Es sind völlig lächerliche Gründe, sich in ein Schwein und einen Schürzenjäger zu verlieben.“ Ich wollte nicht wirklich gehen, und dennoch wollte ich verdammt noch mal einfach verschwinden und all diesen Wahnsinn hinter mir lassen.

„Okay. Dann ist Logan Steel also nicht der Kerl für dich …“, begann Charles.

„Ach was“, unterbrach ich ihn schnaubend.

„Schön, aber du kannst deine Rache nehmen, indem du über alles schreibst, was du siehst. Bleib hier bei mir und werde zur Insiderin. Ich möchte nicht, dass du mit einem Mann ausgehst, der dir weh tut, das weißt du. Ehrlich gesagt, will ich ihn insgeheim erdrosseln, aber ich möchte auch nicht, dass du gehst. Du bist meine beste Freundin, Addy. Diese Stadt ist einsam ohne dich. Ich muss gestehen, ich bin ein egoistischer Bastard und ich will dich nicht gehen lassen, weil ich dich hierbehalten will, wenn schon nicht in meinem Haus, dann wenigstens in meiner Stadt. Mein großer Plan war von Anfang an, dass du für immer bleibst … dir eine Wohnung bei mir im Gebäude oder irgendwo in der Nähe suchst und einfach meine Freundin bist. Ich brauche dich wirklich. Es ist nur, ohne dich gehts mir nicht gut. Das hab ich zu begreifen angefangen. Dass du diesen Sommer hier warst, hat mich gerettet. Du hilfst mir, bessere Entscheidungen zu treffen und … naja ich brauche dich eben, ich kann dich nicht gehen lassen.“ Da war er also … der wahre Grund für all das hier.

Charles brauchte mich. Ich kannte ihn besser als irgendwer sonst. Ich liebte Charles, aber ich war es nicht wirklich, die er brauchte, er musste sich vielmehr endlich aufraffen und nach seiner wahren Liebe suchen. Die ganzen One-Night-Stands und Affären hielten ihn nur davon ab, sich auf jemanden wirklich einzulassen.

„Charles, es ist schön, bei dir zu wohnen, und ich werde auch immer deine beste Freundin sein, aber es wird auch bei dir ein Zeitpunkt kommen müssen, wo du Ernst machst und dir jemanden suchst, mit dem du das Leben teilen kannst. Oder wenigstens solltest du dich ernsthaft danach umschauen. Ich habe schon so manchen der Männer gesehen, mit denen du dich umgibst, und vertrau mir, keiner von denen ist Heiratsmaterial", sagte ich vorwurfsvoll.

„Vielleicht will ich ja auch gar nicht heiraten", warf er trotzig zurück.

„Oder vielleicht hast du Angst davor", entgegnete ich im vollen Bewusstsein, dass das der wahre Grund war.

„Oder vielleicht auch das", gestand er leise flüsternd.

„Du musst aufhören, mit Leuten was anzufangen und sie dann wegzuwerfen. Ich weiß, wie sich das anfühlt, und es tut verdammt weh."

„Dann lass uns einen Deal machen." Charles war plötzlich wieder munter geworden. „Du bleibst für den Rest des Sommers hier und schreibst deine Arbeit, dann verspreche ich, dass ich mich mit wenigstens einem ‚echten' Mann verabrede. Ich verspreche keine Hochzeit oder irgend sowas Idiotisches, aber ich versuchs wenigstens mit einem Mann, den du für gut befindest, und du … du musst die vernichtendste und schonungsloseste Schmährede über männlichen Hedonismus aller Zeiten schreiben." Jetzt hatte er mich, und das wusste er auch.

„Weißt du was, das ist die einzige Sache, die mich Logan gebeten hat, nicht zu tun, ihn öffentlich mit meinen Worten zu verunglimpfen." Jetzt fühlte sich sogar die Arbeit schon falsch an.

„Du musst ja nicht seinen Namen verwenden. Bau einfach genug Fakten ein, sodass die Leute wissen, dass es um ihn geht, ohne ihn explizit zu erwähnen." Fürs Erste hörte sich das nicht schlecht an, es war immer noch Rache, aber gleichzeitig war es auch ohne seinen Namen genau das Gleiche, was all die anderen getan hatten.

„Das klappt vielleicht. Okay, hier ist der Deal. Ich halte den Sommer über durch, glaube ich, wenn du es auch versuchst. Wenn du etwas tun musst, das schwer für dich ist. Ich stimme zu, aber du weißt, dass es für mich die Hölle ist." Ich machte ein dramatisches Gesicht zur Untermauerung.

„Abgemacht." Wir schlugen ein und starrten uns dann verlegen an, bis wir beide in lautes Gelächter ausbrachen.

Am nächsten Morgen war ich fest entschlossen. Ich zog mir das schärfste meiner moderat scharfen Arbeitsoutfits an und war bereit, mich auf mein Forschungsobjekt einzuschießen. Logan Steel würde schmoren, denn ich würde ihm solange einheizen, bis nicht mehr viel übrig war von diesem Drecksack von einem Schwerenöter. Rache war mit einem Mal eine ganz vortreffliche Motivation. Ich würde einen Decknamen verwenden und den abscheulichen Mann enthüllen, für den ich ihn hielt.

„Morgen, Anthony", trällerte ich, als ich am nächsten Tag ins Büro hereinspaziert kam.

„Morgen?" Er hatte mein großes Gehabe offensichtlich bemerkt und schüttelte den Kopf.

„Ich seh schon, so läuft das." Er deutete auf mein knapp geschnittenes Kleid und meine kesse Haltung.

„Kann ja auch nicht anders laufen", hauchte ich, ließ mich in meinen Stuhl gleiten und mein Kleid über die Knie hinaufrutschen, als ich ein Bein übers andere schlug.

Logan war früh ins Büro gekommen und ich konnte aus dem Augenwinkel sehen, dass ich seine Aufmerksamkeit erlangt hatte.

27

Logan

Es beschwingte mich, dass sie am Dienstag wieder zur Arbeit erschien. Ich hatte erwartet, dass ihr Platz leerbleiben und die Personalabteilung mich in Kenntnis setzen würde, dass sie nicht wiederkam, aber sie war wohl zu professionell, um einfach so vor einem Job abzuhauen. Aus meinem Büro abhauen, das schon, aber nicht vor ihren Pflichten. Ich nahm mal an, die Tatsache, dass sie besonders hübsch und dazu auch noch irgendwie sexier als gewöhnlich aussah, musste wohl zu ihrem Racheplan gehören.

Was sie auch vorhatte, ich verdiente es, denn ich war, und zwar sowohl in ihren Augen als auch in jenen der meisten anderen, ein Bastard. Ich hatte mit jeder meiner Sommerpraktikantinnen zuvor angebandelt und ich hätte sie wahrscheinlich einfach in Ruhe lassen sollen, allerdings war ich noch nicht bereit, von ihr zu lassen. Sie war die einzige Person seit dem Verlust meiner Frau, bei der ich wieder echte Gefühle spürte.

Meine Emotionen waren in jenem Augenblick gestorben, als ich am Tag ihres Todes unser Schlafzimmer betrat. Sie hatte den Raum so friedlich, romantisch und entspannend eingerichtet. Die Farbwahl und die Möbel stammten komplett von ihr und ich liebte alles. Das Zimmer verbreitete ein mediterranes Gefühl, mit Farbpunkten und sanften Linien, die außergewöhnlich waren. Nichts war zu überbetont oder gewagt, aber alles geschmackvoll, exotisch und schön. Wir hatten marokkanische Lichter, die filigran von der Decke hingen, einen Spiegel aus Mosaikfliesen, eine weiche, cremefarbene ägyptische Steppdecke mit zarten Goldwirbeln darauf, alles war romantisch und kostbar.

Und dort fand ich sie, auf dem polierten Terrakottaboden, den sie selbst ausgesucht hatte, eine Lache Blut um ihren leblosen Körper herum. Ihre zarte, blasse Haut hatte einen kränklichen blauen

Ton angenommen und ihr wunderschönes Gesicht war ein Bild von Ruhe und Gelassenheit, so als wäre ihre Seele irgendwie vor dem Horror entschwunden, noch bevor sie die dreiundfünfzig Stichwunden hatte fühlen können, die ihr Leben beendeten.

Sie trug noch immer den flauschigen rosa Bademantel, den ich ihr zu Weihnachten geschenkt hatte, und die Diamantkette um den blutverschmierten Hals, die ich in einer der Taschen versteckt hatte. Wer sie auch getötet hatte, es war dabei nicht um den Schmuck gegangen, nur um Schmerz, Leid und einen qualvollen Tod. Lange Zeit stand ich einfach nur im Raum und versuchte wieder zurück in die Realität zu finden, aber auch nach den Polizeiermittlungen, dem endlosen Gerichtsverfahren und allem, was ich seit dem Verlust der Liebe meines Lebens noch ertragen hatte, fand ich nie wieder ganz zu meiner Menschlichkeit und meinem alten Ich zurück.

Adele hatte mir einen Blick darauf gezeigt, wer ich war und wer ich erneut werden konnte. Es würde viel Arbeit meinerseits bedeuten, diesen Mann wiederzufinden, den ich gemeinsam mit meiner Frau beerdigt hatte, aber für Adele war ich gewillt, es zu versuchen.

Ich war an jenem Tag früh ins Büro gekommen, weil ich mich mit jemandem treffen musste, den ich über alle Maßen hasste. Balthazar Holland war das verabscheuungswürdigste Ungeziefer aller Zeiten. ‚Baz', wie er sich gerne nennen ließ, war während der Studienzeit ein Freund von mir gewesen.

Mit Baz zu arbeiten war James' Idee gewesen. Ich hatte dem Konzept von Anfang an skeptisch gegenübergestanden, weil Baz in dem Ruf stand, rücksichtslos, ohne Skrupel und möglicherweise gefährlich zu sein. James und ich verschlossen die Augen vor der Scheiße, die er regelmäßig abzog, weil der Mann eben wusste, wie man Kohle machte. Geld klebte irgendwie an ihm, was mir gelegen kam, als ich nach Charlottes Tod die Anwaltskanzlei verließ und mit James gemeinsam DropIn gründete. Nur hatte James keine besonders kreative Art zu denken, er war mehr der Finanztyp und biederer Geschäftsmann.

Zu Beginn hatten wir nicht das Geld, die Plattform allein zu starten, also borgten wir uns was bei Baz. Es war einer dieser Kredite in der Art von ‚Ich zahls dir nächsten Dienstag zurück', ziemlich locker und arm an rechtlichen Verbindlichkeiten. Zu jenem Zeitpunkt schien es verlockend, die hohen Zinsraten zu umschiffen, also holten wir uns sechs Millionen Dollar und starteten DropIn.

Das ursprünglich investierte Geld zahlten wir im ersten Jahr schon zurück. Nachdem ich meine Schulden getilgt hatte, freute ich mich darauf, Baz loszuwerden, aber was wir zu wenig bedacht hatten, war, dass wir ihm ja auch irgendeine Art von Profit verschaffen mussten, deshalb hatten wir ihm ganz am Anfang fünf Prozent des Gesamtgewinns über drei Jahre versprochen, denn wir wussten ja nicht, wie erfolgreich DropIn noch werden würde.

Jetzt, mit einer milliardenschweren Firma, war ich soweit, dass ich die Zahlungen an Baz einstellen wollte. Unsere drei Jahre waren vorbei und ich hatte von meinem Anwalt ein Schreiben über die Vertragsbeendigung erstellen lassen. Nachdem ich weder von Baz noch seinen Leuten in den vergangen Monaten irgendetwas gehort hatte, schickten wir einen etwas schärfer formulierten Brief an den Kerl, der Millionen von Dollar von unseren Profiten abschöpfte, und das absolut ohne weitere Berechtigung als die Tatsache, dass er ein Collegefreund mit einem großen Treuhandfond war, der uns ein wenig Startkapital gegeben hatte.

Das Problem war nun, dass Baz' Ruf und seine Arbeitsmethoden in den zwölf Jahren seit unserer feuchtfröhlichen gemeinsamen Studienzeit immer schlimmer geworden waren. Er war ein berüchtigter Krimineller, der nur noch nicht erwischt worden war, also begann ich mir immer mehr Sorgen zu machen, weil die Dinge mit ihm nie im Guten zu enden schienen. Sein vorhergegangenes Schweigen war vermutlich ein Anzeichen für ein größeres Problem, aber noch hoffte ich das Beste. Das Treffen mit ihm machte mir Bauchweh, aber ich war entschlossen, endlich alle geschäftlichen Fäden zu Baz zu kappen.

Adele sah an diesem Morgen ganz einfach hinreißend aus und war eine sehr willkommene Ablenkung für mich. Als sie in mein Büro trat, versuchte ich, sie mir möglichst nicht ohne ihr verspieltes Kleid vorzustellen, aber das war nahezu unmöglich.

„Ich hab hier die Zahlen von der Busveranstaltung." Sie beschränkte sich ganz auf die Arbeit, was enttäuschend, aber nicht überraschend war.

„Und?" Ich achtete darauf, dass mein Ton warmherzig und wohlwollend klang.

„Es sind etwa fünfzehnhundert Dollar reingekommen, nachdem wir für den Bus, den Fahrer und den DJ bezahlt haben. Es ist kein riesiger Profit, aber für zwei Stunden Arbeit ist es nicht schlecht, gar nicht schlecht eigentlich. Nachdem sich das DropIn so schnell mit Besuchern gefüllt hat, können wir beim nächsten Mal den Preis anheben. Außerdem bin ich nicht ganz sicher, dass ich fürs nächste Mal auch wieder gratis Bier und Snacks auftreiben kann, weil das eine Sonderaktion war. Die Brauerei will das einmal pro Monat machen, also können wir mit denen vielleicht eine Zusammenarbeit finden und einen höheren Preis und damit besseren Profit bekommen. Für die kostenlose Werbung werden sie wahrscheinlich gerne ein paar Fässer Bier zur Verfügung stellen." Ihr Ton war optimistisch und tüchtig – und völlig gespielt.

„Klingt nach einem guten Plan. Mach ein allmonatliches Ding draus und verdopple den Preis, schauen wir mal, wie lange das funktioniert. Irgendwelche Ideen für weitere Unternehmungen?" Ich hoffte, die Gelegenheit, ihr cleveres Gehirn einzusetzen, würde sie aus dem Hass herausschütteln, den sie für mich empfand.

„Nichts aus dem Stegreif, aber ich überleg mir was. Vielleicht ein Workshop zum Seriendating auf einer Yacht." Sie sagte das dermaßen trocken, dass ihr Sarkasmus kaum wahrzunehmen war. „Die Sommerparty für die Mitarbeiter haben wir ja auch noch zu planen." Ihr Gesichtsausdruck blieb neutral und unlesbar, es war zum aus der Haut fahren.

„Ach ja. Gut, als Teil deiner Recherchen fürs nächste Projekt kommst du heute mit mir zu einem DropIn mit. Ich möchte, dass du siehst, was bei großformatigeren Events passiert, damit du später über Dinge mit größerer Kapazität als ein Bus nachdenken kannst.“ Ich lächelte und zwinkerte ihr zu, um wieder etwas von unserer Leichtigkeit zurückzubringen.

„Ich weiß nicht, ob mir das heute Abend recht ist, ich hatte auf etwas Freizeit gehofft“, sagte sie verstimmt und versuchte nicht einmal zu verbergen, dass es ihr Unmut bereitete, den Abend mit mir verbringen zu müssen. Das schmerzte.

„Es ist ein Cocktailevent, eine Vieruhrveranstaltung, du bist bereits perfekt gekleidet und weil es eigentlich sogar schon um zwei losgeht, starten wir in einer Stunde. Ist auf der anderen Seite der Brücke.“ Die Resignation in ihrem Gesicht war unverkennbar. Das würde noch kompliziert werden, denn je mehr sie mich abwies, desto mehr wollte ich sie.

28

Adele

Nein, nein, nein … Ich wollte diesen Abend nicht mit ihm verbringen. Ich schaffte es so schon kaum, mich beisammenzuhalten. Er war wie eine mächtige Droge. Sosehr ich ihm widerstehen wollte, es fiel mir so unglaublich schwer. Der einzige Weg, mich selbst von meiner Sehnsucht nach Logan Steel abzulenken, bestand darin, mich auf die Arbeit zu stürzen. Nachdem ich wohl Überstunden machen würde – schon wieder –, schätzte ich, dass es sicher niemandem wehtun würde, wenn ich etwas für mich selbst arbeitete. Ich kehrte an meinen Computer zurück und rief den begonnenen Entwurf für ‚Eine Studie des hedonistischen Mannes' auf. In einem der Szenarios hatte ich das Profil eines Vorgesetzten gezeichnet, der etwas mit seiner Sommerpraktikantin anfängt, dem Frischfleisch im Büro, dem neuen Spielzeug vom Chef. Ich schrieb:

Für den hedonistischen Mann ist sie praktisch, denn ihre Zeit in seinen Diensten ist von vornherein kurz bemessen. Sie wird gelockt von seiner Macht und Position und während sie höchstwahrscheinlich traurig sein wird, wenn er keine Verwendung mehr für sie hat, werden auf sie zu Hause bestimmt andere Interessen warten. Sie wird ihre Sachen packen, gemeinsam mit den Erinnerungen daran, wie er sie zu Speis und Trank ausgeführt, seine Lust an ihr gestillt und sich vor dem Ende ohne Reue an ihr gesättigt hat.

Ich machte mir eine Notiz, konkrete Beispiele ins Treffen zu führen, und plötzlich freute ich mich darauf, mit Logan zu dem DropIn zu gehen. Mir fiel kaum ein besserer Ort ein zum Sammeln von Belegen. Oh, wie er sich doch durch seine Welt schlängelte und die Leute ausnutzte. Als ich das Gerüst für mein Manifest umrissen hatte und nun mit etwas banaler Verwaltungsarbeit beschäftigt war, trat Logan an meinen Tisch.

„Bereit zu gehen?“, fragte er und schielte dabei neugierig auf meinen Bildschirm.

„Bin soweit“, sagte ich und schaltete ihn aus.

Mein Herz klopfte wild und ich tat mich beim Atmen schwer. Es ärgerte mich, dass mich allein schon seine Gegenwart so in Unruhe versetzte. Ich fühlte mich seltsam aus dem Lot. Wen interessierte es schon, wenn er sah, woran ich arbeitete? Es war die hundertprozentige Wahrheit, und wenn er mich deswegen feuerte, würde ich mit Freuden nach Hause gehen.

„Ich fahre“, schnurrte Logans samtene Stimme, als er mir voraus das Büro verließ.

„Tust du ja immer“, sagte ich vor mich hin.

Ich beeilte mich, mein Zeug zusammenzuraffen und ihm hinterherzueilen, das Herz in einen Knoten verstrickt. Als ich am Aufzug zu ihm stieß, hielt er mir die Tür offen.

„Wir haben viel zu besprechen“, sagte Logan fast drohend, nachdem wir eingestiegen und allein waren.

„Nein, haben wir nicht“, gab ich zurück.

Ich würde mich nicht manipulieren lassen. Ich wollte nichts mit ihm besprechen. Er war ein Drecksack, Punkt.

„Dann hab ich dir was zu sagen“, formulierte er um, als der Aufzug sich nach unten zu bewegen begann. „Ich sehe, dass du verärgert bist, und du hast auch guten Grund dazu, aber ich möchte, dass wir beide all das für einen Augenblick beiseitelegen.“

Was zur Hölle? Man kann schließlich nicht einfach so seine Gefühle an- und ausschalten. Plötzlich fühlte sich der Aufzug wie ein kleines Grabmal an, das in Richtung Hölle fuhr. Ich konnte kaum atmen. Ich war Logan zu nahe, zu eingesperrt und zu zerrissen, um irgendwie die Kontrolle über mich zu behalten.

„Du hast mit jeder einzelnen geschlafen, Logan. Ja, ich bin aber sowas von scheiße ‚verärgert‘ über dich!“, zischte ich zornig, als die Türen in der Parkgarage unten wieder aufgingen.

Sein Wagen wartete bereits auf uns. Jemand musste ihn gebracht haben. Ich kochte vor Wut, als ich einstieg. Wie konnte er es wagen, meine Gefühle so zu entehren!

„Ich verstehe“, war alles, was er sagte, bevor er um den Wagen herum zur Fahrertür ging.

„Du kannst mich nicht dazu manipulieren, zu denken, dass es nicht so schlimm war, was du gemacht hast. Ist mir egal, mit wem du Sex hattest und was du mit deinen anderen Praktikantinnen gemacht hast. Deine Firma und deine privaten Entscheidungen gehören dir. Ich will nur einfach nichts damit zu tun haben. Also … bring mich, wohin du willst, aber ich werde nie wieder irgendwohin mitkommen, wo ich nicht einfach ein Taxi rufen und gehen kann.“ Nimm das, du blödes Arschloch!

„In Ordnung. Und nur fürs Protokoll, ich würde es nicht wagen zu glauben, dass ich dich wieder zu mir locken könnte, nur indem ich dich zu einer DropIn-Veranstaltung schleife. Es wird mich Zeit und sehr viel mehr Mühe kosten, das zu erreichen. Unsere Beziehung, oder Nichtbeziehung, wie dem auch sei, ist nicht das, was ich mit dir besprechen will. Bei diesem DropIn geht es um eine wohltätige Organisation, die mir sehr am Herzen liegt. Ich weiß, das muss ich nicht fragen, werde ich aber trotzdem, nur falls du deinen wundervollen Pragmatismus verloren hast.“ Er ließ seinen Blick einen Lidschlag lang auf mir ruhen. „Ich möchte dich bitten, wenn du kannst, dass du mir nur so lange vergibst, dass wir es durch den Event schaffen. Ich habe dich gewählt, weil du entzückend und lieb bist, beides Eigenschaften, mit denen ich nicht gerade prahlen kann, gleichzeitig aber solche, die bei dieser Gelegenheit von entscheidender Bedeutung sind. Alles eingenommene Geld bei diesem DropIn geht an einen guten Zweck. Manches von dem, was du sehen wirst, wird dir vielleicht nicht sehr fröhlich erscheinen.“

Seine Stimme war ein wenig eingeknickt und da wusste ich, dass es ihm sehr ernst war. „Ich wünsche mir nur, dass du deinen Ärger solange hintanstellen kannst, dass du siehst, wie sehr deine wunderbare Persönlichkeit heute Nachmittag gebraucht und geschätzt wird."

Ich tat einen tiefen Atemzug. Er bereute also nichts, er wollte nur meine Folgsamkeit für sein Wohltätigkeitsdings … und hoffte, dass ich nicht in aller Öffentlichkeit einen emotionalen Amoklauf hinlegen würde.

„Ich habe nicht vor, deinen Event zu ruinieren. Versprich mir einfach nur, dass ich gehen kann, wenn ich das möchte." Ich schaute ihm eisern in die Augen.

„Selbstverständlich." Ein Lächeln breitete sich über seinem Gesicht aus, aufrichtig und schön.

Es war das gleiche Lächeln, wie ich es in der Nacht unserer ersten Begegnung gesehen hatte, als ich so unfassbar betrunken war und gesungen hatte, wo ich meinen Mund doch einfach geschlossen halten hätte sollen. Dann hatte ich alles vollgekotzt und sein Lächeln ließ nicht nach. Es hatte bis zum nächsten Morgen gehalten, als er mir ungeschickt Frühstück gemacht hatte. Das war die Fassade jenes Mannes, den ich mir wünschte. Jetzt saß er wieder vor mir und ich vergaß beinahe, dass er ein Penner war.

Wir hielten vor dem Kinderkrankenhaus und das Herz rutschte mir in die Hose. „Ähm … du hast doch gesagt, es gäbe Cocktails?" Meine Kehle war trocken geworden.

„Gibts auch." Er hielt an, stellte den Motor aus und wir wurden gleich von einem Bediensteten empfangen.

„Guten Nachmittag, Mr. Steel. Man erwartete sie bereits im zweiten Stock", sagte er in freundlichem und dienstfertigem Ton.

Ich hielt einfach die Klappe, denn ich hatte vermutlich eh schon zu viel gesagt.

„Die Cocktails sind für die Kids", fügte er hinzu, während wir raschen Schrittes zu den Aufzügen gingen.

Für einen Augenblick kam mir der besonders schreckliche Gedanke, an Kinder in einem Krankenhaus Alkohol zu reichen, aber mein Geist war ohnehin außer Kontrolle. Wir verließen den Aufzug und betraten einen Raum voller Ballons, großen Plüscheinhörnern, einem Plüschdrachen, der mich überragte, und einer sehr kompliziert bemalten Kartonbar, wo Kinder in Krankenhauskitteln, Pyjamas und bequemen Kleidern aus einer ganzen Reihe toller „Cocktail"-Kreationen wählen konnten.

Es gab Kinder mit kahlen Köpfen an Infusionen und solche mit schlechtsitzenden Perücken und eingefallenen Gesichtern. Ich wäre beinahe in Tränen ausgebrochen, wir waren in der Krebsabteilung. Logan nahm meine Hand und hielt sie fest. Sein Griff war warm und zart und gab mir für einen kurzen Augenblick die Kraft, die ich brauchte.

„Es ist Märchen-Happy-Hour. Für eine Stunde oder hoffentlich auch mehr sollen die Kinder glücklich sein dürfen. Das meiste wurde von uns als DropIn-Plattform gespendet und bald gibts hier ein Konzert, eine Schminkecke, Plüschtierchen und Prinzen- und Prinzessinnen-Pyjamas. Die meisten dieser Kinder haben Krebs in späten Stadien und müssen wirklich schwer kämpfen, deshalb wollen wir ihnen für ihren Kampf ein bisschen Freude schenken. Die Kuscheltiere bleiben alle hier als Ersatz für die Kinder, die die gesunden Cocktails leider nicht mehr vertragen. Unser Ziel für heute ist ein paar lachende Gesichter zu sehen." Er wandte sich mir zu und für einen Moment glaubte ich schon, er würde mich küssen, aber stattdessen hob er nur mein Kinn zu sich hoch. „Und es würde mir gefallen, wenn wir mit deinem anfangen könnten."

Ich lächelte und trotz der Tränen, die sich angebahnt hatten, schaffte ich es, meine Zähne zu zeigen und breit zu grinsen. Wie sollte ich diesen Mann jemals verstehen? Und noch wichtiger, wie sollte ich es jemals schaffen, wütend auf ihn zu bleiben?

29

Logan

Natürlich hatte sie gedacht, ich würde sie mit einem gut vorbereiteten Manöver anregen wollen, zurückzukommen, und zugegebenermaßen hatte die Märchenstunde auch Elemente romantischer Manipulation an sich, aber sie war gleichzeitig auch mein Herzensprojekt. Es war mitreißend zu beobachten, wie sie reagierte. Wir waren uns trotz unserer offensichtlichen Verschiedenheiten doch auch sehr ähnlich.

Ich hatte mit James besprochen, dass wir mehr Arbeit wie die Märchen-Happy-Hour und weniger Sexpartys machen sollten. Ich genoss zwar nach wie vor jede Art ausufernder Schweinereien, aber das sollte nicht alles sein, was wir waren. Klar, es hatte DropIn in die Oberliga katapultiert, denn Sex verkauft sich bekanntlich, besonders eben legaler und aufregender Sex. Solange wir nicht den Sex selbst, sondern nur den Ort dafür verkauften, konnten wir so ziemlich alles tun. Ich wollte ihm zeigen, dass wir größer als alle anderen werden konnten, wenn wir uns nur ein wenig breiter fächerten und expandierten.

Es war keine Gelegenheit gewesen, Adele vorher nach ihrer Meinung zu fragen, aber nach ihrem Gesichtsausdruck und ihrem reizenden Umgang mit den Kindern zu schließen, war das auch nicht nötig gewesen. Sie begann sofort, sich mit den kleinen Patienten und Patientinnen zu unterhalten und mit ihnen in Kontakt zu treten. Ihr Schutzwall bröckelte schon ein klein wenig ab. Mehr brauchte ich nicht.

„Okay, okay, ich bin da, bringen wirs hinter uns", sagte James dann, als er mit einer Stunde Verspätung hereingelaufen kam.

Sicher konnte er an meinem Gesichtsausdruck erkennen, dass ich das nicht gelten lassen würde.

„Nein.“ Ich starrte ihn an. „Was zur Hölle soll das, du bist eine Stunde zu spät!“

„Logan, wir haben zurzeit sehr viel wichtigere Angelegenheiten zu regeln. Auf ein paar Tränendrüsen zu drücken ist momentan echt nicht sehr weit oben auf meiner Prioritätenliste.“

Er nahm jedenfalls kein Blatt vor den Mund.

„Für mich aber schon, also was dich auch immer so beschäftigt, es kann bis nach der Party warten“, bemerkte ich.

„Es kann warten, aber nicht mehr lange.“ Es musste wohl etwas sehr Ernstes anliegen, denn mein gutmütiger alter Freund ließ sich sonst nur selten aus der Ruhe bringen.

„Taylor Swift und ihre Leute sind auf dem Weg. Wir sind bald überall in den Medien.“ Ich hoffte, ihn damit aufzumuntern, aber stattdessen verzog er das Gesicht.

„Genau was wir brauchen“, sagte er mit beißendem Sarkasmus und da begann ich mir dann doch Sorgen zu machen.

Wenn James jemals keine Presse wollte, dann musste es irgendetwas wirklich Schlimmes geben, das er verstecken wollte. Ich wühlte in meinen Gedanken und überlegte, was wohl am Horizont stehen mochte, das ihm derartigen Stress bereitete. Wir erweiterten auf Arena-Veranstaltungen und wollten Adeles Vorschlag von Crowdsourcing verwenden, um großflächige Events und Festivals zu veranstalten, aber das war kein Grund zur Sorge. Die Sex-Events, die es bei uns gab, wurden ständig streng von unserer Rechtsabteilung überwacht. Wir brachten Millionen ein … und dann fiel es mir ein. Mein Treffen am Morgen mit Baz.

Ich hatte ihm entschlossen gesagt, dass wir fertig miteinander waren. Ich hatte ihm die Dokumente in die Hand gedrückt und verlangt, dass er sie noch in meinem Büro unterzeichnet. Er hatte aber gesagt, dass er nicht unterschreiben könne, bevor er das mit seinem eigenen Rechtsbeistand besprochen hätte. Das Treffen war aber gesittet abgelaufen und ich hatte echt geglaubt, dass wir uns einig würden. Einen Rechtsanwalt hatte er zuvor noch nie gehabt.

Wenn er auf rechtlichem Weg irgendwas versuchen wollte, standen wir gut da, denn wir waren stets im gesetzlichen Rahmen geblieben. Die nächste Station wäre dann das Gericht.

Erschrocken schaute ich James an. „Baz?", flüsterte ich.

Er nickte schlicht. Plötzlich war es schwer, mich auf unsere Tätigkeit zu konzentrieren. Offenbar hatte James die Antwort von Baz' Rechtsanwälten bekommen. Ich tat mein Bestes, mir meine Sorgen nicht anmerken zu lassen, als gerade eine ganze Traube Menschen in den Raum strömte, im Zentrum eine schöne Frau in blond. Adele schaute von dem Buch auf, aus dem sie gerade einem kleinen Kerlchen vorgelesen hatte, und bemerkte, worum es bei dem ganzen Trubel ging.

Superstar Taylor Swift hatte soeben den Raum betreten. Wir hatten sie über ihren Agenten erreichen können und sie hatte sich bereiterklärt, auch weil wir demnächst ein DropIn-Konzert für sie schmeißen würden. Wir hatten eine Menge Tickets gespendet, sodass sie sich geneigt sah, uns einen Gefallen zu tun. Es war zwar im Grunde ein Geschäft, aber an ihrem Gesicht war deutlich abzusehen, dass sie sich ehrlich freute, hier zu sein. Sie schien Adele in vielem zu gleichen.

Beide waren umwerfend schön und liebreizend. Das Leben hatte ihnen beiden trotz größter Bemühungen im Wesentlichen nichts anhaben können. Auch wenn mir davor graute, was James mir wegen Baz zu sagen hatte, gab es mir Gelassenheit, Adeles bildschönes Gesicht vor mir zu sehen. Und mein Bewusstsein um das Gute, was wir für die Kinder taten, löschte ebenfalls einen Teil der Furcht aus, die in mir hochgekocht war. Einige der Kleinen waren so krank, dass sie kaum gehen konnten, und schienen bereits ihrem Ende ins Auge zu sehen. Was auch immer auf mich warten mochte, im Vergleich zu ihrem Schicksal würde es nichts sein.

Die Leiterin der Marketingabteilung kam auf uns zu, während im Hintergrund die Kinder kreischten und ihrem Idol zujubelten. „Das ist einfach fantastisch", sagte die selig lächelnde Frau mit der perfekt sitzenden Frisur und ihrem konservativen Hosenanzug.

„Wir freuen uns sehr, dass wir ihnen ein bisschen Freude bringen können.“ Ein warmes Gefühl der Zufriedenheit durchlief mich, als ich den Kindern zuschaute, die sich gerade alle einen Platz suchten, um Taylor zuzuhören.

„Tut mir leid, Sie stören zu müssen, aber wir haben von Ihrer Rechtsabteilung leider noch keine Genehmigung fürs Filmen bekommen. Taylors Leute haben schon zugestimmt, aber Ihren Segen brauchen wir auch noch. Das heute zu veröffentlichen würde bestimmt eine Menge Unterstützung einbringen.“ Sie lächelte sogar noch breiter.

Ich sah ihren Standpunkt ein und wieso sie unsere Einwilligung brauchte, aber es schien dennoch ein wenig opportunistisch. Und dennoch, was sollte der Altruismus? Die Berichterstattung war für DropIn genauso gut, das sonst hauptsächlich für Sexeskapaden auf der einen und Kindergeburtstage auf der anderen Seite bekannt war. Eine Wohltätigkeitsaktion dieser Größenordnung würde die Messlatte echt nach oben setzen.

„Natürlich, James kann Ihnen alle Dokumente unterzeichnen, die Sie benötigen.“ Er gab mir einen hasserfüllten Blick, der sich aber alsbald auflöste, denn er wusste genau, wie viel Geld allein schon der Content auf YouTube in unsere Kassen spülen würde.

Er machte sich wohl Sorgen, dass zu viel Aufmerksamkeit angesichts der Geschichte mit Baz kein Vorteil war. Ich versuchte die Bedenken zu vergessen und gesellte mich stattdessen zu Adele, um ein bisschen Zeit in ihrem Schein zu verbringen. Kaum getan, blitzten auch schon die Kameras auf. Ich verstand schnell die Kehrseite der Publicity. Adele und ich würden einem Internetskandal wohl kaum entkommen. Ich sagte nichts davon zu ihr. Ich wollte einfach nur diesen Moment … bevor die Hölle losbrach.

„Hey du“, flüsterte ich, während Taylor zu den Kindern sprach, die sich um sie versammelt hatten. „Willst du deinen kleinen Freund nicht mit da rüber nehmen und die Musik anhören?“

„Total“, entgegnete sie über die Schulter und legte die Geschichte weg, die sie gerade zu Ende gelesen hatte. „Sollen wir dich mal da rüber rollen, Kevin?“, fragte sie den kleinen Jungen, an dessen Rollstuhl ein Tropf mit verschiedenen Leitungen hing.

„Ich kann ihn rüberbringen“, sagte eine Schwester freundlich, die herangetreten war. „Kevin tut sich nach seiner Operation beim Sprechen schwer.“ Der kleine Junge schaute uns an und lächelte herzzerreißend.

„Ich verstehe. Dann lassen wir besser mal die Schwester machen.“ Adele schaute kurz auf ihr Namensschild. „Gloria bringt dich zu Taylor.“ Adele war so strahlend und wunderbar.

Der Junge nahm ihre Hand und Adele strich ihm übers Haar, das in alle Richtungen abstand. Die Geste half der Frisur des armen Jungen nicht besonders, aber sie war trotzdem süß. Als die Schwester mit ihm gegangen war, kam Kevins Vater zu uns, der abgespannt und sorgenvoll wirkte.

„Danke“, nickte er Adele zu. „Kevin liebt alle Geschichten mit Rittern und Drachen … und wir können alle gar nicht glauben, dass *sie* hier ist“, sagte er flüsternd.

„Ist mir eine Freude“, antwortete Adele lächelnd.

„Gehen Sie nur zu Kevin und gönnen Sie sich den Spaß, das sollten Sie nicht verpassen.“ Ich nahm Adele am Arm und führte sie sanft von der wachsenden Menge weg. „Möchtest du einen …“, ich ging das handgemalte Getränkeangebot auf der Kartonburg durch, „Einhorn-Glitzerbecher? Sieht nach pinker Biolimonade aus, dazu sprudelnder Limettensaft und Schlagsahne mit Streusel“, fragte ich, indem ich wortgetreu aus der Karte vorlas.

„Vielleicht lassen wir die Schlagsahne und die Streusel weg“, lachte sie sanft.

„Kommt sofort.“ Ich machte einen auf Kavalier. „Für mich wird‘s das Drachenfeuer, ich liebe Zitronenlimo und scharfe Tamales … wow, die Kombination muss ich mir geben.“ Klang nach einem ekligen Spaß.

30

Adele

Wieso war er dieser Mann? Der Mann, in den ich mich zu verlieben begann. Der Mann, der den widerlichsten, ungesündesten Drink im Angebot kaufte und trank … das ganze Glas! Wir blieben fürs Konzert und lernten danach noch Taylor Swift kennen. Sie war genauso entzückend wie ihre Musik. Wir kamen prächtig zurecht und unterhielten uns noch eine Weile mit ihr und den Kindern.

„Wäre es denn okay für Sie, wenn wir zusammen noch in die Zimmer der Kinder gehen, die zu krank waren, um teilzunehmen?“, fragte ich sie.

„Aber natürlich“, antwortete sie enthusiastisch. „Sie haben Talent mit diesen Kindern“, merkte sie an.

„Sie auch.“ Wir lächelten uns an.

„Ist nicht immer leicht.“ Sie senkte ein wenig die Stimme und ich wusste sehr gut, was sie meinte.

„Danke, dass Sie gekommen sind, das bedeutet ihnen viel“, ließ ich sie wissen.

„Ich wünschte nur, ich könnte das öfter tun.“ Danach gingen wir gemeinsam in jedes Zimmer, gefolgt von ihrer Entourage, ihrem Sicherheitsteam und einem sehr beeindruckten Logan.

Nachdem sie gegangen war, halfen Logan und ich noch beim Aufräumen. Als wir mit allem fertig waren, war es schon fast neun Uhr. Ich war total erledigt und brauchte außerdem eine Atempause von diesem Mann, dem ich zu verfallen drohte.

„Möchtest du noch mit zu mir kommen?“ Er hatte sich die Frage nicht verkneifen können.

„Nein … ja, aber nein! Und wieso fragst du das überhaupt?“ Ich war angriffslustig und schon wieder sehr erbost.

„Dachte, ich versuchs mal … zu früh?" Er war kindisch und verspielt.

„Niemals wär immer noch zu früh." Ich schaute trotzig.

„Dann bring ich dich eben heim." Ich war gleichzeitig froh und enttäuscht, dass er nicht beharrlicher war.

Er und ich, wir wussten beide, wer er wirklich war, und das durfte ich nicht aus den Augen verlieren. Ja, er hatte einen ganzen Haufen sehr kranker Kinder sehr glücklich gemacht, aber dafür würde er auch tonnenweise Publicity bekommen. Ganz selbstlos war das also auch nicht von ihm, und das wusste ich ebenso. Als er vor Charles' Wohnung hielt, stellte er das Auto ab und wir waren einen Augenblick lang verlegen. Er wandte sich mir zu und ich erkannte die Hingabe in seinem Blick.

„Ich möchte dich küssen, Adele. Ich möchte Liebe mit dir machen. Ich möchte jeden Moment in deiner Gegenwart genießen", setzte er an, aber ich konnte ihn nicht zu Ende sprechen lassen.

„Ich bin sicher, dass du das alles willst, Logan. Und du bist die Art von Mann, der daran gewöhnt ist, zu bekommen, was er will." Ich öffnete meine Tür. „Nichts, was du hast, nichts, was du bieten oder mir geben kannst, wiegt meine Integrität auf. Ich habe mich entschieden, weiter für dich zu arbeiten, sei zufrieden damit." Mit diesen Worten stieg ich aus dem Wagen. „Ich bin nicht bereit, meine Seele an Logan Steel zu opfern. Wenn du mich wirklich sosehr willst, solltest du dich besser daran gewöhnen, enttäuscht zu werden." Beinahe hätte ich ihn damit stehen lassen, aber dann warf ich ihm doch noch einen Knochen zum Kauen hin. „Eins gebe ich zu, der, den ich heute gesehen habe, hat mir gefallen … Schade nur, dass er nicht real ist." Ich lächelte ihm noch einmal zu und er packte sich am Herzen, so als wäre er verwundet.

Ich schüttelte nur den Kopf und nahm die Stufen zur Eingangstür.

„Eines Tages hau ich dich schon noch aus den Socken, warte nur ab”, rief er mir nach, aber ich wandte mich nicht mehr um. Ich durfte nicht.

Ich betrat Charles' Wohnung, wo jener bereits auf mich wartete. „Aha, du hast ihn also genau einen Tag lang hingehalten, hm?“, schimpfte er scherzhaft.

„Es ist nicht, was du denkst“, sagte ich und grinste schuldbewusst.

„Ach Mädchen, natürlich nicht.“ Er verdrehte die Augen. „Ich will nichts weiter wissen, als ob du mit ihm geschlafen hast?“ Ich schüttelte verneinend den Kopf.

„Na schön. Ich hab uns Cranberry-Martinis gemacht und die sechste Staffel von RuPaul's Drag Race aufgelegt, du hast schließlich viel nachzuholen. Ich hab mir gedacht, du brauchst vielleicht was Besonderes, um deine Gedanken von diesem Kerl abzulenken.”

Oh Gott, wie ich Charles liebte, er hatte immer die richtige Beschäftigung für mich parat, um mich vor dem Verrücktwerden zu bewahren. „Bin dabei.“ Ich hüpfte auf die Couch und schüttelte meine Schuhe ab.

Den Rest des Abends verbrachten wir, indem wir Martinis schlürften und den Drag Queens bei ihrer dramatischen Arbeit zusahen. Nachdem wir uns vier Folgen am Stück reingezogen hatten, wirkten meine Qualen wegen Logan schon ganz nebensächlich. Ich meine, im Vergleich zu den Problemen dieser wunderbaren Zicken und ihren kleinen und großen Feindseligkeiten … Oh, welch packendes Drama.

Der nächste Morgen begann recht unspektakulär. Charles und ich machten uns beide für die Arbeit fein, wenn auch ein wenig dehydriert und verkatert. Ich fühlte mich wie ein Ledersack, als ich mich ins Büro schleppte, wo Logan bereits hinter seinem Schreibtisch saß. Die Schmetterlinge in meinem Bauch hoben ab, aber ich beschloss sie zu ignorieren und stattdessen mit Anthony zu flirten, das war viel sicherer.

„Ich brauch n' Kaffee!", verlangte ich wie eine Diva, ließ mich in meinen Stuhl fallen und legte den Kopf auf die Tischplatte.

Charles hatte ein weiteres freches Outfit für mich zusammengestellt. Er hatte hier und dort dran rumgezupft, damit ich nicht gerade direkt daraus hervorplatzte, aber es war immer noch viel mehr Haut zu sehen, als ich gewöhnt war.

„Schätzchen", hatte er gesagt, während er an meinen Brüsten rumschraubte, um sie schön rund wirken zu lassen, „Lass ihn leiden! Er soll sich nach denen hier verzehren", meinte er und knetete und stupste ‚die Ladys', wie er sie zu nennen pflegte.

Ich konnte nur lachen. Charles ließ seine innere Diva so gerne raus, dass es locker für uns beide reichte.

„Redest du etwa mit mir?", fragte Anthony neckisch.

„Hol dieser armen, überarbeiteten und unterbezahlten Praktikantin was von Starbucks, BITTE!! Ich hab Geld und ich weiß, dass du dir auch noch keinen geholt hast. Dreifacher Espresso, viel Schaum, keine Milch." Ich schielte zu ihm rüber und setzte ein dickes Lächeln hinterher, dann drückte ich ihm fünf Dollar in die Hand.

„Was für eine krasse Bestellung ist das denn? Du willst also eine Tasse Flugbenzin mit etwas Fussel drauf, hab ich das richtig verstanden?" Er schien schockiert von meinem überbordenden Bedürfnis nach Koffein, aber er flirtete weiterhin. „Hat dich der Chef die Nacht über wachgehalten?"

„Nein, RuPaul … und zwei Päckchen Rohzucker dazu." Ich legte den Kopf wieder auf den Tisch und gab vor zu schnarchen.

„Steck dein Geld weg, du brauchst es eindeutig, um den restlichen Stoff für dein Outfit zu kaufen. Ich besorg dir dein Getränk, aber erwarte nicht, dass von deinem Magen noch viel übrig ist, wenn du das ausgetrunken hast." Er schüttelte ungläubig den Kopf, verließ seinen Tisch und ging runter Richtung Lobby, wo es einen kleinen Starbucks-Kiosk gab.

Ich begriff zu spät, dass es womöglich keine gute Idee gewesen war, ihn wegzuschicken, denn sobald er gegangen war, hörte ich Logan aus seinem Stuhl aufstehen. Scheiße, Scheiße, Scheiße, dachte ich bei mir selbst, als er aus seinem Büro trat und sich meinem Abteil näherte. Ich hob den Kopf, richtete meine Haare und warf den Computer an, um so tun zu können, als arbeitete ich.

„Waren du und Charles noch lange wach und habt über mich getratscht?", fragte er und wollte dabei verspielt klingen, war aber mal wieder ganz der Boss.

„Nein, wir waren viel zu gefesselt von Bianca Del Rio, um überhaupt an dich denken zu können." Sein Gesicht verknotete sich, als wollte er mich verarschen, aber er verlor schnell an Dampf und sah plötzlich seltsam verlegen aus.

„Okay. Naja, also ich bin jetzt in einem Meeting, können du und Anthony bitte alle meine Anrufe annehmen?" Er machte eine schnelle Kehrtwendung zurück in den Geschäftsmodus und sein Gesicht nahm einen sorgenvollen Ausdruck an.

„Klar", antwortete ich und dachte mir, dass das vielleicht ja doch der echte Logan war.

Nach seinem letzten Aufgebot gestern, doch noch an meine Wäsche zu kommen oder mich zumindest mit zu sich zu nehmen, um sie mir Stück für Stück von meinem großteils noch immer jungfräulichen Körper herunter zu meißeln, hatte er endlich begriffen, dass ich die Mühe nicht wert war. Vielleicht erlebte ich jetzt die Nachwirkungen. Er machte einen schwächlichen Versuch, mein Interesse zu wecken, und sobald ich ihn vereitelte, verlor er selbst das Interesse. Das machte mich seltsam traurig und ich saß mit diesem Gefühl noch eine Weile da, bis mein stark koffeinhaltiges Getränk endlich kam.

Ein mulmiges Gefühl des Unbehagens überkam mich, als ich mich in Logans Terminkalender für den aktuellen Tag einloggte. Er hatte ein Meeting ohne Titel, das eine Stunde dauern sollte. Das war komisch, weil Logan normalerweise seine Verabredungen und Events sorgfältig benannte. Er brauchte die ultimative Kontrolle, deshalb gehörte es zu seiner Arbeitsweise, alles zu betiteln und genaue Aufzeichnungen zu führen.

Ich beschloss, mir deshalb keine Sorgen zu machen, und konzentrierte mich auf die abschließende Planung des Sommerevents für die Mitarbeiter, das in zwei Wochen steigen sollte. Wir mussten noch ein paar Bestätigungsmails wegen des Budgets verschicken und wir brauchten eine genaue Teilnehmerzahl. Als ich gerade beim Verfassen einer E-Mail-Einladung an die Mitarbeiter war, sah ich, wie Logan gemeinsam mit einem von Kopf bis Fuß in Schwarz gekleideten Mann sein Büro betrat.

Der Mann sah mir beim Vorbeigehen geradewegs in die Augen und ich ließ den Blick sofort wieder zurück auf meinen Bildschirm huschen. Ein kalter Schauer lief mir den Rücken hinunter, dieser Mann strahlte eine furchteinflößende Finsternis aus.

„So, endlich!“ Anthony stellte mir schwungvoll den Kaffee vors Gesicht. „Die Schlange war ewig heute. Montagabend muss irgendwie plötzlich trendig geworden sein, alle wollten sich ihren Schuss holen.“ Anthony setzte sich an seinen Platz und lugte in Logans Büro. „Weißt du, wer das ist?“, fragte er leise.

„Nein, aber der ist total gruselig“, antwortete ich im Flüsterton.

„Der war früher schon mal hier. Die Leute behaupten, dass er zur Mafia gehört. Und Logan tut immer ganz geheimnisvoll, wenn es um den Typen geht. Der Kerl macht mir eine Heidenangst.“ Er tat, als fröstelte ihm.

Ich hob meinen Kaffee. „Darauf trinke ich!“

Wir gingen beide an die Arbeit trotz der düsteren Stimmung, die in der Luft lag. Nach etwa einer Stunde vernahmen wir Logans Stimme durch die beinahe schalldichte Glaswand seines Büros.

„Einen Scheiß wirst du!“, rief er.

Anthony und ich sahen uns an.

„Es ist vorbei, Baz! Wir sind fertig!“, setzte er schreiend nach.

Es passte so gar nicht zu Logan, dass er die Stimme derart erhob. Der gruslige Mann kam daraufhin aus dem Büro marschiert und starrte mich dabei erneut betont an. Ich dachte schon, er würde etwas zu mir sagen, wovon mir kurz schlecht wurde, aber er beschränkte sich auf sein Starren und ein Räuspern. Anthony und ich sahen ihm nach, als er sich schließlich abwandte und ging. Wir schwiegen beide wie gebannt.

Als ich zu Logan ins Büro blickte, saß er einfach nur an seinem Tisch und schaute ins Leere. Einen Moment lang dachte ich sogar, er würde weinen. Ich schaute ratsuchend zu Anthony. Er nickte mit dem Kopf in Richtung Logan, um mir zu sagen, ich solle nach ihm sehen. Als ich mich ihm näherte, machte ich mir ehrlich Sorgen, er sah nicht gut aus und schien an einem weit entfernten, nicht zu erreichenden Ort gefangen zu sein.

31

Logan

Ich erinnerte mich noch an den Tag, als Officer Rodriguez mich anrief, um mir zu sagen, dass er eine Mordverdächtige in Charlottes Fall gefunden hatte.

„Wir haben jemanden festgenommen", sagte er in dem autoritären Ton, den Polizisten verwenden, wenn sie einen wissen lassen wollen, dass alles unter Kontrolle ist.

„Wer ist es? Wer hat ihr das angetan?" Ich weiß noch, wie außer mir ich war.

Charlottes Gesicht tauchte vor meinem geistigen Auge auf. Trotz ihrer tödlichen Wunden wirkte sie friedlich, als würde sie nur schlafen, inmitten der zähen dunklen Flüssigkeit, die ihren Kopf umgab. Die Realität hatte sich an jenem Tag verschoben und war nie wieder wirklich zurück ins Lot geraten.

„Kennen Sie eine Lauren Matthews oder kannte sie Ihre Frau?", fragte Officer Rodriguez. „Die Fingerabdrücke, die wir am Tatort gefunden haben, passen auf sie. Wir möchten Ihnen ein paar Fragen bezüglich Ihrer Beziehung zu Ms. Matthews stellen. Können Sie auf die Wache kommen?"

Ich hatte Lauren seit über einem Jahr nicht mehr gesehen. Nach unserer Trennung hatte ich ein paar schräge Nachrichten bekommen, danach hatte ich sie auch noch gelegentlich an Orten wiederzusehen geglaubt, wo sie nicht hätte sein sollen, aber ich hatte mir nichts dabei gedacht. Lauren bedeutete mir nichts. Sie musste nach unserer Trennung wohl in ein Loch gefallen sein. Ich begann Charlotte den Hof zu machen, nur wenige Tage nachdem ich die Sache mit Lauren beendet hatte.

Ich hatte nie wieder daran gedacht, dass sie die Schlüssel zu meinem Haus hatte, weil sie sie nie verwendet hatte. Wenn wir zu mir gegangen waren, um Sex zu haben, hatte ich immer selbst aufgesperrt. Sie hatte die Schlüssel, weil sie sich einmal ausgesperrt und vorher ihre Antibabypillen bei mir vergessen hatte, also besorgte ich ihr einen Schlüssel. Gott bewahre, dass sie von mir schwanger geworden wäre. Damals waren wir noch ständig und mit Inbrunst zugange. Ich dachte mir nichts dabei, ihr einen Satz Schlüssel machen zu lassen. Nie im Leben hätte ich mir vorstellen können, dass sie diese Schlüssel verwenden würde, um in mein Haus einzudringen und meine Frau zu erstechen.

Wie sich zeigte, hatte Lauren uns nachgestellt und einen Moment abgewartet, wo Charlotte allein zu Hause war. Ich will mir gar nicht vorstellen, was Charlotte gefühlt haben musste, als sie aus der Dusche kam und Lauren in unserem Schlafzimmer stehen sah. Ich hasste den Gedanken an das Grauen, das Charlotte in ihren letzten Augenblicken erlebt hatte. Das speiüble Gefühl in der Magengegend verließ mich monatelang nicht mehr, nachdem ich ihren leblosen Körper aufgefunden hatte. Zu wissen, dass Lauren sie getötet hatte, machte es nur schlimmer.

Genau das gleiche Gefühl von Übelkeit und Ungläubigkeit fühlte ich nun, als Adele zu mir ins Büro trat.

„Ist alles in Ordnung?“ Ihre behutsame Stimme trug einen ehrlich besorgten Unterton.

Ich atmete tief durch. Nichts war in Ordnung.

„Bist du krank?“ Sie blieb auf Distanz, unsicher, wie sie sich nähern sollte, aber die Besorgnis in ihren Augen bereitete mir noch mehr Schmerzen.

Noch einmal atmete ich tief ein. Was sollte ich ihr sagen? Ich erwog die Möglichkeit zu lügen, aber Unwahrheiten führten nur zu noch mehr Täuschung und ich brauchte Ehrlichkeit.

„Heute habe ich die finanziellen Verbindungen zu einem Investor gekappt, der schon viel zu lange Geld aus unserer Firma saugt. Rechtlich gesehen hat DropIn seine Schuld abgezahlt. Es gibt allerdings Gelegenheiten, wo manche Transaktionen außerhalb der Grenzen der Legalität stattgefunden haben.“ Die Stimme versagte mir, ich konnte den Rest einfach nicht sagen … Ich konnte ja nicht einmal selbst akzeptieren, was los war, wie nur sollte ich es da laut aussprechen?

Ergriffen von der gleichen Lähmung wie damals, als ich nicht hatte glauben können, dass meine Exfreundin meine Frau ermorden hatte können, wühlte ich nach den Antworten, um die Adele mich bat. Lauren hatte uns monatelang beschattet, bevor sie Charlotte tötete. Sie tötete die einzige Frau, die ich je wirklich geliebt hatte. Dass Lauren den Rest ihres Lebens im Gefängnis verrotten würde, schien bei weitem nicht genug für wirkliche Gerechtigkeit. Sie lebte noch immer auf dieser Welt, Charlottes wundervolle Seele aber war verschwunden. Das Gleiche durfte mit Adele nicht passieren.

„Bist du in Schwierigkeiten? Hat dich der Kerl etwa bedroht? Sollten wir die Polizei rufen?" Je besorgter sie wurde, desto mehr verknotete sich mein Magen. Niemals hätte sie in das alles hineingezogen werden dürfen.

„Die Sache ist ein bisschen kompliziert." Ich versuchte die Wahrheit zu umgehen, aber früher oder später würde ich ihr die Überwachungsfotos zeigen müssen. Das letzte Bild war von diesem Morgen, als sie gemeinsam mit Charles die Wohnung verlassen hatte.

„Was meinst du mit kompliziert?" Ihre Augen überflogen den Haufen Bilder vor mir auf dem Tisch und jegliche Farbe verließ ihr Gesicht.

„Ich bin angehalten, meinen Investor weiterhin zu den ursprünglichen Bedingungen und ohne absehbares Ende zu bezahlen. Für den Fall, dass ich die Zahlungen verweigere oder zur Polizei gehe, hat mein gewissenloser Geschäftspartner sich eine Versicherung geschaffen, die das Leben einer von mir geliebten Person in Gefahr bringt." Meine Stimme zitterte und ich begann zu schwitzen.

Ich hatte mich für gewöhnlich auch in derartigen Situationen besser unter Kontrolle, aber Baz war kein Mann, mit dem man sich anlegen wollte. Adele kam einen Schritt näher, die Augen auf die Fotos fixiert.

„Ist das dein Boot?", fragte sie flüsternd.

„Ja", konnte ich nur sagen.

„Und … bin das ich?" Ihre Stimme war trocken und kaum hörbar.

„Ja." Auch meine Stimme hatte jede Kraft verloren.

Sie hob langsam die Fotos auf, die vor mir verstreut lagen, und ihre Hände begannen zu zittern.

„Wieso liegen hier Fotos von uns auf deinem Tisch?" Sie blätterte sie zaghaft durch, hielt dann inne und hob bebend eines davon hoch. „Und wieso … Logan, wieso hast du eines, wo ich nackt bin? Wieso liegt das in deinem Büro?" Tränen stiegen ihr in die Augen und ich konnte den Anblick nicht ertragen.

„Es sind nicht meine Fotos." Ich versuchte meine Stimme zu beruhigen, aber mir ging es ganz und gar nicht gut.

„Wem gehören sie?" Sie schaute mich an und wusste die Antwort bereits. „Und wieso bin ich da drauf?"

Ich musste sie beschützen und der einzige Weg dazu bestand darin, die Kontrolle und das Kommando an mich zu nehmen. Ich fühlte mich am sichersten, wenn ich die absolute Kontrolle über eine Situation hatte, aber die Wahrheit war, ich kontrollierte gerade überhaupt gar nichts.

„Mein Investmentpartner bedroht dich mit dem Leben. Sollte ich die Behörden wegen unserer finanziellen Beziehungen oder seiner Drohungen kontaktieren, wird er dich töten." Ihr Gesicht wurde schneeweiß und ein Ausdruck von Panik legte sich darüber.

„Logan?" Sie schüttelte den Kopf. „Meinst du das ernst?" Eine einzelne Träne fiel ihr von der Wange.

„Wir überstehen das. Du musst mir gehorchen." Sehr falsche Wortwahl, aber es war bereits zu spät.

„Nein, ich gehe heute noch nach Hause nach Ohio. So kann das nicht weitergehen.“ Sie stand auf.

„Baz wird dir folgen. Du bist nirgends sicher, der beste Ort für dich ist bei mir. Ich bin der Einzige, der dich beschützen kann.“ Und wieder versagte ich dabei, mich irgendwie auszudrücken, ohne sie zu beherrschen zu versuchen.

„Wie willst du mich denn beschützen? Du bist es doch, der mich in diese Scheiße erst hineingeritten hat!“ Sie bebte vor Entsetzen und Zorn.

„Ich werde einen Bodyguard besorgen, der dich überallhin begleitet. Und solange du in meiner Sichtweite bist, bist du sicher. Wenn Baz dich angreifen will, wird jemand bereitstehen, und nachdem er mir nichts tun kann, weil ich derjenige mit seinem Geld bin, bleibst du am besten bei mir.“

„Dein Aufpassertyp kann mich auch in Ohio beschützen. Da bin ich sicher. Und wieso lässt du nicht einfach die Firma pleitegehen und fängst eine Neue an? Dieser Mann sollte damit nicht davonkommen. Das ist illegal, er sollte bestraft werden.“ Sie zitterte noch immer. Ich wollte sie beruhigen, aber mir war klar, dass ich ihr in jenem Moment nicht viel Trost spenden konnte.

„Und am Ende wird er auch bestraft werden, aber bis dahin muss ich sichergehen, dass du beschützt wirst. In Ohio bist du nicht in Sicherheit. Das sind skrupellose Männer, die lassen sich von nichts aufhalten. Eine junge Frau zu töten macht denen nichts aus, ich fürchte, es wäre nicht das erste Mal. Du darfst nicht erwarten, dass man dich und deine Tugend respektieren wird, nur weil du unschuldig bist. Mit denen ist nicht zu scherzen, die sind das Böse.“ Niemals würde ich sie je wieder aus den Augen lassen.

„Und was ist mit Charles? Ich kann nicht einfach alles zusammenpacken und ihn alleine lassen.“ Sie begann mich allmählich wirklich zu hassen.

„Ich fürchte aber, dass du das musst. Ich werde es wiedergutmachen. Mein Haus ist riesig und er ist dort immer willkommen. Ich will euch beide wirklich nicht trennen, aber dir bleibt nichts anderes übrig, als mir zu folgen.“ Es gab keinen anderen Weg.

„Für wie lange?“ Sie war von Panik gebeutelt.

„Solange es dauert, bis Baz hinter Gittern ist und dort auch garantiert bleibt.“

„Ich kann nicht ‚Nein‘ sagen?“ Die arme Seele, sie musste sich wahrlich gefangen fühlen.

„Ich fürchte nicht.“ Insgeheim freute es mich, sie bei mir zu haben, aber ich hätte mir natürlich besser Umstände und ihre Einwilligung gewünscht. „Ich muss dich jetzt gleich zu Charles‘ Wohnung bringen, damit du deine Sachen holen kannst.“

„Na gut“, sagte sie mit resigniertem Gesichtsausdruck. „Ich fasse es nicht, was da passiert.“

32

Adele

Ich saß einfach nur so da in seinem Gästezimmer. Die vergangenen sechs Stunden verschwammen vor meinen Augen. Mein Leben war in Gefahr wegen irgend so einem Arschloch, das ich noch nicht einmal kannte und das von Logan Geld erpressen wollte. Das hatte alles nichts mit mir zu tun, und doch war ich mittendrin.

Das Fenster war nach außen verspiegelt und dreifach versperrt. Ich war unter dem Dach, drei Stockwerke über dem Boden. Ich war nicht recht sicher, wer genau hier im Gefängnis saß.

Logan hatte Charles übers Telefon aufgeklärt und ihm angeboten, ebenfalls in seinem Anwesen unterzukommen, ihm aber gleichzeitig klargemacht, dass sein eigenes Leben nicht in Gefahr war. Charles war in der für ihn charakteristischen Weise durchgedreht, hatte schließlich aber zugesagt, jeden zweiten Tag bei Logan zu übernachten. Logan wies ihm ein Gästezimmer einen Stock unter mir zu, gegenüber seinem eigenen Zimmer. Ich bewohnte alleine mit einem Bodyguard die oberste Etage.

Logan hatte die Wohnsituation so eingerichtet, weil er den obersten Stock so mit Überwachung und Lichtschranken verkabelt hatte, dass sie die leiseste Bewegung wahrnehmen würden. Die Leute vom Sicherheitsteam waren die einzigen mit den Zugangscodes. Hätte außer mir noch jemand da oben gewohnt, hätte es zu viel Bewegung gegeben, um das Stockwerk mit zuverlässiger Sicherheit überwachen zu können.

Ich hoffte, dass Logan sich nachts zu mir gesellen würde, hatte aber auch panische Angst. Ich war wirklich eine Gefangene in meinem eigenen Zimmer. Logan hatte natürlich auch erwähnt, dass ich genauso sicher sein würde, wenn ich die Nacht in seinem Zimmer verbrachte, weil er ja dort bei mir war und ein Bodyguard vor der Tür Wache schob. Ich fühlte mich zwar schon ein bisschen ruhiger als am

Nachmittag in Logans Büro, aber meine Welt war noch immer völlig aus den Fugen.

Mir fehlte schon jetzt das Kuscheln mit Charles in seinem gemütlichen Bett mit der Aussicht auf die Sterne. Ich sehnte mich nach der Naivität unserer abendlichen Plaudereien und seinem ständigen Geschnarche. All das hätte mich viel mehr beruhigt als das piekfeine Bett hier mit der vornehmen Matratze und dem Ausblick auf die Skyline von San Francisco, während jemand ständig ein Auge auf mich hatte.

Wir beschlossen, dass ich das Praktikum fortsetzen, mir die Arbeit aber mit dem neuen Praktikanten Fred teilen würde, der eigentlich einer der Bodyguards war. Er war ein gut gebauter blonder Kerl Mitte zwanzig, der nicht nur eine, sondern gleich zwei Knarren bei sich trug und auch damit umzugehen wusste. Er hatte ein angenehmes Lächeln, seine Unterhaltungen waren allerdings trocken und beschränkten sich aufs Wesentliche. Die anderen beiden Bodyguards hießen Georg und Milo und waren beide auch nicht viel interessanter als Fred.

Einerseits machte meine schreckliche Nähe zu Logan die Forschung für meine Arbeit sehr viel einfacher, andererseits konnte ich dadurch meinem Privatleben auf Wiedersehen sagen. Plötzlich wollte ich nichts sehnlicher. Wegen der Umstände war ich bereits seit sechs Stunden eingesperrt und es fühlte sich schon jetzt wie eine Ewigkeit an. Ich wurde langsam verrückt.

Ich ließ es schließlich einfach alles raus und heulte los. Charles konnte erst am nächsten Abend kommen, weil er eine zwingende Verabredung hatte. Es musste sich außerdem seltsam für ihn anfühlen, jetzt zu Logan nach Hause eingeladen zu werden, wahrscheinlich brauchte er etwas Zeit, um das alles zu verarbeiten. Er machte nicht mal irgendwelche seiner Kommentare über die Situation, denn er schien ebenso viel Angst zu haben wie Logan.

„Tu, was immer du tun musst, Addy. Dir soll nichts passieren."

„Das darf nicht sein“, sagte ich und flehte: „Bitte hol mich hier raus!“

„Wenn Logan nicht die Polizei ruft, werde ich das ganz sicher auch nicht tun. Ich will nicht, dass du wegen mir entführt oder umgebracht wirst.“ Toll, wenn man Freunde hatte, auf die man sich verlassen konnte … nicht. „Logan hat einen Plan, wir müssen abwarten.“

Ich wollte Charles nicht noch mehr Sorgen machen, denn er war ohnehin schon über alle Maßen verschreckt. Also beschloss ich allein in meinem neuen Zimmer, dass es das Beste sein würde, wenn ich mir zunächst einmal die Augen ausweinte. Als ich zu weinen begann, rissen alle meine alten Wunden wieder auf und mir fehlten meine Mutter und Ohio und all die Dinge, die nichts mit Logan Steel und seinem wahnsinnigen, lebensgefährlichen Geschäftspartner zu tun hatten.

Als der Heulkrampf vorüber war, hörte ich ein sanftes Klopfen an der Tür.

„Adele, ich bins“, sagte Logan mit zarter und behutsamer Stimme.

Ich wollte mich jetzt wirklich nicht mit ihm herumschlagen, aber ich wusste, wenn ich es nicht tat, würde er nicht lockerlassen. Ich schaute auf die Uhr und es war fast neun Uhr abends, hoffentlich wollte er nur nach mir sehen und mir sagen, dass er auf sein Zimmer gehen und zuvor noch die ganzen Alarmdinger einstellen wollte. Ich bemerkte erst jetzt, dass ich noch gar nichts gegessen hatte, aber es war mir egal. Ich war nicht hungrig.

„Komm rein“, sagte ich, auch wenn ich mich gerade viel zu schwach fühlte, um mich mit ihm auseinanderzusetzen.

Ich war so verloren und verletzlich, ich wünschte mir einfach, dass er der süße Kerl sein könnte, der mich von der Party gerettet hatte. Ich wollte mich jetzt nicht Drillsergeant Logan stellen. Die Tür ging langsam auf und er trat ein, nur mit einer Pyjamahose und ohne Oberteil. Arschloch. Ich schaute weg, das brauchte ich jetzt nicht.

Doch meine Vagina war plötzlich aufgewacht und wollte alle möglichen unmöglichen Dinge. Er setzte sich mit etwas Abstand zu mir ans Bettende.

„Ich hätte nie gedacht, dass die Firma irgendwann zu sowas führen würde. Baz war im College ein Trottel, aber er war kein Monster. Die Gier hat ihn wirklich vergiftet. Er wird dafür einstehen müssen, was er getan hat, das kann ich dir versprechen", sagte er und es sollte wohl eine Entschuldigung sein.

„Das … das …" Und schon flossen die verdammten Tränen wieder. Ich fand keinen Weg, die Mischung aus Gefühlen in mir auszudrücken, dass ich bei ihm sein und ihn gleichzeitig hassen wollte.

„Wir haben noch nichts gegessen. Ich habe was vom Italiener bestellt. Du musst am Verhungern sein. Ich bin gekommen, um dich zum Essen einzuladen." Seine Stimme war gutmütig und trug nur einen Hauch seines üblichen Befehlstons.

„Isst du immer oben ohne zu Abend?" Ich schaute ihn an und schnaubte verächtlich.

„Ich hatte gehofft, danach direkt ins Bett zu gehen. Diese neue Wohnsituation wird für mich auch einiges an Gewöhnung bedürfen. Wenn ich allein zu Hause bin, mach ichs mir gern gemütlich." Ich sah ihn an und konnte nicht ausmachen, ob er die Wahrheit sagte oder nicht, aber ich hatte kaum die Energie, mich überhaupt darum zu scheren.

Ich wandte mich von ihm ab, um mich zu schnäuzen, musste aber feststellen, dass ich schon die ganze Schachtel Taschentücher aufgebraucht hatte. Ich wischte mir die Tränen mit dem Ärmel ab. Logan schaute mich mitleidvoll an.

„Wieso ziehst du dir nicht auch was Gemütlicheres an und wir treffen uns unten. Ich besorg dir auch eine neue Box Tempos … oder zwei." Er lachte ein bisschen und schaute meinen Ärmel an.

Ich war völlig ermattet. „Vielleicht sollte ich einfach ins Bett gehen." Darüber hinaus fühlte ich mich nichts gewachsen.

Logan stand vom Ende des Bettes auf und kam herüber zu mir.

„Es tut mir leid“, sagte er und stellte sich vor mich. „Es wird nie aufhören mir leid zu tun, was ich dir hier antue.“ Es hörte sich aufrichtig an. „Ich möchte dich festhalten, du bist so traurig.“ Er biss sich auf die Zunge, um nicht noch mehr zu sagen.

„Ich brauch eine Umarmung“, schluchzte ich plötzlich.

Meine Verteidigung war zusammengebrochen und ich betrat die emotionale Gefahrenzone. Er setzte sich zu mir und nahm mich in den Arm, hob mich vom Bett und in seinen Schoß. Er umarmte mich nicht einfach nur, er umschloss mich förmlich.

„Ich verspreche, ich lasse nicht zu, dass dir irgendwas passiert, Adele.“ Seine Arme legten sich fester um mich.

„Ich vertrau dir nicht, Logan.“ Ich wollte das nicht sagen, aber es war die Wahrheit und sie nagte an mir. Ich vertraute ihm nicht. Ich kannte Logan Steel kaum, und je mehr ich von ihm erfuhr, desto schlimmer schien es zu werden. Außer ihm konnte ich aber auf niemanden setzen, denn Charles würde wohl kaum damit fertig werden, womit wir es hier zu tun hatten. Und so war ich die Geisel eines Mannes, zu dem ich mich hingezogen und von dem ich mich abgestoßen fühlte.

„Ich weiß. Man kann mir nicht trauen … du hast recht.“ Er strich mir das Haar aus dem Gesicht und hielt mich weiter fest.

Ich konnte spüren, wie sich sein Körper unter mir spannte und die wohlbekannte Härte seiner Erektion zwischen meinen Beinen zu wachsen begann.

„Ich bin nicht bereit für dich, Logan und ich glaube nicht, dass ich es je sein werde.“ Ich schob mich weg von seiner aufkeimenden Erregung. „Ich werde nie die Art Mädchen sein, die du brauchst. Danke für die ganze Mühe, um mich in Sicherheit zu bringen, aber alles andere“, ich schaute hinab zu seinem steif werdenden Schwanz, „ist nichts für mich. Ich steh nicht drauf, von meinem Boss benutzt zu werden.“

„Ich verstehe. Wäre ich du, würde ich auch nicht von meinem Boss benutzt werden wollen. Und als dein Boss ist das Letzte, was ich jemals würde tun wollen, dich zu benutzen. Schau, die Frauen, mit denen ich sonst ausgehe, und ich erwähne sie ungern schon wieder, aber sie haben allesamt ein starkes Bedürfnis nach Sex. Aber mehr noch als den Sex wollen diese Frauen Geld, Macht und Ruhm. Eine Milliarde Dollar bedeutet vielleicht nichts für dich, aber für sie ist es die treibende Kraft. Für sie ist der Sex auch ein Mittel zum Zweck und das Geld ein wunderbarer Grund, ihren Boss zu benutzen. Ich ficke sie, aber im Gegenzug schulde ich ihnen auch was. So sind sie, Frauen, die sich für Ruhm, Geld und Bekanntheit flachlegen lassen. Ich habe nichts gegen eine Frau mit einem gut eingestellten Sinn für Sex. In meiner Welt gibt es keine Schlampen, sehr wohl allerdings geldgierige Hexen und Goldgräberinnen. Der Grund, weshalb Baz dich als Opfer gewählt hat und keine der anderen, ist, dass er weiß, dass mir wahrhaftig etwas an dir liegt, und mir liegt an so wenigen Menschen etwas. Ich weiß, du traust und glaubst mir nicht, aber ich möchte trotzdem, dass du es hörst. Mein Ziel, abgesehen davon, dass dir nichts zustößt, ist, dir dabei zu helfen, dich selbst so zu sehen, wie ich dich sehe. Ich wünsche mir mehr als alles andere, dass du siehst, wieso ein Mann wie ich, der zahllose Frauengeschichten mit wenig Inhalt gehabt hat, dir ergeben ist."

Gott, dieser Mann kannte keine Scham. Ich wollte ihm ja gern glauben, aber ich hatte keine Kraft, gegen ihn anzukämpfen, also gab ich einfach auf.

„Das hast du schön gesagt. Funktioniert sicher bei den meisten Frauen." Ich führte mich auf wie eine totale Zicke. „Denkst du, die Laserschranken und Selbstschussanlagen sind schon alle fertig eingerichtet? Ich würde nach dem Essen echt einfach gerne schlafen gehen." Ich beschloss, seinen Kommentar darüber, wie er mich sah, und das ganze Blabla einfach zu ignorieren.

„Das war erledigt, bevor du überhaupt hier angekommen bist."

„Großartig." Ich versuchte so gut es ging, die Fassade der kaltschnäuzigen, überzeugten Jungfrau aufrechtzuerhalten, die niemals je mit ihrem Chef schlafen würde.

„Ich werde es nicht einschalten, bis du ins Bett gehst. Ich kann es mit meinem iPhone bedienen. Wenn du aus irgendeinem Grund aus deinem Zimmer raus musst, schreib mir einfach. In deinem Schlafzimmer und im Bad sind keine Sensoren, dort kannst du dich also frei bewegen, ohne es auszulösen. Aber du darfst keine Fenster öffnen. Gib mir mal dein Handy." Ich überreichte es ihm und fühlte mich, als würde ich ins Gefängnis einrücken. „Ist es entsperrt?"

Ich nickte und Logan ging auf den App Store, um eine Anwendung herunterzuladen. Wir saßen unangenehm schweigend nebeneinander, bis er mit der Einrichtung fertig war und mit seiner Arbeit zufrieden schien.

„Okay. Dein Telefon kann jetzt den Thermostat kontrollieren, die Lichter, die Bluetooth-Lautsprecher und die Minibar."

„Minibar?", fragte ich ungläubig.

„Mit Snacks, gesundem Essen, Wasser, Wein, Saft. Falls du in der Nacht Heißhunger kriegst. Gib es einfach in dein Handy ein, dann geht der Kühlschrank auf und wird beleuchtet. Im Schrank gibts auch einen Topf und eine Mikrowelle. Nachdem wir nicht wissen, wie lange du hierbleiben musst, brauchst du wenigstens ein paar Luxusgegenstände. Wenn du wirklich kochen willst, was ich schlicht nicht beherrsche, dann betrachte die Küche als dein Reich. Oh, und der Fernseher, der wird auch von deinem Handy gesteuert", fügte Logan etwas unbeholfen hinzu.

„Danke, dass du mir das alles eingerichtet hast, aber es fühlt sich trotzdem alles ein bisschen nach Gefängnis an. Tut mir leid, aber neben der Tatsache, dass mir jemand wehtun will, fühlt es sich auch nicht gerade gut an, hier drin gefangen zu sein." Der Gedanke daran, dass ich nicht zu meiner Tür hinaus oder ein Fenster öffnen konnte, löste bei mir plötzlich den Drang zu hyperventilieren aus.

„Du hast recht", war seine kleinlaute Antwort. „Vielleicht übertreibe ich ein bisschen, aber ich bezweifle es. Ich will einfach nicht mitansehen müssen, wie dir was geschieht …" Er verschluckte sich an den Worten. „Ich …" Ich glaubte schon, er würde mir sagen, dass er mich liebte, aber das wäre jetzt echt schräg gewesen. „Ich lass dich mal allein. Schreib mir einfach, wenn du dein Abendessen magst." Hurra, er hatte es nicht gesagt.

„Ähm, okay."

Dann setzte er mich abrupt wieder auf dem Bett ab, stand auf und verließ das Zimmer. Einen Moment lang saß ich nur perplex da, doch dann trieb mich der Hunger an, mir ein Paar Yogahosen und ein T-Shirt überzuziehen und nach unten zum Essen zu gehen.

Als ich geduscht und angezogen war, war es beinahe zehn Uhr geworden und ich war am Verhungern. Als ich in die Küche kam, war dort ein gewaltiger Haufen Zeug von einem italienischen Restaurant ausgebreitet, außerdem eine geöffnete Flasche Chianti, aber Logan war nirgends zu sehen. Neben dem Essen lag ein Zettel.

Schreib mir, wenn du ins Bett gehst, dann stelle ich den Alarm ein. L-

Ich war etwas genervt. Eigentlich war das perfekt, ich konnte essen und ihn dabei meiden, aber er war in meinem Zimmer so seltsam gewesen mit seinen Gewissensbissen, dass ich ihn wiedersehen hatte wollen. Logan der Kommandant war mir irgendwie fast lieber als die seltsam traurige Variante. Außerdem war es ausgeschlossen, dass ich das ganze Essen brauchen würde, das er bestellt hatte. Ich saß alleine da und fühlte mich von dem Berg an Futter überwältigt, daneben war ich allgemein nicht in meinem Element und hatte einen schrecklichen Tag hinter mir.

Was soll ich mit all dem hier machen?, schrieb ich als Antwort.

Iss es. Ähm … was?

Ohne dich? Er war so komisch gerade. Wieso wollte er sich nicht zu mir setzen?

Ich dachte, das wäre dir lieber. Das passte so gar nicht zu ihm.

Ist da Logan Steel?

Mein Herz begann zu pochen und ich fürchtete schon, dass etwas passiert und vielleicht jemand ins Haus eingebrochen war. Logan hatte seine Bude zwar zur Festung ausgebaut, aber ganz sicher konnte man da nicht sein. Die Nachrichten wirkten nicht, als könnten sie von ihm stammen. Ein paar Augenblicke später kam eine weitere.

Ich komme gleich runter.

Ich saß voll unter Strom da und bewegte mich nicht, während ich darauf wartete, dass die Person, die mir von Logans Telefon aus geschrieben hatte, zu mir kam. Ich sackte zu einem Häufchen Elend zusammen, als er sich zeigte, dieses Mal in einem grauen Baumwollshirt.

„Ist alles in Ordnung?", fragte ich noch immer ein wenig zittrig.

Er sah mich an.

„Ich hoffe es." Mehr sagte er nicht.

„Was ist denn los mit dir, Logan? Ist irgendwas passiert?"

„Nicht wirklich, nein." Er trieb mich in den Wahnsinn.

„Was soll das heißen, nicht wirklich?"

„Soll ich dir einen Teller richten?" Er ging zum Tresen, nahm meinen Teller und wollte ihn füllen, solange er nur meiner Frage ausweichen konnte.

„Du sollst meine Frage beantworten." Langsam wurde ich echt ungeduldig.

Er lud Essen auf meinen Teller und begann dabei leise zu sprechen. „Ich war einmal mit einer Frau wie dir verheiratet." Was jetzt, er war verheiratet? „Sie war nicht genau wie du, aber ihr seid euch ziemlich ähnlich. Ich jagte ihr für Sex hinterher, den sie mir, wie du, verweigerte. Ich lechzte nach allem, was sie mir gab, das kleinste bisschen Aufmerksamkeit, ein Lächeln, ein gemeinsames Mittagessen.

Sie war sehr hartnäckig und hat immer ‚Nein' gesagt, war aber trotzdem immer freundlich und liebenswürdig. Damals hatte ich etwas mit einer Frau in meinem Büro. Charlotte kannte die Gerüchte über uns, nur damals war ich noch nicht mit halb so vielen Frauen zusammen gewesen wie jetzt. Aber Charlotte wusste, dass ich eine andere gehabt hatte. Lauren, so hieß sie, war von der Sorte, die Charlotte zum Frühstück verputzt hätte. Ich mochte sie eigentlich nicht mal. Ich mochte nur den Sex ohne Verbindlichkeiten." Logan hatte meinen Teller gefüllt und machte sich selbst auch eine kleine Portion, bevor er sich mir gegenübersetzte.

„Deshalb habe ich mit Lauren Schluss gemacht und kurz darauf mein Glück mit Charlotte versucht. Für mich war Charlotte die Frau, die man einfach heiraten muss. Sie war umwerfend, witzig, kreativ, unschuldig, stark … Ich hab der armen Charlotte, nachdem ich es mit Lauren beendet hatte, so lange den Hof gemacht, bis sie endlich mit mir zum Abendessen ausgegangen ist. Dort hab ich sie dann natürlich zu überreden versucht, mit mir nach Hause zu gehen und Sex zu haben … und …" Er schaute mich an. Der Rest war offensichtlich.

„Sie hat dich verschmäht." Ich fand das jetzt nicht so schrecklich, wie er tat, aber vielleicht war er ja einfach nur ein Narzisst mit einem fragilen Ego.

„Ein ganzes Jahr lang. Und eines Tages hat sie mich mit dieser tiefen Liebe im Blick angeschaut und ich sah … meine Frau. Sie hat mich an jenem Abend zu sich ins Bett geführt und mir ihre Jungfräulichkeit geschenkt. Im Taumel der Liebe schwor ich, den Rest meines Lebens mit ihr zu verbringen. Es machte mir nichts aus, dass sie die einzige Person auf der Welt sein würde, mit der ich jemals wieder Liebe machen sollte. Ich war glücklich. Wir waren glücklich. Wir haben vor dem Standesamt geheiratet und hatten keinerlei Feierlichkeiten, wir haben lange Zeit nicht mal irgendwem davon erzählt. Die Einzige, die davon wusste, war meine Schwester. Es gefiel uns einfach, insgeheim verheiratet zu sein. Es war die glücklichste Zeit in meinem Leben. Ich überhäufte sie mit Dingen.

Sie musste mich schließlich anflehen aufzuhören, ihr Zeug zu kaufen … und ich hab ihr gehorcht. Das Letzte, was ich ihr gekauft habe, war nicht mal für sie, sondern für unser Baby. Ich war eines Abends nach Hause gekommen und sie hatte ein fantastisches Menü gemacht. Sie war eine tolle Köchin. Am Ende der Mahlzeit holte sie einen kleinen Kuchen und stellte ihn mir vor die Nase. Ich protestierte, weil ich ja nicht Geburtstag hatte, aber das sei ihr egal, sagte sie. Ich nahm einen Bissen und beachtete gar nicht die pinke Glasur auf dem pinken Teig. Es hätte nicht schlecht zu Charlotte gepasst, den pinksten Kuchen der Welt zu backen. Als ich kaute, biss ich plötzlich auf etwas Hartes. ‚Schatz' meinte sie, ‚Ich glaube, es könnte sein, dass da was drin ist.' Ich mein, das war total eklig, und dann zog ich mir ein winziges Plastikbaby aus dem Mund … ganz in Pink. ‚Ich war so beschäftigt mit der Arbeit', sagte sie. Sie war Innenarchitektin. ‚Ich hab ganz die Zeit übersehen. Weißt du noch, wo mir so schlecht war?' Ein paar Wochen zuvor hatte sie eine kleine Grippe gehabt und ich hatte sie gesund gepflegt. Sie hatte etwas zugenommen, aber ich fand sie immer noch unglaublich schön, ein paar zusätzliche Pfunde schadeten ihr sogar überhaupt nicht, sie war immer total zierlich gewesen. Dann dachte ich an die Form ihres Körpers und die niedliche Beule auf ihrem Bauch. Ich liebte es, da beim Liebemachen ein bisschen Speck zu spüren, und dann begriff ich endlich. Sie war schwanger, und zwar schon so lange, dass sie wusste, wir würden ein Mädchen bekommen. Ich bekam Angst, freute mich, erschrak, war glücklich. Ich kaufte ihr einen kleinen Strampelanzug, in dem sie Analisa nach Hause bringen sollte. Das war der Name, den sie sich gewünscht hatte, Analisa Nicole Grace, in Gedenken an ihre Mutter, Schwester und Großmutter, die alle einige Jahre zuvor bei einem Hausbrand ums Leben gekommen waren. Die Kleine sollte unser Ein und Alles werden. Ich dachte jeden Tag an Charlotte und Analisa … jede Minute eines jeden Tages. Ich sah die Warnzeichen nicht, ich hatte keine Ahnung. Wie sollte ich?"

Logan tat einen tiefen Atemzug und echte Tränen hingen ihm von den Augenlidern.

„Wenn es zu schwer für dich ist …" Ich brachte kaum einen Bissen hinunter. Ich fürchtete, dass die Geschichte ein entsetzlich tragisches Ende nehmen würde. „Dann musst du es mir nicht erzählen."

Er machte noch einen tiefen Atemzug und fuhr fort.

„Ich habs dann ein bisschen übertrieben und dem Baby auch noch ein kleines pinkes Rennauto gekauft. Ich wusste, sie war noch gar nicht geboren, aber … ich war einfach", eine Träne lief ihm vom Gesicht, „so aufgeregt", flüsterte er. „Ich bin früher nach Hause gegangen, um Charlotte damit zu überraschen. Ich rief nach ihr, als ich hereinkam, bekam aber keine Antwort. Ich rief noch einmal, aber das Haus war still. Ich ging ins Schlafzimmer, weil ich dachte, sie sei vielleicht in der Dusche. Sie arbeitete von zu Hause aus, sie war also normalerweise immer da." Er hielt einen Moment lang inne. „Ich öffnete die Tür zu unserem Schlafzimmer und da lag sie vor mir auf dem Boden, mit einem Messer im Rücken, Stichen im Bauch und überall am Körper. Der Autopsiebericht ergab, dass das Kind zuerst gestorben ist, noch vor Charlotte." Logan war stocksteif und eiskalt geworden.

Sein Ausdruck, seine Haltung, alles war verändert und er war einfach verschwunden.

„Es tut mir so leid." Ich wusste nicht wirklich, was ich tun sollte, also stand ich auf und setzte mich auf den Stuhl neben ihm und streichelte seinen Arm. „Wie kann man es nur verkraften, so etwas zu sehen und jemanden zu verlieren, den du sosehr geliebt hast?", fragte ich, ohne eine Antwort zu erwarten.

„Kann man nicht." Er putzte sich die entwischte Träne vom Gesicht. „Lauren hat herausgefunden, dass Charlotte schwanger war, und sie in einem rasenden Eifersuchtsanfall ermordet. Der Prozess war lang und quälend, aber es ist alles herausgekommen. Lauren war uns fast ein Jahr lang gefolgt, aber als sie das mit dem Baby herausgefunden hat, ist sie durchgedreht. Ich hab Lauren immer wegen der Pille ermahnt und ihr eingeschärft, dass ich keine Kinder gebrauchen könnte und nicht wollte, dass sie schwanger wurde. Ich wollte ihre Kinder nicht und sie wusste das. Jetzt sitzt sie lebenslang und ohne Bewährung im Gefängnis und ich trage Mitschuld. Sie war labil, aber mein ungehemmtes Bedürfnis nach Sex ohne Konsequenzen … sie hatte mehr gewollt, aber es für mich aufgegeben. Jetzt bezahlt sie dafür, aber ich noch viel mehr. Sie verdient Strafe, aber das bringt Charlotte und unser Kind nicht zurück. Und mich spricht es auch nicht frei. Ich konnte sie nicht beschützen.“ Er verstummte.

„Du bist nicht verantwortlich dafür, was mit ihnen passiert ist“, beteuerte ich. „Der Tod deiner Frau ist nicht deine Schuld. Es braucht zwei gewillte Partner, um eine Familie zu gründen, das soll eine Wahl sein, nicht einfach eine Konsequenz von Sex. Du warst ehrlich zu ihr. Wenigstens hast du kein Kind mit ihr gezeugt und es dann vernachlässigt.“ Ich versuchte ihn aufzumuntern, aber ich wusste, dass meine Bemühungen umsonst waren.

„Die Laser … Ich weiß schon, die sind zu viel.“ Er war so schwach und verletzlich.

„Nein, ich versteh das.“

33

Logan

Ich bezweifelte, dass sie tatsächlich verstand. Nicht wirklich. Ich war selbst der Grund, weshalb ich Charlotte verloren hatte. Ich hatte vor allen mit ihrer Schwangerschaft angegeben, vor allem vor Leuten, die auch Lauren gekannt hatte. Ich wollte Lauren wissen lassen, dass Charlotte mein Kind in sich trug. Wie konnte Adele verstehen, wie schrecklich es sich anfühlte, selbst daran schuld zu sein, dass ich die Liebe meines Lebens verloren hatte? Ich hätte wissen müssen, wie geistig verwirrt Lauren war. Es hatte schon von Anfang an Warnzeichen gegeben, aber jetzt war es längst zu spät, meine Welt war schon lange zusammengebrochen.

Adele streichelte und tröstete mich weiter, aber es war nichts zu machen.

„Ich denke, wir sollten es für heute gut sein lassen“, sagte ich schließlich zu ihr, denn ich hatte keine Energie mehr zum Essen oder Weiterreden.

Sie schnappte sich die Weinflasche, klemmte sie sich unter den Arm und nahm unsere beiden Gläser. Ich konnte mir nicht vorstellen, dass sie ein Besäufnis plante, aber was wusste ich schon, ich hatte erst wenige Nächte mit ihr verbracht und zumindest in einer davon war sie schwer betrunken gewesen.

„Kann ich aus der Matrix heute aussteigen und in deinem Zimmer schlafen?“, fragte sie unbekümmert lächelnd. „Keine krummen Dinger, nur kuscheln und schlafen.“

„Wenn du das möchtest.“ Es war ein schöner Gedanke, sie bei mir im Bett zu haben, wenigstens konnte ich so selbst auf sie aufpassen.

„Ja, das will ich.“ Sie war plötzlich viel selbstsicherer als zuvor.

„In Ordnung." Wir hatten beide kaum etwas gegessen, aber ich hatte auch keinen Appetit und ich vermutete, dass es ihr nicht anders ging.

„Und wofür sind die?" Ich nahm ihr die Weingläser ab.

„Zum Chillen. Ich denke, du und ich, wir könnten beide etwas Entspannung gebrauchen." Ihr Lächeln begann zu strahlen, als sie mir voraus die Treppe hinaufging.

In meinem Zimmer angekommen schlüpfte sie in mein Bett, schnappte sich die Fernbedienung und ihr Weinglas.

„Wir sollten uns die RuPaul-Therapie geben", lachte sie und versuchte herauszufinden, wie genau die Fernbedienung funktionierte. Sie hämmerte auf ein paar Knöpfe und schüttelte das Ding, aber nichts rührte sich.

„Ist sprachgesteuert." Etwas von meiner Leichtigkeit kehrte zurück, als ich sie beobachtete, wie sie kindlich-naiv herauszufinden versuchte, wie die komische Fernbedienung funktionierte.

„Oh, okay. Alexa oder Siri oder TV oder was auch immer, spiel RuPaul's Drag Race, Staffel sechs." Sie machte ein verzagtes Gesicht, als der schwarze Bildschirm unberührt weiterschlummerte. „Was mach ich falsch? Gibts da einen Trick?" Es war so niedlich, wie sie sich räusperte und ihre Stimme verstellte. „Siri Alexa TV, RuPaul's Drag Race."

„Ich muss es sagen", bemerkte ich und hatte meine Kommandostimme wiedergefunden.

„Oh, klar. Dann sags ihm." Sie nickte in Richtung Fernseher.

„Ich glaube kaum, dass ich heute Abend Dragqueens aushalte." Ich hatte zwar ehrlich gesagt die Sendung noch nie gesehen, sie klang für mich allerdings nicht gerade unterhaltsam.

„Mir egal, ob du das aushältst." Wo kam nur diese Kampfeslust her?" „Du siehst dir diese Sendung an. Charles und ich schauen uns jeden Abend ein paar Episoden an. Ich brauch das zum Einschlafen. Und du, du mein Freund, könntest auch eine Dosis Dragqueen-Drama gebrauchen, das rückt die Dinge echt ins rechte

Licht.“ Sie zufriedenzustellen genügte mir eigentlich ohnehin schon. „Spiele RuPaul's Drag Race“, befahl ich dem Fernseher und er erwachte zum Leben.

Was folgte, waren einige der erheiterndsten Momente, die ich seit langem erlebt hatte. Wir tranken unseren Wein, lachten, kuschelten, waren tief bestürzt ob der völlig abgedrehten Dramatik und ich genoss den Abend in vollen Zügen. Als ich Adele sagen wollte, wie schön es gewesen war, schlief sie bereits friedlich neben mir. Ich kuschelte mich noch dichter an sie und schaute die Folge zu Ende, auch wenn ich das niemals vor irgendjemandem zugegeben hätte, und schlief schließlich ebenfalls ein.

****

Wir erwachten zum Klang ihres Telefons, das wieder und wieder läutete. Sie ruderte eine Weile lang blind mit den Armen in der Luft herum, bis eine Hand schließlich ihr Ziel fand.

„Hola“, krächzte sie, nachdem sie sich das Handy aufs Ohr gelegt hatte. Sie riss die Augen auf. „Es tut mir so leid“, sagte sie und saß mit einem Mal aufrecht im Bett. „Ich hab total vergessen anzurufen. Oh mein Gott, Charles, mir gehts gut.“ Sie lugte herüber zu mir und ich grinste ihr zu. „So gut.“ Sie senkte die Stimme.

Das ließ mich glucksen.

„Du fehlst mir auch“, fuhr sie fort. „Du hattest ein Date. Ich weiß, ich hab versprochen, dass ich vor dem Schlafengehen anrufe. Nein, ich lebe. Ehrlich. Okay, du hast geschlafen, weil du am Spielen warst, schieb das nicht auf mich. Charles! Ich weiß schon, du machst dir Sorgen, aber Schätzchen … du hattest Spaß, gibs zu. Kommst du heute Abend vorbei oder gehts gleich weiter mit dem Kerl? Oh, tut mir leid, einmal und nie wieder, hm? Naja, der Richtige kommt schon noch, das wissen wir beide. Nein, du bist nicht das dritte Rad, wir sind kein Fahrrad. Wir hängen nur rum. Nein. Nein. Nein, hab ich nicht. Geht dich nichts an. Ernsthaft, Charles.”

Ich wusste ganz genau, worüber sie redeten.

„Nur fürs Protokoll, Charles“, ich redete über ihren Kopf hinweg in ihren Hörer, „ich probiere alles, dass sie mich ranlässt, aber kein Glück. Ich kriegs noch immer nicht.“ Eine kleine Freude durchzuckte mich, das machte Spaß.

Sie hieb mir heftig auf die Schulter. „Ja, mhm, das war er. Wir sind … ja, wir sind zusammen im Bett. Und es bleibt bei nein. Du musst überhaupt nichts mit mir tun. Mir gehts wunderbar. Ihm auch. Uns gehts prima”, beteuerte sie entnervt.

„Nein, Charles, mir gehts nicht prima. Komm rüber und hilf mir hier“, sagte ich erneut über Adeles Kopf hinweg. „Hau mich nicht.“ Ich hob drohend und feixend einen Finger, als sie zum nächsten Schlag ausholte.

„Ignorier ihn“, befahl sie. „Nein, nicht wie ich dich ignoriere, Charles, sei keine solche Diva. Musst du dich nicht langsam für die Arbeit herrichten? Sei heute Abend hier!“ Sie bat mich mit einem Blick um Bestätigung.

„Klar, soll rüberkommen. Sein Zimmer steht bereit. Dann machen wir einen schönen kleinen Dreier.” Sie riss die Augen auf, wie ich es erwartet hatte, als ich eine Ménage à Trois ins Treffen führte, worauf ich eigentlich überhaupt nicht stand und was natürlich nur ein Scherz war.

„Logan sagt, komm vorbei. Nein, du wirst nicht im Weg sein … überhaupt nicht.“ Sie starrte mich an. „Okay, wir sehen uns heute Abend. Lieb dich.” Sie legte das Handy auf und ich konnte sehen, dass sie den letzten Satz auch wirklich so meinte.

Ich war Zeuge des seltenen und wunderschönen Anblicks geworden, wenn Adele ihre bedingungslose Zuneigung zeigte. Charles war ein Glückspilz. Sie legte das Telefon zurück auf den Nachttisch und schaute herüber zu mir.

„Ich muss mich für die Arbeit bereitmachen. Mein Chef kriegt einen hysterischen Anfall, wenn ich zu spät komme.“ Sie schleuderte mir eine fiese Grimasse zu, rollte sich aus dem Bett und tänzelte in Richtung Bad davon.

„Stimmt doch gar nicht!“, protestierte ich. „Und etwa kein ‚guten Morgen, Logan‘? Kein Kuss? Nichts? Nada? Nix?” Sie wandte sich noch einmal um und grinste kokett. „Komm zu mir in die Dusche, dann sag ich dir dort guten Morgen.“

Ich wäre fast aus dem Bett gefallen. Keine Ahnung, wozu sie mich da genau eingeladen hatte, aber ich wollte es nur zu gern herausfinden. Als ich ins Bad kam, stand sie bereits in der Dusche, nackt und von oben bis unten eingeseift. Sie hörte mich hereinkommen, öffnete die Tür und streckte den Kopf heraus.

„Kannst du mir mit dem Rücken helfen?“ Ihr freches Grinsen ließ mich direkt hart werden.

Ich streifte mir die Hosen ab und stand mit einem ziemlich beeindruckenden Ständer da. Die Morgenlatte in Kombination mit ihrer Neckerei. „Darf der auch mit rein?“, fragte ich, weil ich wusste, dass ihr mein Schwanz Sorgen bereitete.

„Er darf rein, aber er muss sich benehmen.“ Verdammt … immer noch?

„Okay.“ Ich war schon froh, dass sie mich damit überhaupt in ihre Nähe ließ.

Ich nahm die Seife von der Wandhalterung und begann ihr den Rücken einzuschmieren. Sie lehnte sich bei mir an und rieb ihre Hand an meiner, um sich selbst auch noch etwas Seife zu holen. Dann wandte sie die Seife vorsichtig und mit behutsamen Bewegungen auf meinem Schwanz an, hob dabei den Kopf und küsste mein Kinn.

„Guten Morgen.“

Ich bückte mich etwas, um ihr einen richtigen Kuss geben zu können. Sie wandte sich mir zu, wir küssten uns und sie lehnte den Kopf an der Duschwand an, während sie ein Bein gegen meine Erektion hob. Sie war in der perfekten Position, aber sie hatte mir kein Zeichen gegeben, also ließ ich nur meine Finger über die zarte Haut ihrer Pussy tanzen und beobachtete, wie ihr Gesicht in Ekstase zu zerschmelzen drohte. Sie begann etwas fester an meinem Schwanz zu pumpen und das fließende Wasser und die übrige Seife waren gerade richtig, um die Reibung zu reduzieren.

Pure Leidenschaft schoss mir durch die Adern und meine Hüften begannen unweigerlich zu zucken. Ich war ihr Gefangener. Um den Gefallen zu erwidern, tauchte ich meine Finger in ihre Pussy und stieß so fest zu, wie es ihr Körper erlaubte. Schon nach wenigen Augenblicken keuchte sie und drückte sich gegen meine Hand. Ich arbeitete unablässig, um sie zu einem Erdbeben von einem Höhepunkt zu bringen, der ihre Welt auf den Kopf stellen sollte. Als sie zu zittern begann und sich über meiner Hand krümmte, sprudelte die Erlösung aus meinem Schwanz und wir beide wurden allein von den Berührungen in den siebten Himmel geschossen.

Als wir von unserer jeweiligen Wolke herunterschwebten, ließ sie sich in meine Arme sinken und küsste meine Brust, während das Wasser weiter über uns plätscherte. Es begann allmählich seine Wärme zu verlieren, aber das kümmerte mich nicht. Ich stand innerlich in Flammen.

„Danke", sagte ich und strich ihr das nasse Haar aus dem Gesicht.

„Guten Morgen." Sie küsste meine Lippen und drehte die Dusche ab. „Und jetzt muss ich in die Arbeit, bevor mein Boss noch rausfindet, was für eine kleine Schlampe ich bin", kicherte sie.

„Keine Schlampe und auch nicht klein. Du bist eine unglaubliche Frau, die ich jeden Tag ein bisschen mehr bewundere." Ich küsste ihre Schulter und wir traten aus der Kabine.

„Schönen Dank, ich bewundere dich auch." Sie war ein bisschen albern und hinter ihrer gewitzten, niedlichen und etwas oberflächlichen Antwort erkannte ich ihre Bedenken.

Sie wollte mehr als bewundert werden, sie brauchte und wollte Liebe, und ich war in etwa so bereit für echte Liebe wie sie für meinen Schwanz. Wir waren nicht etwa in einer Sackgasse, viel mehr vor einem Strudel, der uns ins Nichts zu saugen drohte. Das war uns beiden klar, und so umschifften wir die Wahrheit und die lauernde Bedrohung und genossen einfach die gemeinsame Zeit.

Der Rest des Morgens war entspannt. Fred begleitete uns auf unserem Weg zur Arbeit. Es würde schwierig werden, Fred als Bodyguard dauernd um mich zu haben, denn ich schätzte seine Gegenwart nicht besonders, genau wie Adele. Sie war trotzdem lieb zu dem verschwiegenen Mann, dessen gesamter Fokus auf staatstragender Sicherheit lag. Als wir bei DropIn ankamen, gingen Fred und Adele zuerst hinein, ich folgte ein paar Minuten später. Normalerweise bekamen es die Leute ziemlich schnell mit, wenn ich mit jemandem von der Arbeit schlief, aber Adele war eine großartige kleine Schauspielerin.

„Und, bist du soweit, können wir unsere Sommerparty fixieren? Wir müssen dem Veranstalter heute die Kohle schicken. Vielleicht können wir Fred, den Neuen, mitnehmen und ihm alles zeigen." Sie ging gleich in die Vollen, als sie mit Anthony redete und Fred dabei spielerisch in den Arm knuffte.

Das fühlte sich sicher gut an.

„Klar. Und Mittagessen? Denkst du, der große Boss lässt dich heute mal lange genug aus den Klauen, dass du mit mir was essen gehen kannst? Ich bin als Nächster dran." Das war als kleine Warnung an Fred gemeint.

„Klar, aber Fred muss auch mitkommen, er ist neu hier." Sie lächelte Fred an, der sich allerdings nicht rühren ließ. „Hey Fred, willkommen an Bord. Wenn Logan gleich zwei Praktikumsplätze vergeben hat, müssen wir diesen Sommer echt viel zu tun haben." Anthony warf Adele einen schrägen Blick zu.

Sie lächelte nur zur Antwort. Damit Fred wie ein echter Angestellter aussah, ließen wir ihn die ganzen Dateneingaben machen. Das war stupide Arbeit, die er machen konnte, während er ein Auge auf Adele hielt. Für sie beinhalteten die Regeln, dass sie nicht aufs WC gehen konnte, außer Fred und ich waren in der Nähe, das heißt, nur mittags oder während einem „Meeting". Mittagessen musste sie entweder mit mir oder Fred oder an ihrem Platz, sie durfte mit keinen anderen Mitarbeitern rausgehen. Ich musste zugeben, dass mir besonders die letzte Bestimmung gut gefiel.

Der Tag verlief recht unspektakulär. Adele, Fred und Anthony gingen in der Nähe Mittagessen und der Feierabend kam, ohne dass jemand irgendeinen Verdacht schöpfte. Auf der Fahrt heim hörte Adele gar nicht mehr auf zu erzählen, wie gut ich mit Charles auskommen würde, was mir nur einmal mehr zeigte, wie sehr sie ihn liebte. Nachdem sie über ihren schwulen besten Freund geschwärmt hatte, versuchte sie Fred in ein Gespräch zu verwickeln.

„Und Fred? Wie war dein erster Arbeitstag?" Ihr neckischer Ton war unwiderstehlich und sie kratzte heftig an seiner überprofessionellen Fassade.

Ich hatte noch kaum mehr als zwei zusammenhängende Worte von dem Kerl gehört, aber sie kitzelte doch ein paar mehr aus ihm heraus.

„Meine Arbeit ist es, dich zu beschützen." Seine trockene Stimme klang sosehr nach Roboter, dass ich den armen Kerl beinahe ausgelacht hätte.

„Okay, ja, schon. Aber, du weißt schon? Das ganze DropIn-Ding. Hast du dir mal ein bisschen angesehen, was die alles machen? Meinst du nicht, die Security-Männer könnten bei ein paar von den Sachen mitarbeiten, wenn wir alles ein bisschen größer aufziehen und ein paar Berühmtheiten anschleppen?" Oh, im Gehirn dieses Mädchens rumorte es ununterbrochen.

„Meine Firma bietet jegliche Art von Sicherheitslösung." Junge, Fred war echt ein Neandertaler.

„Fantastisch. Und, hast du schon mal jemanden sterben sehen?" Nein … sie hatte doch tatsächlich … „Schätze nicht, dann wärs ja auch keine besonders gute Sicherheitsfirma." Sie antwortete auf ihre eigenen Fragen, die süße kleine Hexe.

Er reagierte nicht.

„Wer ist die berühmteste Person, auf die du bisher aufgepasst hast?“ Sie ließ nicht locker mit den Fragen.

„Alle meine Aufträge sind vertraulich.“ Da gab sie dann doch auf, sie hatte es einfach mit dem langweiligsten Mann auf Erden zu tun.

Gottseidank kam Charles schon kurz nach uns an und sorgte für Stimmung. Wir bestellten mexikanisches Essen und Charles bereitete Margaritas zu. Fred verabschiedete sich am Ende seiner Schicht und wir wurden mit der Gegenwart eines seiner ebenso uninteressanten Kollegen gesegnet.

„Erklär mir doch noch mal das Problem damit, dass dir ein gut gebauter Mann den ganzen Tag hinterherläuft?“, bat Charles, nachdem er einen kräftigen Schluck von seinem Drink genommen hatte. „Weil ich da nämlich keine großen Schwierigkeiten damit hätte. Ich steh auf den großen, starken, stillen Typ. Du weißt schon, halt einfach die Klappe und lass mich mein Ding mit dir machen!“ Seine Arme fuchtelten und tanzten durch die Luft.

„Naja, Whitney, du kannst ja gerne von deinem schweigsamen, muskelbepackten Bodyguard träumen, aber ich hab Fred noch nicht so recht ins Herz geschlossen.“ Die beiden kicherten und ich fühlte mich ein wenig als Außenseiter.

Ich genoss zwar die Außenperspektive auf Adeles Leben, aber es stachelte gleichzeitig meinen Wunsch noch weiter an, ihr näher zu sein.

„Wie war Adele im College so?“, fragte ich deshalb Charles.

„Dick“, lachte er. „Dick und lustig und das netteste Mädchen aller Zeiten. Ich dachte als Kind immer, Mädchen wären so gemeine Wesen mit hübschen Haaren, die gut riechen. Ich mied sie. Aber dann ist dieses hier angekommen, mit ihrem hübschen Gesichtchen und ihrem engelhaften Wesen und ich wusste, das ist meins. Sie war außerdem so schrecklich angezogen, dass ich auch gleich erste Hilfe in Mode geben wollte. Und wir haben uns dann auch echt gut vertragen", fügte er schulterzuckend hinzu und tauschte einen liebevollen Blick mit Adele.

„Dick?" Das konnte ich überhaupt nicht glauben.

„Hübsch und in Übergröße. Aber das ist jetzt vorbei, jetzt, Schätzchen, bist du eine Bombe." Er schickte ihr einen Luftkuss.

„Nun, da kann ich dir nur zustimmen." Ich hob mein Glas und prostete Charles zu.

„Willst du wissen, wie man ihr an die Wäsche kommt?" Charles senkte die Stimme und flüsterte geheimnisvoll.

„Warst du da denn selbst schon dran?" Ich war ein wenig schockiert.

„Ich war jedenfalls näher dran als du", prustete er.

„Naja, wir sind schon recht weit gekommen, definitiv nicht mehr in der Friend Zone." Keine Ahnung, wieso ich ihn ärgern wollte, aber ich brach jedenfalls einen Wettstreit vom Zaun.

„Da wäre ich mir nicht so sicher, bei der Friend Zone kommt es nicht nur auf die Vagina an." Er kläffte zurück.

„Euch ist klar, dass ich noch hier bin, ja? Ich kann hören, wie ihr euch über meine diversen Körperteile unterhaltet", beschwerte sich Adele.

Wir ignorierten sie, die Insiderinformationen durfte ich mir nicht entgehen lassen.

„Okay, okay. Sie hasst es, wenn …", setzte Charles an.

„Charles Evan Monroe, wag es ja nicht!", fuhr Adele hoch. Oh, das war ein Spaß.

„… du ihr Knie direkt hier über der Kniescheibe drückst." Er führte es an seinem eigenen Knie vor.

„Ich hasse dich." Sie verschränkte die Arme vor der Brust.

„Und darauf geht sie ab?" Ich spielte mit und amüsierte mich.

„Sie windet sich wie ein Wurm und … naja, ich hab schon gehört, wie sie das hohe C getroffen hat, einfach nur, wenn man sie da berührt. Ist lustig." Er lachte. „Du musst ganz fest zupacken, bis sie platzt. Es regt sie furchtbar auf."

„Jetzt rege ich mich auch furchtbar auf." Sie tat so, als wollte sie sich auf ihn stürzen, aber er hielt sie sich vom Leib, indem er die Finger zu Zangen formte und ihre Knie bedrohte.

„Klingt ein bisschen nach Folter." Ich schielte lüstern nach Adele.

„Kein Problem. Dann trag ich ab jetzt Stiefel bis zu den Oberschenkeln im Bett. Dann kannst du einstecken."

„Sonst noch Ratschläge?", wollte ich wissen.

„Naja, ich kenne auch den Weg zu ihrem Herzen, aber den verrat ich dir nicht." Er leerte sein Glas und ich begriff, dass dahinter Ernst stand. „Es ist ein ganz besonderer Ort und ich möchte nicht, dass da zu viel los ist." Charles musterte mich eindringlich.

„Ich verstehe", antwortete ich ebenso ernst.

Der Wortwechsel tat dem Abend keinen Abbruch, aber ich hatte verstanden, was meine Anwesenheit für Charles bedeutete. Sollte diese spektakuläre Frau mich jemals in ihr Herz lassen, würde ich darauf Acht geben, noch genug Platz für ihn übrigzulassen. Sie verdiente jemanden, der so uneingeschränkt auf ihrer Seite stand.

34

Adele

Es war komisch, dass sich Charles und Logan um mich zankten, es fühlte sich einfach seltsam an. Aber natürlich hatte Charles recht, meine Knie waren eine bizarre erogene Zone. Das Kitzelgefühl, nun … es machte mich echt verrückt. Ich war wohl eine kleine Zirkusattraktion, was das anging. Diese plötzliche Veränderung in unserem Leben musste für Charles eine Menge auf einmal gewesen sein. Ich wusste, dass er daran zu knabbern hatte. Am einen Tag lagen wir noch kuschelnd und scherzend in seinem Bett und am nächsten Tag versteckte ich mich ausgerechnet zusammen mit dem Mann, vor dem ich mich zuvor noch hatte verstecken wollen.

„Und ich habs ernst gemeint“, fuhr Charles in seiner kleinen Attacke auf Logan fort. „Brichst du ihr das Herz, brech ich dir was anderes.“

Inzwischen hatten sowohl Charles als auch Logan genug getrunken, um Dinge zu sagen, die sie besser für sich behalten hätten. Logan wollte gerade seine Retourkutsche anbringen, überlegte es sich dann aber wohl anders.

„Wenn ich ihr Herz brechen sollte, dann verdiene ich das auch. Adele ist was Besonderes.“ Ich war beeindruckt von seinem Kommentar, aber sogar noch mehr, als er seinen Kopf umwandte und mich geradewegs anschaute. „Ich müsste verrückt sein, dir das anzutun.“

„Verdammt richtig“, meldete sich Charles erneut zu Wort.

Danach wechselten wir dann zu Themen wie Politik, Wirtschaft, Gesellschaft, alles Mögliche, solange es nichts mit meiner Jungfräulichkeit oder der auf mir lastenden Bedrohung zu tun hatte. Bis Charles nachfragte.

„Ist sie wirklich in Sicherheit?" Charles und Logan hatten mittlerweile Schild und Schwert beiseitegelegt.

„Sie wird so sicher sein, wie es nur irgendwie geht", versicherte Logan.

„Und wieso könnt ihr nicht zur Polizei gehen? Haben die nicht verdeckte Leute für sowas? Ich würde am liebsten jetzt gleich anrufen." Charles war zu betrunken für so etwas, aber sein Tatendrang war liebenswürdig.

„Ich habe meine Wege, Adele zu beschützen. Im Moment schließt das die Polizei aus, weil wir unter Garantie allesamt beobachtet und verfolgt werden. Unsere Handys sind vermutlich gehackt worden, genau wie unsere Computer. Also … bleibt uns nur dieser Weg. Aber ich schmeiße bald einen „Ball für böse Jungs". Das ist eine alljährliche Veranstaltung, bei der Baz nie fehlt. Ich lade korrupte Politiker ein, mit denen er unter einer Decke steckt, und die haben ihre eigenen Sicherheitsleute. Ich bring auch meine Security mit." Logan war ebenfalls beschwipst.

„Das hört sich nicht sehr durchdacht an", murrte Charles.

„Bei der Party gibts Frauen, Drogen und unaussprechliche Gelegenheiten. Die Frauen sind „Dates" und die unaussprechlichen Sachen sind alle legal. Die Party vermittelt die Illusion von was Kriminellem, aber ich verliere deswegen nicht meine Lizenz. Und dann werden wir sehen, was hinter verschlossenen Türen so passiert." Logan schien von seiner Party sehr überzeugt zu sein.

Allein zu hören, dass er einen Plan entwickelte, gab mir schon ein viel sichereres Gefühl.

„Ich hoffe, das funktioniert. Bis dahin will ich aber nicht, dass mir Ganoven und Gangster überhallhin folgen." Charles wirkte plötzlich angespannt.

„Ich kann dir mein Heim anbieten und ich engagiere einen Fahrer, der dich zur Arbeit bringt und abholt, wenn du willst." Logan war großzügiger als erwartet.

„Und mein Privatleben?"

„Bis das hier vorbei ist, haben wir alle kein Privatleben, fürchte ich." Es war die erschütternde Wahrheit.

„Ich hole morgen mein Zeug", meinte Charles resigniert.

Er musste eigentlich nicht unbedingt bei uns bleiben, er war wohl kaum in echter Gefahr, aber ich denke, er wollte es wohl so.

Vor allem, um ein Auge auf mich zu haben und sein Territorium abzustecken.

Ich wollte mich ab da nicht weiter mit der Realität befassen, es wurde mir einfach zu viel. „Ich hab glaub ich für heute genug gehabt. Ich geh ins Bett."

„Ja, ich auch", pflichtete Charles mir bei.

Und damit war der Abend beendet und wir suchten unsere jeweiligen Zimmer auf. Ich war rastlos und konnte nicht einschlafen, also startete ich stattdessen irgendwann meinen Laptop. Durch den vielen Stress war der Artikel über den männlichen Hedonisten mehr zum Krimidrama geworden. Ich musste etwas ändern, ich schrieb nicht wirklich das, was ich zum Ausdruck bringen wollte. Weil ich so angespannt und unruhig war, ging ich im Zimmer auf und ab und suchte meinen Weg zurück in die Arbeit. Es gab keinen plausiblen Ansatzpunkt und so fing ich einfach mit meinem eigenen Blickwinkel an und schrieb über die vielen „Onkel" die ich gehabt hatte, und über das obsessive Bedürfnis meiner Mutter nach einem perfekten Bild von Schönheit, das sie einhalten wollte. Bald schon ging ich in der Arbeit auf, sodass ich Logan gar nicht klopfen hörte und auch nicht bemerkte, wie er den Raum betrat.

„Es tut mir leid, dich zu unterbrechen. Ich werde dich jetzt wie einen Schatz einsperren und wollte nur sichergehen, dass du alles hast, was du brauchst."

Ich drehte mich etwas perplex zu ihm um und dachte nicht mal mehr dran, meine Arbeit wegzuklicken. Er lugte über meine Schulter und lachte.

„Der hedonistische Mann. Das hab ich wohl verdient, Frau Anthropologin." Er küsste meinen Kopf. „Ich hoffe, die

Unterhaltung vorhin hat dir keine Angst gemacht." Seine Stimme war sanft und besorgt.

„Haha, gibts momentan irgendwas, das mir keine Angst macht?"

„Ich verstehe. Möchtest du heute wieder meine Zimmergenossin sein? Es hat mir gefallen, dich in meinem Bett zu haben." Sein Lächeln verriet ihn, diesen Halunken.

„Ich bin sicher, dass es dir gefallen würde, mich jede Nacht in deinem Bett zu haben, bis ich dir zu langweilig würde." Ups, ich steckte wohl noch in meiner Arbeit fest, das hätte ich echt nicht so sagen sollen.

„Ich bezweifle, dass du mir jemals zu langweilig werden könntest." Sein Gesichtsausdruck war so aufrichtig, man musste ihm fast glauben.

„Nun, ich schätze, der hedonistische Mann kann bis morgen warten." Ich hatte das Wortspiel sorgfältig abgewogen.

„Heißt das also, dass du heute hierbleibst?" Er war furchtbar enttäuscht.

„Es heißt, ich bin fürs Erste mit dem Schreiben fertig. Ich hol nur meinen Pyjama und komm dann rüber."

Sein Gesichtsausdruck wechselte in eine besorgte Miene.

„Ich verspreche, ich sage es Igor …"

„Du meinst Georg, den Bodyguard mit der Nachtschicht", korrigierte er mich glucksend.

„… wenn ich rausgehe." Ich lächelte Logan aufmunternd zu und fuhr meinen Computer herunter.

Ich fühlte mich wirklich besser, wenn ich bei ihm schlief. Meine Mauern lockerten sich, Stück für Stück. Er hatte mir nichts als Respekt gegenübergebracht, seitdem wir uns kannten. Auch wenn sein Ruf ihm vorauseilte und er allen Berichten zufolge ein berüchtigter Schwerenöter war, mir gegenüber war er immer aufrichtig. Und deshalb holte ich nicht einfach nur meinen Pyjama, sondern duschte noch schnell und putzte mich ein klein wenig heraus.

Als ich aus dem dampfenden Bad trat, war ich schon ganz schön sexy und vielleicht, möglicherweise, unter Umständen bereit für Sex. Ich war mir nicht sicher, ich würde es wissen, wenn es soweit war, dachte ich mir. Also schnappte ich mir meine Kulturtasche, öffnete die Tür und stand vor jemandem in schwarz, der ernst und freudlos dreinblickte.

„Können Sie mich zu Logans Zimmer bringen, bitte?“, fragte ich und fühlte mich mit einem Mal wie eine verruchte Prinzessin, die in ihrem Turm gefangen ist und es sich gleich von ihrem weißen Ritter würde besorgen lassen.

„Ja, Ma'am“, sagte er und ging mit mir gemeinsam den Gang hinunter zur Treppe.

Er war es, der an Logans Tür klopfte. Als dieser öffnete, quollen seine Augen fast ein wenig über, als er mich so sexy dastehen sah. Ich fühlte mich gut, ich roch gut und ihn mit solcher Lust reagieren zu sehen, ließ meine Vagina ins Schwärmen geraten.

„Miss Robinson würde Sie gerne sprechen“, kündigte mich die Leibgarde an.

„Ich hoffe, sie will mehr als das.“ Der verführerische Ton in Logans Stimme hätte mich beinahe loslachen lassen.

„Ich positioniere mich vor der Tür“, war die einzige Entgegnung und ich fragte mich kurz wirklich, ob der Kerl nicht ein Roboter war. War die Technologie denn echt schon so weit?

Logan nahm sanft meinen Arm und führte mich in sein Zimmer. „Danke, Georg. Ich denke, wir brauchen Sie heute Nacht nicht mehr.“ Georg blieb unbeirrt.

Er ging zu einem Stuhl, der schon im Gang bereitstand, setzte sich und starrte die Wand an. „Ich bin hier, falls Sie etwas brauchen“, meinte er, ohne Logan anzusehen.

„Ob er da wohl einfach rumsitzt und auf seinem Handy Netflix guckt?“, plapperte ich nervös.

„Ich hoffe mal, er macht irgendwas, um sich abzulenken. Ich würde nicht wollen, dass er lauscht. Er soll schließlich dein Leben beschützen." Logan strich mit seinen Fingern durch mein langes, nasses Haar.

„Ich kann sie trocknen, bevor ich in dein Bett steige, wenn du möchtest. Hast du einen Föhn im Bad?", quasselte ich.

Wer war ich denn nur? Ich hatte nicht viel sexuelle Erfahrung, aber ein bisschen cooler war ich normalerweise doch schon.

„Du riechst gut." Seine Stimme war warm und betörend.

„Ähm … ist mein Shampoo." Ich hätte einfach in mein Zimmer zurückgehen sollen, ich war zu nichts zu gebrauchen.

Meine Nerven lagen blank, ich konnte kaum sprechen, ich zitterte.

Seine Hand wanderte über meinen Oberarm und ich erbebte.

„Was denkst du, wird heute passieren, Adele?" Seine Frage hätte Butter zum Schmelzen gebracht.

Ich beschränkte mich aufs Atmen.

Und dann lehnte er sich vor und küsste mich. Sein Mund schmeckte nach Minze und er zog mich an sich, ich spürte die Härte seines Schwanzes gegen meinen Oberschenkel. Seine Finger kämmten wieder durch meine Haare und meine Knie wurden weich. Er hob mich hoch und trug mich wie eine Braut zu seinem Bett.

Er legte mich sanft ab und nahm selbst den Platz neben mir ein.

„Und?" Er küsste meinen Hals. „Was machen wir jetzt?" Er küsste meinen Hals erneut. „Noch mehr Fernsehen?" Seine Stimme nahm einen geringschätzenden Klang an, während er meine Schulter küsste. „Vielleicht ein bisschen Fummeln?" Seine Hand schlängelte sich hinunter über meinen Bauch und blieb kurz vor meinem Intimbereich stehen. Er trommelte mit den Fingern leicht auf dem Bund meiner Seidenshorts von Victoria's Secret. „Schlafen?" Er ließ seine Hand ruhen. „Oder ... bist du bereit für mehr?" Langsam glitt seine Hand unter den Bund und ich fasste meine Unterlippe mit den Zähnen, um mich davon abzuhalten, ihn aufzuhalten.

„Bitte sei einfach gut zu mir." Ich war den Tränen nahe und zitterte noch immer.

Er kam dichter heran und suchte sich eine bequemere Position.

„Der gesamte Sinn hierbei ist, dass es sich gut anfühlen soll. Du bist nicht meine Konkubine. Ich bin kein König. Sex hat man, weil es sich gut anfühlt. Es gibt hier keinen Zwang." Seine Hand rutschte tiefer hinab und seine Finger wanderten in Richtung meiner triefnassen Mitte.

„Gut zu mir zu sein, es für mich gut sein zu lassen, dazu müsstest du …" Ich begann an meinen Worten zu ersticken und Logan unterbrach den sanften Angriff seines Fingers.

„Es wäre schön, wenn du mich lieben würdest."

Er beugte sich herab und küsste meine Lippen. „Ich liebe dich doch, Adele. Ich mag vielleicht nicht der Prinz auf dem weißen Schimmel sein, den du dir wünschst, aber ich bete dich an. Ich liebe die süße und unschuldige Art, wie du die Welt siehst und dir trotzdem nicht auf der Nase rumtanzen lässt. Du bist clever, sexy und witzig. Ich liebe dich genug, um ehrlich zu dir zu sein und dir zu sagen, dass das all die Liebe ist, zu der ich im Moment imstande bin. Der Grund, weshalb ich mit Frauen geschlafen habe, besonders mit meinen Praktikantinnen, ist, dass ich auf diese Weise einfach das Bedürfnis nach Liebe wegvögeln konnte. Mein Herz war unwiderruflich zerbrochen und ich wollte es nicht repariert haben. Diese Praktikantinnen waren sehr erpicht darauf, in diesem Bett zu schlafen und einen Törn auf meiner Yacht zu machen. Sie haben es sich so ausgesucht. Die wenigsten von ihnen vor dir hatten ein echtes Interesse an einem Social-Media-Unternehmen, abgesehen vielleicht davon, die Rolle der Mrs. Logan Steel abzustauben. Du magst zwar zittern wie Espenlaub, aber ich gebe zu, ich habe auch Angst. Du brauchst Liebe … und ich weiß nicht, ob ich die Art von Liebe habe, die du verdienst, aber ich will es versuchen. Ein Versuch ist alles, was ich bieten kann, aber ich schwöre, das ist mehr, als jede andere je bekommen hat. Doch am Ende ist es deine Entscheidung, und es wird auch immer so sein.“ Er zog seine Hand aus meiner Unterhose. „Was willst du?“

„Ich will mit dir Liebe machen“, flüsterte ich.

„Bist du sicher?“ Seine Augen drangen bis in meine Seele vor.

„Ja.“ Ich war sicher … mehr oder weniger.

„Ich vermute mal, du nimmst nicht die Pille.“ Sein Finger begann sich wieder zu bewegen, und kleine Blitze schlugen in mich ein.

„Nein.“ Ich senkte den Kopf, als sei es eine Schande, nicht zu verhüten.

„Keine Sorge. Ich zieh mir was über.“ Er küsste meine Brust unter dem zarten Stoff meines Oberteils. „Was muss ich tun?“, fragte ich, als wäre er mein Boss und das hier eine Aufgabe, die ich zu erledigen hatte.

„Atme.“ Er küsste den anderen Nippel. „Genieß es einfach.“

„Ha ha“, quietschte ich.

„Zuerst müssen wir dich entspannen. Das hilft.“ Er küsste mich erneut, dieses Mal auf den Mund.

Wir verbrachten eine Weile einfach küssend. Er konzentrierte sich nur auf mich. Seine Zunge erkundete behutsam meinen Mund und sein Körper rückte immer näher. Mein Kopf sank nach hinten und ich ließ ihn seine Küsse überall auf Hals und Schultern verteilen, während er so nahekam, dass er beinahe schon auf mir lag. Unter seinen Küssen und Liebkosungen bäumte sich mein Körper auf und seine Erregung wurde immer heftiger, seine Härte piekste mich in den Bauch.

Er hatte zwar gesagt, ich sollte mich nur zurücklehnen und den Ritt genießen, aber ich dachte an ihn und wie sehr er sich nach einer Berührung sehnen musste, also passte ich mich seinem Tempo an und fügte meine eigenen Zärtlichkeiten hinzu. Ich ließ sanft meine

Hände über seinen Körper gleiten und tanzte zaghaft über seine große, stahlharte Erektion. Wir waren beide noch bekleidet, aber der Stoff zerknüllte sich hier und da und immer mehr Haut wurde freigelegt.

Wir waren zuvor schon miteinander nackt gewesen, also löste ich mich stumm von ihm und schlüpfte aus meinem Top, er tat das Gleiche mit seinem T-Shirt, und ohne Zeremonie oder allzu viel Grazie zogen wir uns auch die Unterhosen runter und lagen nackt nebeneinander. Sein Schwanz stand vor intensiver Lust gerade von ihm ab. Plötzlich liebte ich dieses seltsame Ding. Zu seiner vollen Größe angeschwollen war Logan sehr gut bestückt, aber darüber hinaus war er auch irgendwie majestätisch anzusehen. Seine Manneskraft war tatsächlich gewissermaßen schön, zumindest für so einen komisch aussehenden Anhang.

„Du bist wunderschön“, schwärmte ich und streichelte die glatte Haut, die sich elegant über die verzweigten Adern an seinem Penis spannte.

Seine Antwort auf mein Kompliment bestand darin, meinem Körper noch mehr Aufmerksamkeit zuzuwenden, was mir noch immer sehr unangenehm war.

„Du bist himmlisch.“ Er legte seinen Mund an meine Brüste, nahm mit einer Hand das zarte Fleisch und küsste heftig meinen Nippel.

„Ah“, ächzte ich, als mich ein zuckendes Gefühl bis in die Zehen durchfuhr.

Er sog noch fester und jene Zehen verkrampften sich.

Dann nahm er den anderen Nippel in den Mund und tat das Gleiche. Ich spürte, wie die Feuchtigkeit die Innenseite meiner Schenkel zu bedecken begann und meine Angst und die Hemmungen bald von einem feurigen Verlangen nach jedem Zentimeter von ihm ersetzt wurden. Meine Hand verfolgte nun einen entschlosseneren Ansatz und ich packte seine Männlichkeit fest, rieb meine Hand an seinem Schaft auf und ab, ließ den Daumen über die volle Spitze seines Schwanzes gleiten, die bereits feucht verschmiert war.

„Okay, du Streberin, wenn du so weitermachst, schmeiß ich dich gleich auf den Rücken und mach dir die Beine breit. Lass das besser, bis ich ganz sicher bin, dass du bereit für mich bist. Ich bin nicht so leicht auszuhalten.“ Er feixte und nahm meine Hand sanft von sich.

„Das stimmt wohl.“ Ich konnte mir die Gelegenheit nicht entgehen lassen und mir den Witz nicht verkneifen.

Wir lachten und die Spannung löste sich weiter auf, als Logans Küsse auf Pilgerfahrt in Richtung Mutterland gingen. Ich hob meine Knie links und rechts seines Kopfes und spreizte die Beine für ihn, wobei sich mein Rücken durchbog. Alles war Feuerwerk. Ich wand mich und mein Körper flehte nach ihm, weshalb er, glaube ich, absichtlich langsamer machte.

„Jemand scheint bereit zu sein.“ Er küsste beide Seiten meiner Taille und meine Innenschenkel, bevor er die blank liegenden, lechzenden Nerven meiner Vagina zu lecken begann. Meine Finger kratzen quer über seinen Rücken und ich bäumte mich auf.

„Bitte, Logan. Ich bin so weit.“ Ich klammerte mich verzweifelt an ihn.

Er öffnete meine Schamlippen mit den Fingern und eine kühle Brise strich über das jungfräuliche Land.

„Bist du sicher?“, triezte er mich.

„Oh mein Gott … sei kein Arsch.“ Mein kindliches Ich kam so richtig zum Vorschein. Ich war sonst stolz darauf, reif und eigenständig zu sein, aber in jenem Moment wollte ich alles hier und jetzt, kein Warten mehr. „Ja, ich bin sicher.“

„Nur eine Sekunde, Liebling.“ Er löste sich von mir und ich schloss die Augen, konzentrierte mich auf meine Atmung und wartete auf seine Rückkehr.

Das war der Moment, es geschah wirklich. Ich hörte, wie er die Kondomverpackung aufriss, kurz darauf war er zurück. Nur thronte er diesmal über mir und ich bemerkte seine Größe. Er war in jeglicher Hinsicht so viel größer als ich. Mein Herz begann zu rasen bei dem Gedanken daran, wie sich dieser Unterschied anfühlen würde. Ich presste meine Augen noch fester zu und wartete einfach darauf, dass die Invasion begann.

„Öffne die Augen, Adele", lautete Logans düsterer, verführerischer Befehl.

Bis dahin war er der verspielte, liebenswürdige und verliebte Logan gewesen, doch jetzt war er wieder der Herrscher unserer Welt – und ich gehorchte.

„Ich will dich sehen und ich will dich hier bei mir haben", sagte er, während seine Finger erneut über mein nasses Zentrum fuhren.

Ein Finger tauchte ein, dann zwei, und dann ersetzte die warme Spitze seines Schwanzes seine Finger und er ließ sich etwas herab, presste dabei seine geballte Männlichkeit in mich, bis er auf Widerstand stieß.

Ich sog scharf Luft ein, während er mich mit exquisiter Folter öffnete. Ich war versucht wieder die Augen zu schließen, denn ich spürte zwar keinen Schmerz, aber diesen unvorstellbaren Druck.

„Uh", japste ich.

„Sag mir, wenn ich aufhören soll. Sag einfach Stopp, dann nehm ich ihn raus." Für einen Moment war er wieder ganz aufmerksam.

„Geht schon", keuchte ich.

„Okay. Dann will ich, dass du dich selbst berührst." Seine Stimme war wieder einen Ton dunkler und er nahm meine Finger, um sie auf meine geschwollene Klitoris zu drücken.

„Wieso?" Ich ließ die Finger dort, machte aber nichts mit ihnen.

„Reib darüber, so." Seine Finger führten meine, während sein Schwanz in mir blieb.

Ich tat, ohne weiter zu hinterfragen, was er gesagt hatte, weil mein Gehirn zu einem Zwiegespräch ohnehin nicht in der Lage gewesen wäre, also ahmte ich seine Bewegungen nach und seine Hand ließ meine schließlich los. Ich drückte und streichelte die weiche, entflammte Knospe, während er sein Gewicht verlagerte und sich dann ohne Ankündigung oder weitere Warnung mit einem festen Stoß ganz in mich schob. Meine Welt zerschellte und ich hielt mich tobend an ihm fest.

„Logan!“, schrie ich aus, während sein Körper in meinen eindrang.

Tränen traten mir in die Augen und seine Arme umschlangen mich und drückten mich fest an ihn.

„Ist schon gut, es tut nur ganz kurz weh.“

Ich klammerte mich an ihm fest, während der scharf schneidende Schmerz allmählich abstumpfte.

Seine Größe füllte mich komplett aus. Ich hatte nicht damit gerechnet, wie es sich anfühlen würde, Logan Steel in mir zu haben. Er nahm das Kommando über meinen Körper an sich, wie er es ja auch schon mit meinem Leben getan hatte. Ich war ihm ausgeliefert und konnte nur hoffen, dass er behutsam umgehen würde mit alldem, was ich bereitwillig vor ihm ausgebreitet hatte.

35

Logan

Sie klammerte ihre Arme um meinen Nacken, als ich in ihre zarte Jungfräulichkeit eindrang. Adele war in jenem Augenblick alles in meiner Welt. Ich konnte sie unter mir beben spüren und ich wollte nichts weiter, als ihre Schmerzen zu lindern … sie auszulöschen. Ihre Jungfräulichkeit war ein bedauernswertes Hindernis für die Liebe, die ich ihr geben wollte, und doch war sie auch eine Gelegenheit für mich, ihr zu zeigen, dass mir wahrhaftig etwas an ihr lag. Und so drückte ich sie fest an mich und flüsterte ihr ins Ohr.

„Es tut nur noch ein Weilchen weh", sagte ich sanft.

„Es schmerzt echt schlimm." Sie war den Tränen nahe und sie tat mir schrecklich leid.

Sie hatte sich selbst zu stimulieren aufgehört, als ich ihre Jungfräulichkeit durchbrach, und so nahm ich mit meiner eigenen geübten Hand den leeren Platz ein. Behutsam kreiste ich über ihre Perle, bis ich bemerkte, wie ihre Atmung knapper wurde. Dann bewegte ich mich in ihr, gerade so weit, dass der Schmerz und die Lust so miteinander zu tanzen begannen, dass sie darüber zum Höhepunkt kommen konnte. Sobald sie gekommen war, würde sich ihr Körper entspannen und ihr erstes Mal würde gleich viel schöner sein.

Während ich mit ihrer Klitoris spielte und mit dem Schwanz behutsam durch ihr aufgewühltes Inneres glitt, küsste und knabberte ich gleichzeitig an ihrem Ohr. Ich arbeitete ihren Geist und ihren Körper allmählich in die süße Ekstase und hörte schließlich auch ihr hohes Stöhnen, das den nahenden ersten Orgasmus ankündigte.

„Gut so, komm für mich", befahl ich.

Als hätte ich ihr die Himmelspforte aufgestoßen, brach ihre Anspannung in sich zusammen und sie schrie ihre Erleichterung in die Welt hinaus. Mein Schwanz konnte sich endlich in ihr bewegen, ohne weitere Schmerzen zu verursachen. Ich nutzte ihre ekstatischen Zuckungen, um endlich wirklich mit ihr Liebe zu machen. Gott, war sie eng. Ich konnte mich nicht erinnern, dass mein Schwanz je so fest umschlungen gewesen wäre. Schweiß legte sich über meinen Körper und meine eigene Erregung bemächtigte sich meiner.

„Ist alles in Ordnung?", fragte ich, denn ich wollte mich nicht länger zurückhalten.

„Mmm", machte sie und ihr Gesicht leuchtete dabei vor Euphorie.

„Dann ist es okay, wenn ich loslege?", wollte ich wissen und konnte mich schon kaum mehr zusammenreißen.

„Ja." Ihre großen Rehaugen schauten zu mir auf voller Liebe und Hingebung.

Ich wandelte auf sehr gefährlichem Boden. Ich hätte sie niemals in meine Welt holen dürfen. Sie gehörte dort nicht hin. Und dennoch machte ich mit ihr Liebe unter Aufwendung jedes Gramms meiner Seele. Ich gab ihr mehr, als jemals jemand zuvor von mir bekommen hatte. Dicht hielt ich sie an mich und penetrierte ihren Körper mit langsamen, rhythmischen Stößen.

Mein Tempo erhöhte sich nach und nach und ich stieß und rammte, was die Lust in Strömen über mich hereinbrechen ließ. Sie zuckte und wand sich etwas, aber der Schleier des Hochgefühls in ihren Augen verriet mir, dass sie nichts als die gute Art von Schmerz spürte. Dann zog ich mich einen Moment lang aus ihr zurück, weil ich eine andere Stellung versuchen wollte.

„Ist alles okay?", fragte sie fast panisch.

„Auf die Knie, Liebling", befahl ich ihr ins Ohr und sie war mir gefällig, indem sie sich mit wackligen Gliedmaßen auf alle Viere begab. „Spreiz die Beine für mich", ordnete ich an und kniete mich hin, um sie von hinten nehmen zu können.

Mit den Händen fest ihre Hüften packend, ließ ich meinen Schwanz in ihre zarte Pussy gleiten und schob sie dabei behutsam vor und zurück. Sie war so herrlich klein, ich fühlte bald schon die Spitze der Lust, die von ganz unten in mir aufstieg und nach der Erlösung bettelte. Ich verschob das Gewicht so, dass ich zur Gänze über ihr war, und tauchte meinen Schwanz soweit ein, wie es nur ging. Ich wippte sie vor und zurück, meine prallen Eier klatschten auf ihre Haut und ich fickte sie nach Strich und Faden durch.

„Bitte, bitte", kreischte sie ekstatisch.

Sie war bereit für einen zweiten Höhepunkt. Ich wanderte mit den Händen zu ihrer Klitoris und kniff das kleine Ding so lange, bis sie zu gurren begann. Schon die Geräusche, die sie in der Lust machte, hätten gereicht, um mir den Rest zu geben. Ich zog meinen pulsierenden Schwanz aus ihr heraus und riss mir das Kondom herunter, rieb meinen Schaft noch ein paarmal, fand schließlich meinen eigenen Höhepunkt und spritzte ihr heiß auf den Rücken. Als ich fertig war, brach ich neben ihr zusammen und zog ihren warmen, geröteten Körper an mich. Ich keuchte heftig und sprach mit schwirrendem Kopf zur Decke.

„Morgen besorgen wir dir was zur Verhütung", krächzte ich, während mein noch immer harter Schwanz weiterzuckte.

„Mmm okay", sagte sie und der Klang ihrer Stimme verlief sich.

Sie war bereit für Schlaf, und so küsste ich ihre Schläfe und legte sie auf mich, während ich ihren malträtierten Körper massierte.

„Du bist unglaublich." Ich hielt sie fest und spürte, wie ihr Körper in meinen Armen schwerer wurde.

„Nein, du", war alles, was sie vor dem Einschlafen noch sagte.

Das arme Ding war so gestresst gewesen, jetzt brauchte sie wirklich einen tiefen, angenehmen Schlaf. Ich hingegen war zwar müde, wollte aber mehr. Vielleicht würde sie ja nur ein paar Stunden schlafen und ich könnte sie später noch einmal rannehmen. Aber auch wenn es lange her war, dass ich eine Jungfrau gehabt hatte, ich wusste doch, dass sie öfter mal einen Tag oder mehr brauchten, um sich von ihrem ersten Mal zu erholen. Ich strich ihr das nasse und zerzauste Haar aus dem Gesicht und begnügte mich damit, einfach nur ihre Schönheit zu bewundern. Sie war ohne jeden Zweifel das süßeste Geschöpf auf Erden.

Nach einer Stunde, in der ich nackt neben ihrem schlafenden Körper lag, rührte sich mein Verlangen erneut. Ich wollte sie nicht aufwecken, denn ich wusste, dass sie schon eine ganze Weile nicht mehr so ruhig geschlafen hatte. Ich wandte mich von ihr ab und ignorierte meine Bedürfnisse. Wäre sie Christine oder irgendeine von meinen anderen Frauen gewesen, hätte ich sie mit meinem Schwanz aufgeweckt, aber weil sie mein liebliches Blümlein war, ließ ich sie in Frieden. Ich hatte ihr zwar wohl die körperliche Leidenschaft nähergebracht, doch sie war es, die mir ohne es zu wissen beibrachte, wie man liebte. Selbst bei Charlotte war ich ein eigensinnigerer Liebhaber gewesen.

Adele verdiente besseres, genau wie Charlotte es auch verdient gehabt hätte. Zumindest hatte ich mit Adele eine zweite Chance auf eine Liebe, die mir nicht zustand und von der ich auch nie geglaubt hätte, dass ich sie wollte. Nachdem ich meinem Schwanz noch eine weitere Stunde seine Wünsche verweigerte, fand schließlich auch ich Schlaf. Irgendwann inmitten der Nacht spürte ich Adeles warme Nacktheit hinter mir. Und ihre Atmung ging nicht im langsamen Rhythmus des Schlafes, sondern im aufgeheizten Takt des Verlangens. Ich drehte mich vorsichtig um und erkannte, dass sie wach war und mich beobachtete.

„Wie fühlst du dich? Bist du wund?“, fragte ich ohne Umschweife.

„Vielleicht ein bisschen.“ Sie lächelte. „Aber auf gute Art. Es erinnert mich daran, dass du da warst.“ Sie legte sich dabei behutsam ihre Hand auf ihr entblößtes Geschlecht.

Ich berührte mit dem Daumen ihre volle Brust. „Wie bist du nur jemals so lange Jungfrau geblieben?“

„Ich bin gut im Verstecken." Sie kuschelte sich an mich und meine Hand massierte ihren Nippel, wodurch er sich zu einem kleinen pinken Knopf aufzurichten begann.

„Denkst du, du könntest mich noch mal vertragen?" Ich wackelte mit meinem sich aufrichtenden Schwanz.

„Eher nicht." Sie tätschelte mein Ding und versuchte es wegzustecken.

„Ha, so funktioniert das nicht, besser lässt du ihn in Ruhe."

„Kann ich dir damit helfen?", fragte sie mit großen Unschuldsaugen.

„Fühlst du dich dem gewachsen? Bist du nicht zu müde?", fragte ich ohne ein Gefühl für die Uhrzeit.

„Mir gehts gut." Sie lächelte und hob ihren prächtigen Körper vom Laken.

„Na dann." Ich rollte mich auf den Rücken und mein Halbstarker kam auf meinem Bauch zum Liegen. „Hast du schon mal einem Mann einen geblasen?"

„Nö." Sie schenkte mir ein weiteres unschuldiges Lächeln. „Aber ich glaub, ich hab schon genug gesehen, um mir eine ungefähre Vorstellung zu machen." Sie schnalzte absichtlich übertrieben mit den Lippen, was uns beide zum Lachen brachte.

„Dann komm mal her und lass uns schauen, was du so draufhast."

Sie setzte sich auf, packte behände meinen Schwanz und legte ihren Mund darauf. Ihre warme Zunge leckte den Wulst meiner Eichel, lutschte und forschte, wodurch er ihr zum Gruß entgegenwuchs. Bald schon stach mein Schwanz in ihre Kehle vor und sie tat ihr Bestes, ihn hinunterzuwürgen.

„Du musst ihn dir nicht gleich in den Hals schieben", lachte ich ob ihres unschuldigen Enthusiasmus. „Ich möchte, dass du am Morgen noch sprechen kannst. Lutsch einfach weiter wie vorher und nimm deine Hände, das wird reichen." Mit dieser neuen Strategie pumpte und leckte sie, bis sich der Strom von meinen Eiern über die inneren Schenkel bis in meinen Schaft ausbreitete und der Moment kam, wo ich zu zucken und zu spritzen begann. „Wenn du nicht schlucken willst, halt Abstand.“ Zu meiner großen Überraschung aber blieb sie und trank meine Essenz, als meine Hüften vorwärts rollten und ich mich in ihren Mund ergoss.

Als ich fertig war, leckte sie mich sauber und ich lag nur da und ließ die Welt um meine Augen tanzen. Sie hüstelte ein wenig und wischte sich den Mund.

„Das hättest du nicht tun müssen“, sagte ich noch ganz benommen.

„Weiß ich.“ Sie wischte sich noch immer Sperma vom Mund, das gar nicht da war.

„Im Bad hab ich eine Mundspülung, falls du magst.“ Ich war noch viel zu benebelt, um mich schuldig zu fühlen, aber eigentlich wusste ich, dass sie ein Opfer für mich gemacht hatte in dem Wissen, dass es mir Befriedigung bringen würde.

Sie hüpfte vom Bett und ihr niedlicher kleiner Hintern verschwand im Badezimmer. Sie war nicht lange drinnen und kam sichtlich erfrischt wieder heraus.

„Also wohl kein großer Fan von Schlucken?“, fragte ich scherzend und kam langsam wieder in der Realität an.

„Vielleicht nicht so richtig“, kicherte sie. „Aber man muss alles mal probieren.“ Sie grinste und ihr Gesicht leuchtete rot auf.

„Und das hast du nun ja.“ Sie schlüpfte wieder ins Bett und ich holte sie in meine Arme.

Sobald sie neben mir lag, legte ich ein Bein über ihre Hüfte, fixierte sie so und kuschelte mich dicht an sie.

„Es ist spät, wir sollten ein wenig schlafen“, sagte ich und spürte, wie mich eine schwere Müdigkeit übermannte.

Ich hätte sie nicht lieben sollen. Ich hätte ihr stattdessen einfach ihre kleine Büroromanze lassen sollen, weil sie überwältigend und gefährlich für mich war. Ich wusste nicht, wozu das alles führen sollte, aber einer von uns würde garantiert leiden müssen. In jenem

Moment jedoch ließ ich den Gedanken los und glitt in Gegenwart ihrer ganzen Pracht in einen tiefen Schlaf.

Wir beide schliefen fest und lang und verfluchten den Alarm, der uns schließlich aus dem Schlummer riss.

Wir küssten uns und begrüßten uns mit funkelnden Augen, bevor wir gemeinsam in die Dusche stiegen. Ich seifte und wusch ihren Körper, der, wie sie zugab, noch immer zu wund war für alles außer meiner liebevollen Fürsorge. Sie bot an, sich stattdessen noch mal um mich zu kümmern, aber wir waren ohnehin schon spät dran. Wir würden später noch genug Zeit haben, unsere aufkeimende Liebe zu nähren.

Beim Büro angekommen ging ich vor ihr hinein. Als sie dann auch ankam, startete sie eine ganz schöne Show von wegen sie wäre viel zu müde und würde sich für nichts interessieren. Es war wirklich witzig, wie sie versuchte, Fred dazu zu bringen, ihre Arbeit zu machen. Er hatte am Morgen wie vereinbart Georg abgelöst und schien nicht gerade erfreut darüber zu sein, dass sie ihm mehr abverlangen wollte als die einfachen Dateneinträge.

„Du und dein Mitbewohner, ihr hattet also einen Stranger-Things-Marathon und habt überhaupt nicht geschlafen? Und deshalb bist du heute Morgen ein totaler Zombie?“, fragte Anthony, mehr als nur ein bisschen neugierig.

„Warst du nicht gestern noch eine Zombie-Kaffee-Fanatikerin?“

„Oh mein Gott, der Demogorgon … wie auch immer. Furchteinflößender Scheiß. Und ja, gestern Nacht war großer Fernsehmarathon.“ Sie schauspielerte so gut, es war bedenklich, denn ich hoffte, nie der Empfänger einer ihrer Performances zu werden.

„Und wieso macht ihr das nicht einfach am Wochenende, wenn sich alle normalen Leute ihre Serien reinziehen?“ Ihre Schultern entspannten sich sichtlich.

„An den Wochenenden sind wir viel zu beschäftigt. Du solltest dir Stranger Things echt geben, total irre. Außerdem, wieso sollte ich tun, was normale Leute tun?“

„Naja, weil es verrückt ist, die ganze Nacht wachzubleiben und eine komplette Staffel anzuschauen, deshalb. Und weil normale Leute nicht halbtot in die Arbeit gekrochen kommen, es sei denn vielleicht, sie schlafen mit ihrem Chef.“

Er musterte sie verschlagen und ich begann zu schwitzen.

Mir selbst machte es wenig aus, ob er wusste, dass ich mit ihr schlief, aber sie hätte sich mit den Konsequenzen bestimmt schwerer getan.

„Ich glaube, du kennst einfach zu viele normale Leute“, wehrte sie seine Befragung ab.

„Wie auch immer, ist ja dein Bier. Also, wir haben unsere Mitarbeiterparty am Wochenende und Logan hat am Freitag dieses Bad-Boy-Ding. Hat er dir davon erzählt?“ Bei der Erwähnung meines halblegalen Events verzog sich Anthonys Gesicht kaum merklich.

„Nein, was ist das? Bad Boys … das passt zu ihm.“ Sie zuckte mit den Achseln und ich ärgerte mich ein wenig. Schließlich tat ich alles in meiner Macht Stehende, um für sie kein Bad Boy mehr zu sein.

„Gott“, sagte Anthony mit gesenkter Stimme. „Es ist ein Graus. Ein Haufen zwielichtiger Gestalten. Die werfen eine Menge Kohle da rein, deshalb ist es eines unserer besten Geschäfte, so schräg und deprimierend das auch sein mag. Es ist wie eine Spendenaktion für kranke Typen, die auf abartige Dinge stehen.“ Er sagte den Rest im Flüsterton, sodass ich nichts mehr hören konnte.

Wegen der Bedrohung für Adele hatte ich überall im Büro Überwachungsanlagen installieren lassen. Dank einer entsprechenden App konnte ich per Knopfdruck jede Unterhaltung hören, die in der Nähe eines Mikrofons geführt wurde. Ich konnte außerdem alle Vorgänge aus verschiedensten Kamerawinkeln überall im Gebäude beobachten. Sollte etwas Verdächtiges vorgehen, würde ich davon erfahren und so auch einer der Bodyguards, mit denen ich über einen Ohrhörer in Verbindung stand. Sie waren also auf Knopfdruck abrufbar.

Sie hatten ebenfalls Zugang zu der App, konnten sie aber nur mit meiner Genehmigung nutzen. Ich konnte sehen, wenn sich jemand einloggte oder falls die App gehackt würde. Ich hatte echte Angst um Adele und so tat ich alles, was in meinen Möglichkeiten lag, um sie zu schützen. Die vielleicht etwas übertriebene Überwachungsaktion fiel mir allerdings ein wenig auf die Füße, denn jetzt musste ich mir den ganzen Tag anhören, wie Adele mit einem anderen Kerl flirtete. Ihr war vermutlich nicht einmal bewusst, dass sie es tat. Sie war sich sehr wenig im Klaren über sich selbst und ihren Effekt auf andere.

Der Tag zog sich quälend langsam dahin und ich füllte meine Zeit mit Meetings, Telefonaten und E-Mails, während ich zwischendurch ständig von Visionen der nackten Adele heimgesucht wurde, wie sie ausgespreizt vor mir lag. Ich überlegte mir alle möglichen Wege, wie ich sie weiter ins Liebesspiel einführen und ihr zeigen konnte, wie schön sich Schmerz und Lust mischen ließen. Ich plante, die Frau so oft kommen zu lassen, bis sie in Ohnmacht fiel. Ich wurde allmählich ein wenig besessen.

Als der Feierabend kam, konnte ich mich auf der Heimfahrt nicht zusammenreißen mit den Anzüglichkeiten.

„Denkst du, Charles würde mir dich noch für eine weitere Nacht überlassen?“, fragte ich schelmisch.

„Würde er bestimmt, ich brauche aber, glaub ich, ein wenig Abstand.“ Sie wandte sich mir zu und mein Inneres explodierte, so schön war sie. Ich hielt es keine Nacht lang ohne sie aus.

„Würdest du mir mal erklären, was hier los ist?“ Ich musste zugeben, dass mein Ton viel härter war, als ich es gewollt hatte.

Sie tat einen tiefen Atemzug und ich hätte beinahe das Fahren vergessen. Am liebsten wäre ich einfach rechts rangefahren, aber Fred saß im Wagen hinter uns.

„Mit dir zusammen eingesperrt zu sein ist einfach zu viel. Ich … letzte Nacht war schön und ich will … wir können noch weitere Nächte miteinander verbringen, wenn du das willst, aber ich brauche einen Abend mit Charles. Er fehlt mir, selbst wenn er bei dir im Haus ist. Mir fehlt es, bei ihm zu schlafen und, du weißt schon, dass nicht alles immer so verrückt ist. Ich will nicht im Hausarrest leben."

„Es ist kein Arrest …", unterbrach ich sie in die Defensive gedrängt.

„Es fühlt sich aber so an. Wenn ich mir einen Ort aussuchen könnte, würde ich nach Hause in Charles' Wohnung gehen. Wir würden Cocktails machen, quatschen, irgendwas Blödes anschauen und kuscheln. Ich … ich brauche das jetzt einfach. Ich hoffe, dass das nicht bedroht, was da vielleicht zwischen uns gerade wächst, aber ich brauche eine Pause von dir. Ich bereue letzte Nacht nicht, Logan, aber du machst mir noch immer ein bisschen Angst. Ich muss atmen." Sie schien ziemlich aufgewühlt und emotional zu sein und da begriff ich, auch wenn sie zugelassen hatte, dass ich mit ihr Liebe machte, sie hielt sich noch immer auf Abstand zu mir.

Ich hatte sie nicht wahrlich hereingelassen und im Gegenzug hatte auch sie nicht die Schwelle überschritten, an der ich es war, zu dem sie nach Hause gehen, Cocktails trinken und kuscheln wollte. Ihr bester Freund war noch immer ihre ganze Welt und das musste ich akzeptieren.

„Ich muss sagen, ich bin enttäuscht." Wieder war ich herrischer und strenger als angebracht. Aber es gefiel mir nicht, wenn mein Ego angekratzt wurde.

„Wieso?", wagte sie zu fragen.

Es war keine schlechte Frage, wieso wollte ich das Monopol auf ihre Zeit und Aufmerksamkeit?

„Wir haben gerade erst hiermit angefangen …" Ich wollte nicht mehr von ihrer Antwort hören.

„Denkst du, dass eine Nacht Pause für mich beenden wird, was wir da angefangen haben?"

Ihre Stimme war fest und ich erkannte, dass sie ein neues Level an Selbstvertrauen gefunden hatte.

„Ich bin mir nicht sicher.“ Und das war die Wahrheit.

„Geht es in dieser Verbindung nur um Sex?” Sie wusste es doch viel besser.

„Das weißt du genau …” Ich wurde allmählich wütend.

„Und trotzdem reicht es, diese Beziehung zu gefährden, nur weil ich etwas Zeit für mich brauche, nachdem ich herausgefunden habe, dass mich ein Mann beschattet hat und ermorden will UND ich meine Jungfräulichkeit verloren habe?“

„Natürlich nicht.“ Ich musste ihr Argument einsehen.

„Eben …“ Sie starrte mich an, nachdem ich den Wagen in meiner Garage geparkt hatte, dicht gefolgt von den Bodyguards.

„Du wirst mir fehlen“, sagte ich und stellte den Motor ab.

36

Adele

Ich wollte Logan nicht aufs Abstellgleis schieben, aber meine Gefühle waren zu stark und mein Körper zu erledigt, um mir eine zweite Nacht mit ihm überhaupt vorstellen zu können. Er war nachts zuvor so behutsam und zärtlich zu mir gewesen und er hatte sich so gut in mir angefühlt. Ich hätte für den Rest meines Lebens so mit ihm verbunden bleiben mögen, aber die Wahrheit war, Logan Steel war ein machtvoller und komplizierter Mann. Er regte alle meine Sinne an und damit auch alle meine Sorgen.

Ich brauchte tatsächlich etwas Raum. Als wir hereinkamen, war Charles bereits da. Er wirkte traurig und distanziert. Logans Heim war zwar schön, aber es war gleichzeitig auch groß und unpersönlich. Es war in nichts mit Charles‘ süßer kleiner Höhle zu vergleichen. Es fehlte mir, mit Charles bei ihm zu Hause zu sein. Und nach seinem Gesicht zu urteilen, ging es ihm genauso.

„Sie gehört heute Abend ganz dir“, kündigte Logan an, kaum dass wir das Haus betreten hatten.

„Echt?“ Charles sah gleich ein wenig lebhafter aus.

„Ich habe einiges an Arbeit zu erledigen, ihr habt das Haus also für euch, und Adele, wenn du ins Bett gehst, gib einfach dem Bodyguard Bescheid und er wird sich um alles kümmern.“ Logan war ganz Geschäftsmann.

„Danke, Logan“, sagte ich, ging zu ihm hinüber und gab ihm einen zarten Kuss auf die Lippen.

„Er hat Glück, der Bastard“, witzelte er.

„Das stimmt wohl.“ Ich grinste und zwinkerte.

Danach schnappte sich Logan ein paar Sachen aus dem Kühlschrank und ging ins obere Stockwerk.

Sobald er außer Hörweite war, erwachte Charles zum Leben.

„Was ist zwischen euch passiert?“ Er war bereit für Klatsch und Tratsch.

„Wir haben es getan“, platzte ich ohne Umschweife heraus.

„Und er ist allein nach oben gegangen, weil?“ Besorgnis war in Charles‘ Ton zu hören.

„Weil ich immer noch wund bin und Zeit zum Atmen brauche.“ Im Kühlschrank fand ich vorgekochte Gerichte unter einer Plastikhaube. „Die sind wohl für uns. Willst du Lachs oder, ähm … Hühnchen, glaub ich?“ Es gab mehrere Teller mit ähnlich vorbereitetem Essen.

Der Anblick ließ mich zurückdenken an meinen ersten Abend mit Logan und wie nervös er in der Küche gewesen war.

„Lachs klingt gut. Einfach in die Mikrowelle damit? Du hast also das Versaute getan und mich nicht mal angerufen?” Charles tat, als wäre er beleidigt.

„Auf Backblech legen“, las ich und schaute in den Ofen nach etwas Passendem, wo ich auch fündig wurde. „Das sollte gehen. Bei 200 Grad für zehn Minuten ins Backrohr geben. Okay … wünsch mir Glück.“ Ich deckte das Essen ab, stellte es ins Rohr und schaltete den Ofen ein. „Ich hab nicht angerufen oder geschrieben, weil … ich nicht wirklich weiß, wie ich mich fühlen soll.“

„Was meinst du, du müsstest doch rumhüpfen und den Entjungferungstanz tanzen, was stimmt denn nicht mit dir? Du wurdest soeben von einem Quadrillionär entkorkt, wir brauchen dringend etwas Champagner!“ Jetzt war Charles wieder ganz der Alte.

„Sowas gibts hier bestimmt irgendwo.“ Ich schaute mich in der Küche um und fand den kleinen Weinkühlschrank, in dem gleich mehrere vornehm wirkende Flaschen Champagner aufgereiht waren. „Kein Wunder, er hat gleich eine ganze Sammlung.“ Ich holte mein Handy und schrieb Logan, wobei ich mich ein wenig schuldig fühlte, weil ich ihn weggeschickt hatte.

Können wir eine Flasche Schampus anstechen? Und, ähm … wir essen den Lachs, ist das okay?

Ich brauchte nur wenige Sekunden auf die Antwort zu warten.

Bedient euch, mein Zuhause ist euer Zuhause.

Du bist der Beste. Ich schickte noch einen Smiley und ein Herz hinterher.

Du fehlst mir, antwortete er mit einem traurigen Emoji.

Drama Queen, war meine Antwort, womit die Unterhaltung beendet war.

Mir wurde ein kleines Bisschen mulmig und ich fragte mich, ob ich ihn wohl echt gekränkt hatte, aber dann verbot ich mir den Gedanken. Selbst wenn ich mich kopfüber in eine Beziehung mit ihm stürzen wollte, würde ich immer noch meinen Freiraum benötigen, also beschloss ich, ihn ebenfalls zu ignorieren.

„Wir kriegen den Champagner“, sagte ich und schnappte mir eine der feinen Flaschen.

„Fantastisch. Und du findest es nicht komisch, dass du ihn mit mir trinkst und nicht mit ihm?“ Charles saß an der Kücheninsel und schaute perplex drein.

„Weil du mein bester Freund bist und ich Zeit mit dir verbringen wollte. Du weißt schon, um meine Batterien aufzuladen und so. Logan … er ist ganz schön anstrengend. Außerdem willst du ja auch, dass ich mit dir abhänge. Du warst total am Schmollen vorher.“

„Er ist so himmlisch, da hab ich eben gedacht, du würdest lieber im Himmel leben und mich in die kleine Freundschaftskiste stecken“, gestand Charles. „Das wollte ich verhindern.“

„Er ist auch ein bisschen höllisch … und die Freundschaftskiste kommt nicht in die Tüte, du wirst immer mein bester Homie sein.“ Ich machte eine komische Hiphop-Geste.

Charles lachte gnädig und wir aßen unser Mahl, tranken die komplette Flasche Champagner und setzten unseren Drag-Race-Marathon fort. Wir redeten auch eine Weile über Sex und ich erklärte ihm, wie ich gleichzeitig Furcht und Glück gespürt hatte und was

Logan so alles Heißes zu bieten hatte. Charles freute sich über jedes Detail, das ich zu teilen bereit war.

„Ein Wunder, dass du noch auf den Beinen stehen kannst!“, scherzte er.

Als es Zeit fürs Bett war, riefen wir Georg und Charles schlief bei mir im Zimmer. Wir bedienten uns vor dem Zähneputzen noch an der Snackbar und kuschelten uns dann zusammen. Es fühlte sich immer noch nicht normal an, aber es war nahe dran. Das hatte ich gebraucht.

Am Morgen war Logan bereits zur Arbeit gefahren. Er hatte einen Fahrer bestellt, der mich und Fred abholte, also gab ich Charles einen Abschiedskuss und wir fuhren los. Fred saß vorne beim Fahrer und ich blieb hinten allein, als wäre ich eine reiche Erbin, mit der niemand sprach, es fühlte sich fremd und seltsam an.

Logan war den Großteil des Tages unterwegs und war nur kurz im Büro, um ein paar Papiere zu holen. Ich schenkte ihm ein verführerisches Lächeln, das er mit einem liebevollen Blick beantwortete, das war‘s. Ich beschäftigte mich mit Anthony und dem Rest der Belegschaft, aber ich war nur ein Anhängsel für sie. Man hatte mich schon längst als potentielles Flirtobjekt abgeschrieben und so hatte ich zu ihren Unterhaltungen wenig beizutragen, zumal ich ja all meine Zeit mit dem Boss in einer geheimen Beziehung verbrachte, weil mein Leben in Gefahr war.

Am Ende des Tages brachten mich Fred und der Fahrer wieder nach Hause, aber Logan war nicht da. Ich schrieb ihm besorgt.

Kommst du heute gar nicht nach Hause?

Nach einer kurzen Weile antwortete er. *Ich arbeite. Schnapp dir was zu essen und ich versuch dann später dazuzukommen.*

Charles war an jenem Abend bei sich zu Hause, weil er schon vor Monaten zugesagt hatte, seinen monatlichen Buchclub zu betreuen. Also aß ich allein. Als Logan nicht auftauchte, nachdem ich gewartet hatte, so lange wie ich es aushielt, ging ich hinauf zu seinem

Zimmer und klopfte an die Tür. Er machte auf und trug nichts weiter als seine bequeme Hose.

„Können wir heute Nacht zusammen schlafen und einfach nur schlafen?“ Was auch immer er getan hatte, um mich ihn vermissen zu lassen, es funktionierte.

„Das können wir morgen, Liebes. Die Bad-Boy-Aktion ist morgen und ich habe so viel zu tun, dass ich mich wahrscheinlich gar nicht erst hinlegen werde. Aber ich freue mich, dass du vorbeigekommen bist, wenn auch nur zum Schlafen. Darf ich mich bitte entschuldigen?“ Er meinte es ernst, er wollte mich nicht reinlassen.

Autsch, erst jetzt bemerkte ich, wie mich die Männer in meinem Leben verwöhnt hatten. Ich hatte den ganzen Sommer über noch nicht allein geschlafen.

„Kein Problem.“ Ich ging zurück in mein Zimmer und arbeitete an meinem Text, fühlte mich aber unproduktiv und rastlos.

Am nächsten Tag war Logan schon wieder verschwunden, noch bevor ich wach war. Ein anderer Fahrer brachte mich zur Arbeit und mittags wieder zu seinem Haus, um mich für den Bad-Boy-Abend bereitzumachen, über den ich nur so wenig wusste. Angesichts der Bedrohung klang er alles andere als verlockend. Ohne Logan fühlte ich mich ganz einfach wie eine Gefangene. Ich versuchte nicht daran zu denken und ging mit Fred an den Fersen nach oben. Er brachte mich zu meinem Zimmer und ließ mich dann allein, und da sah ich das Päckchen auf dem Bett, auf dem eine einzelne rote Rose lag.

„Jungs“, rief ich in den Gang hinaus. „Vielleicht solltet ihr euch das hier mal ansehen.“ Ich hatte plötzlich schreckliche Angst.

Fred ging sofort in den Notfallmodus. Ich wurde aus dem Raum geschoben und in einen Abstellraum gebracht, der zuvor kugelsicher gemacht worden war. Ich war total baff über die ganzen Umbauten, die Logan vorgenommen hatte, nur um meine Sicherheit zu garantieren. Fred rief Unterstützung und ein weiterer Bodyguard, den ich noch nie zuvor gesehen hatte, tauchte aus dem Nichts auf. Wie viele von denen waren denn hier versteckt?

Ich lugte aus der Abstellkammer und beobachtete, wie sie mit gezogenen Waffen auf die Box zugingen, als würde sie gleich hochspringen und sie beißen wollen. Der andere Typ hatte einen Teststreifen für Sprengstoff dabei und wischte damit über die Schachtel. Dann steckte er ihn in ein kleines Gerät. Er gab Fred Entwarnung. Der stieß dann die Rose von der Schachtel und verwendete den Lauf seiner Pistole, um den Deckel wegzuschieben.

Ihre Gesichter ließen einen Mix aus unterdrückter Enttäuschung und Verwirrung erkennen. Fred beugte sich hinab und zog ein kleines schwarzes Kleid zusammen mit zehn Zentimeter hohen High-Heels heraus, während der zweite Typ die beigelegte Karte rausholte.

„Ich hoffe, es stört dich nicht, dass ich mir erlaubt habe, dich für heute Abend einzukleiden. Ich denke, du wirst darin ganz reizend aussehen. Tut mir leid, dass ich gestern arbeiten musste. Ich bete, dass unsere kleine Ruhepause beendet ist und du bereit für mehr von mir bist. In Liebe … L.“ Ich lief rot an und war froh, dass sie mich nicht sehen konnten.

Sie legten die Gegenstände so behutsam wie sie konnten zurück, holten den Deckel und die etwas in Mitleidenschaft gezogene Rose und Fred kam herüber zu mir.

„Alles sicher“, sagte er in altbekannter Monotonie.

„Danke.” Ich huschte zaghaft zu der Schachtel, nachdem sie mein Zimmer verlassen und die Tür geschlossen hatten.

Noch immer von all den Sicherheitsmaßnahmen beeindruckt, schaute ich mir die handgeschriebene Karte an. Logan war ein Schuft. Das Kleid bestand quasi aus Luft und zum ersten Mal in meinem Leben freute ich mich darüber sogar irgendwie. Ich wollte mich für Logan sexy fühlen. Bei ihm war Sex Macht und ich wollte auch mal die Kontrolle haben, also machte ich mich für den Abend zurecht und schlüpfte zuletzt in die Schuhe, die ich kaum tragen konnte. Ich ließ mir Zeit mit meinem Make-up und meinen Haaren und ich wäre vor Schreck fast aus der Haut gefahren, als es an meiner Tür klopfte.

„Adele?“ Logans Stimme war zart.

„Eine Sekunde.“ Ich stand auf und fühlte mich am ganzen Körper zittrig.

Plötzlich machte er mich wieder nervös, außerdem versetzte es mich natürlich auch in Schrecken, auf eine Party zu gehen, wo Baz ebenfalls sein würde.

Wozu zur Hölle gab er diesen verfluchten Abend überhaupt? Hätte man das dieses Jahr nicht absagen können … und wieso nahm er mich mit, wo ich direkt in der Schusslinie sein würde?

„Hey du“, sagte ich, als ich mit klopfendem Herzen und bebenden Händen die Tür geöffnet hatte.

„Oh mein Gott, du siehst noch umwerfender aus, als ich erwartet hatte.“ Er beugte sich vor und küsste mich auf die Lippen, seine Art mich zu begrüßen.

„Das ist ein ziemlich verwegenes Kleid, Mr. Steel“, tadelte ich ihn zum Schein.

„Gut, dann hoffe ich, dass du es auf verwegene Weise tragen wirst.“ Er küsste mich noch einmal. „Ich wünschte, wir hätten Zeit, das Kleid zu entweihen, aber es geht in einer Stunde mit den Drinks los und es ist ein bisschen Fahrt bis dahin. Bereit?“

„Fast.“ Ich stemmte mich dagegen, als er mich aus dem Zimmer schieben wollte. „Wieso tun wir das?“

Er schaute mich mit offener Verwirrung an. „Was meinst du?“

„Wieso gehe ich auf eine Party zusammen mit jenem Mann, der mir nach dem Leben trachtet? Das kommt mir nicht richtig vor, Logan. Und dieses Kleid hier … das, das wird den Kerl doch nur noch ärgern.“ Ich wollte nicht heulen, aber ich fühlte plötzlich Tränen aufsteigen.

„Weil es eine alljährliche Veranstaltung ist. Am Anfang habe ich mich Baz' Wünschen gefügt, weil das sein Weg war, die Firma zu finanzieren. Wenn ich das jetzt beende, würde er das als Drohung gegen sich sehen und womöglich Rache nehmen. Bei dieser Party wird eine Menge Kohle gemacht. Ich bringe dich mit, denn wenn ich dich zu Hause lasse und nicht vorführe, würde er vermuten, dass ich dich vor ihm verstecke. Er würde vermutlich seine Leute schicken, um dir etwas anzutun und mir zu zeigen, dass er tun und lassen kann, was er will. Wie ich schon gesagt habe, der sicherste Ort für dich ist an meiner Seite." Er war wieder ganz der strenge Kommandant.

„Ich wünschte, du hättest unrecht." Ich senkte den Kopf.

„Das wünschte ich auch." Er ließ seine Finger durch mein Haar streichen und ich erzitterte unter seiner Berührung. „Weißt du was, wir können sicher auch ein paar Minuten zu spät kommen." Er kam heran und küsste mich leidenschaftlich, ließ seine Zunge in meinen Mund gleiten und trieb mich an den Rand des Wahnsinns.

Protestierend schob ich ihn weg. „Mein Lippenstift wird aussehen wie Sau, wenn du so weitermachst."

„Ich habe noch sehr viel mehr vor, als dich nur zu küssen. Du kannst ihn dann im Wagen wieder ausbessern. Wie fühlst du dich?", fragte er und seine Hände legten sich auf meinen Körper, schlupften in mein Hoschen und fingerten mich.

„Schon besser. Was soll das werden?", fragte ich und rieb mich an seinem Finger.

„Ein Quickie? Keine Lust?" Seine andere Hand fasste meine Brust unter dem BH und es war um mich geschehen.

„Du bist schlimm", schimpfte ich.

„Du hast ja keine Ahnung", sagte er und schob mir das Kleid über die Hüften hinauf. Ich zog mir das Höschen bis unter die Knie. „Beug dich über den Schminktisch, streck deinen Arsch raus und spreiz die Beine", befahl er.

„Meinst du das ernst?"

„Vertrau mir, Adele, du wirst es lieben.“ Er öffnete seine Hose, ließ sie zu Boden fallen und holte seinen Schwanz raus, der bereits strammstand.

„Wer ist jetzt der Streber?“, kicherte ich.

„Ich träume schon den ganzen Tag hiervon“, hauchte er und bearbeitete mit seinen Fingern meine feuchte Mitte. „Ich geb mir beim nächsten Mal wieder mehr Mühe, aber jetzt muss ich dich einfach haben. Sonst dreh ich noch durch.“

Ich fühlte schon während er noch sprach, wie er sich in meine Öffnung drückte, also spreizte ich die Beine, so weit ich konnte, und ließ ihn herein. Es war töricht und verrückt, aber in Wahrheit sehnte ich mich genauso nach ihm. Ich wollte seinen Körper mindestens genauso sehr wie er meinen. Mit etwas behutsamem Drücken und einem Stoß war er in mir. Das köstliche Gefühl, von Logan Steel ausgefüllt zu werden, war unfassbar. Ich genoss es einfach, ihn in mir zu spüren.

Er begann mit langsamen Stößen, die meine empfindliche Innenseite streiften und eine feurige Mischung aus Schmerz und Leidenschaft entfachten und die Erinnerung an das letzte Mal wieder weckten.

„Ah!“ Ich krallte mich an den Rand des Schminktisches und schluckte den Schmerz hinunter.

„Es wird weniger, genau wie beim letzten Mal.“ Logan drückte sich tiefer hinein, seine Hände fanden meine Hüften und ließen mich vor und zurück wippen.

Zuerst bewegte er sich noch behutsam, aber mit seiner Leidenschaft stieg auch sein Tempo an. Bevor ich mich versah, stieß er hart und fest in mich, viel fester noch als beim ersten Mal. Ich krallte die Finger am Tischchen fest und er nahm mich heftig von hinten. Meine Gedanken waren ein zersplittertes Chaos aus Leidenschaft, Schmerz und unglaublicher Lust. Mein Kopf bog sich zurück und ich positionierte mich so, dass ich noch mehr von ihm aufnehmen konnte.

„Wer ist jetzt die Schlimme?“, fragte er mit rauer Stimme.

Ich konnte nur noch knurren und seine Hände wanderten hinauf zu meinen Schultern, um mich an ihn zu pressen, während sein Körpergewicht ihn fester in mich drückte. Ich hielt es kaum noch aus und ein ekstatisches Kitzeln stieg von meinen Zehen bis hinauf in meinen Bauch. Ich wusste, dass auch Logan nicht mehr lange brauchen würde, denn seine stechenden Stöße waren zu einem elektrifizierten Pulsieren geworden. Er stöhnte und ich spürte die Hitze von ihm ausgehen, während er mich an Ort und Stelle hielt.

„Ich komme gleich“, hauchte er mir heiß ins Ohr und das reichte aus, um mich über die Kante zu stoßen.

Plötzlich zog er ihn raus und mein Verstand drohte auszulaufen, während er mich hängen ließ und seinen Höhepunkt hinauspumpte. Ich wollte mich gerade umdrehen und beschweren, aber sobald er seinen Orgasmus knurrend ausgestoßen hatte, waren seine Hände gleich wieder auf meiner sensiblen Klitoris und er schoss mich mit ein paar entschlossenen Bewegungen hinauf ins All. Er hielt den Druck aufrecht und mein Orgasmus fühlte sich an, als würde er ewig dauern. Als ich auch noch den letzten Tropfen Energie aufgebraucht hatte, brach ich auf dem Waschtisch zusammen und rang nach Luft.

„Oh mein Gott“, keuchte ich.

Er klatschte mir auf den Hintern, bevor er mein Höschen wieder an seinen angestammten Platz hochzog.

„So ist es, Adele.“ Seine Stimme war heiser und durchzogen von Lust. „Ich bin dein Gott.“

Ich lachte ihn aus und fand, dass er es vielleicht ein bisschen übertrieb. „Oh, bitte.“

Während der Fahrt zu dem Event schwieg ich. Wir hörten nur Musik und genossen die Zweisamkeit. Er fuhr mit einer Hand am Steuer und hielt mit der anderen meine fest. Es gab reichlich Worte, die ich gern gesagt hätte, aber ich ließ es. Einfach nur bei ihm zu sein reichte aus. Meine Angst nagte mir noch immer an den Sinnen, das musste er wohl gespürt haben und bot mir sein stilles Vertrauen. Nach einer meditativen Stunde Fahrt verkrampfte sich mein Körper, als wir vor einer Villa in den Hügeln hielten, die von Wald umgeben war. Das Haus war opulent und sehr abgelegen.

Wir waren lange auf einer einsamen Straße gefahren und ich hatte keine Ahnung, wie weit weg wir vom Rest der Zivilisation waren. Es erinnerte mich ein wenig an die Rocky Horror Picture Show, als Brad und Janet sich in der Nähe von Frank N. Furters Anwesen verirren, abgesehen mal von dem strömenden Regen.

„Ähm, jetzt würde ich mir irgendwie wünschen, dass Fred da wäre“, meinte ich und bereute plötzlich sehr, dass der schweigsame Bodyguard nicht zu meinem Schutz da war.

„Wir sind auf meinem Revier“, sagte Logan mit aufmunterndem Grinsen. „Ich hab meine Leute überall hier. Du musst mir vertrauen, ich würde dich nicht in Gefahr bringen.“ Er war charmant und selbstsicher, und doch hatte ich schwere Bedenken.

Ich war so gestresst, mein Magen rebellierte und Übelkeit kündigte sich an.

„Ich vertraue dir … mehr oder weniger“, sagte ich flüsternd, als ein Parkwächter ankam, um sich den Autoschlüssel aushändigen zu lassen. Logan legte seinen Arm um mich und zog mich an sich.

„Ich pass auf dich auf.“ Er küsste mich auf die Wange. „Hab ich dir bisher schon mal wehgetan?“ Es war eine seltsame Frage.

„Ich bin ein bisschen wund.“ Ich versah ihn mit einer scherzhaften Grimasse.

„Gut.“ Er gab mir einen Klaps auf den Hintern, der mir entschieden zu fest war.

„Du weißt schon, dass ich dir auch den Arsch versohlen kann“, schimpfte ich gekränkt.

„Hoffen wir mal, dass du dazu Gelegenheit bekommst.“ Sein Ausdruck verfinsterte sich und ein plötzlicher Schauer durchlief mich.

Ein Butler öffnete uns daraufhin die Türen zur Villa. Drinnen angekommen bemerkte ich die gruselige Üppigkeit, mit der das Haus ausgestattet war.

Alles war schwarz, purpur und silber. Eine Reihe an Frauen in glänzenden bodenlangen Silberkleidern glich sich aufs Haar. Alle trugen die Frisur in einem strengen Dutt am Hinterkopf und am Hals identische Perlenketten. Sie trugen Make-up mit einem leichten Silberton und unter ihren glitzernden, durchscheinenden Kleidern waren sie allesamt nackt und auch untenrum exakt gleich frisiert.

Es war sehr offensichtlich, wofür diese Frauen vorgesehen waren. Dreißig oder mehr davon waren im Hauptraum zugegen und kümmerten sich um die Männer. Ich wollte kotzen bei dem Gedanken daran, dass das hier eine Spendenaktion jener Firma war, für die ich arbeitete. Und darüber hinaus war es der ganze Stolz von Logan und seinem Unternehmen, und so pflegte er mit seinen Investoren in Kontakt zu treten. Mit einem Mal hatte ich nicht das geringste Bedürfnis mehr zu bleiben.

Doch plötzlich stand wie aus dem Nichts Baz vor uns und mein Körper erstarrte. Logan löste sich von mir und ging mit ausgebreiteten Armen auf ihn zu.

„Baz!“ Voller Falschheit umarmte er ihn. „Ich hoffe, alles entspricht deinem Geschmack?“, fragte Logan auf eine Weise, die mich glauben ließ, dass sie beide willige Partner in dieser schaurigen Scharade waren.

„Du hast dich selbst übertroffen”, kommentierte Baz und starrte dabei geradewegs zu mir herüber.

„Das finde ich auch“, stimmte Logan zu, ging dann zu einer der Frauen in der Nähe und brachte sie herüber.

Der Magen drehte sich mir um.

„Wieso nimmst du nicht mal eine Kostprobe?“, fragte Logan mit vor Lüsternheit entstellter Stimme und zog den dünnen Stoff von den Schultern der Frau, sodass eine ihrer Brüste enthüllt wurde.

Baz ging auf die Frau zu und rieb mit dem Daumen über die entblößte Haut, schaute dann jedoch wieder Logan an. „Ich hätte viel lieber Adele. Ich wette, du hast sie schon versaut, aber sie ist sicher trotzdem noch ziemlich frisch.“ Sein kehliges Lachen wühlte mir den Magen durch und Galle stieg mir in den Hals.

Wenn ich nicht gleich flüchtete, würde ich mich übergeben.

„Du weißt, dass das nicht geht. Du kannst jede dieser prächtigen Damen hier haben, so viele von ihnen, wie du schaffst, aber nicht Adele.“ Logans Stimme hatte einen drohenden Unterton angenommen und ich kam wieder ein wenig zu Atem, jetzt wo ich wusste, dass er mich nicht einfach so an meinen Henker übergeben wollte.

Aber dennoch, wieso war ich überhaupt hier? Wenn mein Leben wirklich in Gefahr war, dann hätte ein liebender Mann doch wohl sichergestellt, dass ich so weit wie nur möglich von Baz und diesem Sündenpfuhl hier weg war. Meine Überzeugung wurde auf eine harte Probe gestellt und ich bereute erneut, dass ich den stoischen Fred nicht an meiner Seite hatte.

„Ich dachte mir schon, dass du mir dein neues Spielzeug nicht einfach so überlassen würdest, deshalb hab ich einen Vorschlag für dich. Gib mir Adele, ohne zeitliche Einschränkung und zu meiner vollen Verfügung, und ich unterzeichne den Vertrag gleich hier und jetzt und löse unsere geschäftlichen Beziehungen auf. Ruf deinen Anwalt an und lass ihn meine Unterschrift bezeugen. Der Preis ist Adele.“ Alles an mir wurde taub, als Baz auf mich zukam.

Zu meiner unendlichen Erleichterung trat Logan zwischen uns. „Du weißt, dass ich nicht einfach einen Menschen an dich aushändigen kann, ohne deine Pläne zu kennen.“ Was?

Mein Herz klopfte heftig gegen meine Brust und die Übelkeit drohte mich endgültig zu übermannen.

„Ja, na schön. Also … wie gesagt, ich würde sie dauerhaft und ohne Einschränkungen für mich haben. Wir können einen Vertrag aufsetzen, wenn du das willst. Aber sie gehört mir, ganz und gar, Körper und Geist … und im Austausch lasse ich dich von jetzt an in Ruhe.“

„Um sie zu töten?“ Logan lachte.

„Ich wäre wirklich ein dummer Mensch, wenn ich sie töten würde, bevor ich sie mir nicht zu Nutzen gemacht habe. Nein, du kannst dir sicher sein, dein kleines Blümchen wird noch eine Weile weiterblühen. Ich bin mir sicher, es gibt noch viele Dinge, die sie noch nicht ausprobiert hat. Solange ich sie zum Schreien bringen kann … bleibt sie am Leben.” Man hätte meinen können, das sei alles ein grausamer Scherz, aber Baz‘ Gesicht verriet nichts als absoluten Ernst.

„Und das alles würde natürlich unter ihrer ausdrücklichen Zustimmung stattfinden“, fragte Logan glucksend, als würden sie ein freundschaftliches Scherzgespräch führen.

Baz lachte mit. „Ihre Schreie würde ich natürlich als ihre Zustimmung deuten, ja.“

„Und wenn die Schreie aufhören?“ Logan hatte zu lachen aufgehört.

„Dann gehen wir auf die Jagd. Vielleicht erneuere ich mein Angebot, weil wir dann ja keine Geschäftspartner mehr wären. Meine Jagdausflüge sind immer ein Mordsspaß. Ich bekomme leider viel zu selten Gelegenheit dazu.“

Baz war das absolute Böse und jegliches Gefühl, jede Emotion und alles Bewusstsein hatte meinen Körper verlassen. Er verlangte von Logan, mich ihm auszuhändigen, damit er mich für irgendwelche sadistischen Spielchen benutzen und mich dann zum Vergnügen töten konnte. Es war der Plot eines Horrorfilms, bei dem ich die Hauptrolle spielte. Schon die Erwähnung solcher Dinge musste doch illegal sein. Sollte er tatsächlich Frauen gefangen gehalten, gejagt und getötet haben, dann wäre dieser Mann nicht nur ein Kredithai und Dieb, sondern auch ein sadistischer Serienkiller.

„Du machst Witze?“ Jegliches Amüsement war aus Logans Gesicht gewichen.

„Na klar, im Sinne dieses Gespräches mache ich natürlich nur Witze …" Wie Baz das sagte …

„Wenn du genug von ihr hast, bekomm ich sie zurück." Logan klang erneut unerbittlich und stark.

„Das wird hier kein Leihgeschäft, Logan", warnte Baz.

„Ich will nicht, dass sie getötet wird. Und ich weiß, wie schnell du gelangweilt wirst. Wenn ihre Sicherheit nicht garantiert ist, gibt es keinen Deal."

„Naja, es gibt keinen Deal, wenn du sie mir jetzt nicht einfach gibst. Meine Frau wird kein großes Interesse daran haben, unsere Ehe für eine andere zu öffnen, aber nachdem mir an diesem kleinen Häppchen so viel liegt, mach ich dir noch ein Angebot. Ich bring sie auf die Insel. Dort kann sie arbeiten, bis sie stirbt." Mir schwirrte der Kopf.

„In Ordnung. Das brauche ich schriftlich." Logan hatte eingewilligt?

Tränen traten mir in die Augen.

„Natürlich. Wir machen ein versiegeltes Dokument." Baz war wieder ganz Geschäftsmann.

„Sie bleibt am Leben und du bringst sie auf deine Insel, wenn du sie nicht mehr für Sex brauchst." Noch nie hatte ich Logans Stimme so unheilbringend und giftig wahrgenommen. Ich sah mich im Raum nach einem Fluchtweg um.

Logan musste das bemerkt haben, denn er packte meinen Arm, und zwar richtig grob. Fuck!

„Worüber redet ihr beiden da zum Teufel? Ich gehe nirgends hin, und zwar mit keinem von euch!" Ich wand mich und versuchte Logans Griff zu entkommen.

Ich trat mit den Füßen nach ihm, aber er wich mir immer wieder aus.

„Wo ist dein Anwalt? Ich unterzeichne, was immer du willst. Wie das kleine Rehlein so kämpft, da will ich es doch gleich auch mal mit ihr probieren." Baz hatte schon fast Schaum vor dem Mund.

Logan wandte sich der Frau neben ihm zu, deren eine Titte noch immer aus ihrem Kleid heraushing. „Geh und schreib einen Anhang zu meiner Unterlassungsanordnung", befahl er ihr und sie stopfte sich die Brust wieder ins Kleid und machte sich davon. Da begann ich zu schreien, zu treten und mit aller Macht zu kämpfen. Aber niemand drehte sich überhaupt zu uns um. Man ignorierte mich voll und ganz.

„Kann ich sie jetzt haben?", fragte Baz, starrte mich dabei an und strich sich über den Schritt.

„Erst wenn du die Papiere unterzeichnet hast." Ich konnte einfach nicht fassen, was ich da hörte. Logan wollte mich tatsächlich verscherbeln, nur um die volle Kontrolle über seine Firma zu bekommen?

Ich ertrug es nicht länger. Ich hatte meine gesamte Kraft aufgebracht, um vor ihm zu fliehen zu versuchen, aber sein Arm war wie eine Schraubzwinge. Logan brauchte sich nicht einmal anzustrengen. Der Horror, der mir widerfuhr, kam mir letzten Endes tatsächlich hoch. Und so blieb mir als letzte Verteidigung nichts anderes ubrig, als meinen Mageninhalt auf Baz zu zielen. Vielleicht würde er so angeekelt sein, dass er mich doch noch in Ruhe ließ. Ich hatte nicht viel gegessen, kotzte ihm aber dennoch vor die Füße und spritzte ihm ein wenig die Hosen voll.

„Oh, Logan, die macht ja sowas von Spaß." Baz kicherte förmlich.

„Stimmt", sagte Logan augenzwinkernd und schenkte mir überhaupt keine Beachtung, wie ich zitternd und zuckend weiter würgte.

Sobald ich meinen Körper wieder halbwegs im Griff hatte, richtete ich meine Worte an ihn.

„Wieso tust du das, Logan?“, fragte ich flehentlich. „Du warst, du … war das alles eine Lüge? Ist das der wahre Grund, weshalb du mich bei dir eingesperrt hast?“ Die Tränen liefen mir nun unkontrollierbar vom Gesicht und ich stotterte vom Trauma gebeutelt.

„Ja, Adele, es war alles gelogen. Du bist nichts für mich, nur ein Spielzeug, auch wenn ich dir Dank dafür schulde, dass du diese vertrackte Angelegenheit für mich geregelt hast. Die Bodyguards waren nicht zu deinem Schutz da, sondern um sicherzustellen, dass du mir nicht abhandenkommst. Aber der Fick war echt gut. Du warst mir zu kostbar, um Baz deine Jungfräulichkeit zu überlassen, also hab ich dafür gesorgt, dass ich die selbst bekomme.“ Als er zu Ende gesprochen hatte, war ich innerlich tot.

Baz gackerte vor Lachen. „Logan, du bist unbezahlbar, und ich hab schon gedacht, du hättest dich in das kleine Geschöpf verliebt.“

Die Frau kam mit ein paar Zetteln zurück und überreichte sie Logan, der sie durchsah. Ich hatte den Bodyguard hinter mir nicht bemerkt. Aber als Logan mit den Papieren beschäftigt war, packte mich ein Mann von hinten mit beiden Händen und hielt mich fest. Ich bebte vor Entsetzen und konnte das alles einfach nicht fassen.

„Sieht gut aus für mich.“ Er gab die Papiere an Baz weiter, der sie ebenfalls einen Moment lang studierte.

„Logan, bitte“, flehte ich, hilflos in den Händen des Bodyguards.

Endlich, zum ersten Mal seit Beginn des Gesprächs, schaute Logan mich an. „Sei einfach ein gutes Mädchen, bald ist alles vorbei. Geh mit Baz und tu genau, was er sagt.“ Seine Stimme war liebevoll wie die jenes Mannes, den ich hatte lieben wollen, aber seine Worte waren des Teufels.

Ich brach schluchzend zusammen.

„Die sollte zuerst noch ein bisschen zurechtgemacht werden.“ Baz gestikulierte abwesend in meine Richtung, während er an allen rot markierten Stellen unterzeichnete.

„Diesen Dienst werden wir nicht erbringen können, das Ganze ist so schon riskant genug. Ich kann höchstens ein paar Feuchttücher anbieten.“ Jemand kam mit einer Box Reinigungstücher an.

Baz nahm sie und gab Logan die Papiere zurück. „Das machen wir im Auto. Ich kann noch warten, um ihren schmutzigen Mund zu küssen, aber das ist ja ohnehin nicht der interessanteste Teil von ihr, stimmts?“ Er lachte weiter sein scheußliches Lachen. „Schönes Geschäft, Logan.“ Sie schüttelten sich die Hand.

Als ich den beiden Männern zusah, geriet alles in Zeitlupe. Der Raum bewegte sich, als wären wir alle unter Wasser, und meine Füße wurden so schwer, dass ich sie nicht mehr bewegen konnte.

„Trag sie einfach …“ Ich hörte Logan kaum noch durch den Nebel in meinem Kopf hindurch.

Zwei starke Arme hoben mich hoch und ich hatte nicht mehr die Kraft mich zu wehren. Ich ließ mich einfach entführen und mein Leben war zu Ende. Die Tränen liefen mir weiterhin vom Gesicht, als ich fortgetragen wurde. Ich war umzingelt von seinen Leuten, es gab keinen Ausweg mehr. Ich sah mich nicht einmal mehr nach Logan um. Ich wollte das Desinteresse in seinem Gesicht nicht ertragen müssen.

Gerade als ich in einen Wagen gestopft wurde, hörte ich Sirenen aufheulen. Der Mann, der mich festgehalten hatte, tat einige Schritte zurück und mehrere Polizisten stürzten sich auf Baz. Er hatte keine Chance zu entkommen, nach Sekunden war er auf den Boden gerungen und in Handschellen gelegt. Der Mann, der mich gerade noch festgehalten hatte, stellte mich sanft auf den Boden und führte mich behutsam weg von der Szene.

„Fick dich! FICK DICH!!! DU VERFICKTE FOTZE!!!!”, brüllte Baz mit dem Gesicht auf dem Pflaster.

Die Worte drangen nicht durch, nichts drang durch.

„Es tut mir schrecklich leid, dass Sie das mitmachen mussten. Ich bin Lieutenant John Pensky vom San Francisco Police Department. Wir haben mit Logan Steel zusammengearbeitet, um diese verdeckte Operation zu organisieren. Balthazar Holland steht unter anderem im Verdacht, ein Serienmörder zu sein, diese Aktion sollte ihn und mehrere weitere Personen in unseren Gewahrsam bringen. Sie mussten Schlimmes ertragen, aber die Operation war ein voller Erfolg.“ Ich hörte seine Worte, aber sie ergaben keinerlei Sinn für mich.

Man setzte mich in einen Wagen auf die Beifahrerseite, nicht hinten in den vergitterten Bereich. Ich blieb während der gesamten Fahrt stumm, unfähig, irgendetwas zu denken oder zu fühlen.

„Wir werden dafür sorgen, dass Sie Zugang zu einer therapeutischen Behandlung bekommen wegen dem, was sie heute Abend durchmachen mussten.“

Es war mir egal, was sie mir anboten. Ich war überhaupt nicht da.

37

Logan

Ich hatte von Anfang an gewusst, dass es falsch war, aber als mir die Polizei erzählte, dass Baz als Serienmörder verdächtigt wurde, ging es um mehr als nur Geld und Macht. Die Polizei war die ganze Zeit über eingeweiht gewesen. Adeles „Bodyguards" etwa waren allesamt Zivilpolizisten. Sie war also in größtmöglicher Sicherheit und nur deshalb hatte ich dem Plan zugestimmt.

Ich hatte nicht geahnt, wie tief Baz gesunken war. Niemals hätte ich geglaubt, dass er ein Frauenmörder war, ganz zu schweigen von einer ganzen Insel, um die herum er sie im Ozean versenkte. Die Polizei vermutete, dass er zumindest drei Frauen auf dem Gewissen hatte, die verschwunden und nie wiederaufgetaucht waren. Dank Adele als Köder hatte er noch mit seiner Jagd angegeben und damit bestätigt, dass er brutal Frauen ermordete.

Die ganze Sache drehte mir den Magen um, aber was mich noch viel mehr schmerzte, war, Adele auf der Polizeistation zu sehen, scheinbar völlig ohne Leben im Körper. In wenigen Momenten hatten sich alle ihre Träume und Hoffnungen in Luft aufgelöst. Ihr Vertrauen in die Menschheit war verloren. Vor mir im Stuhl zusammengesunken saß eine Person, die mit dem Leben abgeschlossen hatte. Ich wollte nichts weiter, als sie in die Arme zu heben und alles wiedergutzumachen. In jenem Augenblick, nur wenige Stunden nachdem ich ihre Welt zerschlagen hatte, wurde mir endgültig klar, dass ich sie liebte.

Ich liebte sie mit jeder Faser meines Wesens. Aber wenn ich sie ansah, musste ich sehen, dass es dort keine Liebe mehr für mich gab. Wahrscheinlich würde keine Erklärung der Welt sie jemals zurückbringen. Das Risiko musste ich eingehen. Ich zapfte den neuerdings sprudelnden Brunnen meiner Liebe für sie an und trat an sie heran.

„Ich bin bestimmt die letzte Person, die du jetzt sehen möchtest“, begann ich und setzte mich auf den Stuhl neben ihr.

Sie sagte nichts, saß einfach nur da und starrte den Boden an.

„Das alles war nicht echt. Es war so verabredet, ich musste einige Dinge genau so sagen, für sein Geständnis. Die Polizei hat von Anfang an mitgewirkt, sogar Fred, er ist auch Polizist. Gleich nachdem er dich bedroht hat, habe ich über das Telefon eines Freundes bei ihnen angerufen. Bei meinen Meetings habe ich mich hauptsächlich mit den Behörden abgesprochen. Es tut mir leid, dass ich dich nicht darauf vorbereitet habe, aber ich … du bist nicht gut genug im Lügen. Baz hätte es durchschaut und dann wäre dein Leben wirklich in Gefahr gewesen. Du hast es gehört, er ist ein Mörder. Sie glauben sogar, dass er schon viele Frauen getötet hat. Dank dir sitzt er jetzt in einer Einzelzelle ohne Kaution. Er wird dank dir den Rest seines Lebens im Gefängnis verbringen. Ich werde mir nie verzeihen, dass ich dir das alles antun musste, aber weil du es durchgestanden hast, kann er jetzt niemandem mehr wehtun.“ Ich redete wirr drauflos, aber das war mir egal.

Ich musste ihre Vergebung haben.

Sie blieb stumm.

„Die Beamten brauchen uns fürs Erste nicht mehr. Ich hab meine Aussage gemacht und sie wissen von deiner Rolle. Fred und Georg haben ebenfalls ausgesagt und der Polizist, der dich festgehalten hat, ebenso. Alle hier kennen das Opfer, das du gebracht hast.“ Ich achtete bestmöglich darauf, dass meine Stimme zärtlich und warm klang. „Ich würde dich gerne nach Hause bringen, Liebes“, fügte ich hinzu.

Ich wollte sie bei mir haben, damit ich ein Auge auf sie werfen und das zu retten versuchen konnte, was zwischen uns kaputt gegangen war.

„Ich will zu Charles.“ Ihre Stimme war leer und emotionslos. „Ich gehe zurück nach Ohio.“

„Komm doch einfach mit zu mir … und …“ Ihr Kopf schoss hoch und der flackernde Zorn, der in ihren Augen funkelte, sagte mir, dass ich mir jedes weitere Wort sparen konnte.

Ihr Entschluss war gefasst und mir war klar, dass kein Flehen und kein Betteln sie mehr umstimmen würde.

„Charles ist unterwegs. Ich hab ihn angerufen, nachdem wir auf dem Revier waren. Er sollte jeden Augenblick hier sein.“ Ich nahm ihre Hand in meine und sie blieb lasch und teilnahmslos liegen.

Sie war nicht da, abwesend von mir und dieser ganzen Situation. Ich hätte weiterreden und ihr sagen können, dass ich sie liebte, aber es wäre auf taube Ohren gestoßen, also saß ich einfach nur da, hielt und streichelte ihre Hand. Ich schluckte meine eigenen Tränen hinunter, die mir die Kehle zuschnürten. Zehn Minuten später eilte Charles herbei.

„Addy?“, zeterte er, als er ihren schlaffen Körper von mir löste und sie in eine enge Umarmung zog. „Was zur Hölle ist passiert? Ich hab … Logan hat gesagt … Entführung? Mord? Addy? Oh, mein Gott, Addy!” Er drückte sie noch fester an sich.

Ich war froh, dass sie ihn hatte, aber er übertrieb es etwas mit der Dramatik. Ich hatte ihm alles genau erläutert, dass Adele unfreiwillig Teil einer verdeckten Aktion war, dass sie aber in Sicherheit war. Etliche der nackten Frauen auf der Party waren Polizistinnen gewesen, genau wie alle Butler und Sicherheitsleute. Die einzigen echten Mafiosi auf der Party waren Baz‘ dreckige Freunde und die meisten von ihnen waren ins Gefängnis verfrachtet worden.

Ganz ehrlich, Adele und ich waren Helden. James ging nie auf den Bad-Boy-Ball, hatte also keine Ahnung gehabt. Der Ball war höchstens halblegal und er hatte zu Hause eine Frau, die ihm vor kurzem erst von ihrer Schwangerschaft erzählt hatte. Ich hätte ihn da nicht reinziehen wollen. Außer mir und der Polizei wusste niemand, was an jenem Abend geschehen würde. Von allem, was ich Charles erzählt hatte, war aber offenbar nur hängen geblieben, dass Adele beinahe gekidnappt, vergewaltigt und ermordet worden wäre, was niemals hätte geschehen können, weil das gesamte Anwesen von der Polizei umstellt war.

Und jetzt schaute sie ihn aus glasigen Rehaugen an und sagte: „Bitte bring mich heim.“ Und das war‘s.

Charles hielt sie fest an sich und die beiden verließen gemeinsam die Wache.

Charles warf mir noch einen finsteren Blick zu, aber Adele wandte sich nicht mehr um. Als die farblose Tür zur Wache hinter ihnen ins Schloss fiel, war sie verschwunden. Ich ging nach Hause und trank einen Whiskey nach dem anderen, bis der schreckliche Schmerz, die Scham und die Enttäuschung in meinen Eingeweiden sich in schwindelndem Nichts aufgelöst hatten.

Ich wusste nicht, wie viel Zeit vergangen war, aber es musste mitten in der Nacht sein, als ich ein lautes Poltern an der Tür hörte. Es war die Art von heftigem, wütendem Pochen, das nur von der Polizei oder einer ehemaligen Liebhaberin stammen konnte. Alle Polizisten hatten das Haus längst verlassen und auch das Personal war gegangen. Ich war allein. Also wackelte ich vorsichtig die Treppe hinunter, denn ich hatte viel zu viel auf einmal getrunken.

Ich öffnete die Tür und Charles platzte herein. „Du verficktes, niederträchtiges, stinkendes Riesenstück SCHEISSE!“, schrie er so laut, dass mein Kopf in meiner betrunkenen Benommenheit in Tausend Stücke zu splittern drohte.

„Richtig, ja, sehr richtig“, antwortete ich mit lallender Stimme. „Willst du was trinken?“

„Du scheiß Wichser! Sie ist weg.“ Tränen quollen in Charles‘ Augen.

„Wenn ich mich recht entsinne, wolltest du doch, dass sie gebumst wird … nun ja, sie wurde ordentlich durchgebumst. Du solltest dich freuen.“

„Ich sollte dich mit bloßen Händen erschlagen, du kriechende Drecksau.“ Er wollte sich auf mich stürzen, aber ich wich ihm aus, denn meine Reflexe waren auch im betrunkenen Zustand noch schneller als ein für gewöhnlich friedliebender Mann, der vom Zorn geblendet wurde.

„Wieso kommst du stattdessen nicht einfach rein und trinkst was." Ich öffnete die Tür zur Gänze und ließ ihn herein, während ich selbst die Treppe zurück hinaufstolperte.

Ich folgte ihm in die Küche und ich schenkte ihm einen Whiskey ein. Ich hatte den Großteil der zweihundert Dollar teuren Flasche schon ausgetrunken.

„Wieso musstest du ihr das antun? Sie hat dich geliebt!", heulte Charles, nahm einen Schluck vom Whiskey und verzog das Gesicht.

„Ich habe es getan, weil ich sie auch liebe, obwohl sie mir das niemals glauben wird." Ich ließ mich in der dramatisch-verzagten Weise eines Betrunkenen auf einen der Barhocker fallen. „Wie konnte sie so schnell verschwinden? Wie spät ist es?"

„Es ist drei Uhr früh." Er nahm noch einen Schluck.

„Nun, dann ist es ja ganz schön gewagt, um diese Uhrzeit hier aufzutauchen!" Ich tat, als sei ich brüskiert.

„Was gewagt ist, ist, dass du Adele das Gefühl gegeben hast, du würdest sie an einen Vergewaltiger verkaufen? Das ist gewagt, du Miststück." Er kochte noch immer vor Wut. „Sie ist in ein Taxi gesprungen, als ich mich gerade fürs Bett umgezogen hab. Sie hat nur ein paar Sachen mitgenommen, den Rest, hat sie gesagt, soll ich behalten oder wegschmeißen. Sie hat mir vom Taxi aus geschrieben, ihr Flieger geht um fünf Uhr." Er tat einen tiefen Zug aus seinem Glas.

„Und was zur Hölle tun wir dann noch hier? Lass uns zum Flughafen fahren. Ich rufe einen Fahrer. Wir können sie nicht einfach abhauen lassen." Ich sprang auf und wäre beinahe umgekippt.

„Nein." Charles' Gesicht wurde traurig. „Sie hat gesagt, wenn ich sie aufzuhalten versuche, redet sie nie wieder mit mir. Und ich weiß, dass sie das ernst meint. Wenn wir sie lieben, müssen wir sie gehen lassen. Ich schätze, sie wird da ankommen und merken, wie sehr sie mich liebt … wie eine Schwester meine ich, und sie braucht mich wieder, sobald sie feststellt, wie öde ihr Leben da drüben ist. Aber wir dürfen ihr nicht hinterherjagen … sie ist nicht die Art von Mädchen, die sich von sowas beeindrucken lässt. Sie will keinen Märchenprinzen, nur jemanden, der echt ist, vertrauenswürdig und, naja, du weißt schon … nett.“ Jetzt war Charles wirklich todtraurig.

„Junge, dann hat sie bei mir echt daneben gezielt.“ Ich schenkte ihm nach und füllte auch mein Glas.

Den Rest der Nacht sprachen wir miteinander über Adele. Er erzählte mir mehr über ihre Vergangenheit und ich besprach mit ihm, was ich mir für ihre Zukunft wünschte. Seine Liebe zu ihr war beinahe so eigennützig wie meine, aber am Ende einigten wir uns darauf, dass wir sie beide vergötterten. Wir schworen uns Frieden und dass wir zusammen daran arbeiten würden, sie wieder zurückzukriegen.

„Wie Scarlet O'Hara in Vom Winde verweht sagt … ‚Darüber denke ich morgen nach‘“, verkündete Charles, der jetzt endlich auch selbst im Vollrausch war.

Am nächsten Tag meldeten wir uns beide krank und schliefen unseren Rausch aus. Adele hatte Charles wissen lassen, dass sie sicher gelandet war, mehr wussten wir nicht. Wir bemitleideten uns selbst bei einem fetthaltigen Frühstück und überlegten uns dann Strategien, um sie wiederzubekommen.

38

Adele

Seitdem ich San Francisco verlassen hatte, war mein Leben die Hölle. Ich hatte den frühesten Flug genommen, den ich finden konnte, ein paar meiner Lieblingsklamotten, meinen Laptop und das Handy geschnappt und den Rest bei Charles gelassen. Mir war klar, dass er traurig sein würde, und er flehte mich an zu bleiben. Es brach mir das Herz, ihn so leiden zu sehen, aber er würde verstehen, weshalb ich wegmusste. Er würde einsehen, dass mein Wille gebrochen war. Ich musste mich neu sammeln und finden.

Ich hatte mir erlaubt, einen Mann zu lieben, der zugelassen hätte, dass ich an einen Vergewaltiger und Mörder übergeben wurde. Auch wenn es alles nur für Baz' Festnahme und zur Beendigung seiner Tyrannei gewesen war, er musste wissen, welchen Effekt diese Aktion auf mich haben würde. Aber das war ihm nicht wichtig genug gewesen und ich hatte begreifen müssen, dass ich in San Francisco nichts verloren hatte. Ohio war mein Zuhause und dort gehörte ich hin.

Als ich aus dem Flugzeug stieg, fühlte ich mich, als hätte ich keinen Ort mehr, wo ich hingehen konnte, dabei stimmte das nicht. Ich konnte zurück in meine Wohnung in der Nähe der Uni, zu meiner Mitbewohnerin Nancy. Sie hatte mein Zimmer untervermietet, aber die Untermieterin würde nur noch für eine Woche da sein, also schlief ich bei ihr auf dem Boden, bis ich mein altes Zimmer wieder beziehen konnte. Ich hatte alle meine Möbel zurückgelassen, aber als die Untermieterin gegangen war, sah ich mich im Zimmer um und bemerkte, dass das viele Naturholz und die großen Blumendrucke nicht mehr wirklich meiner Persönlichkeit entsprachen.

Charles hatte mit einer Sache recht, San Francisco hatte mich definitiv verändert. Ich hatte etwas Geld gespart, weil ich bei Charles und kurz auch bei Logan gewohnt hatte. Ich dachte, ich müsste wohl genug haben, um mir wenigstens neue Bettbezüge zu besorgen. Als ich mich dann auf meinem Bankkonto einloggte, fiel ich aus allen Wolken, als ich entdeckte, dass darauf einhunderttausend Dollar eingezahlt worden waren. Ich begann sofort vor Wut zu schäumen. Wie konnte Logan es nur wagen, mich bezahlen zu wollen? Ich rief meine Bank an und wollte das Geld zurücküberweisen lassen, aber man sagte mir, dass es sich um eine anonyme Einzahlung in Bar über den Bereichsleiter gehandelt hätte. Es gab keinen Weg, das Geld zurückzuverfolgen, und somit auch niemandem, dem es zurückgegeben werden konnte.

Ich legte auf, einhunderttausend Dollar reicher und noch wütender auf Logan als zuvor, weil er mich zu seinem wohltätigen Zweck gemacht hatte. Ich ignorierte die Tausend Anrufe, Nachrichten und E-Mails von Charles. Ich war noch nicht bereit, mich mit ihm herumschlagen zu müssen. Ich wusste, dass er die Macht hatte, mich zu beschwichtigen, doch ich wollte wütend bleiben. Genauso wenig Beachtung hatte ich den vielen Nachrichten, E-Mails und Anrufen von Logan geschenkt, jetzt aber nahm ich mir die Zeit, eine kurze SMS zu schicken.

Ich werde dein Geld nicht behalten!, schrieb ich und drückte auf Senden.

Sekunden später bekam ich seine Antwort. *Welches Geld?*

Ich drohte vor Zorn zu explodieren. *Bist du hierher geflogen, um jemandem bei meiner Bank Geld für mich zu geben?*

Das bin ich nicht, schrieb er zurück.

Seine Wortwahl war verdächtig.

Wer dann?, wollte ich wissen.

Wer nicht? Es wurde mir zu blöd.

Wie schicke ich dir das Geld zurück?

Gar nicht, war seine letzte Antwort.

Ich sendete noch mehrere weitere Nachrichten, um ihm eine Auskunft abzuringen, aber es kam nichts mehr von ihm. Charles textete mich weiterhin unablässig zu, also antwortete ich ihm, um ihn wenigstens wissen zu lassen, dass es mir gut ging. Mehr erfuhr er nicht von mir. Ich konnte nicht, ich war nicht bereit.

Ich war seit einer Woche zurück in Ohio und ich hatte noch eine weitere Woche, bis das Semester begann. Es bereitete mir Kummer, ohne Charles und Logan zu sein, aber ich sagte mir, dass ich ja so oder so nach Ohio zurückgekehrt wäre, zwei Wochen früher machten da nicht so einen monumentalen Unterschied, zumindest hätten sie das nicht sollen. Anstatt mich in Traurigkeit zu suhlen, stürzte ich mich auf die Arbeit. Ich würde meine fiktive Version von Logan als das bösartigste Wesen auf dem Planeten zeichnen, auch wenn ich begriffen hatte, dass er das nicht war.

Beim Schreiben meines Artikels konfrontierte ich meine eigene Trauer und meinen Verlust sowie die Wege, wie ich das Leben verarbeitete, und die Tragödien, die es einrahmten und mich unnahbar machten. Ich diskutierte den Hedonismus und die willentliche Verneinung von Bindungen zugunsten des übergeordneten Ziels von zügellosem Spaß. Das an sich wäre in Maßen noch kein großes Übel, aber wenn es in Kombination mit akutem Narzissmus auftrat, der bei vielen hedonistischen Menschen anzutreffen ist, kann das zu ernsten und lebenslangen Problemen führen.

Narzisstische, hedonistische Männer wie Logan waren auf mancherlei Weise monströs, aber sie wurden nicht so geboren. Unsicherheit, ungerechtfertigte Verehrung aufgrund von gutem Aussehen oder angenommener Macht kreierte einen Bewältigungsmechanismus zum Ausfüllen der Lücken. Ich sah mir das Problem der Realitätsflucht an sowie die Sehnsucht, die Löcher in unserem Leben zu stopfen, die von einem Mangel an Geborgenheit und Liebe herrühren. Am Ende leitete ich ab, dass Liebe und Mitgefühl mehr als alles andere die größte Macht enthielten, über die ein Mensch verfügen konnte, und wenn jemand über diese Qualitäten nicht verfügte, hatte er folglich keinerlei wahre Macht.

Wir lebten in einer manchmal grausamen Welt und Dinge wie der Krebstod meiner Mutter oder der Mord an Logans Frau konnten Erlebnisse für Menschen sein, für deren Überwindung uns das nötige Rüstzeug fehlte. Wir hefteten uns dann an Dinge wie Dominanz und Kontrolle, um das Ergebnis von Abläufen zu diktieren, die wir nicht voraussehen können. Hedonismus bedeutete beizeiten Spaß, aber als Lebensentwurf führte die Vernachlässigung von tieferen Bedürfnissen wie Liebe, Partnerschaft und Vertrauen zu einem unerfüllten Leben voller Zorn und Enttäuschung.

Für Frauenhelden gab es keine Entschuldigung. Die Objektivierung von Frauen gab einem Mann das Gefühl von mehr Macht, mehr Erfolg, mehr Liebe. Aber irgendwo in der Zeitachse dieses Menschen musste es dann einen Mangel an Liebe geben. Je mehr ich schrieb, desto mehr Verbindungen fand ich. Durch Nachforschungen und das Studieren von hedonistischen Personen fand ich Muster von Missbrauch, Trauma und Verlust, die zu einem Bewältigungssystem führten, das die hedonistische Person, jemanden auf der Suche nach Macht, Dominanz und Aufregung, so weit brachte, dass sie ihre eigene Menschlichkeit außen vor ließ.

Ich bekam eine Eins für die Arbeit und sie wurde in mehreren Studienzeitschriften veröffentlicht. Ich dozierte darüber vor meiner Klasse als Teil der Vorbereitung einer größeren Serie, die ich darüber plante, wie man die Lücke zwischen Dominanz und Liebe in Beziehungen schließen kann. Mein Professor schickte mich auf eine kleine Vorlesungsrunde, wo ich an mehreren Colleges und Universitäten Vorträge hielt. Noch bevor ich überhaupt meinen endgültigen Abschluss hatte, dozierte ich bereits jedes Wochenende vor vollen Sälen.

Sowohl Logan als auch Charles schrieben mir weiterhin täglich und riefen mich auch unerbittlich immer wieder an. Ich widerstand, solange ich konnte, aber ein Impuls brachte mich eines Tages dazu, bei Logan ranzugehen. Ich sagte nicht hallo, sondern drückte nur den grünen Knopf anstatt dem roten.

„Adele?“ Logans Stimme klang fieberhaft, aufgeregt, schwer zu beschreiben. „Adele?“, fragte er noch mal.

„Logan“, antwortete ich mit schwacher Stimme.

„Oh mein Gott, Adele. Danke, dass du rangegangen bist.“ Allein seine Stimme zu hören, brachte mich zum Schmelzen. Ich war es, die über Vergebung und Mitgefühl dozierte, selbst aber mit dem Konzept zu kämpfen hatte. In meiner Vorlesung behauptete ich auch, dass wenn Männer und Frauen ein Trauma nicht überwinden können, das ihnen die Empathie geraubt hat, man sich von diesen Hedonisten loslösen sollte, bis sie zu voller, gegenwärtiger Liebe mit reinen Absichten bereit waren. Logan war soweit und ich tat ihm weh.

„Gehts dir gut? Ich kann kaum schlafen, ich muss immer an dich denken.“ Seine Stimme war schwer vor Sorge und Mitleid und da begriff ich, dass es an mir lag, ihm zu vergeben zu versuchen.

„Mir geht es gut. Ich meine, das wird es. Ich … ich verstehe, was du getan hast, und wieso du es getan hast. Es ist nur ... ich will mit einem Mann zusammen sein, dem ich voll und ganz vertrauen kann, Logan. Ich möchte, dass wir diese Dinge aufarbeiten, aber was ist, wenn du mich betrügst, wenn es dir zu langweilig wird, wie neu und unerfahren ich in allem bin, oder wenn jemand … naja, jemand ankommt, der besser zu dir passt? Ich weiß, dass du mich irgendwann früher oder später betrügen wirst, es ist nur eine Frage der Zeit, und deshalb denke ich, dass ich vielleicht einfach bleiben sollte, wo ich bin, und ich selbst sein.“ Ich war so offen, wie ich konnte.

„Gehörst du dorthin? Fühlst du dich denn wie du selbst?“, fragte er sanft.

„Zum größten Teil, ja. Ich doziere, und das liebe ich. Ich liebe es, vor Leuten zu sprechen. Ich mache Arbeit, für die ich eine Leidenschaft habe, also ja, es geht mir gut hier.“ Ich konnte ihm nicht sagen, dass es mich in jedem wachen Augenblick beschäftigte, wie sehr mir er und Charles fehlten.

„Zum größten Teil?" Ein wenig der alten Leichtigkeit hatte sich in seine Stimme geschlichen.

„Du fehlst mir. Charles fehlt mir." Mehr brachte ich nicht heraus.

„Warum hast du ihn nicht angerufen? Er ist ganz neben sich, Adele, genau wie ich. Aber er hat doch nichts Falsches getan. Er verdient es, von dir zu hören. Wir sind gute Freunde geworden, wenn du dir das vorstellen kannst. Es liegt mir echt was an dem Kerl, und er leidet." Diese Offenbarung war ein heftiger Schlag in die Magengrube.

„Ich konnte ihn nicht anrufen. Ich weiß, wenn ich es tue … Ich muss … Ich kann nicht." Gott, die Tränen liefen mir nur so vom Gesicht.

„Du weißt, dass er dich zur Vernunft bringen und dich überreden würde, wieder zurückzukommen. Das weiß ich, auch wenn ich kein so guter bester Freund bin wie du. Ich hab die gesamte Sammlung, und ich meine alle neun Staffeln, von RuPaul's Drag Race angeschaut. Ich habs versucht, ehrlich versucht, zu lieben. Es gefällt mir auch … aber dieser Mann, er liebt es mit einer Leidenschaft, die ihresgleichen sucht. Mir fehlt das Gen für diese Art von Hingabe, aber ich weiß, du hast es. Er braucht eine Freundin, er sucht sosehr nach Kameradschaft. Ich erkenne mich auch selbst in ihm. Wir sind uns, so seltsam das auch klingen mag, sehr ähnlich. Wir sind außerdem beide zwei Männer, die dich sehr vermissen, Adele. Wir hängen oft abends ab und ich hab ihn gern, aber er ist kein Ersatz für dich, und ihm gehts genauso. Wir halten es aus, weil wir uns neuerdings als Freunde haben, aber ich kann nicht Adele für Charles sein und er kann nicht Adele für mich sein. Er will einen Mann finden, den er lieben kann, und ich will dich zurück. Wir hängen beide in der Luft. Wenn du nicht zu uns zurückkommen willst, meld dich doch wenigstens bei ihm. Er ist verzweifelt."

Wow, Logan machte das eine und vielleicht letzte Telefongespräch, das er je mit mir haben würde, zu einem Plädoyer für meinen besten Freund und wie sehr er mich vermisste.

Ich konnte es nicht ändern, ich liebte Logan aus tiefstem Herzen, genauso wie Charles, sie waren meine Männer.

„Ich ruf ihn an. Versprochen", sagte ich unter Tränen.

„Und mich?", fragte er schüchtern.

„Ich kann nicht zulassen, dass du mir wehtust oder mich betrügst oder unsere Kinder in Gefahr bringst, falls wir welche hätten. Ich kann dir nicht vergeben, Logan, es tut mir leid. Ich bin zu verletzt." Damit legte ich auf, denn ich war weder willens noch fähig weiterzureden.

Ich saß da und schluchzte. Er rief nicht noch mal an, er wusste es besser. Nachdem ich mich gesammelt hatte, rief ich dann tatsächlich Charles an. Es waren fast zwei Monate vergangen, seitdem wir uns das letzte Mal gesprochen hatten.

„Mädchen!", meldete er sich angriffslustig und schnippisch. „Was zur Hölle stimmt denn nicht mit dir?"

„Ich dachte, du würdest mir so ein schlechtes Gewissen machen, dass ich zurückkomme", sagte ich aufrichtig.

„Darauf kannst du verdammt noch mal Gift nehmen. Du hast nicht geschrieben und nicht angerufen. Ich musste deinen Arsch auf Facebook, Insta, Twitter, Snapchat und was weiß ich wo noch stalken. Ich hab dich täglich gegoogelt, was zum Geier? Du gibst Vorlesungen, du machst das alles so toll, und du dachtest nicht etwa, dass ich davon erfahren wollte? Scheiße noch mal!" Ooh, er war sauer.

„Ähm." Ich konnte nicht wirklich viel sagen.

„Ich sag dir was, ich hab mir schon ein Ticket gekauft und ich komm zu deiner beschissenen Abschlussfeier, mach dich drauf gefasst." Er war so verrückt.

„Bring nicht Logan mit!", warnte ich ihn.

„Ach, die Liebe deines scheiß Lebens? Klar, ich lass ihn hier. Weißt du überhaupt, was für ein Glück du hast, dass es jemanden gibt, der dich so heftig liebt wie er? Weißt du, wer jetzt die oberflächliche doofe Schlampe ist? Schau mal in den Spiegel, Adele.

Wann wirst du diesem Mann vergeben, der sich selbst aufs Spiel gesetzt hat, um dich zu lieben? Wann wirst du begreifen, dass ich besser weiß, was gut für dein Leben ist, als du selbst? Wann wirst du die Männer zu dir lassen, die dich lieben?" Das traf mich mitten durchs Herz.

„Ich weiß wohl, was gut für mein Leben ist, Charles. Das Studium und diese Geschichte abzuschließen …" Ich war so eine Lügnerin.

„Das Studium abschließen, ja, aber wie wärs mit einem letzten Semester Selbststudium, du reichst deine Arbeit ein und fertig. Erzähl mir nicht diesen Scheiß. Du musst nicht in Ohio bleiben, dort gibt es nichts für dich." Er legte einfach auf.

Es war keine angenehme Unterhaltung gewesen, aber wenigstens ehrlich.

****

Sechs Monate später

Es war nur noch ein Monat bis zu meinem Abschluss und ich war noch immer auf meiner Vorlesungsrunde. Charles war ein paar Wochen zuvor kurzfristig auf ein Wochenende zu mir geflogen und wir hatten uns wieder versöhnt. Er vertrug Ohio allerdings wirklich schlecht und ehrlich gesagt war Ohio auch noch nicht bereit für ihn, zumindest nicht unsere kleine Stadt. Ihm gegenüber gab ich das nicht zu, aber mir wurde es hier auch allmählich zu eng. Für manche Leute war es perfekt, aber nicht mehr für mich. Ich war immer öfter gelangweilt und unruhig.

Hätte ich mein Studium und meine Vorlesungen nicht gehabt, ich hätte sterben müssen. Sogar mit meiner Mitbewohnerin Nancy hatte ich mich auseinandergelebt. Sie hatte Heiratspläne mit einem Typen, den sie in ihrem Labor kennengelernt hatte, und sie war absolut besessen von ihm. Je älter wir wurden, desto weniger konnten wir miteinander anfangen, und so begann unsere Freundschaft zu schwinden, so wie viele andere Dinge in jenen Tagen. Logan fehlte mir mehr als alles andere, aber ich vermutete, dass er mich hinter sich gelassen hatte. Wir schrieben uns gelegentlich, speziell wenn er etwas Besonderes teilen wollte, was er entdeckt hatte, oder auch einfach nur Gedanken, Zitate, alles Mögliche. Wann immer er mir schrieb, entfachte es mein Verlangen wieder von neuem und ich musste mit dem Verlust und der Sehnsucht wieder von vorne anfangen.

Ich zählte inzwischen wirklich schon die Tage, bis es endlich vorbei war und ich den Abschluss machen und Ohio verlassen konnte. Ich wusste nicht so recht, was ich danach tun sollte. Ich hatte mich an mehreren Orten zu Masterstudiengängen beworben, darunter die University of Oregon und Berkeley, was beides näher an San Francisco lag als Ohio. Und der Leiter meiner Vorlesungsreihe hätte mich auch noch für mehr Touren gebucht, um etwas dazuzuverdienen, wobei mir da Logans Geld natürlich half.

Ich war in der Wohnung mit meiner Mitbewohnerin geblieben, um zu sparen, auch wenn ich das nicht musste. Nachdem ich eh nie da war, hatte ich mir gedacht, wieso sollte ich dann Geld ausgeben für eine Wohnung, die ich ohnehin kaum nutzte? Ich war nicht sicher, was ich mit meinem Sommer anfangen sollte, aber das war noch eine Weile hin und ich machte mir deshalb noch wenig Gedanken.

An jenem Wochenende, das mein Leben ein weiteres Mal auf den Kopf stellen sollte, war ich in Dallas, Texas auf einem Selbsthilfekongress für Leute mit gescheiterten Beziehungen. Es gab Vorlesungen für Leute, die gerade erst mit dem Beziehungsleben angefangen hatten, Trauergruppen, Paarveranstaltungen und so weiter. Wo immer es verletzte Menschen gab, die von toxischen Frauen und Männern gebeutelt wurden, kam meine Vorlesung über Narzissmus und Hedonismus gut an. Ich redete auch bei einer akademischen Podiumsdiskussion mit. Es fühlte sich seltsam, aber auch seltsam vertraut an, unter derart gebildeten und einsichtigen Menschen zu sein.

Es war ein prickelndes Gefühl, als die heißen Scheinwerfer auf mich fielen und ich mich zum Rest der Spezialisten auf die Bühne setzte. Ich nahm einen Schluck Wasser, aber innerlich stand ich in Flammen. Im hinteren Teil des Saals konnte ich schwach eine Gestalt erkennen, die an der Wand neben dem Eingang lehnte. Etwas an ihrer Größe und Form kam mir irgendwie sehr bekannt vor. Ich konnte kaum atmen. Ich war froh, dass ich meine Rede schon hinter mich gebracht hatte und mich nur noch den Fragen stellen musste, bevor ich zurück in mein Hotelzimmer gehen und mich ausruhen konnte. Ich würde tun, was ich für gewöhnlich tat, einen Caesar Salad und ein Glas Wein bestellen und Netflix schauen, bis ich ohnmächtig wurde.

„Denken Sie, dass es eine Erlösung für Narzissten gibt?“ Eine Frage war aus dem Publikum gekommen. Es war klar, dass sie an mich gerichtet war, auch alle anderen Experten schauten nur mich an. Ich nahm noch einen kleinen Schluck Wasser und räusperte mich.

„Ich denke, jeder kann sich bessern, wenn er nur bereit ist, daran zu arbeiten. Der Schlüssel liegt darin, jenen Teil der Person zu finden, der als erstes in die Brüche gegangen ist. An welcher Stelle haben sie sich von der Liebe getrennt? Wenn sie sich fokussiert und eine Heilung für die kaputten Teile ihrer Selbst findet, findet diese Person auch Erlösung. Und mit Erlösung meine ich authentische Liebe. Das Problem dabei ist, dass der Narzissmus eine Wand ist, die sich die Person sorgfältig aufgebaut hat, um sich vor der Außenwelt zu schützen. Um das kaputte Teil zu finden, das sie versteckt, müsste man diese Wand niederreißen und, ganz ehrlich gesagt, sind die meisten Leute nicht willens oder fähig dazu. Wenn Sie also in einer Beziehung mit einer Person sind, die Ihnen sagt, dass sie versuchen wird sich zu bessern, ohne an ihrem eigenen inneren Schmerz zu arbeiten, denke ich nicht, dass Sie je die Veränderung sehen werden, nach der Sie suchen.“

„Danke“, sagte die einsame Stimme übers Mikrofon.

„Okay, das war unsere letzte Frage. Danke Ihnen allen für Ihre Aufmerksamkeit und nicht vergessen, im Raum nebenan wird in zwanzig Minuten der Beziehungsguru Arty Spencer sprechen." Damit war die Podiumsdiskussion beendet und ich sammelte meine Notizen und meine Wasserflasche ein und machte mich zum Ausgang auf, um der Menge zuvorzukommen.

Ich bekam den Gedanken nicht aus dem Kopf, dass Logan in meinem Publikum gesessen haben könnte. Unterwegs zum Aufzug blieb ich plötzlich wie angewurzelt stehen und das Blut gefror mir in den Adern.

„Ich weiß, wo mein innerer Schmerz liegt", sagte Logan hinter mir.

Ich wäre beinahe in die Knie gegangen. Ich drehte mich nicht nach ihm um, war völlig versteinert.

„Und ich habe eine Therapie angefangen." Seine Stimme war sanft und liebevoll. „Ich hab alle deine Artikel gelesen, hab mir deine Vorlesungen auf YouTube angeschaut. Ich hab zugehört …"

Tränen stiegen mir in die Augen, als ich seine Schritte näherkommen hörte.

„Komm nicht näher", mahnte ich.

Er blieb stehen.

„Lass mich wenigstens dein Gesicht sehen, bitte." Er blieb auf Abstand.

„Warum?" Eine heiße Träne lief mir über die Wange.

„Weil ich dich liebe, Adele. Ich liebe dich mit jeder Faser dieses hedonistischen, narzisstischen Körpers. Ich würde mein Leben für dich geben." Seine Stimme schwankte und brach. „Du kannst für immer verschwinden, du hast das Recht, aber bevor du das tust, bitte, gib mir nur eine Chance, dir zu zeigen, wie ich meine Wände niedergerissen habe, um dich hereinzulassen." Ich schluchzte bereits, als ich seine warme Hand auf meiner Schulter spürte. „Lass mich dich lieben." Er küsste meinen Hals und ich knickte ein.

„Komm in einer Stunde ins Restaurant unten“, sagte ich mit kalter, fremder Stimme.

„Danke.“ Ich hörte, wie sich seine Schritte entfernten.

Endlich atmete ich wieder. In der kommenden Stunde ging ich auf mein Zimmer, duschte, zog mich an und bewegte mich wie im Traum. Mein Herz klopfte vor Vorfreude, aber mein Geist zog dagegen ins Feld. Bevor ich da runter ging, musste ich ehrlich zu mir selbst sein. Was hatte Logan in Wahrheit getan? Er hatte mich als Lockvogel verwendet, um mein eigenes Leben zu retten. Das war‘s. Er hatte mich nie gezwungen bei ihm zu sein, noch hatte er mich für Sex benutzt. Er hatte einzig die Initiative zu unseren sexuellen Begegnungen gesetzt. Es waren jetzt fast acht Monate, in denen wir uns nicht mehr gesehen hatten. Er hätte mich vergessen können, aber das hatte er nicht.

Ich musste mein Herz weit genug öffnen, um ihm eine Chance zu geben. Als ich ihn dann mit einer roten Rose in der Hand am Tisch sitzen sah, blieb mein Herz einfach stehen. Er war nicht nur schön in seiner typischen Jeans und dem T-Shirt, sondern er war auch konsequent in seinen Gesten, immer die Rose, nur eine einzelne rote Rose.

Ich glitt auf den Stuhl ihm gegenüber und er reichte mir die Blume. Ich roch daran, legte sie neben meinen Teller auf den Tisch und lächelte.

„Du gibst mir immer eine einzelne Rose, warum?“ Ich sah ihn an und hoffte, dass meine Eröffnung nicht allzu komisch war.

„Ich hab mal eine Frau kennengelernt, die hat gesagt, dass eine rote Rose einmalige Liebe bezeichnet und bedeutet, dass der Liebende die Dornen der Blume zuliebe überwunden hat. Das hat mich beeindruckt, deshalb gebe ich dir eine Rose. Sie war eine Prostituierte, deren erstes Mal schrecklich gewesen war. Sie hat mir erklärt, wie ein schönes erstes Mal aussehen würde. Sie hat gesagt, dass sie nie Prostituierte sein wollte, aber dass ihr erstes Mal ihr die Würde geraubt hätte und sie nicht das Gefühl hatte, es besser zu verdienen. Es macht mich unglaublich glücklich berichten zu können, dass sie sich in Berkeley eingeschrieben hat, wofür ich die Studiengebühren übernehme. Es fühlt sich wundervoll an, etwas zu geben. So bekommt wenigstens eine Frau, die ich kennengelernt habe, die Chance auf ein besseres Leben.“ Er strahlte von Ohr zu Ohr. „Danke, dass du dich mit mir triffst.“

„Ich laufe schon zu lange vor dir davon“, gab ich zu.

„Ich bin froh, dass du angehalten hast.“ Er streckte die Hand aus und berührte meine.

Er war einfach nur süß und fürsorglich, keine Spur von Dominanz.

Ich atmete tief durch.

„Ich habe einen Fehler gemacht“, setzte er an. „Ich hätte dir vertrauen sollen. Hättest du gewusst, was vor sich ging, hättest du nicht solche Angst haben müssen. Die Polizei hat gesagt, ich solle es dir nicht erklären, aber seit wann höre ich je auf Autoritäten? Es tut mir so leid, Adele, es muss so schrecklich gewesen sein. Und was ich gesagt habe, du musst ja geglaubt haben, dass ich das alles so meine.“ Seine Stimme flehte um Vergebung.

„Wie denn auch nicht?“ Die Wut kochte erneut in mir hoch. „Du hast Baz gesagt, er kann mich mitnehmen, weil ich dir egal bin, und er wollte die schlimmsten Dinge mit mir anstellen.“ Die schrecklichen Gefühle begannen zurückzukommen.

„Ich weiß, wir mussten ihn … er musste sagen, was er mit dir tun wollte, damit sie ihn verhaften konnten. Er wartet noch im Gefängnis auf seinen Prozess, aber was sie schon jetzt gefunden haben, würde dir das Herz brechen. Es hat mir meines gebrochen. Er ist ein Monster. Ich hatte keine Ahnung, was für ein absolutes Monster er ist. Ich bin einfach so froh, dass du in Sicherheit bist und er den Rest seines Lebens hinter Gittern bleiben wird.“

Ich nickte schlicht.

„Ich hätte es nicht überlebt, wenn dir etwas zugestoßen wäre. Die letzten paar Monate haben mir gezeigt, dass ich ohne dich nicht leben kann." Seine Beichte war keine Manipulation, er meinte es ganz offensichtlich ernst. „Habe ich dir denn gar nicht gefehlt?"

Noch nie hatte ich Logan so verunsichert gesehen.

„Jeden Tag", gestand ich flüsternd.

„Warum bist du nicht zurückgekommen?" Er hob die Augen und unsere Blicke trafen sich.

„Ich wäre auch so zurück an die Uni gegangen, Logan. Ich war nur für den Sommer in San Francisco", erinnerte ich ihn.

„Wir hätten uns etwas überlegen können. Jetzt bist du fast fertig. Vielleicht kannst du ja jetzt zurückkommen? Ich hab die nicht jugendfreie Seite des Geschäfts komplett an James übergeben. Ich weiß nicht, ob sich seine Frau darüber freut, aber fürs Erste scheint es zu klappen. Im Moment läuft das eben immer noch am besten. Er verdient eine Menge Geld. Ich habe den familienfreundlichen Bereich behalten und baue gerade die Plattform für Konzerte und Events aus. Es gibt viel Potenzial für Wohltätigkeitsarbeit und große Ticketveranstaltungen, das wird auch schon bald viel Profit geben. Nicht, dass Geld so wichtig für mich wäre, Gott weiß, ich hab genug davon. Und wir haben noch einen Bereich hinzugefügt. Charles nennt ihn gern die Regenbogenseite. Ich hab ihn gebeten, die neue LGBTQ+-Plattform zu betreiben und uns beim Aufbau unserer Marke zu helfen. Er hat großartige Ideen für Themenevents, eine Datingseite und gemischte Aktivitäten zur Stärkung von hetero-homosexuellen Allianzen und um mehr Bewusstsein zu schaffen. Er ist echt stark darin und ich muss sagen, wenn es etwas Gutes an sich hatte, dass du weggerannt bist, dann ist es die Freundschaft mit Charles, die sich daraus ergeben hat." Er schickte mir ein warmes Lächeln. „Aber ich … ich will das alles nicht ohne dich tun, Adele. Ich liebe dich zu sehr, um dich verlieren zu können."

„Ich will auch nicht ohne dich leben", gab ich schließlich nach und ließ ihn an mich heran.

Er war so aufrichtig gewesen und die Wahrheit war, ich liebte ihn mehr, als ich zugeben wollte. Wir aßen gemeinsam und danach nahm ich ihn mit auf mein Hotelzimmer, wo ich ihn, kaum dass die Tür geschlossen war, in eine Umarmung zog. Mir hatte sein Mund gefehlt, seine Haut, sein Körper. Es dauerte nicht lange, bis ich ihn und mich selbst aus den Klamotten geschält hatte. Es fühlte sich richtig an, nackt und mit nichts als Luft zwischen uns voreinander zu stehen.

Seine Küsse fertigten eine Karte meines Körpers an, vom Kopf bis hinunter zu meinen Zehen, wobei er an meinen liebeshungrigen Nippeln verweilte und nuckelte, bis meine Beine vor Lust zu zittern begannen. Ich brauchte seinem Schwanz nicht besonders viel Zuwendung zu geben, denn er war schon steif und stramm, als ich ihm die Hose runterzog. Als er sich in mir versenkte, war die Welt wieder ins Lot gerückt. Logan Steel war zu Hause. Mein hedonistischer Mann war soweit gezähmt, dass er ein guter Freund und Liebhaber sein konnte.

Ich kehrte gerade so lange nach Ohio zurück, dass ich den Abschluss machen konnte, dann zog ich alleine in eine Wohnung in San Francisco, um sicherzustellen, dass Logan klar war, dass ich mein Leben zu meinen eigenen Bedingungen leben würde. Wir teilten und machten Kompromisse, unsere Liebe wuchs und bis zum Ende des Jahres, etwa um die Weihnachtszeit, war mir klar geworden, dass er der Mann war, mit dem ich den Rest meines Lebens verbringen wollte.

Epilog

Adele

Ein Jahr später

„Oh mein Gott. Ich kann das nicht. Da sind Tausende von Menschen da draußen. Ich weiß, ich bin wild und frech und wunderbar, aber so viel Druck halte ich nicht aus." Charles schritt in seinem Smoking mit der rosa-silbernen Fliege auf und ab und begann zu schwitzen.

„Auf der Gästeliste stehen einhundertfünfzig Namen, ich glaube also kaum, dass da draußen Tausende sind. Atme einfach durch, alles wird gut." Ich tat mein Bestes, um ihn zu beruhigen, aber ich war selbst auch ein bisschen nervös.

Ich hatte eine schöne Dachbodenwohnung im gleichen Gebäude wie Charles mit kleiner Stube und Küche, einem Schlafzimmer und einem winzigen Bad bezogen. Von meinem Schlafzimmer unter dem Dach konnte man hinaus auf einen Balkon und hatte Ausblick über San Francisco. Es war ein schöner kleiner Ort. Logan gefiel meine und Charles' Wohnung so gut, dass er das ganze Haus kaufte, als es ein paar Monate zuvor angeboten wurde.

Es war ein Rückzugsort für mich und Charles. Ich arbeitete nicht mehr für Logan, stattdessen bestritt ich einen Master im Fernstudium und sprach weiter regelmäßig über toxische Beziehungen und ihre Bewältigung. Was meinen eigenen hedonistischen Mann anging, nun, die Liebe und eine stabile Beziehung hatten ihn wirklich gemäßigt. Er machte jetzt auch normale Sachen wie Fahrradausflüge und Wanderungen. Ich lernte seine liebenswürdige, schüchterne Schwester kennen und wir kamen wunderbar miteinander aus. Sie war zwar für ihre eigene neue Liebesgeschichte nach Florida gezogen, aber immerhin hatte ich so auch ein Mädchen, das Logan kannte und mit dem ich mich von Zeit zu Zeit besprechen konnte. Logan und ich verbrachten auch viel Zeit auf dem Meer und nutzten am Wochenende regelmäßig sein Boot.

Eines Tages, nachdem wir im Hafen angelegt und das Boot vertäut hatten, nahm er mich auf ein improvisiertes Picknick mit in den Park. Naja, improvisiert war es nur für mich, Logan hatte diese scheinbar spontane Sache sehr genau geplant. Wir breiteten eine Decke aus und ich wollte gerade losziehen und was zu essen besorgen, als ich plötzlich eine einzelne Violine hörte, die Beethovens Ode an die Freude spielte.

„Oh, das ist ja cool", sagte ich und unterbrach meine Suche, um dem Geiger einen Moment lang zuzuhören. „Ode an die Freude ist mein Lieblingsstück." Mein Herz machte einen Sprung.

„Ich weiß", sagte Logan nur.

Nach ein paar Takten kam zu der ersten noch eine zweite Geige hinzu, dann eine dritte, und ich begann zu frohlocken. Bald schon strömten aus jeder Ecke des Parks Leute mit Instrumenten in allen Formen und Größen auf uns zu.

„Oh mein Gott, Logan. Das ist ein Flashmob", flüsterte ich und konnte mein Glück kaum fassen.

Er lächelte nur, während nicht nur Musiker, sondern auch noch Sänger von was weiß ich woher auftauchten. Als das ganze Orchester versammelt war, gaben über hundert Leute gemeinsam die Ode an die Freude zum Besten. Glückstränen traten mir in die Augen ob der schieren Schönheit der Musik und der Freude, die sie nicht nur mir, sondern auch all den anderen überraschten Menschen im Park brachte.

Als das ausgelassene Stück schließlich ausklang, hatte sich eine Menschentraube gebildet und alle klatschten frenetisch Beifall. Erst da stand Logan von der Decke auf und ging zu den Musikern hinüber. Ich vermutete, er würde ihnen ein großzügiges Trinkgeld geben, aber stattdessen stellte er sich vor ihnen auf und sie zeigten alle lächelnde und fröhliche Gesichter, so als teilten sie allesamt ein großes gemeinsames Geheimnis. Dann wandte sich Logan an mich.

„Adele“, rief er.

Alle im Park verstummten.

Das Blut gefror mir zu Eis, als ich sah, wie er sich auf ein Knie begab und mir an der ausgestreckten Hand zwischen Daumen und Zeigefinger einen enormen Diamantring hinhielt. Es bedurfte all meiner Kraft, dass mir nicht schwarz vor Augen wurde. Ich stand auf und ging vor aller Augen auf wackligen Beinen zu ihm.

„Ja“, sagte ich kaum hörbar.

„Erweist du mir die Ehre, meine Frau zu werden?“ Seine Stimme war fest, aber mild.

„Ja“, flüsterte ich.

Die Zuschauer johlten, als er mir den Ring ansteckte, mich hochhob, umarmte und im Kreis wirbelte. Der Rest verschwamm in meiner Erinnerung. Einige der Musiker blieben und spielten noch weiter für uns. Zwei Kellner mit einem Wagen kamen und bereiteten uns ein köstliches Mahl auf dem Rasen.

„Das hab ich mit der App gemacht“, schwärmte Logan. „Ich hab alles angefragt, was es für einen sagenhaften Hochzeitsantrag braucht, und es hat sich ergeben. DropIn kann zaubern. Ich hoffe, es war für dich auch zauberhaft.“ Seine Augen quollen über vor Liebe, wie hätte ich das alles nicht zauberhaft finden sollen.

„Ich liebe dich“, vermochte ich nur noch zu sagen und kuschelte mich an ihn.

Nun stand ich vor dem Spiegel in meinem viel zu gewaltigen Kleid und würde gleich mit Charles als “Brautjungfer“ an meiner Seite da hinausgehen, um Mrs. Adele Robinson-Steel zu werden, Logans Frau, bis dass der Tod uns scheidet.

„Du schaffst das“, munterte ich Charles noch ein letztes Mal auf, bevor es durch den Ankleideraum hinaus in die Kirche ging.

„Und du auch“, gab er zurück. „Wer hätte gedacht, dass du den ersten Mann, mit dem du schläfst, dann gleich heiratest?“, lachte er.

„Ich“, sagte ich, hob das Kinn und war glücklich.

Nach einer wundervollen Zeremonie und einem noch schöneren Empfang feierten Logan und ich die ganze Nacht hindurch, bis uns ein Mann im blauen Anzug an der Rezeption abholte.

„Mr. und Mrs. Steel?“, fragte er.

„Ich liebe es, das zu hören“, kommentierte ich.

„Das Boot ist bereit für Sie “, sagte der Mann mit einem Lächeln.

„Wunderbar.“ Logan nahm meine Hand und wir verließen die Party in Richtung Flitterwochen.

Wir segelten seine Yacht hinauf nach Alaska und sahen Wale und Grizzlybären, dann weiter hinauf nach Kanada, wo es Eisbären gab, Elche, Wölfe und jede Menge Wildnis. Noch mehr Wale, Blauwale, Grauwale, Finnwale und Haie. Es war eine unglaubliche Reise. Und jede Nacht machten wir Liebe.

Wir streuten jegliche Vorsicht in den Wind und liebten uns auf Stränden, in Jurten, Hütten und Luxushotels. Wir reisten drei Monate lang umher, tauchten in die Wildnis ein, besegelten die Meere und gingen hin und wieder an Land, um es uns gemütlich zu machen oder auch richtig vornehm auszugehen. Je länger die Reise dauerte, desto mehr liebte ich ihn. Ich bekam den wahren Mann hinter der dominanten und hedonistischen Fassade zu sehen und ich verehrte meinen verrückten Abenteurer, Unternehmer und zukünftigen Papa. Als wir schließlich nach Hause kamen, war meine morgendliche Übelkeit schon im vollen Gange.

Logan schrieb das zunächst noch dem Seegang zu, aber ich machte bald einen Schwangerschaftstest und die zwei blauen Striche sagten mir, dass der Grund für meine Übelkeit nichts mit dem Meer zu tun hatte. Ein Termin beim Arzt bestätigte nicht nur, dass wir ein Baby bekommen würden, sondern auch, dass es ein Junge war. Fünf Monate später wurde Landon Charles Steel geboren. Mein Leben war perfekt, dank der Männer darin und dank meiner süßen, kleinen

Familie. Ich hatte den hedonistischen Mann zugeritten, mich selbst gefunden und war genau diejenige geworden, die ich sein wollte, Akademikerin, Ehefrau und Mutter.

Logan

Ich konnte nie genug kriegen von Adeles wunderschönem Antlitz. Ich liebte es, noch vor Morgengrauen aufzustehen, noch bevor klein Landon in seinen Tag startete, einfach nur um meine Frau anzuschauen. Weniger gefielen mir die Nächte, die sie in der Dachgeschosswohnung von uns getrennt verbrachte, aber Mami musste eben ihre Dissertation fertigschreiben und hatte außerdem einen ziemlich vollen Vorlesungskalender. Manchmal brauchte sie da Zeit für sich, aber jede Minute, in der wir getrennt waren, fehlte sie mir.

Unser Sohn entwickelte sich prächtig, was ich vornehmlich ihren außerordentlichen Fähigkeiten als Mutter zuschrieb. DropIn wurde zur erfolgreichsten Eventplanungs-App auf dem Markt und meine herzallerliebste Frau war inzwischen ein echter Beziehungsguru und stand kurz vor der Veröffentlichung ihres ersten Buches. Die schüchterne Frau, die ich vier Jahre zuvor kennengelernt hatte, war fast nur noch eine flüchtige Erinnerung. Sie war noch immer ebenso intelligent, witzig und stark, aber schüchtern war sie absolut nicht mehr. So kam es, dass sie mich nicht abwies, als ich meine Nase an ihrem Nacken und meinen aufgerichteten Schwanz an ihren Arschbacken rieb, immerhin war es ja ein Samstagmorgen.

Unser inzwischen fast zweijähriger Sohn schlief tief und fest in seinem Zimmer und ich hatte lange genug darauf gewartet, mein köstliches Weib zu vernaschen. Sie wachte langsam auf und hob ihr Bein, um mich von der Seite hereinzulassen. Ich ließ meine Hand unter ihr hindurchgleiten und spielte mit ihren herrlichen Brüsten. Die Geburt unseres Sohnes hatte sie in meinen Augen nur noch schöner gemacht.

Ja, sie hatte ein paar Dehnungsstreifen auf dem Bauch davongetragen, aber die waren wie die Spuren eines Kampfes, aus dem ein Wesen hervorgegangen war, das eine perfekte Mischung aus uns beiden darstellte. Ich hatte nur den Samen pflanzen müssen. Niemals hätte ich ihr die körperlichen Zeugnisse der Erschaffung dessen übelgenommen, was wir beide sosehr liebten.

„Mmm“, reagierte sie auf meine Berührung und öffnete sich mir noch mehr.

„Ich liebe dich, Schatz“, sagte ich, als ich meinen Schwanz in sie drückte.

Sie ächzte hauchzart, so wie jedes Mal, wenn ich eindrang. Selbst nach Landons Geburt war sie schnell wieder eng geworden und ich passte noch immer gerade eben so, selbst nach Jahren.

„Ah, mmm. Ich liebe dich auch, so sehr.“ Sie drückte sich nach hinten gegen meinen Schwanz und erlaubte ihm so, noch tiefer hinein zu sinken, während sie sanft mit den Hüften wippte und mir über den Hintern strich.

Es war himmlisch.

„Denkst du nicht, wir sollten es wieder versuchen?“, flüsterte ich in ihr Ohr.

Nachdem Landon auf der Welt war, hatten wir uns auf Coitus Interruptus geeinigt, wenn wir uns liebten. Das war natürlich nicht bombensicher, und eine erneute Schwangerschaft hätte uns beiden auch nichts ausgemacht, die einzige Einschränkung war Adeles enger Terminplan. Sie sollte ihren Master abschließen und sich etwas Zeit schaffen, bevor wir das zweite Baby machten. Aber nachdem sie nur noch ein paar kurze Kapitel vor dem Abschluss ihrer Dissertation und damit ihres Buches stand, war die Zeit für weitere Fortpflanzung womöglich gekommen.

Vater zu sein war toll und klein Landon war ein bemerkenswerter kleiner Junge, deshalb fand ich einfach, dass es mehr von seiner Sorte geben sollte. Sie nahm allmählich Fahrt auf.

„Bist du schon wieder bereit für die schlaflosen Nächte?“, fragte sie neckisch, wie sie es so oft tat, indem sie mit einem Lachen die Wahrheit zutage förderte. „Wir haben Landon gerade erst soweit, dass er die Nacht durchschläft.“

„Ich würde damit klarkommen." Würde ich auch, so schlimm fand ich das gar nicht.

Als Eltern litt man unter einer famosen Form von Gedächtnisverlust, denn genau genommen waren die vielen Nächte ohne Schlaf brutal, aber Adele und ich hatten uns daraus einen Spaß gemacht. Wir hatten uns immer gegenseitig belohnt, trotz unserer Erschöpfung, sobald Landon wieder schlief.

„Okay?" Sie löste sich sanft von mir und kurz dachte ich, sie würde mich so liegenlassen, aber so war sie nicht.

Sie wandte sich zu mir um und legte ihre Arme um mich, während sie ihren Körper wieder in Richtung meiner steinharten Erektion leitete. Ich küsste ihre schönen Lippen und wir knutschten eine Weile. Sie zu küssen gehörte zu meinen Lieblingsbeschäftigungen. Als sich unsere Münder trennten, lächelte sie mich an.

„Können wir's versuchen?", fragte ich wieder und spürte, wie ich meinem Höhepunkt näherkam.

„Können wir." Sie küsste mich erneut auf die Lippen.

Ich rollte mich auf sie, um den Moment in vollen Zügen genießen zu können, und sie hob die Knie und öffnete sich mir mit vor Euphorie gerötetem Gesicht.

„Ich hoffe, es wird dieses Mal ein Mädchen", sagte ich, als ich uns beide zur Ekstase brachte. „Die Welt braucht noch so eine fantastische Frau wie dich." Mein Herz wurde von Liebe überflutet und ich fand meine Erlösung, während ich betete, dass wir an jenem Morgen ein Baby gemacht hatten.

„Unsere Kinder werden wundervoll, weil wir es sind", antwortete sie, als sie von ihrer Wolke herabschwebte und sich für ein paar letzte Minuten köstlichen Schlafs an mich kuschelte.

Fast zehn Monate später kam dann Avalon Charlotte Steel zur Welt. Was ich an meinem Leben am meisten liebte, neben meinen zwei hinreißenden Kindern, einer erfolgreichen Karriere und genügend Geld zum Teilen, war die Tatsache, dass ich mit meiner besten Freundin verheiratet war, einer Frau, die meine Welt mit einem einzigen Lächeln erhellen konnte. Meine hedonistischen Tage waren erfüllt von Windeln, Kinderspielzeug, strahlenden Gesichtern und einer heißen Frau, die meine Wunden geheilt und mir bei der Suche nach meinem wahren Ich geholfen hatte. Wir waren aber auch hedonistisch genug, um Spaß zu haben. Wir reisten mit den Kindern, arbeiteten hart und machten oft Liebe. Wir teilten das perfekte Leben miteinander.

Ich hatte es nicht verdient, aber ich war für jeden Augenblick dankbar. Ich war stolz darauf, wer ich geworden war. Es gab so vieles in meinem Leben, worauf ich mich freute, mehr Reisen, vielleicht noch mehr Kinder, Fußballspiele und Ballettauftritte, Safaris in Afrika und Abenteuer hoch im Norden, aber vor allem durfte ich das alles mit der wundervollsten Person auf der Welt teilen. Ich war Adele unendlich dankbar für all das.

Ende

Liebe Leser,

vielen Dank für das Lesen meines Buches, ich hoffe sehr, dass euch die Story gefallen hat! ;-)

Ohne begeisterte Leser wie euch wäre es für mich nicht möglich, meinen Traum zu leben und meine Fantasien in diese Romane zu packen.

Falls ihr einen kurzen Moment Zeit habt, so würde ich mich sehr freuen, wenn ihr mir eine kurze Rezension auf Amazon schenkt. Da ich nicht die Werbemittel eines großen Verlages habe, bin ich auf Empfehlungen meiner Leserschaft angewiesen und dankbar für jede Bewertung! ;-)

Herzlichen Dank,

Mia

Über Mia

Mia Faye ist eine leidenschaftliche Schriftstellerin, für die es nichts Schöneres auf der Welt gibt, als ihre Fantasien mit ihren Lesern zu teilen. Sie antwortet auf jede Mail persönlich und freut sich riesig über Feedback!

Printed in Poland
by Amazon Fulfillment
Poland Sp. z o.o., Wrocław

55327134R00170